# O TESTAMENTO DO JUÍZO FINAL

James Douglas

# O TESTAMENTO DO JUÍZO FINAL

*Tradução*
JACQUELINE DAMÁSIO VALPASSOS

JANGADA

Título do original: *The Doomsday Testament*.

Copyright © 2011 James Douglas.

Publicado pela primeira vez como The Doomsday Testament por Transworld Publishers.

Copyright da edição brasileira © 2013 Editora Pensamento-Cultrix Ltda.

Texto de acordo com as novas regras ortográficas da língua portuguesa.

1ª edição 2013.

Todos os direitos reservados. Nenhuma parte desta obra pode ser reproduzida ou usada de qualquer forma ou por qualquer meio, eletrônico ou mecânico, inclusive fotocópias, gravações ou sistema de armazenamento em banco de dados, sem permissão por escrito, exceto nos casos de trechos curtos citados em resenhas críticas ou artigos de revistas.

A Editora Jangada não se responsabiliza por eventuais mudanças ocorridas nos endereços convencionais ou eletrônicos citados neste livro.

Esta é uma obra de ficção. Todos os personagens, organizações e acontecimentos retratados neste romance são produtos da imaginação do autor e usados de modo fictício.

**Editor:** Adilson Silva Ramachandra
**Editora de textos:** Denise de C. Rocha Delela
**Coordenação editorial:** Roseli de S. Ferraz
**Preparação de originais:** Alessandra Miranda de Sá
**Produção editorial:** Indiara Faria Kayo
**Assistente de produção editorial:** Estela A. Minas
**Editoração eletrônica:** Join Bureau
**Revisão:** Wagner Giannella Filho e Nilza Agua

CIP-Brasil, Catalogação na Publicação
Sindicato Nacional dos Editores de Livros, RJ

D768t
Douglas, James
 O testamento do juízo final / James Douglas; tradução Jacqueline Damásio Valpassos. – 1. ed. – São Paulo: Jangada, 2013.

 Tradução de: The Doomsday Testament.
 ISBN 978-85-64850-49-1

 1. Ficção inglesa. I. Valpassos, Jacqueline Damásio. II. Título.

13-02855   CDD-823
  CDU: 821.111-3

Jangada é um selo editorial da Pensamento-Cultrix Ltda.

Direitos de tradução para o Brasil adquiridos com exclusividade pela
EDITORA PENSAMENTO-CULTRIX LTDA., que se reserva a propriedade literária desta tradução.
Rua Dr. Mário Vicente, 368 – 04270-000 – São Paulo, SP
Fone: (11) 2066-9000 – Fax: (11) 2066-9008
http://www.editorajangada.com.br
E-mail: atendimento@editorajangada.com.br
Foi feito o depósito legal.

Para Kara

# I

## 1937, Planalto de Chang Tang, Tibete

Ernst Gruber estreitou os olhos contra o ululante vento salpicado de gelo, cerrou os dentes e se concentrou em não perder de vista a figura que se distanciava à frente. Os músculos da panturrilha do alemão pareciam em chamas, e o peito ardia como se respirasse ácido clorídrico, embora a dor lhe causasse certa satisfação masoquista. Se *ele* sofria, imagine só os seus homens, atrás dele naquela estreita trilha quase vertical de rochas estéreis e cinzentas como um cadáver que os conduziria ao topo da montanha.

Não o guia drupka, Jigme. Assim como todo o seu povo, os nômades que conseguiam levar a vida em um dos ambientes mais inóspitos do planeta, ele era um homem com físico de um moleque franzino, mas capaz de incríveis façanhas quando se tratava de ter resistência. Seus passos cadenciados não hesitavam, não importava o quanto a trilha fosse íngreme ou a dificuldade da caminhada. Cinco dias antes, a expedição partira do acampamento às margens de um lago de água doce. Naquele dia, já haviam marchado por quatro exaustivas horas naquele terreno desprovido de água e vegetação, mas ele ainda não mostrava nenhum sinal de cansaço. Gruber, um explorador muito experiente, que havia escalado algumas das montanhas mais altas da Cordilheira do Himalaia e, dez anos atrás, chefiado a primeira expedição alemã através do Deserto de Gobi, comprazia-se com o desafio de acompanhar tal homem, mas sabia que os companheiros sucumbiriam se continuassem naquele ritmo.

– *Bkag pa! Gcig chu tshod* – gritou, para que se detivessem por uma hora. Mas a ordem deve ter se perdido no vento, pois o guia manteve o ritmo ou, quem sabe, não queria parar mesmo. Aquela gente era assim. Teimosa. Como um burro, iria se arrastar até que o estômago lhe dissesse que era hora de comer um dos bolinhos de cevada, único alimento de que o guia parecia precisar. Gruber acelerou o próprio ritmo, até se aproximar o bastante para agarrar o drupka pelo braço. – *Bkag pa!* – repetiu.

O guia sorriu e concordou com a cabeça, embora o intrigasse a razão pela qual aquele europeu alto, de olhos assustadores e rosto de um vermelho nada saudável, insistia em se dirigir a ele naquele seu tibetano ininteligível.

– Parar em breve. Muito perto – ele assegurou a Gruber em frases rudimentares.

– Não. Pare agora – o alemão ordenou.

O sorriso não se apagou, mas Jigme se perguntou mais uma vez por que havia concordado em guiar aqueles estrangeiros exigentes e mal-educados até a cratera especial na Terra. Fora seu primo, agora um monge budista na distante Lhasa, quem lhe falara a respeito, quando Jigme fizera uma solitária visita à capital tibetana em uma peregrinação ao Templo Jokhang. Os alemães o tinham procurado em sua aldeia devido à língua que falava, e que eles entendiam, aprendida com um religioso yakshir preso por uma longa temporada no planalto, que morrera enlouquecido devido à claustrofobia causada pela febre na cabana, obcecado pela ideia de retornar a um lugar chamado Leds. Em geral, os grupos que guiava estavam interessados apenas em encontrar rochas especiais, as quais martelavam com suas pequenas ferramentas, ou em caçar o manso *kiang*, burro selvagem que não possuía bom-senso suficiente para fugir de um homem com um rifle. Com os alemães havia sido diferente. Tinham lhe perguntado sobre os antigos, o que achara engraçado, uma vez que, na aldeia, estavam cercados por pessoas de idade. Levara um bom tempo até compreender que se referiam aos iluminados, aos que haviam passado para a outra vida, o que era ainda mais divertido, pois os iluminados eram criaturas espirituais agora, os corpos terrenos expostos e consumidos por abutres, urubus e raposas. Como seria possível encontrar um fantasma, em particular se ele não quisesse ser encontrado? Mas o estrangeiro grandalhão insistia em que os tais antigos viviam em cavernas subterrâneas. Por acaso ele conhecia alguma dessas crateras?

E, agora que estavam a poucas horas do objetivo, ele queria parar. Era mesmo difícil entender aquela gente.

– Parar agora – concordou enfim, apontando para um trecho de terreno pedregoso, porém relativamente plano, logo à frente, à esquerda. – Você descansar, comer, examinar rochas.

Jigme prosseguiu alguns passos antes de se instalar confortavelmente na trilha íngreme com a mochila ao lado dele. Sentou-se, imaginando com alegria as vinte cabras que lhe haviam sido prometidas e a mulher bonita que conseguiria com elas. O vento agora se suavizara, e um sol pálido piscava como se fosse míope através do sutil véu de nuvens, revelando as colinas circundantes em toda sua árida magnitude. Ao longe, na direção sudeste, avistava-se a formidável porção coberta de neve do Quomolonga, que os europeus chamavam de Everest. Um por um, os cinco membros da equipe de pesquisa de Gruber cambalearam até a área de descanso, deixando os carregadores, que levavam cada um quase trinta quilos de suprimentos e equipamentos, agachados, onde descansaram.

Gruber avaliou os companheiros enquanto passavam por ele, em busca de sinais de fraqueza ou ferimentos que pudessem atrasá-los mais tarde. A equipe havia sido reunida a fim de garantir uma ampla gama de conhecimentos. Além de ser o líder da expedição, Ernst Gruber era o zoólogo da equipe e especialista em mapeamento. Berger, o etnólogo; Rasch, o antropólogo; e Von Hassell, o cinegrafista. Todos eram alpinistas confiáveis e exploradores experientes, esguios, bronzeados e barbudos. Depois deles vinha Junger, o segurança, que sempre estava rindo de alguma coisa, mesmo que os olhos opacos nunca acompanhassem o sorriso. Poucos metros atrás, e parecendo um contador da cidade que havia tomado o caminho errado, arrastava-se o segundo em comando depois de Gruber, Walter Brohm.

Todos tinham mais ou menos a mesma idade, além de outra coisa em comum: eram todos oficiais da SS-Ahnenerbe – a Sociedade para Investigação e Ensino sobre a Herança Ancestral –, pessoalmente nomeados pelo *Reichsführer* Heinrich Himmler. Durante a caminhada de cinco dias pelas montanhas, haviam gravado e fotografado cuidadosamente animais selvagens, estudado a composição étnica das tribos locais e recolhido amostras geológicas, exatamente como os naturalistas que aparentavam ser. A verdadeira razão para a missão, no entanto, era a obsessão de Himmler pelo ocultismo e sua busca pessoal para descobrir as origens da cidade perdida de Atlântida e da civilização ancestral de homens com superpoderes que havia dado à luz a raça ariana. Segundo rezava uma antiga lenda, esses primeiros arianos, os Vril, praticavam uma forma sofisticada de controle da mente e haviam sido retirados da cidade antes que a Atlântida submergisse. Depois de viajarem pela Ásia e pelo Deserto de Gobi, tinham criado o lendário reino de Thule. Se a expedição encontrasse a entrada para Thule, Himmler acreditava que teria acesso a todos os segredos dos Vril.

Enquanto distribuía as rações, Gruber revelou pela primeira vez que estavam perto do destino. Walter Brohm notou que os olhos de seus companheiros iluminaram-se com a expectativa, e se permitiu um sorriso. Eles eram verdadeiros crentes. Quanto a ele, era um realista – só estava ali por necessidade, em prol do próprio progresso. Físico com fascínio pela geologia, Brohm não tinha interesse em cidades perdidas, o que era ótimo, porque duvidava muito de que fossem encontrar uma. Por lealdade, acompanharia os outros até alguma caverna escura, onde descobririam alguns poucos ossos de animais, ou talvez um *yeti*, que Gruber saudaria como o primeiro atlante, e, então, ele poderia voltar para casa, para o conforto do escritório e do laboratório. Tinha consciência de que Gruber não gostava dele, mas não se importava. O aventureiro de turbante era um daqueles entusiastas do nacional-socialismo que seriam capazes de fazer literalmente qualquer coisa por seu *Führer*. Walter Brohm, no entanto, só estava interessado em Walter Brohm. Havia se juntado ao Partido Nazista quando ficara claro que nada deteria Adolf Hitler de tomar e manter o poder, bem como a Schutzstaffel, a SS, porque ficava melhor de preto que de marrom, e era a maneira mais rápida para um homem ambicioso se dar bem. Jamais admitiria, mas considerava os rituais secretos da SS uma piada, embora não pior que os dos maçons. Com a Alemanha em expansão econômica e militar, o futuro nunca parecera mais brilhante para o filho de um pastor da velha e enfadonha Dresden.

Duas horas depois, retomada a marcha, a expedição chegou à extremidade de uma depressão gigantesca com várias centenas de metros de profundidade e, talvez, mais de três quilômetros de largura. Brohm não pôde reprimir um estremecimento de emoção ao reconhecer o que era aquilo, mas adivinhou, já naquele momento, que Gruber estava fadado a se decepcionar.

– Onde está a caverna? – o líder da expedição exigiu saber.

Os olhos fundos de Jigme, resultado de uma centena de gerações que se esforçava para enxergar em meio às nevascas do Himalaia, brilharam, e seu sorriso se ampliou. As instruções do primo haviam sido muito claras.

– Lugar secreto. Me segue. Eu mostro. – Tomou uma trilha quase oculta depressão abaixo, e o resto do grupo seguiu seus passos com cautela pela perigosa encosta.

A caverna – que mais precisa um túnel – encontrava-se escondida na porção inferior da lateral leste da cratera, parcialmente encoberta por um desabamento de rochas e visível apenas pelo lado oposto. Em qualquer outra parte do mundo, há muito teria sido preenchida por vegetação em decomposição ou silte carregado pelas chuvas, mas a vegetação em Chang Tang era escassa e a precipitação anual no planalto girava em torno de dez centímetros, sendo absorvida instantaneamente, como se a terra fosse uma esponja gigante.

Em frente à entrada da caverna, Brohm se divertiu ao ver Gruber e os outros perderem um pouco do entusiasmo inicial. Eram homens de céu aberto; montanhas e desertos eram o hábitat deles, e não aquele buraco de minhoca. No entanto, não podia culpá-los. Havia algo de ameaçador naquele portal funesto e escuro, que faria até mesmo um experimentado espeleólogo hesitar. O curioso para Brohm era que a entrada parecia quase perfeitamente circular, tão bem-acabada que poderia ter sido feita pelo homem. Além dela, até onde a luz da lanterna podia alcançar, a superfície do túnel descia num ângulo relativamente íngreme de cerca de trinta graus. Do ponto de vista geológico, achou aquilo fascinante.

Gruber estudou a entrada, a expressão sombria.

– Acamparemos durante a noite e prosseguiremos pela manhã. Quero todos de pé ao alvorecer.

Depois de um modesto café da manhã, que consistia de bolinhos de cevada e chá de manteiga de iaque, Gruber passou às ordens:

– Rasch, Brohm, Junger e eu faremos a descida inicial, acompanhados do guia, que nos conduzirá. – Von Hassell, o cinegrafista, protestou que deveria ir também, mas Gruber o silenciou, uma das mãos levantada. – Você terá sua oportunidade. Vamos nos amarrar à corda como se estivéssemos em escalada, e desceremos lentamente, um passo de cada vez. Não sabemos como é o terreno, e não quero perder ninguém. Berger vai supervisionar a superfície. – Ergueu a mão, na qual havia um apito. – Se houver alguma emergência, usarei isto. Mas sua função principal é garantir que os carregadores não nos abandonem.

Berger balançou a cabeça em concordância, o rosto uma máscara carrancuda e compenetrada, provavelmente uma expressão que considerava transmitir comprometimento ideológico, mas que só o fazia parecer, de fato, vítima de constipação crônica. Brohm estava surpreso com a própria reação. Deveria estar nervoso por ter sido escolhido para uma empreitada tão perigosa. Em vez disso, era como se a caverna o houvesse esperado por toda a vida. Não sentia medo algum, muito pelo contrário; sentia-se como se ela lhe desse as boas-vindas.

Gruber verificou seus ganchos e amarrou-se, perfilado atrás de Jigme. Quase quatro metros de corda de escalada previamente testada atava os cinco homens, e cada um deles portava uma lanterna e baterias de reserva. Assim como a dos demais, a mochila de Brohm continha comida e água para três dias. Os alemães levavam armas no cinto, mas Brohm não conseguia imaginar no que pretendiam atirar. Com um aceno para Berger, Gruber puxou a corda que o unia ao tibetano.

– Vá – ordenou.

Caminharam num silêncio reverente, como peregrinos adentrando um templo. Os passos de Jigme eram hesitantes, como se cada um deles encerrasse a possibilidade de lançá-lo em um abismo, direto ao centro da Terra. Ele esquadrinhava a superfície à frente com a lanterna, e, em seguida, repetia o mesmo procedimento. O feixe iluminava o túnel à distância de uns dez ou doze passos à frente, mas, além desse trecho, prevalecia a escuridão sepulcral, implacável e infinita. A superstição era tão crucial na vida de Jigme quanto na de todos os tibetanos, mas nada o havia preparado para o terror íntimo que sentia à medida que avançava pelo túnel. A familiaridade não diminuía o temor, uma vez que cada passo o conduzia para mais longe da segurança e mais perto dos demônios que habitavam aquele lugar. Nada sabia sobre a Atlântida, mas os sentidos aguçados lhe contavam que não estavam sozinhos na escuridão. Se houvesse como, teria se desamarrado e fugido para a superfície, mas Gruber tinha atado os nós com a eficiência de um verdadeiro alpinista. Não tinha como escapar.

Preso à corda atrás de Gruber, Walter Brohm podia sentir a impaciência de seu líder com aquele avanço lento, mas estava claro que não importava a quantidade de ameaças, pois nada faria o guia tibetano se mover mais rápido. Uma brisa quase imperceptível atingiu a nuca de Brohm, e ele ponderou se deveria existir outra entrada em algum lugar à frente. Pelo ângulo da descida, parecia improvável, mas, pelo menos, aquele vento significava que o ar lá embaixo estava relativamente fresco. Os sentidos de Brohm, porém, estavam concentrados nas imediações. Enquanto se deixava puxar por Gruber, usava a lanterna para estudar as paredes do túnel. O que poderia ter criado uma passagem tão uniforme como aquela? Procurava sinais de erosão, provavelmente de uma antiga fonte de água, mas não havia nenhum. Em vez disso, as paredes, que de modo surpreendente gotejavam devido à umidade, pareciam lisas como vidro. E o círculo perfeito era apenas uma ilusão. Sob seus pés, o chão do túnel era horizontal e irregular. À luz da lanterna, parecia mais a superfície petrificada de um lago.

Enquanto avançava, sua mente foi descartando possibilidades, uma a uma, até lhe ser possível contemplar o túnel de maneira totalmente diferente. As paredes não apenas pareciam ser de vidro, mas *eram* de fato, ou, pelo menos, de pedra vitrificada. O que quer que houvesse aberto aquela passagem produzira um calor tão intenso que havia efetivamente *derretido* a rocha. Ele já havia reconhecido a enorme tigela do planalto acima como a cratera resultante do impacto de um meteorito, um objeto celeste, nesse caso muito grande, que atingira a Terra milhares de anos atrás. Ao que parecia, algum elemento do meteorito havia sobrevivido ao impacto e conservado massa, calor e energia suficientes para permitir a penetração da rocha sólida praticamente da mesma maneira que os novos projéteis perfurantes antiblindagem do centro de armas experimentais em Stuttgart atravessavam camadas de metal. As perspectivas eram fascinantes.

Não sabia dizer ao certo o quanto já haviam avançado quando ouviu o som, mas o cérebro descrente lhe enviou a mensagem de que deveria ter sido mais de um quilômetro e meio. No início, era apenas um silvo no ar, ainda que tenha levado Jigme a se deter, hesitante. Gruber rosnara para que o guia prosseguisse, mas fora preciso um cutucão incisivo nas costas com o cano da pistola para incentivar os pés do tibetano a se moverem. Brohm sentia a tensão crescer a cada passo, e o som se avolumou, até se tornar assustadoramente familiar. Não podia ser. O que ouviam era a entoação solene e ritmada de um mantra budista. Poucos passos depois, avistaram a projeção da luz tremulante e amarelada de uma lamparina, acompanhada do odor levemente rançoso de óleo de manteiga de iaque.

Gruber forçou Jigme a parar e o desamarrou, a fim de que pudessem se deslocar para a frente lado a lado, sinalizando com a pistola para os outros os seguirem. Agora, o cântico ecoava pelas paredes, tornando evidente que provinha de mais de uma voz. Espantados, aproximaram-se da pequena câmara que assinalava o fim do túnel. Era mais ampla que o lugar onde estavam, e Brohm notou evidências de marcas de ferramentas, indicando que aquilo, pelo menos, fora mesmo feito pelas mãos do homem. Gruber murmurou o que tanto poderia ser um impropério quanto uma breve prece, e Brohm pôde ouvir exclamações de surpresa atrás dele quando os demais se aproximaram. O que encontrou ali o levou a se perguntar se havia ficado louco.

Contra a parede, ao fim de um túnel de quase dois quilômetros sob o solo, três velhos monges budistas de olhos opacos estavam sentados de pernas cruzadas em vestes cor de açafrão. Os lábios se moviam na incessante entoação do mantra, ignorando a chegada dos estranhos.

– Eles são cegos – Gruber disse, incrédulo. Então, depois de pensar um segundo: – Por que precisariam de lâmpadas?

– Para o ar – Brohm pegou-se sussurrando. – As chamas queimam o oxigênio e puxam o ar da superfície. Sem as lâmpadas, o ar por aqui se tornaria irrespirável em pouco tempo. – Via agora que, na lateral da câmara, havia pilhas com estoque de comida, água e sacos úmidos com manteiga de iaque, o que significava que aqueles espectrais habitantes da caverna eram abastecidos pelo mundo exterior periodicamente. Mas seus olhos, assim como os dos demais, foram atraídos para o centro da câmara, onde uma caixa dourada e ornamentada fora depositada sobre o que só poderia ser um altar cerimonial.

– Como podem não ter percebido nossa chegada? – Junger sibilou.

Brohm moveu-se como um sonâmbulo rumo ao altar. Segundo a segundo, uma conclusão vinha se assomando na mente do geólogo, fazendo-o quase desejar berrá-la aos quatro cantos do mundo. O suor escorria-lhe pelas costas e as mãos estavam úmidas ao se aproximar da caixa.

– Para eles, vocês não existem – Jigme respondeu a Junger, a voz tão trêmula quanto a de um ancião –, exceto como demônios. Eles entoam um mantra para fazê-los desaparecer.

– O que é isso? – Só então Brohm notou que Gruber estava atrás dele, os olhos febris perscrutando sobre seu ombro. Atlântida fora esquecida. Tudo o que importava era aquela caixa.

Obviamente antiquíssima, tinha cerca de sessenta centímetros de comprimento por quarenta e cinco de largura e profundidade. A princípio, Brohm pensou que fosse feita de ouro maciço; porém, no momento em que colocou as mãos sobre ela, percebeu que na verdade era de madeira folheada a ouro. Representações de Buda e de várias outras divindades indianas haviam sido esculpidas ao longo de sua extensão. O que o deixou perplexo, para logo depois entusiasmá-lo, foi o fato de, ao levantá-la, ela *pesar* como se fosse de ouro. Não se atreveu a responder à pergunta de Gruber com sinceridade. Primeiro, porque ainda não tinha certeza; segundo, porque Gruber era tolo demais para compreender.

– Não podemos nos dar o luxo de abrir para descobrir, mas acredito que o que esta caixa contém possa ser de importância vital para o Reich. Deve ser enviada para nossa pátria imediatamente. E em segredo absoluto.

Gruber o encarou, depois assentiu:

– E quanto aos monges?

Brohm já havia decidido:

– Mate-os.

Junger sacou a pistola. Juntos, voltaram-se para Jigme.

– E quanto a ele?

Lágrimas rolavam pelo rosto do tibetano, transformando o sorriso habitual em uma máscara trágica. Ainda havia o vestígio de um sorriso se desfazendo em seu semblante quando Walter Brohm lhe desferiu um tiro entre os olhos.

# II

## 2008, Welwyn Garden City, Inglaterra

Jamie Saintclair soube de imediato que algo estava errado por causa do cheiro, ou melhor, da ausência dele. Quando chegava em casa nas tardes de domingo, sabia que seria recebido pelo reconfortante aroma agridoce de carne assada. Porém, naquele dia, o único odor que sentiu quando abriu a porta dos fundos era o de leite azedo da embalagem aberta ao lado da pia de aço inoxidável.

– Vovô?

Dirigiu-se à sala da frente, que a mãe costumava chamar exageradamente de salão, com sua decoração antiquada, papel de parede sem graça e mobília com décadas de uso. Estava frio ali, o que era normal: o velho nunca ligava o aquecimento antes de outubro. O que mais preocupava Jamie era o silêncio. A casa se tornara silenciosa desde que a mãe havia morrido, é verdade. Mas não tanto assim.

– Vovô?

Ele abriu a porta que dava para as escadas.

– Ó meu Deus.

Seu estômago se contraiu e ele sentiu dificuldade para respirar. O chão pareceu lhe faltar sob os pés, e o teto, prestes a desabar. Desviou o olhar automaticamente, como se a mente houvesse se convencido de que, ao se voltar de novo para a cena, quem tinha visto não estaria mais lá.

Mas ele continuava no mesmo lugar: caído e contorcido diante da porta da frente, aos pés da escada, os longos braços e pernas que sempre o haviam feito se lembrar de um bicho-pau espalhafatoso agora jazendo em ângulos assombrosos, o pescoço com seu colarinho clerical de plástico de tal modo retorcido, que os inexpressivos olhos azuis do idoso pareciam absolutamente concentrados na axila esquerda.

– Vovô? – O instinto fez Jamie estender a mão para a garganta do avô para sentir se havia pulsação, mas deteve-se ao perceber a inutilidade daquele gesto. Se o pescoço quebrado não era prova suficiente, a palidez cinza-amarelada da pele e a maneira como parecia se desprender dos ossos confirmavam-lhe que Matthew Sinclair estivera caído ali por vários dias. Aparentemente, tropeçara nos degraus. Nos últimos tempos, o avô vinha tendo problemas para se locomover, mesmo com o auxílio da bengala, que, o subconsciente de Jamie observou, deveria estar em algum lugar ali por perto, mas não estava.

Jamie desabou no degrau e fechou os olhos. Sem lágrimas. Ainda não. Porque a emoção predominante não era a dor, e sim a solidão. Seu avô era – tinha sido – o último parente vivo. Nada de tios ou tias. Nem primos; pelo menos, não que conhecesse. Tentou se lembrar do velho como fora antes, e a imagem que lhe veio foi a de um rosto fino e ossudo, dominado por um nariz rosado que mais parecia um farol de trânsito, cujo brilho era alimentado por uísque escocês barato, que ele afirmava ser a única coisa que o ajudava a dormir. O cabelo era grisalho, com entradas pronunciadas na testa, e os olhos, risonhos e benevolentes, ensombrecidos pelas doenças tropicais, legado de seus anos na África. Uma prece se formou em sua mente, mas sabia que o velho já estava com o Deus que o sustentara por tanto tempo. Matthew havia sido um *bom* homem na mais verdadeira acepção da palavra. Todo o seu tempo e cada centavo tinham sido dedicados a ajudar os outros. Cada novo dia, uma oportunidade de ser uma pessoa melhor.

Jamie colocou a mão sobre a boca e sufocou um soluço. A culpa, antes em estado latente, acordava agora – por que não insistira em ficar com ele? – enquanto o estado de choque ia passando. Um clique em sua cabeça lhe dizia para se mover para *fazer* alguma coisa.

Ele se ajoelhou ao lado da figura imóvel e se curvou para lhe beijar a testa fria.

– Adeus, vovô.

Haviam se passado dez dias antes que se sentisse forte o suficiente para retornar à casa, a mente ainda entorpecida pelo peculiar distanciamento que se seguia a um período de luto intenso. Só agora tinha sido capaz de superar o pavor que o mantivera afastado da tarefa indesejável, porém necessária, de colocar em ordem os documentos do avô e separar qualquer coisa de valor monetário ou sentimental, antes que o pessoal da limpeza chegasse.

Aquela tinha sido sua casa por dezoito anos, compartilhada com a mãe e o avô, antes de partir para a universidade. Assim como a própria mãe, a casa também era um produto dos anos 1950: uma construção de fachada marrom em chapisco de pedra, com cinco cômodos funcionais, telhas de barro, janelas limpas e um pequeno e bem cuidado jardim. Geminada, claro; a mãe jamais poderia pagar o que chamava de "uma casa propriamente dita" em Welwyn, e a magra pensão de pastor de Matthew não dava para muito. Recordou-se do dia em que ela morrera e do inesperado senso de libertação que havia experimentado. Enfim estava livre da influência sufocante que o oprimia desde o dia em que tivera idade suficiente para compreendê-la.

Matthew não havia mudado nada desde que ela partira. A casa tornara-se um santuário dedicado à mãe de Jamie. Cada canto despertava-lhe lembranças. Chás de morango à mesa da cozinha, onde ela limpava o rosto sujo de geleia com uma toalha úmida. O aroma de seu perfume quando ela se inclinava sobre ele para completar um quebra-cabeça na sala da frente. O avô o auxiliando com um difícil verbo em latim quando tinha cerca de 12 anos, no que devia ter sido um dos momentos mais árduos de sua existência. Meneou a cabeça. Por onde começar? Os papéis, supôs, que estavam guardados na escrivaninha envernizada.

Ficou naquela tarefa por meia hora, fazendo triagem de documentos de seguros e contas de gás, antes que o tédio irresistivelmente o desviasse para uma coleção de álbuns de fotografias da mãe encadernados em couro. Folheou as páginas de fotos, cada uma posicionada com perfeição em seu devido lugar. As primeiras eram, na maioria, fotografias dele ainda bebê, sozinho ou com a mãe, ou ainda com os avós. Ali estava Jamie, aos 5 anos de idade, muito sério e pronto para o primeiro dia na escola, com boné, um blazer roxo e gravata, ao lado de sua orgulhosa mãe. Na foto, o cabelo dela era castanho-escuro e brilhante. Como pudera se esquecer daquilo? Margaret Saintclair havia sido uma esnobe, uma esnobe incontrolável e sem nenhum remorso que, de alguma maneira, conseguira ocultar sua condição de mãe solteira do círculo de amizades de nariz empinado, enquanto abria caminho para se tornar presidente – não mera organizadora, Deus me livre – do clube de *bridge* local. Mas, apesar de todos os seus defeitos, ela o amava, e demonstrava 1550 como só uma mãe solteira com um filho único poderia fazer: com dedicação exclusiva, que beirava a obsessão. Levara muito tempo para entender o que ela e o avô haviam passado para garantir que ele estivesse preparado para enfrentar o mundo. De certo modo, a mãe devotara trinta anos de sua vida a ele. Ela chegara a abrir mão até do próprio sobrenome – o velho e bom Sinclair – como parte do plano para lhe dar a melhor chance possível quando fora para Cambridge, incentivado – quase pressionado – por ela a ganhar uma bolsa de estudos da escola local.

Enquanto folheava as fotos, deu-se conta de que sempre pensara na mãe como uma idosa, o que sem dúvida ela jamais fora. Não havia completado 63 anos quando morreu.

Outra foto. Um dos momentos de maior orgulho da mãe, quando ele se graduara em primeiro lugar em artes plásticas e línguas modernas. Jamie mal se reconheceu no jovem de rosto severo trajando uma beca alugada tamanho único, muito embora a fotografia houvesse sido tirada menos de dez anos antes. Enquanto os outros alunos passavam a maior parte do tempo bebendo e farreando, jamais fora capaz de escapar do controle telepático da mãe. Se bem se lembrava, a expressão popular para a imagem que forjara para si mesmo era "jovem careta", e a abraçara alegremente, só lhe faltando aderir ao paletó de *tweed* e ao cachimbo, pelo amor de Deus! Não que não tivesse seus momentos, e as garotas que o haviam seduzido, em geral como um desafio, tinham partido agradavelmente surpresas e bastante satisfeitas, embora jamais houvesse se deixado arrastar pela implacável febre de caça às mulheres que os outros estudantes viam como um dever.

Balançou a cabeça, afastando as recordações, e, ainda carregando o álbum, subiu a escada estreita depois de passar pela fileira de patos de gesso em posição de voo que guardavam o *hall* como uma esquadrilha de aviões de caça Spitfires. Tinha consciência de que deveria estar fazendo algo mais produtivo, mas não conseguia se soltar das garras letárgicas do passado.

A porta do quarto de Matthew estava entreaberta, e ele a transpôs com a sensação de uma criança ao adentrar um jardim proibido. Fazia anos que não entrava naquele quarto. Medindo talvez quatro metros e meio por seis, os únicos móveis ali eram uma penteadeira em laminado melamínico branco, um armário baixo onde o velho guardava os sapatos, e um enorme e desajeitado guarda-roupa de carvalho que devia ter vindo de alguma loja de móveis usados. O quarto ainda conservava um leve e adocicado odor de enfermidade, e, ao deitar-se sobre a colcha, foi tomado pela presença de Matthew. Sentiu uma pontada aguda nos olhos. *Controle-se, Saintclair*.

Sentou-se e reabriu o álbum. Um recorte de jornal no qual se via a fotografia de um Jamie adulto segurando uma pequena pintura em uma moldura dourada. Será que os deixara realmente orgulhosos? Supôs que o recorte fosse prova disso, mas era um orgulho erigido sobre falsas aparências. Quando a mãe soubera que ele montara o próprio negócio, após oito anos trabalhando para a Sotheby's, e se mudara para um escritório na Old Bond Street, insistira em abrir uma garrafa do cuidadosamente guardado Asti Spumante. Ele nunca os convidara para visitar o escritório, e não tinha coragem de revelar que era pouco mais que um armário em um endereço elegante. Havia uma garrafa de uísque sobre a mesinha de cabeceira. Ele sorriu, relembrando a voz suave de Matthew – *puramente medicinal, meu caro garoto* –, e serviu-se de uma pequena dose. Estudou a fotografia mais de perto. A pintura lhe trouxera fama de breve duração e fortuna ainda mais efêmera.

Tratava-se de um dos primeiros trabalhos de Rembrandt, um retrato de algum comerciante holandês de faces rosadas – nada particularmente impressionante, mas um Rembrandt, ainda assim. Até 1940, estivera pendurado em solitário esplendor na mansão parisiense da família Mandelbaum, exportadores de tecido havia cinco gerações, e orgulhosos de seu trabalho. Ao longo dos séculos, os Mandelbaum, judeus franceses de origem alemã, haviam resistido a diversas tempestades, mas o tornado que soprara do Terceiro Reich naquele verão os abatera inteiramente. *Monsieur* Mandelbaum, que recusara ofertas de asilo dos clientes na Inglaterra, passara os olhos no Rembrandt pela última vez na sexta-feira, 14 de junho, enquanto os alemães marchavam por Paris. Em seguida, estourara os próprios miolos, deixando madame e cinco pequenos Mandelbaum para serem despejados, registrados, classificados e, por fim, enviados, por intermédio do centro de deportação de Drancy, para o campo de extermínio de Auschwitz. No momento em que o embate chegara ao fim, apenas um único Mandelbaum, Emil, sobrevivera, emergindo milagrosamente dos cadáveres e mortos-vivos, como um dos homens-palito das pinturas de Lowry, embora em uma versão mais nova, de 10 anos de idade.

Depois da guerra, Emil fora reivindicado por parentes nos Estados Unidos e passara os sessenta anos seguintes tentando esquecer os gritos, a visão de homens e mulheres enforcados e o fedor interminável das chaminés dos crematórios. Mas, no ano anterior, fora procurado pelo filho de um antigo conhecido com quem o pai tinha negócios, que lhe sugerira recuperar a propriedade em Paris e indagar o que havia acontecido com o célebre Rembrandt. Emil tinha apenas uma vaga lembrança da pintura, mas, sendo então um corretor de ações aposentado, por certo conhecia o valor potencial da obra.

Para um negociante de arte de sucesso, rastrear bens roubados, especialmente bens roubados meio século antes, é o equivalente, em termos profissionais, a caminhar vendado por um campo minado. Por isso, não havia sido surpresa que Emil houvesse deparado com dificuldades para encontrar alguém respeitável para ajudá-lo a procurar o Rembrandt. Na época, Jamie estava visivelmente carente de sinais evidentes de sucesso, e a reputação estava em baixa, após uma série de ciladas em leilões nos quais tanto ele quanto os clientes haviam perdido dinheiro. Os dois homens tinham sido apresentados por Simon Marks, banqueiro e ex-colega de Jamie em Cambridge, que vinha acompanhando e se desesperando com os esforços lamentáveis do amigo em construir seu negócio.

– Aceite essa oferta, ao menos para fazer algum dinheiro, ou mude de carreira, meu velho – Simon o aconselhara. – Emil está nadando em dinheiro; ele vai lhe pagar por dia, fora as suas despesas, enquanto estiver procurando pelo maldito quadro, além de uma farta remuneração no caso improvável de que consiga colocar de fato as mãos naquela coisa.

Por sorte, sua fluência em vários idiomas e o que ele gostava de pensar que fosse um pouco de bom-senso haviam desempenhado sua parte nos fatos que se seguiram. Como havia contado a Simon:

– Os nazistas eram tão eficientes na catalogação do que se apropriavam quanto eram com todo o resto. O Rembrandt de Emil tinha sido uma das milhares de obras apropriadas pelo Instituto Reichsleiter Rosenberg, de Hermann Goering, nos Territórios Ocupados. Depois que descobri isso, havia três possibilidades. Primeiro, ele poderia ter sido destruído durante a guerra: possível, mas a maioria das obras de arte roubadas foi preservada. Segundo, algum nazista de alto posto e com recursos poderia ter contrabandeado a obra para fora como investimento por uma das rotas de fuga de Odessa: novamente possível, e, se fosse isso que houvesse acontecido, a rota mais provável era pela Espanha ou Suíça, até a América do Sul. A terceira opção, menos provável, é que o quadro tivesse acabado armazenado em uma grande caverna nos Alpes da Baviera e que algum soldado norte-americano o houvesse pegado e levado para casa em Pittsburg, para dá-lo de presente à mãe.

Fora bem-sucedido ao investigar a segunda opção. Tinha seguido um rastro deixado por uma galeria de arte de Madri, que o conduzira por um caminho sinuoso até a opção três, quando então obtivera o grande prêmio. Um leiloeiro em Santiago conhecia um comerciante de arte em Buenos Aires, que achava ter visto exatamente aquela pintura na parede da Embaixada da Argentina no Panamá. Uma viagem à Zona do Canal e um adido cultural afável, terrivelmente orgulhoso da importante obra de arte na Embaixada, confirmaram a identificação. O olhar no rosto do jovem anfitrião quando sugerira que o Rembrandt poderia ser propriedade roubada quase partira o coração de Jamie. Fora o primeiro de vários outros momentos constrangedores criados por sua nova carreira. O rastreamento da pintura até chegar ali o conduzira a um veterano norte-americano que havia mesmo levado o Rembrandt para casa a fim de mostrá-lo à mãe, só que em Omaha, e não em Pittsburg, para em seguida vendê-lo. A rota incluía um respeitado comerciante de arte de Nova York, que tinha sido bem criativo quanto à proveniência do Rembrandt, e cuja reputação agora estava danificada demais para qualquer tipo de reparo. Jamie saboreara alguns instantes de triunfo, mas haviam durado pouco. Não demorara muito para perceber que seu feito o tornara tão impopular na unida comunidade artística quanto a peste bubônica. De repente, pequenas galerias, que antes o recebiam com um sorriso simpático e sempre lhe atiravam de boa vontade algumas migalhas, fingiam não conhecê-lo mais. As grandes nem sequer retornavam seus telefonemas. Ainda assim, ficara com bastante dinheiro para ir levando a situação. Pelo menos até os advogados do negociante de Nova York entrarem na jogada. A ação jamais chegara aos tribunais, mas o acordo custara mais do que lhe havia sido pago para encontrar a pintura. Seu único consolo era que a publicidade gerada pelo achado e o endosso de Emil Mandelbaum tinham resultado em um fluxo lento de comissões de famílias judias que também queriam reaver seus tesouros. O trabalho lhe garantia sobrevivência e ocupação, porém nunca mais fora capaz de repetir o sucesso daquela primeira empreitada, e começava a se perguntar se a sorte que tivera com o Rembrandt era aquela dos principiantes.

Arrastou-se para fora da cama e timidamente abriu a gaveta de cima da penteadeira. Nenhuma surpresa oculta ali. Lenços dobrados com cuidado, meias igualmente em ordem, camisetas e cuecas alvas que, era bem provável, datavam de décadas atrás. Perguntou-se se o velho não guardaria alguma correspondência de sua mãe, talvez uma carta de amor perfumada do pai de Jamie, cujo nome ela nunca lhe revelara, mas não havia nada.

Voltou a atenção para o guarda-roupa, aspirando uma lufada de naftalina e o odor peculiar de *tweed* ao abri-lo. Ao mesmo tempo, teve um vislumbre de si mesmo no espelho grande afixado atrás da porta. O homem que o encarava era alto, anguloso, e ainda carregava o ar vagamente elegante cultivado em Cambridge. Mas a morte do avô o marcara de alguma maneira, embora não soubesse dizer exatamente como. Talvez fossem as ligeiras olheiras que o faziam parecer mais velho do que seus 30 anos, ou uma linha rígida nos lábios finos que não havia ali antes. Saudável, quase bonito, os olhos verdes, mais astutos que verdadeiramente inteligentes, estavam fixos na imagem. O cabelo escuro e rebelde caía-lhe sobre os olhos, e o semblante emanava uma determinação que, estranhamente, apenas as mulheres pareciam notar.

– Quem é você? – perguntou ao homem no espelho. – De onde você veio?

Vasculhou os ternos escuros, as camisas brancas surradas e os trajes clericais antigos, verificando os bolsos. Em seguida, passou a esquadrinhar a parte de baixo do guarda-roupa, onde Matthew guardava sua coleção de revistas de jardinagem. Nada ali que pudesse interessar. Virou-se, a mente já concentrada no quarto ao lado. Ao fazê-lo, porém, vislumbrou um brilho fraco de metal em uma pequena fenda na junção do piso do móvel com o fundo do guarda-roupa. Com perplexidade crescente, agachou-se para ver do que se tratava, mas foi só quando retirou as revistas e examinou melhor que percebeu que o piso consistia de um painel de madeira compensada removível. Seu coração bateu um pouco mais rápido. Ao levantar a madeira, os olhos depararam com uma caixa de metal a um canto bem escuro do esconderijo.

A caixa era do tamanho de uma lata de biscoitos antiga, coberta por uma tinta verde-escura já um tanto descascada, que lhe concedia uma aparência distintamente militar. Um trecho já sem tinta, revelando o metal nu, denunciara o objeto oculto sob o piso falso do guarda-roupa. Levantou a caixa e a sacudiu, intrigado com o ruído do conteúdo. Colocou-a sobre a cama, sentindo a mesma ansiedade de quando pusera os olhos sobre o Rembrandt pela primeira vez, como um relógio de parede no qual se deu corda demais e as molas, sob tensão, ameaçam arrebentar a qualquer momento. Um trinco de metal enferrujado mantinha a caixa fechada, e foi com um suspiro profundo que o soltou cautelosamente, livrando a tampa e a erguendo.

Sua primeira impressão foi de que havia ali uma miscelânea de recordações do exército: algumas medalhas escurecidas, fitas empoeiradas de condecorações, emblemas desgastados e papéis manchados pelo tempo. Mas, à medida que os olhos se demoraram com mais atenção sobre cada item, percebeu que era muito mais que isso. O livreto marrom escondido em meio às fitas de medalhas só podia ser uma caderneta militar. O que tinha diante de si era a completa identidade de um indivíduo. Sentiu uma onda de alegria e precisou reprimir um grito de triunfo. Aquela era a identidade de *seu pai*. Com as mãos trêmulas, pegou a caderneta e a abriu, os olhos procurando pelo nome com avidez.

– Merda! – A palavra ecoou pelas paredes, e ele pôde sentir a desaprovação póstuma de sua mãe.

*Matthew Sinclair.*

Aqueles pertences não eram do pai que nunca conhecera, e sim do avô. De seu velho e caduco avô Matthew, que costumava sentar o pequeno Jamie nos joelhos, recitando sem parar as escrituras e esperando que ele desfrutasse de histórias estranhas contadas em seu alemão fluente. Daquele que o levara pela primeira vez a uma galeria de arte e lhe ensinara a importância de forma, composição e linha, enquanto estavam postados diante de um enorme retrato de algum cavaleiro da Guerra Civil com peruca encaracolada. Seu avô gentil, amável, que, literalmente, seria incapaz de matar uma mosca, havia sido um soldado. Não parecia possível, mas a prova estava ali, sobre a cama.

Pôs de lado a caderneta militar, pegou as medalhas uma por uma e as espalhou sobre a colcha: dois círculos de prata com o dobro do tamanho de uma moeda de dez centavos, três estrelas de bronze diferenciadas apenas pela cor das fitas e – ele hesitou, talvez de certa maneira reconhecendo o que tinha na palma da mão – uma cruz de prata fina com uma coroa em relevo no final de cada ponta. Virou a cruz para ler a inscrição no verso: Cap. M. Sinclair (Royal Berkshire Regiment – RBR), 8 de maio de 1945. A cruz, embora Jamie só pudesse arriscar um palpite sobre o tipo de condecoração de que se tratava, significava que Matthew Sinclair não só havia servido no exército como também combatera, e combatera muito bem. Mas não havia terminado. Agora que quase esvaziara a caixa, tinha encontrado dois pequenos pedaços de pano aninhados em seu interior. Um deles era um emblema com um paraquedas alado e o outro, que reconheceu de pronto, era a adaga alada do Serviço Aéreo Especial, uma das unidades de elite do Exército da Grã-Bretanha mais respeitadas do mundo. Jamie olhou incrédulo para a insígnia. Sentia-se empolgado e traído ao mesmo tempo.

– Por que você não me contou? – exigiu saber do quarto vazio. Sua mãe não apenas o enganara quanto a seu pai, mas também a respeito do avô. O doce e excêntrico senhor de idade com quem ele convivera por tantos anos havia sido um herói de guerra. No entanto, nenhum deles jamais tinha mencionado esse detalhe.

Sentia-se tão irritado que por pouco não notou o diário surrado no fundo da caixa.

# III

## 2008, Palácio Menshikov, São Petersburgo, Rússia

Os seis homens de macacão preto, iluminados por uma fraca luz avermelhada, estavam sentados no compartimento traseiro de uma grande van estacionada na Ilha Vasilevskiy, do outro lado do rio Neva, com vista para o Museu Hermitage. O líder do grupo sentia-se bastante satisfeito pelo fato de a grande e imponente construção às margens do rio não ser o alvo naquela noite. Quando se tornara evidente que o que seu cliente procurava estava em São Petersburgo, ele havia feito o reconhecimento dos seis edifícios do complexo principal e descobrira exatamente o que já sabia: o Hermitage era um osso duro de roer, tanto quanto o Banco da Inglaterra ou o Fort Knox. Felizmente, não era lá que se daria a invasão. Como todo grande museu do mundo, o Hermitage abrigava muito mais tesouros do que comportava exibir, e esses tesouros sobressalentes distribuíam-se entre museus irmãos. Em seu acervo também havia milhares de itens cuja origem e propriedade vinham sendo objeto de controvérsia desde o fim da Segunda Guerra Mundial. Tão ávido por vingança quanto por poder, Stálin insistira que a arte e os artefatos históricos da Alemanha deveriam ser parte do preço a ser pago pelo sofrimento da Mãe Rússia. Quando seus generais tomaram Berlim, tropas especiais do NKVD, o Comissariado do Povo para Assuntos Internos, espalharam-se por todo o país saqueando pinturas, livros e esculturas cuidadosamente escolhidos, levando para casa entre três e doze *milhões* de obras de arte, dependendo de em qual versão se acreditasse, entre elas pinturas de

Botticelli e Van Dyck. Algumas dessas obras com certeza não se encontravam muito longe de onde ele estava sentado com sua equipe de assalto, mas, naquela noite, só uma delas lhe interessava. Olhou para o relógio. Era 1h55.

– Preparem-se. – Baixou a máscara de esqui negra sobre a cabeça. Os outros seguiram seu exemplo, verificando automaticamente armas e equipamentos.

Dimitriy Yermolov reprimiu um bocejo e lutou para manter os olhos abertos. Hora de dar mais uma inspecionada no local. Se um dos supervisores entrasse – o que era altamente improvável – e o apanhasse meio sonolento daquele jeito, ficaria sem emprego. Quem então bancaria seu filho esbanjador na universidade? Estava velho demais para aquele trabalho noturno, mas o que mais poderia fazer? A nova Rússia tinha sido tão dura com Dimitriy quanto a antiga União Soviética. Era esse o problema de ser um homem honesto em um país onde a corrupção é elemento essencial de qualquer carreira de sucesso. Não importava se a questão era fazer vista grossa a um traficante de drogas da máfia do Cazaquistão ou ficar de bico calado quando um funcionário do partido vendia álcool do Estado. O problema era que agora um humilde guarda, ainda que em um dos mais prestigiados museus da Rússia, não ganhava boa remuneração. Nem agora, aliás, nem nunca. E, convenhamos, aquilo ali não passava de um apêndice do Hermitage, do outro lado do rio. Não que o Palácio Menshikov não fosse impressionante o bastante, uma gloriosa mansão barroca com vista para o rio em uma das áreas mais importantes do mundo. Aquela era, provavelmente, a mais antiga construção remanescente na melhor cidade da Rússia. Que Moscou que nada: aquele lugar sempre fora a capital e continuaria a ser, e ele a adorava, mesmo que aquele filho da mãe do Vladimir Vladimirovich Putin também houvesse nascido ali. Mas, em comparação com o Museu do Estado ou o Palácio de Inverno, o Menshikov era, na verdade, apenas um conjunto de belos aposentos, com um ou outro quadro de um grande mestre aqui e ali para lhe dar um verniz de distinção. Ninguém iria querer roubar *aquele* lugar.

O líder olhou para o relógio novamente.
– Dois minutos. – Havia reunido uma equipe de cinco profissionais que falavam russo, cuidadosamente selecionados por suas habilidades e

crueldade, cujo DNA ancestral os ligava às montanhas onde o exército conscrito do Kremlin lutara sua guerra perpetuamente selvagem contra os combatentes *mujahedin* e as Viúvas Negras da Chechênia. Se algo desse errado, era só gritar umas poucas palavras em um checheno elementar para criar uma névoa terrorista que manteria os investigadores ocupados por meses. Eram todos mercenários, mas cada um deles fora veterano das Forças Especiais. Os seis homens tinham servido em Granada, no Panamá, no Iraque, no Afeganistão e em alguns outros lugares dos quais o mundo não deveria ter conhecimento.

Os sistemas de segurança do Palácio Menshikov diferiam dos do Hermitage apenas em escala. Cada andar tinha as próprias câmeras, alarmes e sensores de movimento, infravermelho e laser. No instante em que um alarme era acionado, todo o edifício se trancava e, em menos de dez minutos, o local ficava abarrotado de policiais de São Petersburgo. O único ponto fraco era durante esses minutos cruciais entre o disparo do alarme e a resposta, quando se esperava que os guardas do museu lidassem com qualquer crise em desenvolvimento. No Hermitage, dezenas de guardas ficavam de plantão durante as horas de escuridão. No Palácio Menshikov, entretanto, os homens do turno da noite eram apenas seis, e os pontos vermelhos no laptop diante do líder da equipe lhe mostravam exatamente onde estavam naquele momento.

Dimitriy usou o rádio para informar a Yuri, na sala de controle, que estaria patrulhando o piso inferior e o porão pelos próximos quinze minutos. Ouviu como resposta a risada do outro homem.

– Claro, Dimi. Veja se consegue acertar um tiro em alguns desses malditos ratos quando estiver lá. – Dimitriy sorriu. Tão perto do rio, os ratos pretos que fervilhavam em esgotos e bueiros no verão estavam sempre acionando alarmes ou roendo cabos elétricos. Não que fosse mesmo atirar. Nunca usara o pesado revólver RSA Kobalt seis tiros que pendia de forma tão desconfortável no coldre em sua cintura. Costumavam colocar veneno lá embaixo, mas aquelas criaturas fugidias só pareciam aumentar em número. Perambulou alegremente pelo corredor principal, em meio a seus pilares e sob a grande escada, deixando o facho da lanterna esquadrinhar as paredes cobertas de retratos, sob o olhar das estátuas clássicas e dos bustos de severos czares. Os sapatos com solado de borracha não produziam ruído no piso de pedra. Às vezes, estar sozinho no palácio podia ser um pouco assustador, mas, naquela noite, sentia que estava entre amigos.

– Um minuto. Visão noturna. Luzes apagadas.

Dentro da van, o líder sentiu a tensão crescer, como uma tempestade se formando. Cada homem ajustou os óculos no lugar e olhou para a frente, alerta, embora perdido nos próprios pensamentos, repassando mentalmente os movimentos dos próximos dez minutos. Vinham treinando havia três meses para aquilo. Três meses de suor e repetições sem fim, tudo para os dez minutos que mudariam a vida deles por completo. No entanto, o sucesso ou o fracasso dependia de um homem que nunca tinham visto, sentado em um escritório a mais de onze mil quilômetros de distância.

O sistema de segurança que protegia o Menshikov era tão bom quanto qualquer outro no mundo, mas, como todo sistema de segurança, alarmes e câmeras, bem como detectores e fechamento de portas automáticas, eram controlados por um computador central dependente da tecnologia e do software desenvolvidos originalmente nos Estados Unidos.

Na sequência dos ataques de 11 de Setembro, altos funcionários do governo dos Estados Unidos haviam mantido conversações secretas com diretores das dez maiores empresas fabricantes de computadores do país. A Casa Branca estava, e está, preocupada com o uso de tecnologia de computadores para recrutamento e comunicação criptografada usada pela Al--Qaeda e suas redes terroristas associadas. Depois do 11 de Setembro, as grandes corporações reconheceram que o mundo havia mudado, principalmente quando ficou claro que os vantajosos contratos do governo que ajudaram a impulsionar os lucros de seus acionistas dependiam de um novo nível de cooperação. Em troca de um aumento nas pesquisas e no financiamento do desenvolvimento, concordaram em fornecer acesso privilegiado a todos os novos e futuros avanços tecnológicos, assim como informações sobre eles. O efeito mais significativo desse pacto foi dotar um pequeno ramo da Agência de Segurança Nacional com a capacidade e a tecnologia adequadas para se infiltrar e, se necessário, controlar qualquer computador do planeta. É evidente que seu cliente não poderia comprar o governo dos Estados Unidos, mas ele de fato possuía os recursos para identificar e adquirir os serviços de um desenvolvedor de software e engenheiro de computação a par do novo sistema: um homem cujo fundo de aposentadoria havia sido incrementado por um depósito de vários milhões de dólares em um banco particular nas Ilhas Cayman. Àquela altura, o engenheiro já teria entrado remotamente no sistema do computador do Menshikov e feito a alteração necessária e indetectável nos procedimentos de reação de emergência.

– Trinta segundos.

Em um incidente grave, o computador que controla o sistema de segurança do Menshikov restringiria de modo automático o acesso a todas as áreas do museu, cerrando cada uma das portas e janelas. Reação semelhante aconteceria no caso de um corte de energia. Nessas circunstâncias, o líder sabia que levaria dez minutos para o gerador de emergência do museu fornecer energia suficiente para o sistema retornar. A queda de energia não seria suficiente para acionar a polícia, a não ser que fosse acompanhada de um sinal de emergência da sala de controle. Era por isso que as luzes estavam prestes a se apagar nesse setor específico de São Petersburgo.

– Dez.

Um ponto vermelho se arrastava devagar pela tela do laptop. Um dos guardas estava em movimento, mas, quanto aos demais, estavam exatamente onde ele desejava.

– Nove.

Relanceou o olhar pela van e encontrou olhos fixos nele por trás dos óculos de visão noturna.

– Oito.

As mãos dele corriam pelo equipamento em correias e cintos amarrados a seu corpo. Granadas de efeito moral, arma de eletrochoque, uma pistola GSh-18 de fabricação russa e munição.

– Sete. Lembrem-se: a partir de agora falaremos apenas em russo.

Ele fechou os olhos e, pela última vez, visualizou o interior do museu e a rota que precisava tomar, partindo da van até a porta lateral.

– Seis.

– Caminho livre – anunciou o mercenário sentado ao lado do motorista da van.

– Cinco.

Ele estendeu a mão para a maçaneta da porta.

– Quatro... Três... Dois... Um... Vamos!

Saltaram da van para a escuridão e, enquanto ele corria em direção ao palácio, pôde ver – a uns oitocentos metros de distância – a fachada iluminada do Hermitage refletida nas águas calmas do rio Neva. Não precisava ouvir o baque suave das botas no asfalto para saber que os cinco homens o seguiam de perto. Setenta e cinco passos até a entrada lateral. Ignorar as câmeras de vigilância, que continuariam a funcionar alimentadas por baterias, mas estariam enviando imagens deles para telas de computador em branco. As portas duplas de carvalho. Aquela era a hora da verdade, pela qual o cliente havia pago todos aqueles milhões. No minuto em que a força fosse cortada, o computador normalmente bloquearia todo o museu, mas o avançadíssimo software carregado pelo engenheiro havia *invertido* o procedimento. O Palácio Menshikov estava totalmente aberto e pronto para ser invadido. Ainda assim, não pôde resistir a uma prece de soldado ao girar a maçaneta. Agora!

Os seis homens irromperam no familiar interior do prédio, mergulhado agora em um fantasmagórico verde subaquático pelo prisma das lentes de visão noturna. Nenhuma ordem foi necessária. Três homens para cuidar dos guardas; dois, incluindo o armeiro, para segui-lo até o alvo. O pessoal da segurança ainda estaria sob a impressão de que as entradas do museu estavam bloqueadas e ficariam em seus postos até o gerador de emergência restaurar a força. Graças ao cliente, aquele era o terceiro corte de energia que experimentavam naquela semana, e não tinham razão para ficar preocupados.

Uma voz rouca soou em seu fone de ouvido:

– Item Seis ainda do lado de fora, nos fundos do edifício. – Os dois homens que haviam permanecido na van continuavam a monitorar os movimentos dos guardas. O sexto vigia era apenas um incômodo, nada mais que isso. Talvez nem mesmo um incômodo, se se mantivesse fora do caminho.

Movendo-se com determinação, mas sem correr, chegou ao final do corredor e virou à direita, acompanhado por dois dos homens, enquanto os outros se afastavam. Por trás da máscara, não pôde deixar de sorrir. Reconheceu um Rubens, um Caravaggio e um Rafael. Cem milhões de dólares dando sopa ali, e não podia colocar nem um dedo neles.

– Item Um derrubado. – Era o encarregado de lidar com o guarda na entrada da frente. Se tudo tivesse corrido dentro do planejado, primeiro ele teria deixado o homem atordoado com a arma de eletrochoque, neutralizando-o, em seguida, com um spray que o manteria inconsciente por pelo menos duas horas.

– Item Três derrubado.

Ele chegou à escada que levava ao porão.

Mesmo nos mais bem protegidos edifícios, alguém que conhece o lugar vai encontrar um meio de sair e entrar que contorne todos aqueles exaustivos procedimentos de segurança. Em particular alguém que precisa de um cigarro.

Dimitriy Yermolov praguejou quando as luzes se apagaram. Droga de companhia de energia elétrica, outra vez! As coisas funcionavam melhor no tempo dos malditos comunistas. Combinara com Yuri para destravar a porta de aço do porão que dava para os jardins e estivera saboreando um breve Sobranie. De pé ali no escuro, sob a velha tília ao lado da porta, acendeu outro cigarro, sentindo-se um completo idiota. O corte de energia se sobrepujaria ao combinado, e teria de ficar trancado do lado de fora até o sistema retornar. Pensou em chamar Yuri, mas isso só o faria parecer ainda mais imbecil. Mesmo que já soubesse que de nada adiantaria, quase automaticamente estendeu a mão para a maçaneta, que girou com facilidade. Que estranho...

– Item Cinco derrubado. – Restava apenas o tolo do lado de fora, nos fundos do edifício. Talvez estivesse verificando algum alerta anterior. Bem, ele poderia muito bem permanecer onde estava.

Chegaram ao nível do porão, e ele virou à direita. Sob o esplendor barroco do palácio, havia um labirinto de antigas cozinhas e adegas, dos tempos em que o príncipe fabulosamente rico, Alexander Menshikov, entretinha seu amigo, o czar. Agora eram salas de caldeiras desativadas e depósitos de armazenamento que abrigavam cerca de noventa e cinco por cento de tesouros que o Hermitage não tinha espaço ou vontade de exibir. Havia literalmente dezenas de cômodos, mas ele havia estudado as plantas do museu e sabia com exatidão para onde se encaminhava. Chegaram à porta que ele procurava. Ainda restavam sete minutos antes de a energia ser restaurada.

Enquanto caminhava pelo corredor entre as adegas, Dimitriy estava mais confuso que alarmado com a facilidade com que entrara no prédio.

– Dimitriy para controle. Dimitriy para controle. – Tentava se comunicar com Yuri, para avisá-lo de que voltara ao interior do museu, mas ele sabia que o rádio não funcionava direito no porão. Não obteve resposta, o que não foi nenhuma surpresa.

O comandante estudou o longo corredor repleto de caixotes e embrulhos malfeitos.

– Fileira quatro, seção B – disse a si mesmo. Havia memorizado a forma, o tamanho e o número do caixote que procurava, e não levou mais de um minuto para encontrá-lo. Apesar do tempo contado, permitiu-se alguns segundos para apreciar o momento. Enfim, aquela era a recompensa pelos anos de pesquisa, planejamento, treinamento, além de enorme investimento por parte do cliente. Provavelmente poderia carregar o caixote sozinho, mas fez um gesto para que o homem ao lado dele o ajudasse. Em seguida, entregou-se a um momento de dúvida, algo pouco familiar a ele.

– Espere um pouco – disse. O outro mercenário recuou um passo, a expressão de surpresa oculta sob o equipamento de visão noturna. – Vamos nos certificar de que temos o que viemos pegar, e não o urinol favorito de algum velhinho. – Puxou uma faca do cinto e alavancou a tampa do caixote, arrebentando a madeira lacrada com pregos. O objeto ali dentro tinha sido acondicionado em palha, e ele a afastou a fim de revelar um reflexo dourado. Exatamente o que esperava ver. Sorriu para o outro homem e recolocou a tampa, martelando os pregos com o cabo da faca.

Atrás deles, o armeiro se ocupara com a tarefa de posicionar uma série do que pareciam ser grandes pratos de sopa em meio a caixotes e engradados, atados por fios a um mecanismo central no piso do porão. Incluiu dois tubos que continham líquido, uma grande bateria e um celular antigo.

– Acabei – anunciou.

– Bom trabalho – tornou o líder. – Cubra os fundos . – Ele inspecionou a bomba. A explosão encobriria o que haviam roubado. Se os guardas tivessem sorte, sobreviveriam, assim como a maior parte do palácio, mas as seis minas antitanques russas mandariam pelos ares a ala leste e o porão.

– Vamos. – Ele segurou o caixote por um lado e seu subordinado pelo outro. Parecia ser mais pesado do que havia imaginado, mas não era nada para dois homens em boa forma. Esgueiraram-se pela porta do porão e caminharam para a escada, seguidos pelo armeiro. Antes de chegarem lá, foram surpreendidos por uma ríspida ordem em russo e ofuscados pela luz de uma lanterna.

Dimitriy se aproximava do porão quando tinha escutado vozes. A primeira coisa que havia lhe passado pela cabeça fora buscar ajuda, mas a lógica lhe dissera que aqueles homens não estariam ali se Yuri e o restante dos guardas ainda estivessem ativos. Ainda assim, poderia ter dado meia-volta e ido embora, mas era para aquele tipo de emergência que era pago. Tirou a arma do coldre, verificou a munição e soltou a trava de segurança.

– Parados! Fiquem onde estão ou eu atiro.

O grito e o facho poderoso da lanterna congelaram os homens no lugar.

– Merda – o líder murmurou. Estreitou os olhos contra o brilho da luz, além dos subordinados, e viu um homem gordo parado à entrada do porão, vestindo um uniforme azul mal ajustado de guarda e apontando uma arma em sua direção. Marcas escuras de suor manchavam-lhe as axilas, e o guarda respirava com dificuldade, embora segurasse a arma com firmeza. Dali de onde estava, a boca do cano parecia um canhão.

– Calma, amigo. Ninguém aqui precisa se machucar – o líder berrou em resposta. A arma se concentrou nele. Com um sussurro, ele ordenou: – Preparem-se.

Dimitriy sentia-se furioso. Os óculos de visão noturna o intrigavam, mas os macacões escuros e as máscaras de esqui lhe mandavam uma mensagem clara. Havia acompanhado e chorara quando a crise dos reféns do teatro de Dubrovka, em Moscou, terminara em explosões, nuvens de gás tóxico e tiros. Não tinha dúvida de que os socorristas haviam sido incompetentes, mas a razão de 129 inocentes morrerem fora porque homens como aqueles haviam trazido o terror para seu país.

– Um passo, e eu atiro – alertou-os, e falava mesmo a sério. O facho da lanterna movia-se entre os três homens, a luz amplificada pelas lentes dos óculos castigando-lhes os olhos, embora o líder houvesse vislumbrado a oportunidade que buscava. O corpo do armeiro protegia parcialmente o mercenário que segurava a outra extremidade do caixote.

– Acerte-o assim que obtiver visão clara – falou calmamente em inglês.
– O que você disse? – Dimitriy quis saber. – Você... – Não teve chance de terminar a frase. O homem no centro do trio moveu-se mais rápido do que já havia visto qualquer outro homem se mover, e estremeceu com o clarão do disparo antes que a bala do GSh-18 o acertasse na parte inferior do abdômen.

Apesar de um tanto ofuscado pela lanterna, o soldado teve visão clara do alvo ao mirar no peito do segurança, e seria capaz de jurar que disparara um tiro mortal. Mas Dimitriy não era apenas um homem gordo em um uniforme barato. Havia sido um dia um homem magro que vestira o uniforme da Brigada de Assalto Aéreo em meio às rochas superaquecidas do Vale do Panshir, e, enquanto o corpo absorvia a energia da bala, disparou um tiro que atingiu em cheio o olho direito do outro homem. Este tombou ao chão, espalhando sangue e miolos pelo caminho. Dimitriy sabia o estrago que a bala havia feito dentro de si, mas, mesmo com as forças se esvaindo, tentou erguer a arma para um segundo tiro, ao mesmo tempo que o armeiro disparava o seu primeiro. O tiro da pistola nove milímetros Parabellum partiu da arma na velocidade inicial de mil e cem pés por segundo, atingindo o cilindro do revólver Kobalt de Dimitriy. Com a colisão, a bala grotescamente deformada ricocheteou para cima com tamanha força, que dilacerou a maior parte do maxilar inferior de Dimitriy e parte da bochecha esquerda, antes de o impacto arremessar seu corpo para o porão.

– Merda! – praguejou o líder, agora lutando para segurar o caixote sozinho. Obrigou-se a se manter calmo. Tudo dera em merda, mas aquilo não era novidade em seu mundo. A chave era controlar a situação e dar o fora antes que as coisas piorassem. Berrou uma ordem para o armeiro: – Certifique-se de que o filho da mãe está morto e volte para me ajudar com isso. – Mas, antes que o homem vencesse a metade do caminho até a porta do porão, deu outra olhada no relógio. Eles tinham pouco mais de um minuto antes de as luzes se acenderem de novo. Os segundos corriam; o tempo estava acabando. – Esqueça. Ele está morto, ou bem perto disso. Precisamos sair daqui *agora*.

Deixando para trás o corpo do companheiro, os dois subiram as escadas e atravessaram o museu. Os outros já os esperavam na van quando o líder e o armeiro empurraram o caixote pela traseira do veículo. Não perguntaram onde o terceiro homem estava; não foi preciso.

– Dê a partida – gritou o líder com sua voz empostada.

Dentro do porão, Dimitriy encontrava-se apenas vagamente consciente de seus terríveis ferimentos. O mundo ia e vinha, alternando ondas de choque induzido pelo trauma e dor excruciante. Ainda tinha olhos, entretanto, e a mente consciente identificou algo que havia sido bastante comum na zona de retaguarda do Afeganistão ocupada pelos russos. O objeto diante dele com toda certeza era uma mina antitanque TM-57. Em geral, seria necessário o peso de um veículo de grande porte para detoná-la, mas ele notou o fio que a ligava a um dispositivo no chão. Sabia o dano que aquilo causaria. Dimitriy começou a se arrastar até o mecanismo de gatilho.

Quando a equipe de assalto atingiu os arredores da cidade, o líder ordenou que o motorista parasse a van. Fez um gesto de cabeça para o armeiro, e o fabricante de bombas retirou um celular da frente do macacão. Àquela altura, os homens haviam retirado as máscaras e se inclinavam para a frente em expectativa, enquanto o armeiro teclava o número. Quando o sinal alcançasse o celular, ativaria um circuito que misturaria os dois líquidos explosivos e enviaria uma carga elétrica às minas antitanques.

Dimitriy estudou o mecanismo com a concentração de um bêbado perplexo ao olhar para o buraco da fechadura. Estava deitado em uma poça do próprio sangue, e a visão começava a embaçar. Não tinha muito tempo. Olhou para o telefone celular. Era de um tipo que certamente seria mais familiar ao seu filho, mas, movido por uma espécie de instinto, decidiu retirar a bateria. Estendeu a mão para ele. Talvez agora eles lhe dessem um aumento.

O líder abriu a porta da van e aguardou o conhecido estrondo abafado de uma explosão. Depois de dois ou três minutos de ansiedade, virou-se acusadoramente para o armeiro.

– Posso voltar... – o homem ofereceu.

O líder sacudiu a cabeça em negativa. O helicóptero com certeza já aguardava por eles no ponto de encontro, e estariam a salvo na Finlândia dentro de uma hora. Bateu na divisória entre a traseira e o banco do motorista, e a van partiu.

– Já temos o que viemos buscar.

# IV

Em seu escritório na Old Bond Street, quatro andares acima dos clientes abastados que podiam se dar o luxo de comprar nas lojas caras pelas quais ele passava todos os dias, Jamie abriu um espaço para a caderneta militar marrom e o diário entre os catálogos de leilões e livros de história da arte empilhados a esmo sobre a mesa.

Hesitou, dividido entre o fascínio das páginas gastas do diário e a caderneta, que, tinha certeza, lhe daria uma visão imediata sobre o avô que ele não tinha realmente conhecido. O diário, em sua época, devia ter sido uma aquisição cara, e era do mesmo tipo que supunha ser usado para registrar as reuniões de clubes exclusivos de cavalheiros. Possuía uns dois centímetros de espessura, tamanho A5, e era encadernado no que havia sido, um dia, couro de boa qualidade, tingido de azul, mas agora estava desgastado e desbotado pela passagem do tempo. Havia a marca de um fecho que desaparecera, e agora o diário era mantido fechado por um pedaço de cordão de prata atado com firmeza. As páginas pareciam bem manuseadas, mas algo lhe dizia que não era aberto havia longos anos.

Com relutância, colocou-o de lado e abriu a pequena caderneta marrom.

Na primeira página, uma surpresa. Jamie sabia que a maior parte dos soldados que haviam servido na Segunda Guerra Mundial tinha sido constituída por voluntários ou recrutas, civis em uniformes que, hesitantes, apresentavam-se para servir seu país na luta contra os nazistas. Esperava que o avô houvesse sido um deles, mas Matthew George Sinclair tinha se integrado ao Royal Berkshire Regiment em 17 de agosto de 1937, aos 19 anos de idade. A caderneta especificava sua altura como 1,82 metro, a circunferência torácica como 100 centímetros, e seu peso como 81 quilos e 850 gramas. A aparência era assim descrita – olhos: verdes; cabelo: escuro; sem marcas distintivas. Jamie sentiu um ligeiro arrepio ao lembrar que ele próprio fora, no segundo ano da universidade, membro do Officer Training Corps – divisão do exército britânico que oferecia treinamento de liderança militar a estudantes universitários do Reino Unido. Na graduação, recebera uma oferta da Real Academia Militar de Sandhurst e quase completara o processo de seleção antes que sua mente se rebelasse contra a perspectiva de uma vida inteira de disciplina à qual se candidatava voluntariamente.

Outras surradas páginas continham informações sobre pagamentos, subsídios, deduções, treinamento recebido e cursos realizados por Matthew (tiro ao alvo/atirador de elite), bem como sua promoção ao posto de tenente em setembro de 1939. Contudo, o mais interessante era o Registro de Ações Especiais em Serviço. Ali se revelava o mistério das condecorações que havia encontrado na caixa de metal. A Estrela da África e o grampo de campanha (dispositivo de metal preso à fita de uma condecoração militar, indicando, em geral, a campanha ou operação militar pela qual a medalha foi concedida), a Estrela de França e Alemanha, a Estrela da Guerra 1939-1945, a Medalha da Defesa e a Medalha da Guerra, tudo datado e rubricado por seus comandantes. E, por fim, a Cruz Militar por "atos de bravura na área de Augsburg, sul da Alemanha".

Mas quem era o homem que ganhara todas aquelas medalhas?

Só agora sentia-se com coragem suficiente para pegar o diário e tentar desatar o nó do cordão que o mantinha selado. Abriu-o na primeira página. Cada anotação era precedida por uma data e escrita naquela mesma caligrafia elegante e antiquada de que se lembrava das poucas cartas e cartões que recebera do avô enquanto estivera na universidade. Alguns dos termos e construções de frases lhe pareceram peculiares, como se datassem de tempos vitorianos. As primeiras anotações vinham dos dias imediatamente posteriores à promoção de Matthew, quando a guerra fora declarada, no final do verão de 1939, e refletia o exaltado entusiasmo de um jovem à beira de seu maior desafio, aliado a uma preocupação francamente declarada quanto a deixar "os companheiros" na mão. Até que ponto o medo o afetava? Matthew era reticente sobre o pavor de ser mutilado, mas a morte em si não parecia consistir num terror para ele. Havia também reconhecimento tácito de que a manutenção de um diário como aquele era desaprovada e que seu autor teria de suspendê-lo quando partisse para a ação em terras estrangeiras, um acontecimento iminente. Com rapidez, tornou-se evidente que Matthew Sinclair estava tão envolvido com o registro de seus pensamentos que acabara por ignorar a restrição, arriscando reprimenda ou mesmo corte marcial – um ato de rebeldia que revelara uma faceta do avô que Jamie desconhecia.

O telefone tocou na outra extremidade da mesa, e Gail, sua secretária, atendeu.

– Saintclair Belas-Artes, posso ajudá-lo? – Ela escutou por alguns segundos, antes de colocar a mão sobre o bocal. – Uma chamada de um hospital na região de Midlands. Você pode atender?

Hesitando, ele pôs o diário de lado e aceitou a ligação.

– Jamie Saintclair falando.

– É o neto do falecido reverendo Matthew Sinclair? – uma voz grave feminina quis saber.

– Isso mesmo.

– A diferença nos sobrenomes me confundiu.

– Isso costuma acontecer – Jamie sorriu ironicamente. – Como posso ajudar?

– Meu nome é Carol O'Connor. Sou enfermeira do Hospital Sta. Cruz em Rugby. Desculpe incomodá-lo, mas um de nossos pacientes de longa data diz que conhecia seu avô e está muito interessado em falar com você.

Jamie arqueou as sobrancelhas, e Gail lhe lançou um sorriso.

– Estou muito ocupado no momento. Mas pode colocá-lo na linha. É sempre um prazer falar com um dos antigos paroquianos de meu avô.

O tom de Carol O'Connor ganhou uma nota de constrangimento.

– Creio que, como muitos de nossos pacientes idosos, Stan seja muito determinado. Ele só vai falar com você pessoalmente.

Jamie suspirou.

– Não acho que...

– E ele não é um dos paroquianos de seu avô. Ele diz que serviu com um Matthew Sinclair durante a guerra.

O coração de Jamie sobressaltou-se ligeiramente.
– Como você disse mesmo que era o nome dele?
– Stan. Stanislaus Kozlowski.

– Eu lerr sobre a morrte de Matthew Sinclair na jornal *The Times* e pensar: talvez esta seja mesmo Matt Sinclair da guerra. Carol ser muito boa menina, fazer tudo para nós internos. Ela verificarr com funerária e agorra você estarr aqui.

Sessenta e oito anos na Grã-Bretanha não haviam sido bem-sucedidos em eliminar o sotaque polonês de Stan Kozlowski; na verdade, ele tinha lhe acrescentado o sotaque anasalado de West Midlands, o que tornava quase impossível, a princípio, compreender o que dizia. Jamie suspeitava de que isso se devesse à autoindulgência de um velho e fosse quase tão autêntico quanto a cabeleira de Stan, que partia da testa larga, indo para trás como um capacete inacreditavelmente negro, tal qual uma graúna, e reluzente como um sapato de verniz. Sentado e encolhido, visivelmente exausto, o velho estava preso ao abraço tentacular de uma máquina de hemodiálise, rodeado por tubos que pulsavam ao ritmo de um monitor bipante. O polonês notou o olhar de Jamie:

– Quatrro horras por dia. Durreza, hein? Mas vale a pena. Se você voltarr mais tarrde, talvez Stan levarr você para dançarr. – Levou a mão trêmula ao bolso de cima do pijama e puxou uma desbotada fotografia em preto e branco. – Veja, eu e Matt. Final de 1944. Talvez 1945?

Jamie pegou a foto. Dois soldados com uniformes camuflados de paraquedistas, de pé ao lado de um jipe. Logo de cara, dava para reconhecer Stan como o jovem com a cabeça descoberta, à direita: baixo, moreno e com uma expressão feroz e carrancuda no rosto magro, a barba por fazer. O alto e esguio tenente com o capacete de paraquedista poderia ter sido irmão gêmeo de Jamie.

– Eu e Matt, nós perderr contato depois voltarr da guerra, mas Matt me dizerr que bastava de lutarr. Ele irr para a igreja. – O velho riu. – Eu... eu não poderr voltarr Polônia porque os Vermelhos iam querrerr atirrarr em mim, então eu irr para fábrica de automóveis em Solihull. Em um minuto, oficial, cavalheirro e verrdadeirro herrói polonês aliado; no minuto seguinte, desgrraçado polonês ladrrão de emprrego, hein?

– Sinto muito – desculpou-se Jamie. – Ouvi que os soldados poloneses não foram muito bem tratados depois da guerra.

Stan riu de novo, uma tosse rascante que doía no ouvido.

– Aquele puxa-saco, *lizus*, do Churchill, ele nos trrairr. Mas você não sentirr pena de Stan. Teve vida boa. Muito uísque. Muitas garotas. – A voz do velho falhou e ele se recostou, respirando ruidosamente pelo nariz, mas, depois de alguns instantes, abriu os olhos de novo. – Como Matt morrerr?

Jamie lhe contou sobre o acidente.

– Olhe, senhor Kozlowski... Stan... Estou cansando o senhor. Talvez deva voltar mais tarde... ou amanhã?

Stan meneou a cabeça em negativa.

– Estarr tudo bem. Não uma maneirra ruim de irr, hein? Um golpe só e você estarr no céu. Melhorr do que isso. Eu sei. Quebrarr muitos pescoços durrante guerra, eu e Matt. – Jamie abriu a boca para protestar, mas o polonês cuspia as palavras com a rapidez de uma metralhadora automática. – Rápido e limpo. – Ergueu as mãos, como se segurasse uma cabeça entre elas, e torceu com um único e preciso movimento, ao mesmo tempo que reproduzia o som claramente com a boca. – O velho Stan ainda terr a manha, hein? Eu lembrarr da prrimeira vez... – Sem aviso, os olhos dele se fecharam e ele começou a murmurar uma mescla confusa de polonês e inglês. Jamie conseguiu abstrair o suficiente para entender que ouvia a história da queda da Polônia. Depois de alguns minutos, a voz falhou de novo, e Jamie percebeu que Stan havia cochilado. Meia hora depois, o velho ainda dormia, e Jamie viu o corpo do idoso se contrair e se sobressaltar enquanto revivia a guerra em sonhos.

Uma enfermeira inspecionou os monitores antes de ajeitar o cobertor do velho soldado, ajustando-o ao redor do pescoço e dos ombros.

– Creio que Stan ficou um pouco agitado hoje. Sou Carol, senhor Saintclair; falamos ao telefone. – Ofereceu-lhe a mão e ele a apertou. Ela era miúda, porém com seios fartos, os cabelos num tom de ruivo desbotado, além do ar confiante e inabalável que as melhores enfermeiras parecem cultivar. – Deveria tê-lo avisado, mas ele estava muito ansioso para vê-lo. A parte da manhã é um horário muito melhor para ele.

– Estou contente por ter vindo. – Jamie ocultou sua frustração com um sorriso. – Mas acho que já o cansei bastante por hoje. Talvez possa voltar outra hora...

– Claro, sempre incentivamos os visitantes, e Stan não tem ninguém por perto. Os dois filhos dele foram para a Austrália, eu acho. Ele é um homem notável. Você o está vendo em seu pior estado. A máquina exige muito dele, mas Stan ainda insiste em uma caminhada ao longo do riacho, todas as manhãs. Ele planeja marchar na parada do Dia do Armistício.

Jamie agradeceu e pegou o casaco. Uma voz sonolenta interrompeu sua partida.

– Voltarr amanhã, nós então falarr sobre Matt, hein? Eu dizerr o que eu contei outro sujeito. Sobre a última missão com os *szkopi*, aqueles sanguessugas alemães da Segunda Guerra. Maldito desastrre. Os comandantes militarres chamarram Operração Equidade, mas Matt tinha outro nome para ela: Operração Juízo Final.

# V

No caminho de volta para o trem, Jamie debatia consigo mesmo se deveria se preocupar em retornar no dia seguinte. Havia diversas outras coisas a fazer, e as divagações do veterano polonês, embora interessantes, por vezes eram ridículas. Que história era aquela sobre Matthew quebrando pescoços, pelo amor de Deus? Mesmo assim, ainda não havia se decidido. Uma vez acomodado em seu assento, abriu o diário na página em que tinha parado.

Enquanto a devastadora Wehrmacht, as forças armadas da Alemanha nazista, liquidava os restos dispersos do exército aniquilado da Polônia, e a União Soviética se juntava para celebrar os destroços da nação derrotada, os Royal Berkshires embarcavam para a França com os 150 mil soldados da Força Expedicionária Britânica. As primeiras anotações do diário registradas já no estrangeiro, com o batalhão posicionado no interior, oscilavam erraticamente do deslumbramento de um jovem turista para a emoção de um soldado profissional ansioso por combater o inimigo. O tenente Matthew Sinclair também tinha uma preocupação comovente com o bem-estar de seus soldados. A relação com seu sargento, Anderson, um homem com idade para ser seu pai, parecia ter sido particularmente estreita. O tom acolhedor e confessional do diário cessou em 10 de maio de 1940, quando a Wehrmacht atacou a França e a Bélgica. Matthew Sinclair estava prestes a receber seu batismo de fogo. Os Berkshires faziam parte da Segunda Divisão de Infantaria e estavam na extrema direita da linha britânica, a sudeste de Lille, defendendo as planícies ao redor do rio Dyle e bem no caminho do terrível décimo sexto Corpo Blindado do general Erich Hoepner.

A primeira anotação sobre o combate propriamente dito era quase cômica em sua indignação.

> *Minha experiência inicial de combate foi totalmente ridícula, já que não fomos autorizados a nos deslocar para as nossas posições na Bélgica até os alemães atacarem primeiro. Como consequência, estávamos muito mal preparados para enfrentá-los. No entanto, eu me sinto muito animado, porque ESTA é a razão de estarmos aqui, afinal de contas. As primeiras bombas caíram à tarde, durante a paralisação temporária da ofensiva.*

Mas os horrores que se seguiram fizeram o sangue de Jamie gelar. As bombas caíram com tanta frequência nos dias seguintes que Matthew parou de registrar as ocorrências. Enquanto isso, o tom do diário tornava-se cada vez mais desarticulado e frenético. Jamie imaginou as frases breves sendo rabiscadas no escuro enquanto o autor do diário encolhia-se em alguma vala cheia de água, os ouvidos atentos ao mais leve som de um inimigo se aproximando. Trechos de uma taquigrafia pessoal registravam o que poderiam ter sido memoráveis eventos, mas que ficariam para sempre ininteligíveis. Aquelas páginas estavam rasgadas e respingadas de lama, e algumas haviam desaparecido. Em uma delas, Jamie notou um borrifo fino do que só poderia ser sangue. Seis dias depois, a Força Expedicionária Britânica seria cercada e lutaria pela própria sobrevivência. Os Berkshires tinham recebido ordens para recuar até os portos do Canal, e o tenente Sinclair registrou laconicamente a desintegração de seu batalhão, aniquilado pelos *panzers* – pelotões e companhias inteiros banidos em selvagens combates menores que nunca haviam aparecido nos livros de história.

> *18 de maio de 1940 (perto de Mons). Isolado do batalhão. Sargento Anderson morto hoje. Tiro na cabeça enquanto contra-atacava tanques alemães armado com granadas de mão. Não tenho certeza de que vá aguentar sem ele. Chorei. Espero que ninguém tenha me visto. Somos agora apenas doze homens.*

Jamie continuou a ler. Fome, sede, tensão e cansaço tiveram seu efeito sobre os soldados britânicos em retirada, e o moral do avô havia desmoronado naquele jogo mortal de gato e rato em meio ao caos da derrota. A certa altura ficou claro que ele teve de ser persuadido a não se render. Tal anotação foi seguida por um intervalo de vários dias. Então:

> *2 de junho de 1940. Chegada ao perímetro de Dunquerque com um sargento e três homens, nenhum do primeiro RBR. Espera de sete horas no píer para evacuação. Finalmente apanhados na praia por um sujeito em um barco a motor à 1h e transferidos para o destróier HMS Whitshed. Bombardeado continuamente. Preciso dormir. Meu Deus, como soa bem essa palavra. Dormir.*

As palavras começaram a ficar borradas, e Jamie notou com surpresa que o trem chegava à estação de Euston. Sentia-se esgotado, como se tivesse lutado lado a lado com os homens cujas vida e morte dramáticas o diário registrara nos derradeiros dias da Operação Dínamo – a evacuação do perímetro de Dunquerque –, quando Matthew havia estado entre os últimos dos trezentos mil soldados franceses e britânicos a abandonar as praias.

Uma coisa era certa: tinha de saber mais sobre a guerra de Matthew Sinclair.

Na manhã seguinte, telefonou para confirmar a visita, e encontrou Carol esperando por ele na entrada do hospital, antes de começar seu turno.

– Chegou um pouco cedo hoje. Ele está fazendo a caminhada dele. Stan gosta de caminhar pelos campos até a Dunchurch Road e depois retorna. Ele já deve estar voltando.

Jamie se lembrou da figura pálida ligada à máquina de hemodiálise.

– Ele vai sozinho?

– Por favor, não subestime Stan. – Ela sorriu. – O tratamento é duro, mas ele é tão resistente quanto um par de botas militares antigas.

– E se eu fosse ao encontro dele? – Jamie sugeriu.

– Acho que ele gostaria. Vire naquela esquina e atravesse a estrada principal. Não tem como errar. É o caminho que margeia o riacho.

Ele seguiu as instruções dela e encontrou uma trilha entre os campos. Adiante, podia avistar uma fileira de árvores que ladeava o riacho – na verdade, estava mais para um canal bem lento – e, para além delas, um condomínio de casas suntuosas. Achava que, àquela altura, já deveria ter encontrado o velho homem, mas era uma manhã quente e Stan devia ter quase 90 anos; talvez tivesse parado para um descanso. Quanto mais se afastava do hospital, mais suas preocupações cresciam, embora não estivesse realmente preocupado até chegar à estrada, no outro lado do campo. O polonês bem que podia ter tomado um caminho diferente na volta, ou pegado uma carona, mas... Enquanto refazia os passos, Jamie se pegou vasculhando a grama alta à beira do caminho e as sombras cintilantes sob as árvores.

Stan havia vestido um sobretudo preto, apesar do calor do dia, e foi por isso que Jamie não o tinha visto da primeira vez que passara por ali. Teve de olhar duas vezes antes de se aproximar da margem do riacho, com pernas que pareciam pertencer a outra pessoa. Aos poucos, os olhos se adaptaram ao cenário. Seu coração deu um salto ao perceber o que via diante de si. Aquilo não podia estar acontecendo. Não outra vez.

O velho estava caído de bruços na água rasa, sob um salgueiro antigo, o corpo encoberto pela água devido ao peso do casacão encharcado. O sobretudo preto parecia apenas mais uma sombra nas águas cor de chá, as dobras ondulando com suavidade na correnteza quase inexistente. Jamie avançou com dificuldade pela água, até que pudesse agarrar um punhado de pano e puxar o corpo. Quando este se virou, a peruca de Stanislaus Kozlowski desprendeu-se e flutuou serenamente riacho afora. Um olhar de reprovação o encarava naquela fisionomia, a mesma expressão feroz e carrancuda que mostrava na fotografia de guerra estampada no rosto.

– Ficaria surpreso em saber quantas vezes isso acontece, senhor. – A voz do policial de meia-idade soou quase ressentida, como se o homem morto houvesse estragado seu dia deliberadamente. – Pessoas idosas saem para uma caminhada e não voltam mais. Não há explicação; apenas decidem que a hora chegou. Nós os encontramos dias, às vezes semanas mais tarde, e sempre há água envolvida. Os jovens, eles se jogam na frente de um trem, mas os velhos sempre seguem para o mar ou para o rio. Instinto primitivo, eu acho.

– Então você está certo de que Stan... o senhor Kozlowski se matou?

O olhar do policial endureceu, e Jamie percebeu que havia ultrapassado algum limite invisível.

– Com base em nossas investigações iniciais, e a menos que o senhor tenha razão para acreditar no contrário...

– Não, claro que não.

– Não há sinais de violência visíveis na vítima. O senhor teria notado algum vestígio de distúrbio indevido na grama, não é, senhor? Digo quando marchou pela nossa provável cena do crime com suas botas tamanho 42.

Jamie se controlou diante da crítica implícita.

– Achei que minha prioridade fosse ajudar o senhor Kozlowski.

– Claro que sim, só que ele já estava morto. – Levantou a mão para evitar qualquer espécie de argumento. – Cabe ao legista decidir a causa da morte. Temos seu endereço, senhor, no caso de precisarmos contatá-lo novamente? É provável que o senhor seja intimado como testemunha.

De volta ao hospital, Jamie foi procurar Carol na ala onde se encontrara com o polonês. Era óbvio que ela andara chorando.

– Não é muito profissional da minha parte, não é? – disse ela com um sorriso encharcado. – Mas eu me afeiçoei muito ao velho Stan. Ele podia ser sarcástico, mas também era valente, generoso e bom. – Meneou a cabeça, e Jamie se perguntou se Carol não teria vivenciado algum tipo de paixão pelo velho.

Contou a ela o que a polícia lhe havia dito, e a enfermeira assentiu distraidamente.

– É verdade. Nunca se sabe com os idosos. Às vezes, é como um interruptor que se desliga. Mas Stan... ele parecia tão interessado em continuar a conversa com você. Não consigo... – Ela fungou, e Jamie colocou a mão em seu braço para confortá-la.

– Acho que Stan tinha muito a me dizer. Passou pela minha cabeça que talvez ele pudesse ter escrito alguma coisa...

– Posso dar uma olhada – ela respondeu com cautela. – Mas não tenho certeza se estaria autorizada a entregar a você, mesmo que ele tenha escrito. Seria propriedade do parente mais próximo.

– Não se preocupe; foi só uma ideia que me ocorreu. Tenho certeza de que você já tem bastante com que se preocupar.

Ela apertou os lábios.

– Com certeza, haverá uma investigação. Deveríamos ter permitido que ele saísse sozinho? Agora já não estou mais certa. Mas ele era tão insistente...

– Talvez este não seja o momento adequado, mas tem outra coisa que queria lhe perguntar – Jamie falou. – Stan mencionou que iria me contar o que havia dito a um outro sujeito. Isso faz algum sentido para você?

O rosto de Carol se fechou em uma carranca.

– Na verdade, faz. Cerca de dez dias atrás, ele recebeu a visita de um senhor polonês que fazia algum tipo de pesquisa sobre a vida de exilados ainda residentes neste país. Eu não estava em serviço, por isso não o vi, mas, depois, Stan ficou bastante animado. Era óbvio que o tal senhor despertara lembranças que Stan havia enterrado há muito tempo. Acho que essa foi uma das razões pelas quais estava tão determinado a entrar em contato com você quando soube que seu avô tinha morrido. Ele disse que ele e Matthew haviam participado de algo importante e que era hora de revelar a história. Tenho um amigo no jornal local, e ele concordou em vir aqui para entrevistar Stan sobre o assunto.

Jamie agradeceu e saiu para o corredor, lembrando-se da imagem do corpo do velho como havia encontrado, e oprimido por todas as perguntas que agora jamais teriam resposta.

– Senhor Saintclair? – Ele se virou e deu com Carol vindo em sua direção. – Acho que ele gostaria que ficasse com isso. – Ela colocou a fotografia desbotada na mão dele, apertando-a entre as suas, depois se afastou antes que Jamie pudesse dizer qualquer coisa.

Ele olhou para o quadrado de papel envelhecido na mão e se perguntou que segredos aqueles rostos jovens e de olhar perdido esconderiam.

# VI

Uma noite inteira pesquisando na internet qualquer coisa relacionada a uma tal Operação Equidade resultou em nada além de assuntos ligados a gastos de bilhões de dólares para salvar bancos. No momento em que acordara no dia seguinte, as mãos de Jamie coçaram para voltar ao diário, mas ele ainda tinha um negócio para tocar. Passou a manhã trabalhando no roteiro para a próxima viagem à Suíça, a fim de verificar a venda do que poderia ser um Watteau que pertencera a um industrial da Alsácia e sua família. Tinha de encontrar outras razões, economicamente falando, para justificar tal despesa. A viagem significava verificar leilões e galerias em Genebra para aquisições que pudessem lhe render algum lucro. O Watteau em si era uma pintura tão sem graça que ele se perguntava por que alguém a desejaria de volta.

Na hora do almoço, trocou o terno por um traje mais descontraído, uma jaqueta e um jeans, e tomou o trem da estação Victoria para Welwyn. Ainda tinha muito o que fazer antes de o pessoal da limpeza chegar, e a descoberta do diário do avô o tinha atrasado, pelo menos, 24 horas. Enquanto trocava de trem em Finsbury Park, não conseguia parar de pensar no diário. Nada o preparara para o absoluto horror da guerra da qual o avô tinha participado. Tentou se lembrar do olhar de Matthew. Havia ali alguma evidência de que o homem por trás dele havia matado outras pessoas? Isso jamais fora expresso de maneira direta no diário, mas havia vários indícios que não poderiam significar outra coisa – pistas que colocavam o orgulho de Stan em quebrar pescoços dentro do contexto. O tenente Matthew Sinclair havia sido forçado a matar para sobreviver, e isso o tinha transformado. A caminhada de Jamie da estação até a casa do avô levou menos de dez minutos, e, no trajeto, aproveitou o sol no rosto e o som dos pássaros cantando. Aquele era seu lar, familiar e confortável. Welwyn Garden City havia sido especificamente planejada com avenidas largas e arborizadas, que convergiam para uma praça central. Era evidente que havia se desenvolvido e crescido desde que Ebenezer Howard a projetara na década de 1920, mas os princípios originais ainda se mantinham, e ninguém que vivia lá desejava morar em outro lugar.

Ele ligou o aquecimento e encheu a chaleira de água antes de começar. Enquanto aguardava o líquido ferver, folheou o jornal que tinha comprado, o qual, como vinha acontecendo há meses, só falava da crise de crédito. Jamie tinha certa tendência a ignorar notícias ruins, mas não pôde deixar de se divertir com a ironia de que os preços dos imóveis estivessem em queda livre justo quando tinha um para vender. Pelo lado positivo, se é que havia um na morte de um membro da família, o lugar ainda poderia lhe proporcionar dinheiro suficiente para sobreviver por alguns anos, até mesmo no estado atual de estagnação semipermanente dos negócios. Uma história nas páginas de notícias internacionais chamou sua atenção. Um guarda do Palácio Menshikov, em São Petersburgo, morrera heroicamente lutando contra um ataque de supostos terroristas chechenos. Algo se inflamou dentro dele. O que essa gente pensava em ganhar destruindo uma das coisas mais bonitas do mundo?

O elemento intrigante do ataque era que os terroristas, um dos quais havia sido morto a tiros, tinham levado apenas *um* item antes de colocar a carga explosiva e escapar: um artefato tibetano que parecia ter pouco valor e ainda menos interesse real. Por que aquele artefato, quando havia tantas coisas mais valiosas que poderiam ter vendido no mercado negro internacional para ajudar a financiar sua causa? A peça, como fora dito, não possuía importância nacional nem cultural, de modo que as autoridades trabalhavam com a teoria de que pudesse ter algum tipo de significado religioso. Enquanto isso, uma pequena crise internacional irrompera sobre a propriedade do objeto. A China, que agora controlava o Tibete, exigia o retorno da peça, alegando que havia sido saqueada de seu território antes da guerra, enquanto a Alemanha afirmava que o então dalai-lama tinha dado permissão à expedição de 1937 para tirá-la do país. Um porta-voz alemão alegou que, se encontrado, o objeto deveria ser enviado à Alemanha com o restante das obras que o Exército Vermelho havia pilhado a caminho de Berlim. O presidente russo condenava o atentado, fazendo as habituais ameaças de sangrentas consequências, além de acrescentar que o retorno do artefato ao Tibete não era assunto sequer passível de discussão. Chegaria a ser cômico, não fosse pela morte do pobre guarda.

Jamie estava no andar de cima quando ouviu o som de uma porta abrir e se fechar. A única pessoa com a chave da casa, além dele, era a sra. Jenkins, vizinha do lado, que tinha sido governanta de Matthew. Fez uma careta de desgosto ao pensar que desperdiçaria uma hora conversando com a velha intrometida, enquanto deveria estar trabalhando. No ritmo em que as coisas caminhavam, teria sorte de terminar antes de voar para Genebra.

Com relutância, arrastou-se para baixo, hesitando um pouco diante do local onde havia encontrado Matthew, antes de avançar com um sorriso acolhedor que imediatamente se congelou em seu rosto.

No centro da sala de estar, com uma pilha de papéis na mão, estava um homem mais velho que ele, mal-encarado, vestindo uma jaqueta de aviador preta de couro e calças escuras. Em outras circunstâncias, o traje, que mais parecia um uniforme, além do cabelo rente cortado à máquina, poderiam tê-lo denunciado como um policial à paisana. Mas, se fosse um, como conseguira entrar na casa? O homem o encarou. Tudo nele naquele momento – o olhar, a postura, a tensão das pernas, o modo como mantinha os punhos semicerrados – dizia apenas uma coisa: pronto para o ataque.

– Posso ajudá-lo? – Jamie perguntou com cautela.

– Pode ir para o inferno e dar o fora daqui – sugeriu o intruso. O sotaque arrastado o denunciava como sendo de algum lugar a leste da zona portuária de Londres.

A resposta ameaçadora fora dada para intimidá-lo, mas Jamie sentiu apenas uma curiosa excitação de expectativa. Em Cambridge, havia perdido uma final de boxe de altíssimo nível, na categoria meio-pesado, depois de enfrentar um competitivo sul-africano com um queixo de titânio e um soco de martelo a vapor. Isso, e o treinamento de combate que havia recebido no

Officer Training Corps, tinham nutrido dentro dele um gosto improvável, mas surpreendentemente feroz, pela violência moderada. O único inconveniente de um embate ali era o tamanho da sala e os móveis, que impossibilitavam qualquer dança ao estilo Muhammad Ali, que era de sua preferência. Ainda assim, estava certo de que poderia derrotar aquele sujeito, mesmo que ele fosse um pouco mais pesado e aparentasse saber lutar.

– Acho que é melhor você sair antes que eu chame a polícia – Jamie respondeu educadamente.

O rosto do intruso se contorceu em um sorriso de escárnio.

– Por que não tenta me colocar pra fora? – Enquanto dizia isso, atravessou a sala como um foguete, agitando nas mãos um gancho telegrafado de direita que se projetaria na mandíbula do jovem. Jamie o viu se aproximar e cronometrou a resposta com perfeição. Com uma torção de corpo, desviou e se afastou, permitindo que, devido ao ímpeto do oponente, este passasse direto por ele. Aproveitando-se do posicionamento do adversário, atingiu-o velozmente nos rins com um *jab* seguido de um cruzado, o que fez o homem grunhir de dor.

O intruso se virou e se esticou, esfregando a parte inferior das costas. Estava ferido, mas não derrotado, e voltou a lutar. Mais agressivo desta vez, ele testou Jamie com um par de *jabs*, um dos quais lhe acertou o ombro. Então ele se considerava um pugilista? Mais que adequado para Jamie. Ele curvou os ombros e levantou a guarda. No minuto seguinte, acertou dois bons golpes na cabeça do oponente, que o deixaram com o nariz e o lábio sangrando, acompanhados de um direto no plexo solar que o dobrou em dois. Jamie se adiantou para acabar com ele, mas o intruso tinha outras ideias. O brilho da ponta de uma faca denunciou a lâmina na mão direita, e Jamie sentiu uma onda de adrenalina ao compreender que a batalha agora era mortal. Estava perto da porta da cozinha, mas recuar não era uma opção. Assumindo a clássica posição de autodefesa ao se curvar, calculou a possibilidade de quebrar o pulso do homem ou lhe deslocar o cotovelo quando a investida acontecesse. A voz do instrutor de combate corpo a corpo sussurrava-lhe no ouvido: "*É tudo uma questão de* timing, *rapaz. Deixe-o fazer o movimento dele; depois, use seu próprio impulso para feri-lo*". Mas o intruso era melhor com a faca do que tinha sido com os punhos. Quando Jamie se desviou de um soco baixo, a ponta da faca veio fulminante em direção a seus olhos. Forçado a recuar, tropeçou em uma cadeira e caiu no tapete. Ao tentar se esquivar, deparou com o homem pairando sobre ele, pronto para atingi-lo.

– Agora vamos ouvi-lo gritar, seu desgraçado. – Com um calafrio de horror, Jamie esperou a faca mergulhar em seu corpo. Em vez disso, entretanto, o homem desviou o olhar, distraído por um segundo crucial. Jamie viu nesse instante sua chance e aplicou um violento golpe de calcanhar na virilha desprotegida do oponente. Com um gemido, o intruso caiu de joelhos e largou a faca. Jamie se pôs de pé e, muito deliberadamente, deu uma joelhada no rosto do homem, lançando-o para trás em direção a uma cadeira.

– Certo, seu filho da mãe – disse ele. – O que...

O mundo todo escureceu.

Deu por si pairando em algum ponto aquém do estado de vigília. Não tinha completa certeza de onde estava, mas uma combinação de odores, sons, além do contato com lençóis de linho puídos, diziam-lhe que devia estar em um hospital. A dor estava ali, só aguardando por ele. Decidiu deixá-la esperando um pouco mais.

Quando recobrou a consciência novamente, percebeu como fora sensata sua decisão anterior. De um ponto delicado logo abaixo da cintura até o topo da cabeça latejante, o corpo era uma massa de sofrimento, como uma dor de dente que abarcasse o corpo inteiro, algo que só o tempo poderia curar. Tinha uma vaga lembrança de ter lutado com alguém, mas sentia-se como se houvesse sido atropelado por um ônibus. Arriscou abrir os olhos, mas só conseguiu abrir um deles. Uma figura feminina levantou-se ao pé da cama e ele reconheceu sua secretária:

– Olá, Gail – gemeu. – Ainda estamos no negócio? – Ela o olhou aflita, e Jamie notou um brilho peculiar em seus olhos. Perguntou-se por que nunca percebera o quanto ela gostava dele. Enquanto tentava pensar em algo inteligente para dizer, ela acenou para alguém além de seu campo de visão e um grande homem de aparência desagradável surgiu, acompanhado de uma jovem enfermeira.

A enfermeira encostou a mão fria na testa de Jamie, acendeu uma lanterna, a direcionou para o olho bom e perguntou com um sorriso profissional se ele se sentia bem o suficiente para responder a algumas perguntas do sargento... – uma tosse sutil foi ouvida ao fundo – ... desculpe, sargento-*detetive* Milligan.

– Diga-lhe que, se ele está aqui para me prender, eu me rendo.

Ela riu de um modo que Jamie considerou reconfortante.

– Pode não parecer, senhor Saintclair, mas seus ferimentos são, na maioria, hematomas superficiais. Sem costelas quebradas nem lesões internas, felizmente. O golpe na cabeça era o que nos preocupava, mas a concussão que sofreu foi leve.

– Deram-lhe uma surra e tanto – o sargento-detetive Milligan confirmou. – Você teve sorte. – Jamie teve um vislumbre do agressor com a faca em punho e, em silêncio, concordou. Tinha sorte de estar vivo. Quem o golpeara por trás devia ter arrancado a faca do homem antes que ele pudesse causar algum dano real e, em seguida, permitira-se um pouco de diversão, só para equilibrar as coisas.

– Por quê...?

– Isso é o que estamos tentando descobrir. Receio que a casa esteja um pouco em desordem, embora você não deva se preocupar muito com isso agora. Esse tipo de coisa sempre acontece após a morte de alguém que vive sozinho. Os bandidos veem a nota no jornal e sabem que a casa vai estar vazia. Teremos de lhe pedir que verifique se há algo faltando, mas, no momento, tudo o que sabemos é que eles não levaram nenhum objeto de valor, o que comumente seria o alvo de pessoas assim. Tudo muito profissional. Não restou pedra sobre pedra, se é que me entende, mas parece que estavam atrás de algo *específico*. Você não sabe o que poderia ser? Nenhum Picasso guardado na casa de seu avô, dada a sua profissão, ou coisa do gênero? Uma reserva em diamantes que o Fisco desconheça? Não que seja da minha conta.

Jamie tentou sorrir, mas foi muito doloroso, e tinha a impressão de que balançar a cabeça seria ainda pior.

Milligan entendeu a mensagem e concordou, compreensivo.

– Bem, se nada lhe vem à mente... – Ele pediu uma descrição do invasor, que Jamie lhe forneceu, e depois partiu.

Jamie pediu à enfermeira para ajudá-lo a se sentar, e ele e Gail conversaram sobre sua viagem à Suíça – adiada –, além de outros compromissos que teria de cancelar.

– Achei que poderia precisar disso – Gail disse quando acabaram. Entregou a Jamie a envelhecida encadernação em couro. Assim que ela foi embora, ele abriu o diário.

Foi só quando o segurou nas mãos que percebeu o quanto aquilo era *específico*.

# VII

A Força Expedicionária Britânica que desembarcou na França havia sofrido a perda de trinta mil homens defendendo Dunquerque. Ficou claro para Jamie que o tenente Matthew Sinclair chegara perto de perder sua sanidade. Matthew registrara o desembarque em solo britânico em uma única e lacônica frase, desprovida de emoção, seguida por uma de suas lacunas no diário, agora familiares. A anotação seguinte revelava que, embora Winston Churchill exortasse os compatriotas a lutar nas praias e nos campos de pouso, o autor do diário estava deitado em uma cama de hospital não muito diferente da que atualmente era ocupada pelo neto.

Depois de um curto período de licença passado com os pais em Kidderminster, no verão de 1940, Matthew fora enviado de novo ao batalhão em um campo de treinamento sombrio, em algum lugar nas Midlands. O primeiro batalhão dos Royal Berkshires tinha deixado de existir como unidade de combate e a energia do tenente Sinclair estava dedicada a recriá-lo. Era um trabalho exaustivo, com poucas oportunidades para relaxar, mas, durante esse tempo, algo maravilhoso aconteceu: Matthew Sinclair se apaixonou.

Agora, as anotações passavam de um registro da vida militar para o diário de um caso de amor. O nome da moça nunca era mencionado, mas a prosa de Matthew transbordava, assim como seu coração, enquanto tentava articular a força, a princípio, de sua atração; em seguida, de seu afeto; e, por fim – Jamie chegou a ficar ruborizado ao ler algumas das anotações –, da mútua paixão.

A intensidade do amor de Matthew tornou-se tão poderosa que era doloroso para Jamie reviver aquilo tudo, e apenas passou os olhos rapidamente pelas anotações seguintes. Então, em algum momento no fim da primavera de 1941, a moça desapareceu. O que causou um turbilhão de violência, a ferocidade ainda evidente nos vestígios irregulares de páginas arrancadas do diário. Jamie se viu espelhando a dor que Matthew devia ter sentido naquele momento em que seus dedos haviam removido brutalmente as evidências dos últimos meses do caso amoroso. A anotação seguinte poderia ter fornecido algum tipo de explicação, mas havia sido feita por um homem embriagado ou à beira da insensatez, ou ainda por alguém desesperado além de qualquer chance de ponderação. As palavras não tinham sido escritas, mas cravadas na página com tamanha força, que chegaram a rasgar as três páginas seguintes, as quais estavam manchadas por um pouco de líquido cuja origem Jamie só podia imaginar. Entretanto, se as palavras eram ilegíveis, a emoção que Matthew Sinclair expressava em seu frenesi selvagem era clara. Ódio. Uma fome de vingança implacável, assassina e devastadora.

Dois dias depois, ele pediu transferência para os Comandos.

Os Comandos, brigadas de serviços especiais, nasceram da impaciência de Churchill ao constatar sua incapacidade em contra-atacar os nazistas postados na costa francesa do Canal. Milhares dos homens resgatados em Dunquerque haviam se voluntariado para voltar ao combate, e, em 1941, os incapazes e inaptos tinham sido eliminados pelo mais árduo regime de treinamento do exército britânico, realizado em campos secretos nas Highlands. Agora, os remanescentes formavam uma elite, pronta para cumprir a promessa do primeiro-ministro de "incendiar a Europa", sendo ainda o motivo perfeito para um homem disposto a matar violentamente ou a ser morto. Entretanto, o tempo de Matthew com os Comandos foi de curta duração e caracterizou-se por tédio, frustração, autopiedade e consumo excessivo de álcool, que era evidente pelo número de páginas manchadas por fundos de copos. Embora Matthew ansiasse por combater o inimigo, Churchill limitava as incursões dos Comandos a pequenas e precisas operações, para as quais ele nunca era escolhido. Em agosto, sua paciência se esgotou, e Matthew se ofereceu para uma companhia nova e ainda não experimentada, chamada Special Air Service (Serviço Aéreo Especial) ou SAS, operando, então, na África do Norte. Jamie tinha a impressão de que os superiores de Matthew haviam ficado contentes em vê-lo partir. Para se oferecer ao SAS, era preciso ser ainda mais maluco do que para se voluntariar aos Comandos.

Lamentavelmente, logo se tornou claro que os novos e sigilosos empregadores eram muito mais rigorosos que o normal quanto à proibição de se manter um diário. Entre agosto de 1941 e outubro de 1944, o caderninho continha uma única entrada: um lembrete enigmático, no final de 1943, para um compromisso:

*M sugere reunião na Baker Street: Jedburgh depois de sacudir a areia das botas. 10h. Parece interessante.*

A guerra caminhava para o seu fim inevitável, com os nazistas espremidos entre as mandíbulas gêmeas das forças aliadas e do Exército Vermelho. As anotações regulares foram então retomadas. O tenente Sinclair havia sido promovido a capitão e designado para tarefas leves como oficial de ligação no norte da Holanda, e depois na Alemanha, onde sua fluência no idioma teria sido de valor inestimável. Nenhuma menção a Stan, mas Jamie não conseguia esquecer de que ele estava lá ao fundo, um lembrete permanente de que a guerra não tinha sido uma brincadeira. Pulou as páginas seguintes até chegar à anotação de 1º de maio de 1945.

*A notícia da morte de Hitler chegou esta manhã, quando estávamos perto de Leipzig, onde trabalhamos com o Terceiro Exército de Patton. Há uma sensação de que tudo teve fim e que em breve estaremos a caminho de casa. Compartilho desse sentimento tanto quanto qualquer um, mas devo assegurar que meus homens não baixem a guarda. Seria estúpido um deslize para a morte agora, depois de tudo por que passamos.*

Jamie deitou-se e fechou os olhos. O alívio de Matthew saltava da página. A leitura do diário o afetara de uma maneira que nenhum outro livro conseguira. Quando começara a ler, tinha sido na esperança de que o diário o aproximasse do avô que nunca conhecera de verdade. No entanto, descobrira que tinha agora mais perguntas que respostas. E também havia raiva, uma raiva real, proporcional ao tanto que fora enganado. Sabia que era egoísmo de sua parte, mas sentia que Matthew e a mãe não só lhe haviam usurpado um herói, mas a figura paterna que poderia ter moldado sua identidade de modo diferente, talvez até mesmo transformado o curso de sua vida. Cada indivíduo era único, mas também produto de sua formação e influências da infância, tanto quanto do DNA. Que tipo de homem ele teria se tornado se soubesse que o avô ganhara a Cruz Militar? Essa informação teria lhe dado algo para respeitar e admirar, e talvez o tivesse feito se esforçar mais. Teria enfrentado os desafios de maneira diferente. Sabia agora que poderia ter vencido o sul-africano que lhe dera uma surra no ringue de boxe, só por saber da quantidade de agressão de que era verdadeiramente capaz. A rejeição à Sandhurst se dera em parte, talvez principalmente, por achar que aquela não *era a dele*. Só que aquela *era*, sim, a dele. Ser soldado estava em seu sangue. Se ao menos lhe tivessem mostrado o diário quando tinha dezoito anos, não teria se tornado o fracassado frustrado que temia, no fundo, ser de fato.

Tão enlouquecedor quanto esse pensamento eram as perguntas que permaneciam sem resposta. As lacunas que persistiam em sua mente eram tão vastas quanto as que havia nas anotações no diário. Fora apenas fadiga o que ocasionara o colapso de Dunquerque? O que havia acontecido durante os três anos de silêncio no SAS? O que teria precipitado o fim do caso de amor que prometia tanto? E qual era o significado da anotação sobre a Baker Street? Sabia que essas perguntas continuariam a assombrá-lo. De certa maneira, desejava jamais ter encontrado aquele diário. A vida era mais simples antes de ter aberto o caderninho de couro azul. Perdido em pensamentos, virou a próxima página.

*2 de maio de 1945. Enquanto o exército alemão começa a desmoronar diante de nós, fui convocado pelo major Fitzpatrick e colocado a par da última missão...*

# VIII

– E vocês ainda se dizem profissionais? Se eu tivesse contratado um pivete de rua para fazer o trabalho, teria sido mais bem servido.

A figura impassível por trás da escrivaninha encarava os dois homens de maneira tão penetrante que os fazia se sentir como se seus órgãos estivessem sendo avaliados para transplante. Diziam se chamar Campbell e McKenzie, sobrenomes comuns na Escócia, embora a ligação mais íntima com esse país, com certeza, fosse o gargalo de uma garrafa de uísque. McKenzie ergueu a mão para tocar com suavidade o nariz machucado, mas deixou-a pender ao notar os lábios pálidos do homem se crisparem no semblante sem rugas e inexpressivo. Era um rosto que poderia pertencer a um albino, exceto pelos olhos, dois pontinhos de estanho sem vida. Ao se examinar com mais atenção, percebia-se que a estranha coloração da pele era menos uma questão de pigmentação e mais a consequência de uma existência vivida permanentemente na penumbra. Apesar do revés na casa-alvo, os dois sujeitos consideravam-se capazes de lidar com qualquer situação que pudesse ser resolvida pela força, embora, logo de pronto, tivessem sentido algo naquele homem que os fazia cautelosos. Um silêncio perigoso que os levava de volta aos dias de South Armagh – dias nos quais homens sombrios, cujas habilidades haviam aprendido a respeitar, esgueiravam-se com perfeição em operações que resultavam sempre em mortes limpas. Aqueles olhos de chumbo continuavam a fitá-los sem piedade, enquanto o homem pálido prosseguia a admoestação em um inglês cuidadoso e com leve sotaque, que apenas um ouvinte muito experiente saberia não ser aquela a sua língua materna.

– Era uma operação sigilosa, discreta, no intuito de causar o mínimo de perturbação à casa e *sem*, repito, *sem* o uso de violência. Entretanto, o que leio no computador da polícia? Um homem que deveria ser preservado é atacado e levado ao hospital com uma concussão. A propriedade, revirada por um monte de investigadores que agora devem estar se perguntando por que alguém causaria tantos problemas sem roubar um item sequer. Qualquer idiota teria compreendido a necessidade de levar algumas joias, ou pelo menos a televisão.

– Ele derrubou Mac e... – Campbell, o homem que arrebentara a cabeça de Jamie com a caixa de chá em cerâmica do avô, foi silenciado por uma mão que se erguia:

– Não importa mais agora. O que importa é que vocês vão ficar na cola do neto do homem, mas não tão perto que ele possa notar. Se o diário existir, é provável que o tal Jamie Saintclair agora o tenha em seu poder. Por enquanto, manteremos a vigilância eletrônica. Quando surgir uma oportunidade, vocês entram no apartamento dele e vasculham o escritório. Acham que podem fazer isso, senhores? Discretamente e sem violência?

A questão fora formulada com delicadeza, mas a ameaça tácita era evidente. Os dois homens concordaram.

– Então, por enquanto é só.

Quando saíram, ele permaneceu observando a porta por um longo tempo. Estava em dúvida. Talvez fosse melhor ter certeza do que arriscar. Pegou da mesa o telefone via satélite de linha segura e apertou uma tecla de discagem rápida. Foi atendido após dois toques.

– Então?

– Acho que pode ter sido um erro não utilizarmos nossa equipe.

O homem do outro lado da linha soltou um breve suspiro de irritação.

– Já conversamos sobre isso. Os riscos superavam os benefícios.

– Talvez estejamos avançando muito rápido e com muita insistência – tornou o homem pálido. – Esperamos tempo demais por essa oportunidade. O que são mais alguns meses, ou anos, em comparação às possíveis recompensas?

Também já haviam falado a respeito daquilo, e sabia que trazer o assunto à tona de novo irritaria o outro homem. Gente velha estava sempre com pressa, tentando compensar o tempo perdido na juventude e com medo de que o próximo suspiro pudesse ser o último. Sempre cavando oportunidades. Com ele, era diferente. Ter paciência lhe fora algo ensinado desde o dia em que nascera. Havia sido criado para aproveitar as chances que se apresentassem em seu caminho.

O ouvinte escolheu ignorar suas últimas palavras.

– Quais são as preocupações específicas quanto a esses homens, Frederick?

O homem mais jovem sorriu, divertindo-se com o emprego de seu codinome. As negociações eram realizadas por meio de telefones via satélite de uso exclusivo, utilizando um software que alterava a voz e sendo destruídos imediatamente após o uso, mas a utilização do nome verdadeiro ainda assim era uma ameaça, e ambos sabiam disso.

– Eles foram recomendados por uma empresa de segurança com base no conhecimento local e em antecedentes. Temo que o talento deles possa ter sido superestimado.

– Eles cuidaram do velho polonês com bastante discrição.

– É verdade, porém os questionei de novo sobre o avô de Saintclair. Campbell alegou que foi um acidente, mas acredito que possa ter sido mais que isso. Eles sabiam como o velho era vital para a operação; sabiam que se tratava de um idoso. Deviam tê-lo tratado com mais cautela. Ou foram descuidados, ou ultrapassaram os limites. Campbell alega que ele conseguiu se soltar enquanto o conduziam para cima. Talvez seja verdade, talvez não. O fato é que nunca devia ter acontecido.

– Você acha que isso nos trará problemas?

– Não – Frederick admitiu. – A polícia está tratando o caso como um acidente doméstico, sem ligação com o roubo. Não há razão para que Saintclair desconfie de nada.

– Mas...?

– Mas, talvez, deva-se dar ao senhor Campbell e ao senhor McKenzie uma demonstração das consequências no caso de eventuais erros adicionais.

Seguiu-se a mais breve das pausas:

– Providencie isso. – Apesar do software de alteração de voz, ele pôde perceber o risinho sinistro no outro lado da linha. – Qual é sua impressão quanto ao diário?

Frederick franziu o cenho, irritado com a indagação. Não trabalhava com impressões. Lidava com fatos. Era o que o diferenciava do outro homem. Por ora, estava em posição subalterna. Mas ninguém poderia afirmar quanto essa situação duraria.

– Se – ele colocou grande ênfase na palavra – o diário existir, então Saintclair é mesmo o caminho para colocarmos as mãos nele.

– Muito bem – foram as próximas palavras, seguidas por um período de hesitação. Ou meramente de reflexão? – Enquanto Saintclair nos for útil, quero que seja poupado. Assim que tivermos o que queremos, livre-se dele.

# IX

O coração de Jamie disparou. Aproximava-se do trecho sobre a Operação Equidade.

> *Tenho grande respeito por Fitzpatrick. Ele liderou três operações Jedburgh na França e na Holanda, e sei muito bem o tipo de força, tanto física quanto mental, necessária para sobreviver a esse tipo de teste. Ainda assim, é difícil descrever o ódio que senti por ele naquele instante.*
>
> *No momento que se seguiu à vitória dos Aliados, ficamos nos pavoneando durante semanas por toda a Alemanha, coagindo políticos pela força e interrogando suspeitos, homens e mulheres. Estranho que nenhum deles tenha se declarado nazista, em um país onde a maioria das pessoas que não eram nazistas acabou nos terríveis campos de concentração que liberamos. Depois de Belsen, o idioma alemão tem gosto de vômito na minha boca. Embora tenhamos perdido alguns homens em emboscadas e acidentes, consideramos esse período como férias da guerra, bem merecidas considerando nossos esforços anteriores. Comparado a Malestroit e Arnhem, aquilo era um piquenique.*

Franzindo a testa, Jamie digitou a palavra *Jedburgh* no laptop que Gail havia levado ao hospital. Páginas e páginas sobre uma pitoresca cidade e antigo burgo real da região de Scottish Borders, uma das subdivisões administrativas da Escócia. Intrigado, acrescentou a palavra *operação*... e foi convidado a adentrar um novo mundo, funesto e letal.

Descobriu que Jedburgh era o codinome para pequenas equipes clandestinas de soldados altamente qualificados que operavam sob o controle da Executiva de Operações Especiais (também conhecida como SOE) e da Agência de Serviços Estratégicos norte-americana, que tinham descido de paraquedas na França ocupada antes da invasão do Dia D. Isso explicava a referência à reunião em Baker Street – localização da sede da Executiva de Operações Especiais. Ao contrário dos agentes à paisana da SOE, a prioridade máxima da Jedburgh, comumente uma unidade de três homens composta por experientes soldados das forças especiais dos Estados Unidos, da Grã-Bretanha e do país anfitrião, não era coletar informações nem realizar sabotagens. Em vez disso, seu objetivo principal era a ligação com movimentos de resistência locais e o fornecimento de orientação, treinamento e acesso a armas. Às vezes, a operação envolvia algumas dezenas de homens, mas em um caso bem documentado, na Bretanha, mais de mil opositores apoiados por equipes da Jedburgh e um esquadrão do SAS francês haviam combatido e neutralizado um regimento alemão inteiro.

Agora Jamie sabia com que Matthew se ocupara depois de voltar da África do Norte. Não podia mais que apenas imaginar a tensão que era se esconder durante semanas a fio atrás das linhas inimigas, sob a constante ameaça de traição ou descoberta. Os Jeds usavam uniformes, o que significava muito pouco após a Ordem do Comando de Hitler, de outubro de 1942, que condenava à morte sem julgamento todo invasor aliado capturado. A guerra estava quase no fim, mas agora havia uma nova e indesejada missão para completar.

> *Fitz pelo menos teve a decência de parecer constrangido quando entregou nossas ordens. Duas equipes de três homens, de codinomes Dietrich e Edgar, comandadas pelo capitão Matthew Sinclair, rumariam para sudoeste até determinado ponto indicado no mapa, onde receberiam novas ordens. Essa missão, chamada Operação Equidade, deveria ser tratada com o máximo sigilo – o que tomei como o maior dos insultos, uma vez que venho operando em máximo sigilo durante os últimos quatro anos. Deveria ter dito a ele que não sou o homem certo para esse trabalho. Que estou esgotado e entorpecido,*

*e que me alegro com o entorpecimento, pois ele me protege do homem que me tornei. A guerra fez se esvair de mim toda a humanidade. Sinto-me como um boxeador no final de uma luta de quinze rounds. Não tenho mais nada para dar.*

*O que é a guerra? Guerra é o caos e a estupidez como norma; a fome como companheira constante; a morte – indiscriminada, arbitrária, confusa – sempre presente e à espreita; uma brutal indiferença pela vida ou pelos seres viventes, tão profundamente arraigada, que alguém mais religioso poderia chamá-la de maligna. E, claro, há o ódio. Ódio pelas pessoas que o tornaram assim, ódio do inimigo que quer matá-lo, ódio dos civis tapados e estúpidos demais para fugir, ódio das minas, das bombas, das balas, dos obuses e dos lança-chamas, que vão castrar, mutilar, estripar ou incinerar você ao sabor do próprio desejo. Ah, sim, você pode odiar um objeto inanimado, da mesma forma como pode odiar os mortos por fazê-lo matá-los. Pode odiar os tanques, os aviões e as armas, contanto que eles sejam os tanques, os aviões e as armas do inimigo. Com muita rapidez aprende-se a amar os próprios tanques, aviões e armas, da mesma maneira que se ama o solo saxão avermelhado e macio que desmorona sob sua pá de trincheira para lhe dar abrigo, até o momento em que ele o enterra vivo. Você odeia as árvores por darem abrigo ao inimigo e arremessarem aqueles destroços enormes e pontiagudos ao serem estilhaçadas por dinamite, que podem furar os olhos de um homem ou lhe rasgar a garganta. Pode também odiar os pássaros por entregarem sua posição. Você odeia o tempo, o ódio em toda espécie de manifestação, porque o calor e a sede podem matá-lo da mesma maneira que a umidade e o frio. Você odeia seus amigos, porque sabe que vão morrer muito em breve. Mas, sobretudo, você odeia a si mesmo.*

*Eu poderia ter dito a ele tudo isso, mas não o fiz, porque sei que de nada adiantaria. Qualquer que seja a missão, sou o melhor homem para realizá-la. Sei disso tão bem quanto ele.*

Jamie fez uma pausa e releu a última passagem. Ele costumava acreditar que não tinha ilusões a respeito da guerra, mas a guerra travada por Matthew era algo que ele se esforçava para compreender. Aquilo era a vitória; os Aliados haviam atingido irremediavelmente o Terceiro Reich e já não restava dúvida sobre o resultado. No entanto, seu avô a registrava com toda a dor e o desânimo de uma derrota. Viajando em dois jipes de reconhecimento armados, um alquebrado Matthew e seus cinco companheiros – dois britânicos da SAS, um norte-americano, um francês e um polonês que falava alemão, que com certeza não era outro senão Stanislaus Kozlowski – haviam partido ao raiar do dia.

*O progresso é lento porque as colunas ianques pelas quais passamos estão com os nervos à flor da pele. Assim como nós, eles sentem que seria tolice serem mortos quando a guerra está quase no fim. Os remanescentes do IV Exército Panzer estão vindo em nossa direção com os russos em seu encalço, e temos encontrado oposição local. Alguns dos chucrutes ainda não se dão por vencidos. Nossos aliados norte-americanos têm um jeito interessante de lidar com franco-atiradores. Fomos detidos por uma hora perto de Jena, enquanto cuidavam do caso de um rapaz que tinha atirado de uma fazenda isolada contra um comboio. Uma unidade britânica teria enviado uma patrulha para expulsá-lo de lá. Os ianques convocaram um ataque aéreo com três Typhoons com carga de foguetes e, então, enviaram tanques Firefly para terminar o trabalho com seus lança-chamas. No momento em que os tiros cessaram, a casa da fazenda estava reduzida a uma pilha de tijolos enegrecidos. Um oficial do exército emergiu sorrindo da fumaça com o atirador amarrado à frente do jipe, como um troféu de caça. O chucrute devia ter uns treze anos de idade.*

O destino do grupo ficava nos arredores de uma bela cidade da Baviera que, estranhamente, havia restado intacta da guerra.

*Dirigimo-nos para uma área densamente arborizada a oeste de Coburg, onde os norte-americanos criaram um centro de acolhimento. Não é um campo de prisioneiros, pelo menos não ostensivamente. Nada de torres de vigia nem holofotes, apenas um grupo de cabanas de madeira escondidas atrás de uma cerca de arame farpado em meio às árvores. Entreguei minhas ordens no portão e me foi dito que me apresentasse sozinho em uma construção do outro lado do complexo. O oficial atrás da mesa tinha o rosto mais frio que eu já vi; um nariz longo e lábios finos, olhos como cubos de gelo. O tipo de sujeito que mandaria um homem para a morte sem pestanejar.*

*Ele usava o uniforme de coronel norte-americano, mas duvido de que já houvesse estado em uma praça de armas. Eu o detestei logo de cara. Atrás dele, outros dois, vestidos com trajes civis, mas com corte de cabelo militar. Reconheci o tipo de imediato. Estava de volta ao terreno da espionagem, mas aqueles dois ali não eram os habituais amadores entusiastas da SOE; eram genuínos e inflexíveis assassinos patrocinados pelo governo. O oficial não se apresentou:*

*– Está familiarizado com a área em torno do lago de Constança, capitão?*
*– Admiti que tinha feito algumas caminhadas por lá antes da guerra, e ele concordou. Entregou-me um envelope lacrado e, sem mais palavras, um dos civis me escoltou até uma porta na parte dos fundos. Além da porta, três figuras trajando macacões cáqui esperavam sentadas em um banco próximo à parede oposta. Um deles tinha uma pasta de couro equilibrada meticulosamente nos joelhos e olhou para cima com um sorriso largo. Dois deles eram os homens mais cruéis que já conheci. O terceiro era Walter Brohm.*

# X

Jamie fez uma pausa. Walter Brohm? O contexto e a maneira como o nome fora mencionado sugeria que devia ser importante, alguém bem colocado na hierarquia nazista, mas não significava nada para ele. Sua pesquisa sobre obras de arte saqueadas lhe tinha dado um conhecimento profissional do círculo de líderes nazistas próximo de Hitler, e seria capaz de nomear cada oficial sênior na semioficial organização de saques de Hermann Goering, mas esse era o limite de sua competência.

Precisava de mais informações.

Deixou o hospital após um breve exame físico, mas não se sentia pronto para voltar ao trabalho. Em vez disso, recolheu-se ao apartamento em Kensington High Street. Quando abriu a porta, teve a sensação de que as coisas não estavam como deveriam, uma espécie de presença intrusa pairando sobre o grande número de livros e pinturas empilhados sem muito cuidado em cada um dos cômodos, exceto a cozinha. Uma verificação rápida não mostrou evidência alguma de qualquer coisa faltando ou fora de lugar, e Jamie ignorou a sensação, atribuindo-a a um sintoma de paranoia induzido pelo ataque.

Fez menção de apanhar o laptop, mas de repente teve uma ideia melhor. Pegou o telefone e ligou para o amigo da universidade que o pusera em contato com Emil Mandelbaum.

– Simon?

– Jamie! Ouvi dizer que estava no hospital. Que coisa mais horrível para acontecer e, ainda por cima, na casa do seu velho. Queria visitá-lo, mas, como você já teve alta, deve estar bem. Está?

Jamie olhou-se no espelho da sala. Seu rosto estava comicamente plano devido ao inchaço no olho direito, e a dor nas costelas o fazia se deslocar ligeiramente curvado.

– Estou parecendo um pouco com a tia mais horripilante do Corcunda de Notre-Dame, mas, tirando isso, estou bem. Nada que uma rodada de Macallan não cure.

O amigo riu.

– Se estiver a fim, podemos sair esta noite, ir a algum lugar tranquilo...

Jamie fez uma careta de desagrado.

– Acho que não estou pronto para isso ainda. Olhe, desculpe-me por incomodá-lo no trabalho, mas estou precisando de um favor.

– Para variar, não é, meu filho? Manda ver.

– Hum... Estou tentando encontrar alguém em Londres com conhecimento especializado em alemães de alta patente durante a guerra, talvez um perseguidor de nazistas.

– E você acha que, só por eu ser um dos escolhidos de Abraão, posso conhecer alguém assim? – Jamie sentiu uma estranha desconfiança na voz de Simon.

– Foi um tiro no escuro – admitiu. – Se me enganei, peço desculpas. Não importa. Posso procurar na internet ou algo assim. Qualquer dia desses, dou uma ligada pra você e a gente sai pra beber.

– Não, espere. Olhe, sei de alguém, mas ele quase sempre está fora do país. Antigos nazistas e o paradeiro deles são uma espécie de *hobby* para esse cara. Mas depende de ele estar por perto.

– Sim, claro.

– E teria de verificar com ele para ver se está disposto a falar com você.

– Qualquer dia e hora estão bons para mim.

– Ótimo. Deixe-me conversar com ele e volto a falar com você.

Jamie agradeceu e, quando desligou, voltou para o diário. Com a guerra chegando ao fim, o perigo menos presente e mais tempo livre, Matthew parecia ter uma necessidade desesperadora de registrar os últimos dias com a riqueza de detalhes que lhe havia sido negada por cinco anos. Jamie vinha lendo há meia hora quando o telefone tocou. Quando atendeu, era Simon.

– Isso é que é rapidez!

– Ele ficou muito interessado em vê-lo depois que expliquei sobre o tio Emil e o Rembrandt, e terá prazer em ajudá-lo de qualquer maneira que puder, embora, naturalmente, não possa prometer nada.

– Que maravilha, Simon. Eu lhe devo uma.

– Você conhece o Builders Arms, na esquina da Thackeray Street com o Kensington Court Place?

– Claro, é logo no final da rua.

– Logo no final da rua... Imagino... Você pode encontrá-lo lá dentro de meia hora? Amanhã bem cedo ele partirá numa viagem de negócios, mas, esta noite, pode dispor de uma hora.

Jamie hesitou. Havia pensado que o encontraria em dias, talvez até semanas.

– É um pouco mais cedo do que esperava, mas posso sim, com certeza. Vou tomar uma ducha rápida. Como vou reconhecê-lo?

Simon refletiu alguns instantes antes de Jamie ouvi-lo rir:

– Ele é o cara para quem todas as garotas vão estar olhando. E atenderá por David.

O Builders Arms há muito deixara de lado suas origens humildes. Agora era confortável e moderno, com seus sofás de couro e mesas de alumínio com tampo de vidro, tendo como destaque a comida e as cervejas artesanais que Jamie odiava, mas, vez ou outra, pegava-se bebendo. O local estava quase vazio quando chegou, os poucos funcionários aproveitando, agradecidos, a trégua entre a multidão do almoço e a outra que sairia do trabalho.

Um jovem bronzeado e vestido casualmente estava sentado a uma mesa encostada à parede, com uma visão perfeita da porta. Assim que Jamie entrou, ele olhou para cima e sorriu, reconhecendo-o, mesmo que nunca o tivesse visto antes. Jamie não demorou mais que um segundo para compreender o que Simon falara. "David" era de compleição mediana, mas possuía o conjunto de características marcantes que fazia sucesso entre as mulheres, além do cabelo escuro e farto, e um queixo que precisava ser barbeado duas vezes por dia. Ele se levantou da cadeira e apertou a mão de Jamie com a força de um levantador de pesos.

– Obrigado por concordar em me ver tão em cima da hora. – Jamie meneou a cabeça em um cumprimento. – O que posso fazer por você?

Pediram duas Stellas e voltaram para a mesa, onde David tomou o assento com a mesma vista voltada para a porta. Enquanto bebiam as cervejas, o jovem educadamente evitou mencionar o rosto espancado de Jamie e conversou com a fluidez de um diplomata sobre o tempo, Londres e o mundo em geral, em um inglês sem sotaque. Tornou-se evidente que era judeu, mas aquilo não foi surpresa, dada sua amizade com Simon.

Jamie ficou muito feliz em ter sido David a quebrar o gelo, e levou apenas alguns minutos até que este desviasse a conversa com gentileza para os negócios.

– Simon me disse que você está interessado em nazistas. Posso perguntar por quê?

Jamie se surpreendeu com a própria resposta:

– Sou especialista em caçar obras de arte roubadas durante a guerra. Simon chegou a mencionar o Rembrandt Mandelbaum, talvez? – David assentiu. – Esse quadro tem conexão com outra pintura desaparecida, mas receio que meu contrato com o cliente signifique manter em sigilo o nome da pessoa para quem estou trabalhando.

David sorriu, o sorriso de um homem que apreciava a confidencialidade.

– Nazistas em geral, ou um nazista em particular?

– De nazistas em geral, eu poderia obter a informação em algum livro. É de um nazista em particular, mas não um desses nomes conhecidos.

– E qual é o nome?

– Walter Brohm.

As duas palavras pairaram no ar entre eles como um laço de forca.

– Walter Brohm?

Jamie assentiu.

– O nome lhe é familiar?

O jovem o estudou por um segundo, antes de forçar a mente a lembrar:

– Não é uma das personalidades nazistas mais conhecidas, mas um personagem interessante, no entanto. Sim, estou familiarizado com *Brigadeführer* Walter Brohm.

– *Brigadeführer*?

– O equivalente na SS a um brigadeiro do exército britânico. Filho de um pastor, nascido em Dresden, em 1913. Educação universitária. Juntou-se ao Partido Nazista em 1931, aos 18 anos de idade, e foi aceito na SS em setembro de 1934; seu número na SS, a propósito, era 39.520. Ficou impressionado até aqui?

– Muito. – Parecia a Jamie que, dentre outros talentos que possuía, David era uma daquelas pessoas extraordinárias abençoadas com uma memória fotográfica.

– Essa informação está disponível, se souber onde procurar – ele respondeu com modéstia. – É um pequeno *hobby* meu.

Jamie aceitou a improvável declaração sem comentário.

– Por favor, continue.

– Brohm estudou física aplicada com Erich Schumann, um dos maiores físicos nazistas, na Universidade de Berlim. Formou-se em 1934 e concluiu seu doutorado dois anos depois. Em 1939, com outros cientistas nazistas, ele começou a trabalhar no projeto Uranverein, do Instituto Kaiser Wilhelm. Simon disse que você fala alemão: sabe o que quer dizer *Uranverein*?

– Clube do Urânio?

– Isso mesmo, e fica a seu encargo fazer as devidas ligações.

– O projeto nuclear nazista.

David sorveu um gole de sua cerveja:

– Nota dez, senhor Saintclair. Brohm continuou a trabalhar no projeto até 1941, momento em que foi rebaixado, quando se tornou claro que o Uranverein não daria frutos a tempo de ajudar os nazistas a ganhar a guerra. – Ele percebeu que Jamie franziria a testa. – Está surpreso?

– Sim. Eu achava que a corrida nuclear havia continuado até os últimos dias da guerra.

– É a noção popular, mas não está correta. Os nazistas baniram consideravelmente os esforços nucleares em 1941, ano em que enviaram muitos de seus melhores cientistas para Auschwitz. – O sorriso perdeu o entusiasmo. – Veja você que a predileção deles por matar judeus pode, de fato, ter feito com que perdessem a guerra.

– Você sabe o que aconteceu com Brohm após 1941?

David hesitou e seus olhos escuros se estreitaram com desconfiança.

– Ainda não entendo muito bem seu grande interesse por este homem. Não há registro de ele estar envolvido em nenhum roubo de obra de arte ou nos saques que tantos altos oficiais alemães realizaram. Não existe nenhuma relação com qualquer pintura em especial.

Jamie sorriu com candura.

– Vamos, David, ambos sabemos que só porque não há registros não significa que não aconteceu. Há ainda milhares de peças de arte que não foram rastreadas. É provável que esse caminho dê em lugar nenhum, mas, se meus clientes dizem que é possível, é meu trabalho investigar.

Era evidente que David não se convencera, mas, após um momento de hesitação, o jovem assentiu.

– Muito bem. Temos pouquíssima informação sobre o trabalho dele. Há registros esparsos, entre eles uma sugestão de que pudesse ter estado na Polônia em 1944, mas são muito limitados para os nossos propósitos.

– Então, por que você sabe tanto sobre ele?

– Essa é uma boa pergunta. Você pergunta *por que*, e não *como*. Eu o parabenizo por isso. Por quê? Porque Walter Brohm era um fanático, um dos piores. Porque um desses registros esparsos, embora insatisfatório, é extremamente importante. No final de 1942, pouco antes de o campo exterminar os judeus, o *Brigadeführer* Walter Brohm abasteceu-se de material radioativo e realizou alguns experimentos em mulheres reclusas no campo de concentração de Ravensbrück. As mulheres envolvidas em tais experimentos usavam um triângulo amarelo, indicando sua origem judaica. Os experimentos resultaram na esterilização de todas elas e na morte de muitas. Sabemos bastante sobre Walter Brohm porque ele é um criminoso de guerra, senhor Saintclair, e ainda é procurado por Israel, Rússia e Estados Unidos. – Ele enfiou a mão no bolso e tirou um cartão de visita com seu nome e número de telefone. – Se descobrir mais alguma coisa sobre Walter Brohm ou necessitar de mais assistência, por favor, entre em contato.

– Você disse que ele ainda é procurado. Isso quer dizer que você acredita que ainda esteja vivo?

David franziu o cenho.

– Ninguém sabe se Walter Brohm está vivo ou morto. Ele escapou de um campo de prisioneiros em abril de 1945 e nunca mais se soube dele desde então.

# XI

*Saímos do acampamento ao anoitecer, nove de nós em dois jipes, com os três alemães agora trajando uniformes britânicos, mas sem patente nem identificação de unidade. As instruções nos levavam para o sul, em direção a Nuremberg, mas só eu sabia o nosso destino final. Tinha ordens para evitar contato com as autoridades militares de qualquer nação ou serviço. Estávamos por nossa conta – à deriva em uma Alemanha prestes a se despedaçar em seus momentos agonizantes.*

Jamie respirou fundo e baixou o diário. Havia retornado do encontro com David mais desconcertado do que esclarecido, e com a sensação de ter jogado uma pedra em um lago escuro e perigoso. O passado de Walter Brohm ao mesmo tempo o fascinava e horrorizava. Tinha ouvido falar sobre os experimentos realizados em prisioneiros nos campos de concentração, mas imaginar Matthew no mesmo jipe que um homem como Walter Brohm o deixava desconfortável por trazer para tão perto de si aquela guerra – e suas atrocidades. Era como se uma porta houvesse sido aberta pelo vento e permitido a entrada da fumaça de um crematório. Havia ainda o quebra-cabeça com as informações que David tinha fornecido. Os detalhes por si sós eram surpreendentes, embora, da mesma maneira como os anos cujo registro faltavam no diário de Matthew, deixassem uma grande lacuna na história que necessitava ser preenchida. O que teria feito Brohm nos três anos após ter deixado o Instituto Kaiser Wilhelm? E, se seu destino consistia em tamanho mistério, qual teria sido o propósito da missão de Matthew Sinclair? O olhar se voltou para o diário. A resposta estaria nas poucas anotações restantes?

Pegou-o de novo e examinou as páginas, sem lê-las agora, apenas deixando o olhar correr, embora o cérebro continuasse de alguma maneira a absorver as palavras, porque, aos poucos, foi consumido por uma sensação de desastre iminente que se disseminou pela espinha como uma píton rastejando em direção à presa. A constatação foi crescendo a cada página que virava. Não seria possível, seria? Não Matthew, o homem cujo heroísmo recém-descoberto havia dado a Jamie uma crença totalmente nova a respeito do próprio valor. Mas não havia dúvida. Estava tudo ali, naquelas frases bem escritas e harmonicamente espaçadas, que equivaliam a uma confissão manuscrita.

O capitão Matthew Sinclair e seus homens ajudavam três notórios criminosos de guerra nazistas a escapar da justiça.

Folheou as páginas de novo, esperando desesperadamente encontrar algo, qualquer coisa, que provasse que estava errado, mas não havia nada; nenhuma atenuante na confissão, além das hipócritas quatro palavras da defesa em Nuremberg: *Estava apenas cumprindo ordens.*

Enquanto continuava a ler, uma palavra saltou-lhe aos olhos, e era de admirar que houvesse escapado na primeira leitura rápida. Nunca havia sido mencionada de maneira direta, mas os indícios estavam todos lá. Sentia-se como um homem que houvesse entrado em uma pirâmide e disparado o mecanismo que abria a tumba intacta do faraó. A dor da traição perpetrada por Matthew foi substituída por um sentimento de total estupefação, e a memória o conduziu a uma cidade italiana no topo de uma colina; ruas frescas e estreitas por entre o casario ensolarado, com seus telhados cor de hena, e uma casa com uma placa de bronze em que estava gravada a mesma palavra que agora o fazia reagir como um adolescente enamorado.

Rafael!

Raffaello Sanzio di Urbino. Pintor e arquiteto. O único homem capaz de se equiparar a Leonardo e Michelangelo e não ser ofuscado pela grandeza desses mestres. O nome de Rafael podia não ter sido tão conhecido, mas aqueles com visão haviam reconhecido sua genialidade nas pinturas caracterizadas por uma serenidade inigualável, até mesmo se comparadas com a *Mona Lisa* de Leonardo. Essas pinturas eram agora avaliadas em dezenas de milhões de libras e, pelo que lia no diário, uma delas parecia ter sido o preço da vida dos três alemães.

E o mais importante: não se tratava de uma pintura qualquer de Rafael.

Jamie levou o diário para o quarto de hóspedes, que funcionava também como seu escritório em casa, e procurou ao lado da mesa até encontrar o que queria. Era um álbum de recortes que havia começado quando recebera de Emil Mandelbaum a incumbência de encontrar o Rembrandt. Virou com rapidez as três páginas retiradas de um suplemento dominical colorido que listava as dez mais importantes pinturas desaparecidas. Ali, entre os Cézanne, os Degas e os Picasso, havia um único quadro de Rafael.

*Retrato de um Jovem* – pintado a óleo sobre painel de madeira e considerado um dos melhores trabalhos do artista italiano do século XVI. Havia sido a estrela do Museu Czartoryski, na Cracóvia, ao lado de *Dama com Arminho*, de Leonardo, e outro Rembrandt, *Paisagem com o Bom Samaritano*, até a primeira semana de setembro de 1939, quando, junto com o resto da Polônia, o museu se encontrou sob nova administração.

Mesmo antes da invasão da Polônia, Hitler havia decretado que as grandes obras de arte da Europa deveriam ser confiscadas para ser exibidas em um grandioso *Führermuseum*, em Linz, sua cidade natal na Áustria. Equipes de colecionadores seguiam os blindados da Wehrmacht como cães de caça, farejando pinturas e esculturas. Um deles, Kajetan Mülhmann, um oficial da SS e delegado especial para a captação de arte nos Territórios Ocupados, havia rastreado as três pinturas em seu esconderijo na coleção Czartoryski. Mais tarde, elas haviam se tornado objeto de um triplo cabo de guerra entre Hans Posse, curador de arte de Hitler, Hermann Goering, que naturalmente as queria para si, e Hans Frank, governador-geral da Polônia. Talvez um tanto surpreendentemente, Frank vencera a competição e pendurara as pinturas no Castelo de Wawel, onde poderia apreciá-las enquanto organizava o massacre da *Intelligentsia* polonesa e a segregação forçada de milhões de judeus sob seu controle.

Quando Hans Frank deixou a Polônia, em 1945, alguns passos à frente do revanchista Exército Vermelho, as pinturas seguiram com ele. Mas, depois de sua captura pelos norte-americanos na Baviera, apenas o

Leonardo e o Rembrandt estavam entre seus tesouros saqueados. Frank afirmou ter dado o Rafael a Reinhard Heydrich no início de 1942, mas, apesar de confessar crimes de guerra e se converter ao catolicismo antes de ser enforcado em 1946, os interrogadores se recusaram a acreditar nele. Não havia registro de que Heydrich algum dia possuíra a pintura.

*Retrato de um Jovem* era a obra mais importante ainda desaparecida desde a Segunda Guerra Mundial. De acordo com o artigo, tinha um valor avaliado em cem milhões de dólares, mas a matéria datava de três anos atrás. Jamie calculou que, dado o modo como as pessoas vinham tirando seu dinheiro do mercado de ações em queda e investindo em arte, era certo que seria muito mais.

Estava tudo ali. Um retrato de um dos três grandes mestres, aquele que Leonardo temia. Óleo sobre madeira. Um de seus últimos trabalhos. E, em algum lugar no diário de Matthew Sinclair, encontravam-se os únicos indícios conhecidos de seu paradeiro.

Jamie sentiu o coração prestes a explodir, uma excitação quase sexual. Com as mãos trêmulas, pegou o diário e folheou as páginas restantes até o fim... apenas para descobrir o que menos esperava.

Vinte folhas do final do diário haviam sido cuidadosamente removidas.

# XII

A cabeça de Jamie parecia pronta a estourar. Por alguns frustrantes momentos, estivera muito próximo de uma das obras de arte desaparecidas mais importantes do mundo, que, de um só golpe, poderia ter lhe rendido uma fortuna e restaurado sua reputação desgastada. Num piscar de olhos, porém, isso lhe fora usurpado.

As perguntas despencavam em sua cabeça em uma avalanche de contradições. Quem havia – com tanta cautela, usando um bisturi ou uma navalha – removido as páginas-chave? Com certeza não fora Matthew, que, de algum modo, mantivera o diário em segurança ao longo de seis anos de guerra e oculto durante todo aquele tempo restante. Sua mãe? Seria possível que ela o tivesse encontrado e lido, e descoberto um horrível segredo de família? Se quisesse esconder algo, por que não destruí-lo por completo? E, se tivesse sido outra pessoa, por que deixar para trás o diário com todas as suas tentadoras pistas? Quanto mais ele considerava o assunto, maior se tornava a certeza de que as páginas finais continham uma revelação muito importante.

Em um momento de sublime clareza, sentiu a presença do velho a seu lado e compreendeu. *O diário sempre fora destinado a ele.*

Agora via-se capaz de olhar para o volume de couro azul de maneira diferente. Se Matthew sempre quisera que ele o possuísse, não deveria ter desejado também que colocasse as mãos no tesouro oculto em suas linhas, o Rafael? Talvez houvesse outras pistas que havia perdido. Iria lê-lo de novo com nova perspectiva, checando linha por linha. A vida de Matthew Sinclair havia sido mudada de modo irrevogável pelo encontro com Walter Brohm, e era nesse fato que residia a chave do mistério. O pobre Stanislaus Kozlowski poderia ter-lhe dado as respostas de que precisava. Agora, havia apenas um caminho a seguir. Para entender Matthew, tinha de entender Walter Brohm.

Quase com reverência, pegou o diário e o abriu na parte onde as páginas haviam sido removidas com precisão cirúrgica. Estava tão alucinado com a descoberta, que não havia inspecionado o dano tão bem quanto deveria. Agora que o fazia, foi tomado por uma curiosa sensação. Era como se seu subconsciente lhe enviasse uma mensagem em um código indecifrável. Tivera sensação semelhante ao olhar para as pinturas que foram, depois, reveladas como falsificações; só não tivera inteligência ou discernimento suficientes para compreender. Aquilo ali, entretanto, era sutilmente diferente. Uma campainha de alarme soava...

Pegou a lupa sobre a mesa e a focou no local de onde as páginas haviam sido arrancadas. Confirmou a suspeita inicial de que a remoção tinha sido realizada com grande cuidado e de modo que causasse o mínimo possível de dano ao diário. O responsável havia poupado tanto o que removia quanto o suporte do qual o removia. Essa percepção levou-o de volta a Matthew. Mas... por quê? Se ele quisesse que o diário chegasse às mãos de Jamie, por que não entregá-lo intacto?

Enquanto sopesava o diário aberto nas mãos, entusiasmou-se ao perceber algo que a princípio lhe escapara. O livro equilibrava-se quase com perfeição entre as palmas de suas mãos, mas não deveria. As páginas que faltavam deveriam torná-lo um pouco mais leve na segunda metade do que na primeira – apenas um pouco, mas o suficiente para ser notado. Então, fechou o diário e o observou lateralmente. As páginas faltantes não eram a única diferença entre as duas metades: a página final era imperceptivelmente mais grossa do que as páginas iniciais. Era o habitual em um livro? Não tinha certeza. Escolheu um título ao acaso na estante próxima a ele, admirando-se pela coincidência de ter pegado um exemplar encadernado em couro de *Rafael*, de Pope-Hennessy. Examinou-o do mesmo ângulo que olhara para o diário. Não; a primeira página e a final eram idênticas na espessura. Levantou-se e foi à janela. Aquele era o momento em que precisava de bastante calma, mas a adrenalina que corria por suas veias fazia o quarto inteiro rodar. Respirou fundo e voltou para o diário. Cutucou o couro azul da capa na parte de trás. Quase imperceptível, mas era, sem dúvida, mais acolchoada que a capa frontal. Entretanto, quando examinou o lado de dentro com a lupa, não encontrou nenhuma evidência de que tivesse sido adulterada.

Levou o diário de volta à sala de estar, com suas estantes abarrotadas de livros e obras de arte pouco conhecidas penduradas a esmo nas paredes, colocou-o sobre a mesa de centro ao lado da janela e serviu-se da generosa dose de Macallan que prometera a si mesmo antes. Recostando-se, estudou o diário de longe por um longo tempo, bebericando o suave uísque e sentindo o ardor envolver seu coração. Quando tomou a decisão, foi muito mais fácil do que imaginara. Vasculhou uma gaveta próxima atrás do escalpelo que sabia estar ali, em algum lugar, e depois introduziu a lâmina com cuidado por sob a extremidade do couro esticado que se sobrepunha ao grosso papelão do interior da capa de trás. Transpirava. Uma parte sua estava preocupada com cometer um sacrilégio, mas outra insistia em que não apenas possuía a permissão do avô para fazer aquilo, como também o incentivo dele. Ao afastar o couro recortado, inseriu com suavidade a ponta da lâmina sob o papelão, para romper o lacre de cola e poder examinar o que havia ali.

Jamie mal ousava respirar enquanto alavancava o papelão. A primeira reação foi de decepção. Nada das páginas que faltavam. Claro, não poderiam caber todas ali, naquele pequeno espaço. Depois, experimentou a secura da boca em expectativa. O que quer que fosse *aquilo*, era importante para Matthew Sinclair. Tratava-se de um pedaço dobrado do que parecia ser um tecido fino. Com cautela, retirou-o e o desdobrou sobre a mesa de centro.

Um quadrado perfeito de material tingido em tons esmaecidos de verde e marrom. A princípio, não significava nada. Um lenço barato, ou uma flanelinha de óculos ou relógio? Após um instante de cuidadosa concentração, viu-se encarando um mapa desbotado da Alemanha. Debruçando-se sobre o pano, procurou por quaisquer marcas ou símbolos. Não podia ser assim tão simples – como o X que demarcava o local do tesouro nas histórias de pirata –, e não era. A não ser por alguns pontos de costura rompidos, a peça estava intacta. Então, qual era seu propósito? Muito lentamente, a suspeita se tornou certeza. Era o mapa de uma rota de fuga. Tinha visto filmes de guerra em número suficiente para saber que todos os aviadores que se arriscavam a ser abatidos sobre a Europa ocupada recebiam um daqueles, com uma bússola e moeda local em quantidade bastante para lhes dar uma chance de alcançar o porto seguro mais próximo. Era natural que as equipes Jedburgh, caindo de paraquedas em pleno território inimigo, devessem ser munidas de forma semelhante. Passou a mão sobre o tecido; havia pertencido a Matthew. Talvez houvesse usado aquele lenço em volta do pescoço. Isso o fez se sentir mais perto do avô do que jamais havia se sentido. Mas por que, se não continha nenhuma informação, fora escondido dentro da capa do livro? Teve a resposta assim que o virou.

No verso, esboçado de maneira rudimentar, havia uma espécie de símbolo que nunca tinha visto antes.

# XIII

## Região central da Alemanha, 7 de fevereiro de 1945

Era o fim. O Brigadeführer Walter Brohm da SS não poderia precisar o momento exato em que a intuição se transformara em verdade, mas ele sabia que a guerra estava perdida. Podia sentir o gosto da derrota no ar que respirava e farejá-lo nas pessoas que o cercavam. Como físico que era, entendia o conceito de massa crítica melhor que a maioria. Perguntava-se por que não havia reconhecido antes o momento em que tudo se tornara pó. Talvez pudesse atribuir a culpa ao fato de que havia ficado preso naquela enorme prisão de concreto a maior parte dos últimos dois anos, mas sabia que não era verdade. As evidências haviam estado lá para qualquer um ver, apesar das promessas grandiosas do Führer. Goebbels podia alardear os triunfos da Wehrmacht tão alto quanto quisesse, mas qualquer um capaz de entender um mapa sabia que cada "vitória" aproximava cada vez mais o inimigo do coração do Reich. Brohm havia visto os bombardeiros ami – era o nome que os alemães usavam para se referir aos norte-americanos – atravessando de modo imponente e invulnerável os sagrados céus da Alemanha, como cardumes de minúsculos peixes prateados contra um mar azul-claro. Apenas algumas semanas antes, ele próprio havia visto os resultados enquanto sobrevoava Berlim, avistando bairros inteiros reduzidos a campos estéreis de crateras e escombros. Todo mundo conhecia uma família que perdera um ente querido no front. A verdade era que, como todos na Alemanha de Hitler, ele enganara a si mesmo, dizendo que aquilo nunca poderia acontecer. As Wunderwaffen prometidas existiam; os foguetes impossíveis de serem detidos e jatos capazes de voar mais rápido do que qualquer avião aliado, o canhão de pulso, os novos tanques e os aperfeiçoados U-boats. Mas nunca tinham sido suficientes e agora jamais seriam. A base industrial do Reich já havia sido danificada irremediavelmente. Nem mesmo Speer, o arquiteto alemão, ministro de Armamentos e Produção de Guerra do Terceiro Reich, poderia fabricar projéteis de artilharia com engenheiros mortos em uma fábrica que era apenas uma pilha de tijolos.

Ele deixou o olhar correr pelo escritório que tinha deixado apenas uma vez nos últimos doze meses. Paredes com lambris de madeira, obras de arte e tapetes persas não conseguiam mascarar a fria realidade de uma existência subterrânea e o onipresente odor de terra úmida do cimento de secagem rápida. Acendeu um de seus pequenos cigarros pretos para disfarçar o cheiro, a fumaça em um redemoinho através da brilhante luz artificial, a ser consumida pelo exaustor no teto. Do outro lado da janela interna, soldados da SS do batalhão de segurança corriam para cima e para baixo ajudando sua equipe de pesquisa a carregar caixas de arquivos e registros para serem queimados nos fornos, dois andares abaixo. Os ocasionais estrondos metálicos lhe diziam que o trabalho de desmantelamento ou destruição da usina, bem como a retirada das máquinas experimentais, estavam sendo realizados, como havia ordenado.

Um desperdício, depois de tantos anos de luta e esforço.

Aquele bunker, cuja existência era conhecida apenas pelos mais altos membros na hierarquia da SS, fora construído para durar mil anos, mas ele nunca acreditara de fato que o Reich iria durar tanto tempo, tampouco ligara muito para o fato. O que importava era o seu trabalho.

No início, ninguém sequer levara em consideração sua teoria sobre o material que havia na caixa do Tibete. Estava além da capacidade intelectual até mesmo das mentes mais brilhantes. Schumann e von Braun o haviam olhado como se fosse louco. Nos dois anos que antecederam 1939, o teórico e o experimental eram de interesse apenas se aplicados à tecnologia que ajudasse a Alemanha a ganhar a guerra que, conforme todos sabiam, estava chegando. Em 1940, o Alto-Comando chegara a emitir um decreto proibindo pesquisa e desenvolvimento que não produzissem resultados militares em quatro meses. No entanto, Hitler e os nazistas revigoraram a Alemanha e reacenderam a chama que havia sido extinta na humilhação de 1918. Agora, a nação reclamaria seu direito natural de dominação europeia. Ein Reich, Ein Volk, Ein Führer.

Rebaixado pelo revés profissional, Brohm havia sido recrutado para trabalhar com Otto Hahn, Fritz Strassmann e Lise Meitner em um projeto que envolvia o bombardeio de urânio com nêutrons, dando continuidade ao trabalho iniciado pelo neozelandês Ernest Rutherford, que dividira o primeiro átomo. Meitner, uma enérgica mulher que acendia um cigarro no outro, era, sem dúvida, o membro mais brilhante da equipe, que a reconhecia como líder. Porém, sendo uma judia austríaca, sua genialidade não poderia compensar a enorme desvantagem do sangue contaminado. Em 1938, ela havia fugido da Alemanha para a Suécia. Um ano depois, Brohm havia observado como Hahn descobrira bário em uma amostra de urânio. Eles haviam alcançado o que se tornaria conhecido como fissão nuclear.

Mas aquilo não fora o suficiente para Walter Brohm. Durante os anos com Hahn e Meitner, continuara com os próprios experimentos para descobrir a natureza exata do que havia encontrado na caixa. Trabalhava à noite, excedendo-se ao ponto de exaustão e de colapso mental, impulsionado pela convicção absoluta de que aquela substância fora colocada na Terra para ele, e para ele somente. Entendia que sua missão ia além da obsessão, que o levara à beira da loucura, mas rejubilava-se na dor e no desapontamento, enquanto se aproximava cada vez mais do objetivo, embalado pela inebriante expectativa. Enfim, chegara perto o suficiente para ter certeza do que tinha. Era, então, apenas uma questão de exames, análises e teoria enquanto tentava entender qual posição o material ocupava na tabela periódica dos elementos terrestres, se é que tinha um lugar lá. Fileiras sobre fileiras de cálculos em um quadro-negro eram concluídas, estudadas e, depois, descartadas. A princípio, era como se vagasse por uma paisagem fissurada, em meio a uma névoa densa, cada passo incerto e receoso, mas, aos poucos, sua mente clareou. Afinal, percebeu que havia perdido centenas de horas tentando perscrutar o desconhecido à frente, quando deveria ter prestado atenção nas origens celestiais do que a caixa continha.

Uma batida tímida à porta interrompeu seus pensamentos, e ele ergueu a vista quando uma encantadora moça de cabelos escuros, com cerca de 19 anos, entrou no escritório carregando uma bandeja.

– Seu café, Herr Direktor.

– Obrigado, Hannah, muita gentileza sua. – Ele sorriu. A garota era realmente bonita. Mesmo usando o deselegante uniforme cinza listrado, Hannah Schulmann irradiava uma espécie de tranquilidade interior que sempre o fazia se sentir à vontade consigo mesmo. E, o que ela tinha de bonita, tinha também de talentosa; jamais ouvira o piano tocar de maneira mais comovente do que quando os dedos ágeis da moça se moviam sobre as teclas. A presença dela em sua cama havia tornado os últimos meses quase suportáveis.

A garota se encolheu quando um guarda deixou cair uma caixa de arquivos, e ele se levantou e pousou a mão em seu ombro em um gesto de conforto.

– Não tenha medo, minha querida. Você tem de ir e se juntar aos outros agora.

Ele a viu sair e experimentou uma pontada dolorosa no que, em outro homem, poderia ter sido algo parecido com consciência.

Apenas no final do verão de 1941, sentiu-se confiante o suficiente para colocar Himmler a par de suas descobertas. Ele achou difícil imaginar que Heini era o bicho-papão que aterrorizava a Europa. Aquele olhar intenso e míope, e sua imobilidade inatural podiam ser irritantes no início, mas o Heinrich Himmler que acabou conhecendo era um companheiro de jantar afável, que o tratava familiarmente por du (algo parecido com o informal tu) e sempre mostrava um genuíno interesse em seu trabalho. Himmler, que se encantava com tudo que fosse misterioso ou enigmático, ficara fascinado pela caixa de Chang Tang, e, quando Brohm apresentou por escrito o possível potencial da descoberta, aquele rosto de coruja brilhou de excitação. Enquanto os *panzers* sondavam os subúrbios de Leningrado, ameaçavam Moscou e fechavam o cerco a Kiev, Brohm recebeu um telefonema dizendo-lhe que se apresentasse no aeroporto Templehof. Duas horas depois, ele estava em um Junkers 252 rumo a Rastenburg, para uma entrevista pessoal com Adolf Hitler na Toca do Lobo, seu quartel-general. Foi a única vez que ele se encontrou com o Führer, e se sentiu a um só tempo extremamente impressionado e bastante decepcionado. Com a guerra quase ganha, Hitler estava de muito bom humor. Em pessoa, ele não tinha a poderosa presença que projetava nos grandes comícios que Brohm tinha assistido, mas o cientista viu-se fascinado pela aura de poder em torno do homem. Encontrá-lo era acreditar verdadeiramente. Era óbvio que Hitler havia sido bem informado sobre o tema e logo compreendeu o seu potencial, mas, justamente quando Brohm acreditava que tinha recebido carta branca para continuar, o Führer chamou um terceiro homem no recinto. No momento em que reconheceu o visitante, Brohm percebeu que tinha sido sobrepujado. Seis anos antes, Werner Heisenberg fora envolvido em um escândalo científico que o havia colocado em conflito com Himmler. Brohm apoiara o seu chefe e Heisenberg tinha tido a sorte de sobreviver. Agora que ele voltara às boas graças, Brohm sabia que estava em apuros.

Heisenberg considerou em detalhes os argumentos a favor e contra o projeto de Brohm, e depois apontou as consequências potencialmente catastróficas de um erro. Brohm fora forçado a reconhecer os perigos e argumentou que nenhum experimento científico era isento de risco, mas sabia que já perdera a batalha. O Führer tinha sacudido a cabeça bruscamente, tímido demais para de fato apreciar as possibilidades do que Brohm oferecia. Ele saiu furioso da reunião. Hitler lhe custara seu lugar na história.

Mas ele havia subestimado Heinrich Himmler.

Quando se encontrou com Himmler duas semanas depois, o Reichsführer-SS foi simplesmente encantador. Desde o lançamento da Operação Barbarossa, o Führer tinha muita coisa para ocupar sua mente, e não se podia esperar que supervisionasse cada pequeno detalhe da política nacional. O Projeto Brohm iria em frente, porém, sob os auspícios da SS--WVHA, o departamento econômico e administrativo principal da vasta organização de Himmler, da qual só então Brohm pôde avaliar o tamanho. A SS havia evoluído de guarda pessoal de Hitler para um Estado dentro do Estado, e com poder financeiro à altura. Após anos de luta por financiamento e tempo de laboratório, Brohm tinha, então, tudo o que queria, e muito mais. Mais pessoal e mais financiamento significavam que ele poderia fazer um progresso maior, o que, por sua vez, aumentou a importância do projeto. Quando as bombas começaram a cair sobre Berlim, os cientistas e engenheiros foram evacuados para o bunker, o centro de pesquisa mais avançado do mundo, e Brohm tinha sido capaz de fazer experimentos em uma escala que antes teria sido inimaginável. E, a cada experimento, ele dava mais um passo em direção ao seu objetivo. A cada passo estava mais perto de aproveitar o poder das estrelas.

E, justo quando ele o tinha a seu alcance, tudo acabou. Ele sentiu uma onda de fúria que restaurou a sua determinação.

Seu trabalho era importante demais para ser interrompido agora. Muito mais importante do que as considerações mesquinhas como nacionalidade.

– A Pedra do Sol está pronta para ser transferida, Herr Brigadeführer.

Brohm olhou para o seu assessor, Ziegler, parado à porta. Ele fez que sim com a cabeça.

– Ótimo. E você está com os meus documentos pessoais e registros?

– Sim, Herr Brigadeführer. Eles foram colocados em caixas de segurança à prova de fogo como o senhor ordenou.

– Muito bem.

Ele podia confiar em Ziegler. A Pedra do Sol e os registros, as moedas de troca que assegurariam o seu futuro, iriam viajar em comboio para o trem blindado que os levaria ao seu destino secreto final. Os Ivans – os russos – e os Amis – os norte-americanos – fechavam o cerco. A Alemanha livre era como um pedaço de presunto entre duas fatias de pão de centeio, e o presunto estava ficando mais fino a cada hora. Ainda assim, ele tivera tempo suficiente para a mudança. Iria fazer seus próprios arranjos para a fuga. Era hora de ir.

O comandante com o uniforme cinza do destacamento de segurança apareceu à porta, o rosto vermelho dos esforços da manhã, e um dos novos fuzis automáticos Sturmgewehr no ombro.

– Devemos levar os judeus para fora?

Brohm considerou por um momento. Os judeus. Essa classificação abrangente, insatisfatória e totalmente fatal. Na realidade, muitos dos trezentos cientistas, engenheiros e técnicos no alojamento abaixo eram homens e mulheres com quem havia trabalhado muito antes da guerra, pessoas que viera a respeitar e das quais aprendera a gostar. Pessoas como Hannah.

– Não, faça onde eles estão. Isso lhes causará menos ansiedade. – O homem da SS franziu a testa; por que se preocupar com ansiedade? Eram apenas judeus. Ninguém se preocupara com ansiedade na Ostfront. Brohm percebeu o olhar. – Isso vai economizar tempo – sugeriu ele. – E este lugar dará um túmulo muito apropriado. – A carranca foi substituída por perplexidade. – Serão como trezentos dos servos do faraó, sepultados em memória de suas realizações – explicou Brohm, cansado.

Ele arriscou um último olhar para a pintura na parede. Uma pena: teria gostado de ficar com o Rafael. Tinha sido um presente de aniversário do pobre e velho Heydrich, que o havia conseguido arrancar, de alguma forma, à sua maneira sinistra, dos dedinhos imundos de Frank. Mas não conseguiria escapar do Götterdämmerung, do Apocalipse da Alemanha, carregando um grande pedaço de tábua de madeira. Viajaria leve, levando apenas sua nova identidade e o segredo que mudaria o mundo.

# XIV

O coração de Jamie começou a bater mais rápido enquanto ele estudava o desenho. Alguma coisa sobre ele lhe parecia familiar. Tinha a forma de uma roda, com nove raios articulados que se encontravam em um padrão geométrico no centro. Abaixo, três palavras – *In Faust's spuren* – que, se Jamie não se enganara na tradução, significava "Nos passos de Fausto", e uma data: 1357.

Elas, obviamente, queriam dizer alguma coisa, mas era o significado maior do símbolo que chamava a atenção de Jamie. A composição parecia vagamente sul-americana; uma espécie de símbolo solar abstrato? Mas não estava lidando com astecas ou maias; lidava com nazistas. Ele correu o dedo lentamente por um dos raios articulados e sentiu a sala gelar. A maneira quase selvagem com que mudava o curso trouxe-lhe à mente outra forma, um emblema sinistro que levara terror e trevas para dois continentes.

Digitou algumas palavras no teclado do seu laptop e apertou *enter*. Abundância de opções. Colocou a seta do mouse sobre a palavra "Imagens" no topo da tela, clicou e pressionou *enter* de novo. Desta vez, a tela se encheu com imagens monocromáticas em miniatura de soldados. Em suas longas e ordenadas fileiras, olhar duro, rostos severos mostrando o quê? Determinação? Disciplina? Gravidade? A determinação do fanático. A disciplina do autômato. A gravidade inflexível do carrasco. Viu a foto que procurava, mas a curiosidade fez com que a ignorasse por ora. Ele clicou duas vezes para ampliar uma fotografia na linha de cima. Algum tipo de desfile. Eles eram escolhidos por suas características de queixo quadrado e perfeição nórdica; orgulhosos, confiantes, sangue não maculado por qualquer elemento indesejável. Mesmo a falta de um dente teria negado a um homem um lugar na foto, tirada por volta de 1939. Seus defensores haviam afirmado que, homem por homem, eles eram os melhores soldados que o mundo já conheceu. Os detratores os tinham denunciado como açougueiros que matavam sem um resquício de consciência. Seus superiores haviam exigido "dureza sem precedentes", o que ofereciam de bom grado. Morreram aos milhares e às dezenas de milhares nas vastidões geladas da estepe russa, nas sebes da Normandia, nas florestas das Ardenas e nas ruínas fumegantes de Berlim.

O mouse pairou sobre outras duas fotografias, mas ele não precisou ampliá-las. Sabia o texto exato abaixo do inóspito portão de ferro no que devia ter sido algum remanso polonês antes de se tornar uma fábrica de morte. E quem conseguiria esquecer o menino de boné chato e calças curtas com terror estampado nos olhos enquanto levantava as mãos em sinal de rendição ao soldado de botas e ar de riso na liquidação do Gueto de Varsóvia?

Uma imagem final. Um *close-up*, o busto de um homem uniformizado, com olhos juntos e face estreita, magra e ossuda. Um rosto medieval, o rosto de um erudito ou de um monge, com a diferença que, embora nos olhos de um monge se possa ver piedade, não se via nem um resquício de compaixão nos daquele homem.

Todos os homens nas fotos tinham uma coisa em comum. Eles usavam os prateados raios gêmeos da SS – a Schutzstaffel –, exército privado de Heinrich Himmler.

Jamie olhou de novo para o símbolo na parte de trás do mapa. Sim, ele estava lá. A mesma simplicidade de desenho grosseira, quase brutal, como se os traços tivessem sido criados pela mesma mão com o auxílio de uma baioneta rombuda.

Uma batida forte à porta interrompeu sua linha de pensamento, e Jamie sentiu um estremecimento momentâneo de pânico que logo descartou. Idiota. Eles não iriam bater na porta. Se você não está em segurança aqui, onde mais estaria? Calma. Ele pegou o pesado copo de uísque de cristal e segurou-o com força. Com um último olhar ao redor da sala, estendeu a mão para a maçaneta... hesitou, retrocedeu, pegou o diário e o mapa de fuga, e meteu-os na gaveta mais próxima. Só então entreabriu a porta.

– Ei, como você está? – Um rosto sorridente apareceu através da estreita abertura, e Jamie relaxou o aperto mortal sobre o copo. Os olhos de Simon foram atraídos pelo movimento, e ele agitou uma garrafa de um amarelo tostado com um rótulo branco. – Vejo que está preparado. Não consegui o Macallan, mas achei que você poderia gostar de algo um pouco mais forte. O melhor uísque de Islay. Turfa suficiente para enterrá-lo.

Jamie acenou para seu amigo entrar, aceitando a garrafa de uísque quase tão velho quanto ele. Simon sempre fora generoso, mas até para ele aquilo era um pouco excessivo.

– Não suponho que esteja aqui para uma xícara de chá...

Simon examinou o caos semiorganizado com o olhar de alguém experiente.

– Duvido que você pudesse encontrar a chaleira, mesmo que eu estivesse, meu velho. Não, vou beber a mesma tintura medicinal que está tomando. Só passei para me certificar de que você estava bem.

Jamie procurou por outro copo limpo. Simon vagou pela sala casualmente, pegando um livro aqui, examinando uma pintura acolá. Pousou os olhos em um aquário de peixes tropicais que Jamie comprara algumas semanas antes, em um momento de entusiasmo equivocado.

– Essas malditas coisas ainda não morreram? Meus peixinhos dourados nunca duravam mais do que uma semana.

Jamie olhou para cima.

– Eles não são peixinhos dourados; são peixes exóticos de água doce.

– Caramba, o que é isso? – A atenção de Simon tinha se voltado para uma vívida paisagem rural em uma moldura simples. – Planeja vendê-la?

– Não. Gosto dela.

– Eu venderia, se fosse você. O mercado de baboseira regional contemporânea está se movendo na direção errada.

Mesmo na universidade, o interesse de Simon por arte era puramente econômico. Tratava-a da maneira como agora tratava as ações e os títulos com que lidava todos os dias no banco: como uma mercadoria a ser comprada e vendida com lucro.

– Você parou de frequentar a academia? – Jamie perguntou com inocência.

– O quê? – Simon piscou como uma coruja assustada por trás dos óculos de grife. – Ah, por isso? – ele perguntou com um ar culpado, correndo a mão pela protuberância acima do cinto. – Duas semanas de corrida, e logo me livro disso. Estou pensando em contratar uma *personal trainer*, o que você acha?

Jamie sorriu.

– Mal não irá fazer, em particular se ela for bonita. Quem precisa de corrida se pode perseguir um belo traseiro metido em *lycra* justa pelo parque durante uma hora? Saúde! – Ele entregou ao outro homem meio copo do líquido âmbar brilhante.

Simon suspirou quando tomou seu primeiro gole do malte.

– Cristo, eu precisava disso. Como anda sua investigação? – O tom fora bastante casual, mas as palavras deram a Jamie a estranha sensação de que ele estava na sala com outra pessoa. Demorou apenas uma fração de segundo antes que descartasse mentalmente o pensamento, mas que, em definitivo, passara por sua cabeça. – Perguntei porque não pude deixar de notar a foto no computador – Simon continuou, acenando com o copo para o quarto de hóspedes. – O uniforme me parece familiar.

Jamie levou-o até lá justo quando o protetor de tela deixava o monitor em descanso. Ele mexeu o mouse e restaurou a face aristocrática, com os olhos frios e seguros, e uma expressão pronta a se abrir em um sorriso de escárnio.

– Puta que pariu! – Simon se afastou do computador como se estivesse contaminado.

– Então você o reconhece?

Toda a bonomia havia se retirado da voz de Simon com a imagem na tela.

– O diabo encarnado. Eu sou um autêntico britânico, embora de origem mista, Jamie, mas, sobretudo, sou judeu até os ossos. Você nunca esquece o homem que enviou seus avós e dezoito de outros parentes para a câmara de gás. Reinhard Heydrich. Dadas as devidas proporções, se o Holocausto fosse uma empresa, Hitler seria o presidente da companhia, e Heydrich, o diretor executivo. Você sabe que ele foi a primeira pessoa a usar as palavras Solução Final?

– Não, não sabia.

Simon bebeu o restante do uísque de um gole só.

– Um filho da puta de primeira e um homem notavelmente minucioso. Até Himmler o temia. Assim que colocou seus esquadrões de assassinato em funcionamento na Polônia e na Rússia, proibiu os judeus dos países ocidentais ocupados de emigrarem e efetivamente fez da Europa a prisão deles. Depois de prendê-los, criou uma enorme máquina nazista de matar que primeiro os submetia a procedimentos sistemáticos e depois os exterminava. Na Conferência de Wannsee ele estimou que teriam de "lidar com" onze milhões de judeus. Felizmente, suponho, ele só pôde colocar as mãos em metade deles. Quando foi morto em Praga, os nazistas assassinaram ou deportaram milhares de pessoas inocentes em retaliação, mas pergunte a qualquer judeu e ele vai lhe dizer que valeu a pena o sacrifício. Olhe – ele colocou o copo vazio ao lado do computador –, isso me tirou a vontade de beber. Tenho de ir agora, mas, se precisar de alguma coisa, é só me falar. Aproveite o uísque.

Jamie segurou a porta para ele.

– Há uma coisa. Você sabe algo sobre a relação entre Heydrich e um homem chamado Hans Frank? Frank era um figurão da SS que governou a maior parte da Polônia durante quatro anos de guerra. Ele foi enforcado em Nuremberg por crimes de guerra.

Simon franziu a testa.

– Não. Mas David pode saber. Você deveria ficar em contato com ele. Ele é alguém útil de se conhecer. Cuide-se, meu rapaz.

Quando ele se foi, Jamie sentou-se ao computador e olhou para o homem na tela. As palavras embaixo da imagem confirmavam a maior parte da assustadora biografia que Simon relatara. Os subordinados de Heydrich tinham pavor dele e o haviam apelidado de "O Carrasco". Como chegara a isso nunca foi devidamente explicado, mas Jamie poderia arriscar um palpite. Heydrich era mais inteligente do que Himmler, Goering e Goebbels juntos, mais astuto do que Bormann e mais são do que Hitler, se é que a definição de sanidade poderia abranger um assassino em massa antissemita com água gelada correndo em suas veias. Se não tivesse sido morto, teria se tornado, sem dúvida, um dos visionários do regime nazista, tomando seu lugar entre o círculo de bandidos e valentões que se agarravam a Hitler como piolhos, e até mesmo um possível sucessor do *Führer*. Enquanto Hitler via a destruição dos judeus como um meio para um fim, Heydrich tinha sido ensinado a odiá-los desde o berço e encarava o extermínio deles como uma Guerra Santa. Expulso da marinha alemã em 1931 por libertinagem, tentara a sorte com os nazistas, tornando-se indispensável a Himmler, enquanto o futuro Reichsführer-SS ainda era um criador de galinhas da Baviera. Heydrich criou uma base de poder político no Sicherheitsdienst, o temido serviço de segurança de Himmler, e usou a Noite dos Longos Punhais e o cadáver de Ernst Röhm, antigo aliado de Hitler, como degraus para ajudá-lo em sua escalada, antes de, com a bênção do *Führer*, dedicar-se a livrar o mundo da raça judaica. O fato de ser recompensado com o Protetorado da Boêmia e Morávia deve ter-lhe parecido apenas mais um passo na direção certa. Entretanto, dois agentes tchecos treinados pelos britânicos colocaram um fim abrupto em sua carreira com um par de granadas de mão em uma quente manhã de primavera, em Praga. Fora em 27 de maio de 1942. Não é de admirar que os interrogadores de Hans Frank não tenham acreditado nele. Se ele tivesse presenteado Heydrich com o Rafael no início de 1942, não seria de esperar que ele o tivesse em sua posse ao morrer?

Aquilo tudo era muito interessante, mas não levava Jamie para mais perto da pintura ou da missão de seu avô. Ele pegou na gaveta o diário e o mapa de seda e colocou-os lado a lado na mesa diante dele. Ao olhar agora, perguntou-se por que não percebera antes a semelhança entre o desenho da roda e os raios rúnicos da SS imediatamente. Runas? A palavra mexeu com alguma coisa em sua memória, algo que havia lido sobre Heinrich Himmler.

Entrou no Google pelo computador e digitou as palavras *Schutzstaffel* e *simbolismo*.

Apareceram milhares de resultados, mas um nome e um local chamaram sua atenção como se tivessem escritos em *neon*. Clicou no *link* e lá estava: uma grande sala com um piso de mármore rodeado por pilares. No centro do piso, um símbolo circular idêntico ao que havia no verso do mapa de seda de Matthew Sinclair. O lugar era o Castelo Wewelsburg, o ponto crucial do império da SS de Himmler. O símbolo era conhecido como Sol Negro.

A poucos quilômetros de distância, os resultados da pesquisa eram replicados em outra tela de computador.

## XV

– Temos o que precisamos. O pacote não é mais necessário. – A voz desencarnada estalou em seus fones de ouvido.

– Já não era sem tempo. – O mais novo dos dois chineses estacionados em um Ford azul em frente ao apartamento de Jamie meteu as mãos por baixo do assento e colocou um silenciador na pistola escondida ali. O motorista pôs a mão em seu braço.

– Espere. – Ele digitou um número no celular *handsfree* no painel diante dele. – Por favor, confirme.

– Está questionando minha ordem?

O motorista, Li Yuan, que usava como codinome Charles Lee, era um agente sênior do Segundo Birô do Ministério de Segurança do Estado da República Popular da China. Ele engoliu o comentário que ameaçava colocá-lo numa fria ainda maior. Quem era aquele novato que caíra de paraquedas em Pequim para tratá-lo como um dos garçons do restaurante cantonês de luxo que ele administrava? Lee havia sido treinado para assassinatos e operações secretas, mas sua principal função era a coleta de informações, e dez anos de trabalho corriam o risco de ficar comprometidos por aquele inconsequente do Quarto Birô. O que dava a medida de importância daquela missão é que estavam preparados para efetuar o procedimento que parecia estar prestes a acontecer, mas, se iriam mesmo liquidar Saintclair, queria ter certeza.

– Buscando esclarecimentos. Se o sujeito está fazendo progresso, talvez...

– Talvez ele vá ajudar outros a fazerem progressos? – A voz se tornara mais penetrante. – Ele está atraindo muita atenção. Temos uma localização e muito mais recursos para encontrar o que buscamos do que um vendedor de pinturas de segunda categoria, de procedência duvidosa. Há outras linhas de pesquisa com as quais você não precisa se preocupar. Não precisamos mais de Saintclair. Confirme, por favor.

O motorista deu de ombros. Idiota.

– Confirmado.

Seu passageiro sorriu e soltou a trava de segurança da pistola automática com silenciador.

O homem mais velho balançou a cabeça.

– Não, não dessa forma. É melhor parecer um acidente.

Jamie não percebeu o Ford azul com vidros fumê quando deixou o prédio para ir a seu escritório mais tarde, naquele mesmo dia. Tampouco notou os jovens chineses de jaquetas de couro que seguiam seus passos no caminho para o metrô.

Naquele horário, mais pessoas saíam da estação de Kensington High Street do que entravam, e Jamie pôde percorrer com rapidez o trajeto da catraca até a plataforma lá embaixo. Parado entre a multidão na borda da plataforma, sua mente estava no progresso que havia feito e qual deveria ser o próximo passo. Ele já sabia onde o original do símbolo estava localizado, mas o que iria fazer quanto a isso? Sim, era uma ligação potencial com o Rafael, mas quanto de seu tempo ele poderia gastar seguindo uma trilha de sessenta anos, que provavelmente não levaria a nada? Ele tinha a história de seu avô. Não deveria ficar contente apenas com isso? Mas havia também o que ele não sabia. Não sabia se Matthew Sinclair havia sido um herói de guerra ou uma insensível máquina de matar de aluguel. Esta última hipótese não lhe parecia possível, mas, no momento em que abriu o diário, Jamie havia entrado em um mundo em que as certezas do passado já não existiam. *Tudo* era possível. E se ele estivesse muito perto de colocar as mãos no Rafael? Na adolescência, Jamie se tornara obcecado por descobrir a identidade de seu pai, e ele sentia a mesma compulsão agora. Precisava de tempo para pensar. Precisava dar uma boa avaliada nos recursos de que dispunha. Será que tinha dinheiro suficiente para dedicar um mês de sua vida àquela louca busca? Teria, se conseguisse vender a casa, mas o mercado estava parado e, ao que parecia, permaneceria assim por algum tempo.

– Desculpe-me. – Alguém lhe dera uma cotovelada nas costas, mas ele não conseguiu identificar quem havia sido, pois estava rodeado de gente. Olhou para a esquerda, por onde o trem chegaria, e, a uma distância de uns dois metros ao longo da plataforma, seus olhos encontraram os de uma mulher jovem e magra, com mechas avermelhadas bem destacadas nos cabelos escuros, que batiam na altura dos ombros. Ela devolveu o olhar e Jamie podia jurar que vira nele um brilho de divertimento, quase de reconhecimento. Ele sorriu e se virou. É estranho como se acaba se acostumando com a proximidade sufocante de outras pessoas. Lá em cima, na luz natural, lutava-se por espaço pessoal. Ali embaixo, naquele ambiente mal iluminado e empoeirado, respirando golfadas de ar saturado, usado em demasia, podia-se passar uma hora espremido entre uma dona de casa romena robusta e um músico de rua africano, e ficava-se feliz por pagar por esse privilégio. O grande relógio digital na extremidade da plataforma informava que o próximo trem da Circle Line chegaria em quarenta segundos. Jamie se aproximou mais da borda da plataforma.

Ninguém falava, mas era sempre barulhento; como os corredores ecoantes de uma das cavernosas cidades subterrâneas de Tolkien. Um abafado rugido de dragão e a familiar mudança de pressão lhe disseram que o trem se aproximava. Ele respirou fundo e fechou os olhos. A movimentação às suas costas aumentou quando as pessoas começaram a se acotovelar, movendo-se para a frente em expectativa, e ele foi junto, os pés avançando um pouco mais para perto da borda. Alguma coisa, Jamie não tinha certeza do quê, o fez sorrir. O otimismo lunático de um homem parado em uma encardida estação de metrô de Londres, que achava estar prestes a descobrir uma das grandes obras-primas do mundo até então desaparecidas? O sentimento de que o velho Matthew estava em algum lugar lá em cima desafiando-o a seguir a trilha que havia deixado? Talvez tudo isso fosse uma reação retardada à sua morte – uma espécie de pré-crise de meia-idade. O rugido mudou para um ruidoso, demoníaco e ritmado retinir de aço contra aço quando o trem se aproximou pelo túnel.

Ele não chegou a sentir o empurrão. Em um momento, estava na plataforma; no seguinte, estava no ar, perdendo o equilíbrio e se debatendo, os olhos arregalados e as paredes recobertas de pôsteres girando. Um momento registrado em câmera lenta, quando, do outro lado da linha, um rosto feminino, tomado de espanto, abriu a boca num grito silencioso. Ao seu lado, um homem elegante, trajando um terno escuro e gravata vermelha, fazia uma careta de irritação, como se um artista de circo demente houvesse saltado do nada para estragar sua pausa de almoço. Jamie sabia que devia mover os braços para amortecer a queda, para fazer *alguma coisa*. Mas eles não obedeceram; pareciam pertencer a outra pessoa. Caiu de ombro, um choque tão forte que irradiou uma bola de fogo dolorida por todo o lado esquerdo do corpo, mas que, pelo menos, absorveu a maior parte do impacto. Quando seu rosto quicou no concreto, dando-lhe a sensação de que os dentes estavam frouxos na boca, soube que poderia ter sido pior. Um trilho de aço brilhou a cinco centímetros de seus olhos. Só então se deu conta de onde estava e do que estava para acontecer. Seus pés. Suas pernas. Onde estavam? O terror engolfou-o como areia movediça, forçando o caminho por olhos, boca e ouvidos. Perdeu a noção de si mesmo, todo o controle do corpo. Não abraçou o concreto; este o absorveu. Após um milésimo de segundo, as luzes se apagaram com um explosivo e sibilante redemoinho de ar que ameaçava levantá-lo, esbofeteando-o como se estivesse de cabeça para baixo em um túnel de vento, puxando sua roupa e rompendo o vínculo que o prendia ao concreto viscoso. Gritou, mais alto que já havia gritado antes, lutando contra o som de um milhão de pregos sendo raspados em um milhão de quadros-negros, ampliado um milhão de vezes. Então, tudo cessou. Morte.

# XVI

Estava morto? A questão levou tempo para ter resposta. Houve uma pausa longa, sem fôlego; um meio-tempo em que não tinha muita certeza. Não, não estava, porque podia sentir o coração batendo como uma britadeira. O ombro doía loucamente e um gosto metálico lhe dizia que a boca sangrava. Por alguma razão, pareceu-lhe importante que não houvesse perdido todos os dentes, e ele passou a língua sobre eles, conferindo molar por molar.

Alguém gritava bem perto, e ele podia ouvir uma voz pedindo ajuda. Moveu os braços e as pernas. Com certa surpresa, constatou que os membros estavam presentes e se mexiam. A escuridão parecia terrivelmente densa, até que percebeu seus olhos fechados bem apertados. Com muito cuidado, abriu-os, e um túnel, baixo e escuro, apareceu diante dele, dividido por três trilhos que corriam paralelamente a seu rosto. Levantou a cabeça alguns centímetros para obter uma visão melhor e bateu o crânio contra algo inflexível e metálico. Então, era esse o aspecto de um trem do metrô visto de baixo? Foi só então que se deu conta. Naquele segundo, percebeu quão perto da morte chegara e teve uma visão de um final alternativo que mostrava nacos irregulares de carne, lascas de osso e um único globo ocular solitário em algum ponto do trilho.

Foi quando a tremedeira começou.

– Então, você não pulou?

Jamie olhou para o semblante rosado do sargento da Polícia de Transporte Britânica e respondeu à pergunta pela quarta vez:

– Não.

– E não acha que foi empurrado?

– Não sei. Em um minuto estava de pé na plataforma; no minuto seguinte, estava dando um salto-mortal duplo de costas na frente de quarenta toneladas de trem de metrô.

– Só que a qualidade da imagem do circuito interno de TV é bastante ruim. Nos quadros que importam, há talvez oito pessoas em contato próximo com você, mas não se distingue a maioria dos rostos. A filmagem não mostra nenhum movimento que prenuncie a queda e nenhum dos passageiros que conseguimos entrevistar notou nada de estranho. A maioria deles partiu quando descobriu que você estava vivo e bem. Tipicamente londrinos. Sempre têm algo melhor para fazer.

Recuaram o trem de cima do lugar onde ele estava deitado e três trabalhadores o haviam ajudado a sair da depressão abaixo da pista, evitando, com cuidado, o trilho central eletrificado. Depois de ter sido examinado por um paramédico, levaram-no para o escritório do supervisor da estação, que serviu temporariamente como sala de interrogatório para a equipe da Polícia de Transporte Britânica. As paredes tinham acabado de ser pintadas num ofuscante amarelo-narciso, e o superaquecimento do ambiente combinado com os vapores da tinta o deixaram enjoado.

O sargento estudou o relatório diante dele e meneou a cabeça.

– O que estou dizendo, senhor... Saintclair... – ele pronunciou o nome com um sorriso forçado, que dizia não acreditar no que lia – é que, a menos que nos possa dar um pouco mais de detalhes, ou uma razão para pensarmos o contrário, no momento estamos diante de um acidente infeliz, que vai ficar ruim em nossas estatísticas, mas não vai exigir nenhuma investigação mais aprofundada. Está me acompanhando?

Jamie assentiu com a cabeça, sem confiar em si mesmo para articular palavras em voz alta. O sargento encarava seu olho roxo. Será que ele deveria ter mencionado o ataque na casa do avô? Se os homens que o haviam surrado quisessem matá-lo, teriam feito isso lá mesmo; não esperariam até ter uma centena de potenciais testemunhas. Talvez *houvesse* sido um acidente. Entretanto, mesmo enquanto o pensamento ainda se formava, sabia que não era verdade. Havia muitos acidentes ocorrendo com ele nos últimos tempos. A questão era: se ele lhes contasse sobre o ataque, teria de contar também sobre o diário de Matthew e o Rafael. Por razões particulares, não desejava fazer isso.

Recusou a oferta de uma xícara de chá e que chamassem um amigo para buscá-lo. A pedido do sargento, assinou um termo de responsabilidade confirmando que estava bem o suficiente e tinha condições de sair de lá por conta própria. O policial o conduziu até a porta:

– Eu diria que você gastou um par de suas nove vidas lá, senhor Saintclair – disse ele alegremente. – Se tivesse aterrissado sobre os trilhos em vez de no buraco do suicídio, essa depressão que serve tanto para drenar água como também nos protege de lunáticos em busca de tirar a própria vida, provavelmente teria sido eletrocutado e com certeza morto pelo trem. Se não houvesse ficado imóvel como ficou, o trem lhe teria arrancado a cabeça. Tenha um bom dia, senhor.

Jamie conseguiu esboçar um pálido sorriso de agradecimento, porém, quando chegou ao corredor principal da estação, sentiu-se um pouco zonzo. Quem sabe não deveria ter aceitado o chá, afinal de contas? Havia uma lanchonete no saguão, mas ele não estava longe do apartamento. O que precisava, de fato, era um lugar para se sentar e um pouco de ar fresco. Dirigiu-se para a saída.

– Espere! – Ela o alcançou antes que ele registrasse que as palavras eram destinadas à sua pessoa.

Jamie se deteve e se voltou para a voz. A primeira coisa que notou foram as mechas vermelhas no cabelo, o que lhe dizia que ela era a garota da plataforma. Vinte e poucos anos, vestida de jeans e couro, com um rosto atraente que poderia muito bem ser descrito como élfico, ligeiramente inclinado, uma vez que o fitava. Em uma inspeção mais atenta, percebeu que ela tinha o tipo de pele que brilhava com uma espécie de luz suave e dourada, como o pôr do sol através das nuvens finas de verão. Olhos um pouco separados demais, sobrancelhas arqueadas finas como um traço feito a lápis e um nariz arrebitado que não se encaixava com perfeição no resto, mas que, de alguma maneira, adicionava charme ao conjunto. Ela franzia a testa, e os dentes da frente, perolados e um tanto salientes, mordiscavam o lábio inferior. Apesar de seu estado, achou-a incrivelmente sexy. Ele percebeu que a encarava também, porém os olhos dela estavam envolvidos nos seus, e ficou relutante em quebrar o momento.

– Posso ajudá-la? – Sua voz soou cansada aos próprios ouvidos. Tentou compensar isso com um sorriso de encorajamento, que, pensando melhor, provavelmente o fazia parecer com Mr. Bean.

– Achei que você já era. – As palavras guardavam um leve sotaque norte-americano. Nova York? Não. Um pouco refinado demais. Algo dentro de sua mente lhe dizia Boston, mas não sabia por quê. – Não pareceu haver escapatória pra você. Quase desmaiei.

– Eu também.

Ela sorriu, e ele notou pela primeira vez o brilho de um minúsculo *piercing* de diamante na narina esquerda.

– Sarah Grant. – Ela lhe estendeu a mão delgada. – Pelo menos você manteve o senso de humor.

Ele a apertou, um tanto surpreso com o vigor do cumprimento dela.

– Jamie Saintclair. – Quando tentou se concentrar nos olhos dela, o mundo começou a ir e vir em ondas. Ela disse algo, e as palavras flutuaram para longe antes que pudesse absorvê-las.

Ele sacudiu a cabeça para desanuviá-la.

– Como disse?

– Perguntei por que alguém desejaria matá-lo.

– Com licença. – Ele passou por ela cambaleando e vomitou copiosamente dentro, e também fora, de uma lixeira próxima.

– Sente-se melhor agora? – Ela havia encontrado um banco em um pequeno e bastante malcuidado jardim público, não muito longe da estação, onde se sentaram para beber café em copos de papelão excessivamente grandes, observando o fluxo do trânsito de fim de tarde.

– Hum. Desculpe por isso. Não é a maneira mais agradável de alguém se apresentar.

Ela deu de ombros.

– Passado o choque, nunca se sabe quando a ficha do que aconteceu vai, de fato, cair. Mas não foram muito solidários com você – ela completou.

Tinha o tipo de voz que ele associava a atendentes de consultórios de dentista, suave e reconfortante, com apenas um toque bem-vindo de autoridade.

– Não – disse ele, lembrando-se da senhora da limpeza, gorda e muito indignada, que parecia estar prestes a lhe rachar a cabeça com seu espanador. – Por que não contou à polícia?

Ela mordeu o lábio do jeito que, Jamie descobriu, ela fazia quando pensava.

– Pelas razões habituais. Não quis me envolver. Você dá um depoimento e seu nome vai para a lista. Nunca se sabe quando isso pode vir à tona e lhe causar problemas. Mas, também, o que poderia dizer a eles? Tive a impressão de que alguém no meio da multidão veio em sua direção. Não tinha condições de apontar a eles quem fez isso; na verdade, só fui me dar conta do que vi depois de o terem levado para longe. Quando você desapareceu debaixo do trem foi como se meu cérebro estivesse envolto em concreto. Não consegui nem gritar.

– Eu consegui – disse ele com convicção.

– Havia uma grande aglomeração, mas, assim que descobriram que você estava vivo, as pessoas se afastaram. – A moça o encarou. – Acho que algumas ficaram desapontadas.

Desta vez, foi ele quem deu de ombros.

– É da natureza humana. Se há uma catástrofe, as pessoas querem dizer que estavam lá. A má notícia é como um ímã para certas pessoas. Elas veem uma multidão e logo se juntam a ela. Abrem caminho até a frente. Não sabem se vão ver alguém tirar um coelho da cartola ou um homem estirado na calçada, sangrando. E ficam decepcionadas se for o mágico.

Ela concordou, balançando a cabeça.

– De qualquer forma, posso ter me esquivado do depoimento, mas meio que senti a obrigação de me certificar de que estava tudo bem.

– Por quê?

– Você sorriu para mim.

Ele riu.

– O que faz você pensar que eu não sorrio para todo mundo?

A expressão da garota endureceu, e ela fez menção de se levantar.

– Se vai zombar de mim...

Ele colocou a mão no braço dela.

– Por favor, não tive a intenção. Você foi a única pessoa que se preocupou com o que me aconteceu, e eu aprecio isso. E você é...

– Eu sou o quê? – ela quis saber.

– Hum... – Santo Deus, 30 anos de idade e ele ainda agia como um adolescente balbuciante diante de uma mulher atraente.

Ela arqueou uma das sobrancelhas.

– Sim?

– Eu aprecio sua... preocupação.

Ela o encarou, e ele notou que os olhos cor de avelã da garota tinham manchas douradas em torno das pupilas, e a pele ao redor deles se franzia em pequeninas rugas quando sorria.

– Bem, uma garota gosta de ser apreciada.

Ele respirou fundo.

– Olhe, você nem me conhece, não sabe coisa alguma sobre mim além do fato de que sorrio para garotas bonitas e tenho predileção por saltar na frente dos trens, e nenhuma das duas coisas é o que poderia chamar de uma boa recomendação.

– Pre-di-le-ção. – Seu sotaque arrastado estendia a palavra. – Gostei dessa. Muito bem, senhor Jamie Saintclair, quem é você e por que alguém iria querer matá-lo?

# XVII

**4 de abril de 1945**

Walter Brohm aconchegou-se miseravelmente no capote do exército tamanho único, entre quinhentos outros homens, em uma acomodação improvisada para prisioneiros de guerra ao norte de Leipzig. Havia trocado o uniforme preto e prateado da SS por um de soldado raso da Wehrmacht, esperando que graduação tão baixa lhe permitisse escapar ao controle dos Aliados, ou, na pior das hipóteses, garantisse sua libertação mais cedo, se fosse capturado. A luta o tinha empurrado para o sul, no caminho do Terceiro Exército norte-americano, mas isso servira a seus propósitos com perfeição. Conhecera norte-americanos antes da guerra e os tinha como um povo gentil, muito inocente, que acreditava em qualquer coisa, desde que fosse acompanhada por um sorriso convincente. Como estava enganado!

Seus problemas começaram quando sua viatura de comando fora alvejada por um caça lança-foguetes norte-americano. Ele só escapara com vida por ter mergulhado em uma vala próxima, e tinha visto como o Mercedes fora transformado em uma bola de fogo junto com o motorista e seus suprimentos cuidadosamente acumulados. Tudo que lhe restara fora a pistola e a pasta, que quase perdera para um desprezível e covarde desertor, que achou que ela poderia conter comida e levou um tiro na barriga para aprender.

Depois desse susto, ele se mantivera fora da estrada, mas logo percebera que a resistência que o tinha conduzido pelo Himalaia nos anos 1930 ficara completamente para trás. Após três dias, era um ser arruinado e trôpego à beira da inanição, forçado a beber de poças estagnadas na floresta. A água o salvara de morrer de sede, porém, poucas horas depois de consumi-la, tinha sucumbido à disenteria. Estava acabado.

Escondeu sua pasta e a pistola e, quase se borrando nas calças pela doença e pelo terror, entregou-se a uma patrulha de combate norte-americana. A princípio, eles confirmaram suas esperanças anteriores, fornecendo-lhe comida e água, e dizendo-lhe para se entregar a uma das unidades de abastecimento que os seguia, mas não demorou muito para que um oficial de Estado-maior da unidade aparecesse e exigisse saber por que eles "não haviam atirado naquele nazista filho da mãe". Por alguns minutos, seu destino tinha estado na balança, mas havia encarnado uma figura tão desamparada que o oficial enfim cedeu e colocou-o em um jipe para ser levado ao centro de recolhimento mais próximo.

Agora, lá estava ele com a bunda em uma poça e a chuva escorrendo pelo nariz. Os demais que o cercavam, que poderiam ter apostado ser um chimpanzé mais próximo de um landser – um soldado raso – do que ele, observavam-no desconfiados. Era só uma questão de tempo antes que alguém o entregasse aos guardas.

E estava prestes a piorar.

Ele não tinha se dado conta de que a triagem seria tão completa. Aquela fome de vingança e determinação em assegurar que não houvesse possibilidade de fuga para a hierarquia nazista não lhe pareciam nada norte-americanas. Cada prisioneiro estava sendo revistado e interrogado, independentemente da patente. Os Amis não levariam mais de cinco minutos para descobrir que ele não sabia distinguir uma metralhadora de um Panzerfaust, mesmo que não encontrassem a tatuagem SS que identificava o seu grupo sanguíneo. Poderiam muito bem executá-lo ali mesmo.

Bem, se não podia enganá-los para escapar, compraria seu passe para a liberdade. A chave era convencê-los a deixá-lo recuperar a pasta e, mesmo em seu lastimável estado atual, Walter Brohm era capaz disso. A pasta continha apenas um resumo geral de suas pesquisas e descobertas, mas seria suficiente para salvar seu pescoço se ele conseguisse fazê-la chegar às mãos certas. É claro que eles não seriam capazes de fazer coisa alguma sem a pedra e suas anotações detalhadas. E só iria entregar seu paradeiro quando estivesse em algum lugar muito mais seguro. Tinha ouvido que Rhode Island era agradável naquela época do ano.

Ele ficou de pé e se aproximou do guarda mais próximo, que o olhou com desconfiança e manteve o cano da arma apontado bem para a barriga de Brohm.

– Gostaria de falar com seu comandante. Tenho informações que serão de grande interesse para seus superiores.

# XVIII

– Então você caça pinturas e outras obras roubadas pelos nazistas? – Jamie sabia que ela tentava parecer entusiasmada, mas percebeu desconfiança em seu tom, e não podia culpá-la. Não parecia ser uma ocupação muito adulta.

– Não é tão emocionante quanto parece – ele se desculpou. – Leio catálogos, confiro leilões de arte e passo a maior parte do meu tempo ao telefone. Parece mais que estou à procura de um par de castiçais do que de uma pintura.

Em geral, ele era tímido com as mulheres no início, mas ela era enganosamente fácil de conversar. Talvez porque fosse norte-americana, aberta, comunicativa, interessante e interessada. Os dois descobriram que tinham afinidades: curtiam alpinismo e caminhadas. E antipatias semelhantes: detestavam pessoas que andavam por aí ouvindo rock em fones de ouvido quando poderiam apreciar o canto dos pássaros. Os gostos musicais diferiam, mas havia áreas de negociação. Sarah gostava do novo álbum de Robert Plant e Alison Krauss, embora achasse Plant talentoso, mas um tanto ultrapassado. Jamie confessou uma admiração secreta pelo velho Johnny Cash e paixão por Gustav Mahler, herdada de sua mãe. Ele se pegou relaxando e revelando coisas que não revelava nem a seus melhores amigos.

– Você acha que seu trabalho pode ter alguma coisa a ver com o ataque de hoje?

As palavras dela dispararam em sua memória um *flash* do trem trovejando um centímetro acima de sua cabeça. Bastaria um único fio solto pendurado e... Ela notou o olhar dele e colocou a mão em seu braço; o gesto de carinho injetou-lhe um novo ânimo e, pela primeira vez desde que deixara a estação de metrô, sentiu-se apto para enfrentar o mundo.

– Do que você está rindo? – Ele sacudiu a cabeça e ela lhe dirigiu um olhar perplexo. – Tudo bem. – Ela deu de ombros. – Não me importo que um homem tenha segredos. Torna-o mais interessante. Mas você não respondeu a minha pergunta.

– Sobre o meu trabalho? – Ela assentiu com a cabeça. – Duvido. Estou numa espécie de entressafra no momento.

Ela sorriu.

– Eu também.

– Espere um momento – disse ele. – Reparei que tudo que fizemos até agora foi falar de mim. Sua vez, agora.

– Tudo bem, mas estou com fome. Que tal almoçarmos?

– Sinto muito, tinha certeza de que ele estava morto.

Charles Lee atirou a guimba do cigarro pela janela do carro e estudou o casal conversando no banco. Ele próprio deveria ter executado o serviço. Seu parceiro havia sido muito impaciente – defeito típico da juventude; aprende-se a ser paciente quando se envelhece. Ele teria se tornado a sombra de Saintclair e esperado sua hora até ter certeza do resultado. Está certo que a tentativa poderia ter sido bem-sucedida, mas não diria isso no relatório para o agente de Pequim. Melhor que o cara mais jovem levasse a culpa. Sobraria um pouco para ele também, mas iria sobreviver, e isso era o que importava.

– Não foi culpa sua – ele mentiu. – Sabemos onde ele mora. Vamos voltar hoje à noite e fazer o trabalho corretamente.

– Noventa por cento dos acidentes acontecem em casa. Talvez ele se afogue na banheira?

Charles Lee não sorriu.

– Contanto que cuidemos disso desta vez, ninguém precisa saber.

O jovem balançou a cabeça em concordância, visivelmente aliviado.

– E a garota? Quem é ela?

– Não estavam juntos quando ele entrou na estação. Talvez alguém que ele conheça e que tenha testemunhado o... acidente?

Lee esticou-se por trás dele e pegou uma câmera SLR preta no banco de trás. As lentes pareciam normais, do tipo que qualquer turista usaria para fotografar pontos turísticos de Londres, mas tinham sido projetadas especificamente para fornecer os mesmos resultados que uma teleobjetiva muito maior. Ele apontou a câmera para o casal e disparou o dispositivo repetidas vezes.

– Bem, vamos saber amanhã de manhã. – Se a garota tivesse um passaporte ou qualquer forma de identificação de imagem em qualquer lugar do mundo, o sofisticado software de identificação de fotos do Birô iria encontrá-la.

– E se ela estiver com ele hoje à noite?

Lee ligou o carro e entrou no tráfego com cuidado.

– Será uma pena.

Dez minutos mais tarde, o Ford parou no sinal ao lado de uma fileira de lojas abandonadas. Além das lojas, estendia-se um amplo espaço vazio, onde antes havia uma fábrica, mas que agora só continha algumas carcaças de carros queimadas. Durante o trajeto feito em silêncio, Lee permitira que o seu colega contemplasse o próprio fracasso, enquanto formulava em sua mente a melhor forma de garantir que o homem de Pequim visse a sua parte sob a melhor luz possível.

– Eu agradeço por sua paciência e apoio, camarada – disse seu parceiro.

– Eu já lhe disse antes, não me chame de camarada. Você está em Londres agora.

O jovem assentiu. Olhou para cima, quando uma moto com um passageiro na garupa parou ao lado deles, reparando nos jeans desbotados e na jaqueta de couro com franjas.

– Se o comandante descobrisse como falhamos...

O motociclista de capacete virou a cabeça para o carro e um alarme soou na cabeça do jovem. Ele pegou a pistola sob o assento.

– Pisa fundo! – gritou.

Lee reagiu tão rapidamente quanto qualquer motorista em seu lugar poderia ter feito. Até o homem de Pequim teria ficado impressionado. Ainda assim, não foi rápido o suficiente. Sua mão mal havia tocado a alavanca de câmbio quando o cara da garupa calmamente ergueu uma pistola automática Mach 10 silenciada e manteve o dedo no gatilho até esvaziá-la. A Mach 10 era um modelo antigo, desenvolvido por Gordon B. Ingram em 1963, embora extremamente eficiente e silenciosa. Se houvesse alguém por perto para ouvir, o único som que teria registrado seria o dos 32 projéteis nove milímetros de ponta oca batendo contra o interior do Ford depois de atravessarem as vítimas, e mesmo esse som teria sido abafado pelo motociclista acelerando o motor. Para aqueles assassinos em especial, o projétil de ponta oca tinha duas vantagens sobre a munição encamisada normal. Esse tipo de bala é projetado para, quando encontra tecido mole, expandir-se sem se fragmentar, o chamado fenômeno cogumelo, causando assim grandes danos ao longo de um caminho mais largo através do corpo, e um orifício de saída significativamente maior. Presos pelos cintos de segurança, os dois agentes chineses estremeceram e estrebucharam com mais de duzentos gramas de metal a trezentos metros por segundo perfurando-os, enquanto o interior do automóvel virava uma capela mortuária de sangue, ossos e carne dilacerada. O mesmo fenômeno cogumelo diminuía a velocidade das balas, de modo que, embora rasgassem a forração de plástico do veículo, não perfuravam o metal, sem deixar, portanto, evidência exterior dos tiros, o que atrairia atenção indevida. Quando os corpos pararam de se contorcer, o garupa se inclinou para deixar um pacote dentro do Ford e deu sinal positivo ao outro homem para partirem. Do momento em que haviam parado ao lado do carro até irem embora, não haviam se passado nem dez segundos.

– Então, o que há de errado em ser uma jornalista *freelancer*? Alguém tem que fazer isso, certo? – Sarah ficou em silêncio por alguns segundos, enquanto mordia o hambúrguer.

Jamie tinha plena convicção de que nunca comera um Big Mac antes, mas há uma primeira vez para tudo. Valia a pena engolir aquele lanche com textura de papelão encharcado para estar na companhia daquela temperamental menina-mulher, com pontos de vista tão diferentes dos seus. Ele se recostou enquanto ela tomava fôlego e continuava o ataque verbal que tinha sido provocado por nada mais do que um olhar de leve inquietação.

– Se está pensando em mim como uma pobre coitada, uma "catadora de latinhas" do meio jornalístico, deixe-me esclarecer uma coisa. Eu fiz mestrado em Literatura Inglesa na Universidade de Harvard. Sou escritora, e o que realmente quero fazer é escrever romances. Mas até os escritores precisam comer, e cem mil palavras não passam de lixo no computador até que alguém decida publicá-las, certo? Então, eu faço matérias sobre decoração, moda, esse tipo de coisa. – E desfiou uma lista impressionante de publicações. – Certo? – A palavra final foi um desafio, e ele quase pôde sentir o calor do fogo nos olhos dela. Ficou imaginando como seria todo aquele ardor canalizado em outra direção.

– Então, o que traz uma aspirante a romancista de Boston para Londres? Para mim, haveria até mais inspiração nos Estados Unidos. Não deveria estar em Greenwich Village?

– Meu Deus, Jamie, você deve ser mais velho do que aparenta. A próxima coisa que vai me dizer é que esteve em Woodstock.

Ele passou a mão pelo cabelo e sentou-se de um jeito mais despojado na cadeira de plástico, em uma vã tentativa de parecer mais *cool*, como as pessoas chamavam, o que a fez rir abertamente.

– Ui, assim você quase chegou à década de 1980. Um novo corte de cabelo e uma mudança completa no guarda-roupa, e poderia permitir que me chamasse para sair.

Aquela doeu.

Ela notou seu olhar.

– Ei, é brincadeira, viu?

Ela pôs um punhado de batatas fritas na boca e conseguiu fazê-lo com elegância. Depois de engolir, tomou um gole do que mais parecia ser um balde de Coca-Cola diet e produziu um delicado arroto.

– Voltando à sua pergunta original, não estou aqui em busca de inspiração, estou aqui pela atmosfera. Meu livro é um *thriller* que viaja no tempo. – Jamie não conseguiu disfarçar sua perplexidade. – Sabe quando uma coisa acontece no presente e em uma época do passado? Simultaneamente? Tipo Barbara Erskine? – Ele fez que sim com a cabeça, o nome lhe era familiar. – Mesma teoria, execução diferente. O meu vai ser mais forte, mais ousado. Londres elisabetana. Você vai ser capaz de sentir o cheiro de suor e de xixi de gato.

– Parece ótimo.

Os olhos dela se estreitaram.

– Está sendo irônico, não está?

– Nem um pouco – disse ele com sinceridade. – Tenho certeza de que vai valer a pena ler qualquer coisa que você escrever.

– De qualquer forma, só terminei de escrever o primeiro rascunho e agora procuro outra matéria *freelancer* para poder me livrar por uns tempos do meu senhorio cobrando o aluguel com aquele mau hálito dele...

Jamie hesitou por uns cinco segundos. A decisão que estava prestes a tomar era como dar um passo à frente diante de um precipício só para experimentar como seria voar, e ele suspeitava de que se arrependeria quando batesse no fundo, o que, mais cedo ou mais tarde, aconteceria. Respirou fundo.

– Hum... existe uma pintura muito preciosa que foi roubada e...

E contou a ela sobre o Rafael. Mas não sobre o diário ou Matthew. Ainda não. Quando terminou, os olhos dela brilhavam e as palavras brotavam de sua boca como água em um riacho borbulhante.

– Isto sim é uma história e tanto. Você acha que tem condições de rastreá-lo? Talvez eu possa ajudá-lo. Sou boa com pesquisas e pagaria as minhas despesas. Além disso, você precisa de alguém para tomar conta de você.

O que era verdade. Ele também se convenceu de que estava atraído por ela de uma maneira que ultrapassava o meramente físico. Isso levaria tempo para ser confirmado, e tinha a sensação de que precisaria levar as coisas devagar. Por outro lado, trabalhando juntos, mesmo naquela busca que podia dar em nada, teria, pelo menos, a chance de descobrir. Sorriu.

– Está certo, você está contratada como minha pesquisadora não remunerada, mas, se isso render uma matéria, tenho a prerrogativa de censor.

Agora foi a vez de a moça fazer uma careta, mas ela balançou a cabeça, concordando.

– O que você sabe sobre Heinrich Himmler?

# XIX

*4 de maio de 1945, em algum lugar ao sul de Nuremberg. Walter Brohm foi provavelmente o ser humano mais autocentrado que já conheci. Outra pessoa qualquer teria sido intimidada pela situação em que se encontrava – um prisioneiro viajando sob guarda e com um futuro incerto –, mas tudo que Brohm conseguia enxergar era oportunidade. Viajamos juntos no segundo jipe, e ele não parou de falar: sobre seu trabalho, sobre sua genialidade e as ideologias conflitantes que haviam resultado na guerra. Para Brohm, nossa guerra era a continuação inevitável daquela "Guerra para pôr fim às guerras" que os nossos pais haviam lutado; uma necessária reconfiguração das fronteiras nacionais, do poder e da influência para corrigir o que havia sido tomado – ele disse roubado – da Alemanha duas décadas e meia antes.*

– Podem tirar os recursos de uma nação, mas seu orgulho é inviolável, Leutnant (tenente) Matt. Você teria feito o mesmo.

*Chamar-me Leutnant, embora ele soubesse que eu era capitão, era a sua ideia de fazer troça. Esse era o jeito de Brohm.*

– Mas nós nunca teríamos produzido Hitler – retruquei.

– Arre! Vocês criaram Hitler com a sua impiedosa paz. Vocês, os franceses e os norte-americanos. Hitler era apenas um político se aproveitando dos preconceitos e medos do seu povo. Cada país tem o próprio Hitler. Espere até que sua classe média esteja sem emprego e forçada a assistir aos filhos passarem fome – disse ele. – Então, vocês verão os Hitlers surgirem.

*Ele me disse que o único erro de Hitler foi declarar guerra à América. Não à Rússia?*

*– Claro que não. O comunismo era o contrapeso ideológico do nazismo, para um prevalecer o outro deveria cair. Foi uma questão de seleção natural. Com a França castrada e impotente, Hitler tinha de atacar Stálin antes que Stálin atacasse Hitler.*

*Ele confiava em mim, porque tinha me colocado no papel de seu salvador.*

*– Os nazistas – disse ele – foram apenas um meio para um fim – Ein mittel ende einem zu, Leutnant Matt.*

*Tudo o que importava era o seu trabalho. Ele poderia ter procurado os russos, mas, apesar de todo poder e recursos que tinham, eram um povo estúpido que não o teria tratado de modo adequado. Ele iria trabalhar com o Ocidente e o mundo seria um lugar melhor para ele. Conversamos sobre arte.*

*– Tenho uma pintura importante – disse ele –, muito famosa.*

*De sua cuidadosa descrição, depreendi que devia ser italiana, talvez de um dos três grandes.*

*– Onde? – perguntei brincando.*

*– Em um lugar seguro. – Ele piscou, e sua mão desviou-se para o bolso do peito.*

*Quando estava entediado, passava o tempo com enigmas.*

*– Minha jornada começa no centro do mundo de Heinrich. Você deve procurar no mapa desbotado pelo sinal do Boi. – Ele riu, porque esse era o nome que ele já havia conferido a seu companheiro de cela, Strasser.*

*Eu nunca sabia se ele estava ou não zombando de mim, e ele se sentia insultado por eu não entrar nos joguinhos dele. Claro, cada um tem o próprio centro. Walter Brohm afirmava que o centro de seu mundo seria sempre o lar espiritual de sua mãe. Às vezes, eu pensava que a guerra o tinha enlouquecido.*

– Onde você conseguiu isso?

No apartamento de Jamie, Sarah estudou o símbolo no verso do mapa de fuga de seda. Jamie observou com satisfação que ela agora estava toda séria, totalmente concentrada na questão. Ele ponderou o quanto deveria dizer a ela sobre a proveniência do mapa.

– Pode-se dizer que herdei. Meu avô esteve na guerra. – Ele virou o pano para o mapa de fuga. – Todo aviador aliado levava um destes. Ele deve ter desenhado o símbolo no verso do mapa. Eu acho que é uma cópia de algo que lhe foi mostrado por um prisioneiro alemão.

– E você acha que isso pode levar você até a pintura?

Algo na voz dela dizia que não acreditava muito nisso.

– De acordo com a lenda da família, o prisioneiro que ele estava vigiando mencionou o Rafael. – Ele sentiu uma dor aguda, como uma agulha de tricô enfiada no peito quando mentiu. – Agora, temos isso.

Ela franziu o cenho.

– Portanto, é um indício. Tipo o X marca o local?

– Isso. Só que pela minha contagem, o X tem nove braços e o local se parece com uma teia de aranha. E quanto às palavras e a data?

– *Nos passos de Fausto*. Você sabe alguma coisa sobre Fausto?

– Só o que me lembro da escola. Ele não vendeu a alma para o diabo?

– É isso mesmo. Uma lenda muito, muito antiga, mas um cara chamado Christopher Marlowe tornou-a superfamosa na época da rainha Elizabeth I, chamando-o de Faustus, entretanto. A data de 1357 não me diz muito.

– Eduardo III estava no trono da Inglaterra, mas a maior parte do que hoje é a Alemanha era governada pelo Sacro Império Romano. Que relevância pode ter para a Segunda Guerra Mundial?

– Ou Rafael?

– Ele viveu entre 1480 e 1520; cerca de cento e cinquenta anos mais tarde.

– Uma pista não muito boa, não acha?

– Talvez. Mas o original deste símbolo está lá fora em algum lugar.

Ela olhou para cima.

– Você mencionou Heinrich Himmler.

– Isso mesmo. – Ele mostrou a ela no computador as imagens de homens da SS marchando, os raios rúnicos e uma imagem de uma bandeira com a suástica. – Nota alguma semelhança?

– Ahã.

– Então, eu pesquisei um pouco mais fundo sobre Himmler e a SS. Acontece que Himmler era obcecado por ocultismo.

Ele alisou a seda de modo que o efeito pleno do símbolo ficasse visível, e ela soltou um grunhido de reconhecimento.

– Como um pentagrama, talvez, mas diferente? – Um pentagrama é uma estrela de cinco pontas, associada com a maçonaria e o paganismo, que, por vezes, fora usado por satanistas. – Os heróis dos romances de cavalaria do Ciclo Arthuriano também poderiam combinar com a abordagem de Fausto?

Jamie assentiu com a cabeça, impressionado.

– Pode ser. Não tinha pensado nisso. Mas uma das coisas que descobri foi que Himmler era tão obcecado com a lenda de Arthur, que mandou construir a própria mesa redonda. E essa descoberta me levou a isto.

Ela apertou os olhos para examinar a imagem borrada na tela, tentando enxergar melhor.

– O salão principal de um palácio?

– Isso mesmo, mas olhe para o chão, um pouco fora do centro.

Ela estendeu a mão e apertou a dele, e Jamie soube que a garota tinha visto a mesma coisa. Ligeiramente indistinto, mas ainda assim reconhecível como gêmea da figura do mapa de Matthew, o símbolo do sol em mármore, com sua explosão de braços articulados e sua presença sinistra, dominava o ambiente. Foi quando tomou a decisão. O símbolo do sol os levava a Wewelsburg. Wewelsburg poderia levá-los ao Rafael. Iria aceitar o desafio de Matthew Sinclair.

– Você gostaria de fazer um pouco de turismo pela Europa?

## XX

– As vítimas são dois homens de origem chinesa, que acreditamos terem tentado, antes, eliminar nosso alvo. A polícia está investigando uma ligação com a Tríade: aparentemente, encontraram uma grande quantidade de heroína no carro.

Frederick esperou a inevitável explosão e foi recompensado por uma única palavra.

– Palhaços. – Não sabia se o superior se referia aos homens mortos ou à polícia.

Um longo silêncio se seguiu, enquanto o outro homem contemplava a questão que Frederick já se propusera.

– Saintclair estaria envolvido?

– Não parece provável. Foram atingidos por cerca de vinte descargas de munição de ponta oca cada um. Quem quer que tenha feito os disparos, sabia o que estava fazendo. Nosso pessoal diz que Saintclair tem experiência com armas, mas apenas como cadete – disse ele com desdém. – Era um soldado de brinquedo em Cambridge. Duvido que saiba diferenciar uma pistola automática de outra.

– Então, foi a oposição. Mas que parte da oposição?

– É significativo que eles fossem chineses? – O homem do outro lado da linha franziu a testa. Muito significativo, mas Frederick nunca saberia isso. Frederick era o comandante da ala militar da sociedade, como o seu pai antes dele. Mas os ideais que o moviam eram antiquados e, na opinião de seu líder, não mais relevantes no século XXI. *Ele* tinha planos muito diferentes. Frederick, e homens como ele, eram um meio para um fim. Nada mais. A caixa do Tibete não era problema de Frederick. Parecia que os homens em Pequim, que acreditavam ser os legítimos proprietários da caixa, estavam muito mais bem posicionados do que imaginava. Alguém lhe tinha feito um favor, mas o mesmo alguém poderia muito bem ocasionar o efeito oposto no futuro.

– Providenciarei algumas investigações nesse sentido. Enquanto isso, ainda estamos na cola de Saintclair?

– Ele deve embarcar no voo da Air Berlin para Paderborn com a namorada em exatos cinco minutos.

– Namorada? Na ficha dele não consta nenhum relacionamento.

– Parece que ela é nova na cena. Estamos checando a garota.

– Faça isso, e volte a ligar para mim. Não gosto de pontas soltas.

– Ei, será que é aquele ali?

Jamie inclinou-se para que pudesse espiar pela janela de Sarah, enquanto faziam sua aproximação final para o aeroporto Paderborn-Lippstadt. Através do disco brilhante e translúcido da hélice, pôde divisar os padrões regulares das ruas de uma pequena cidade alemã esparsos em torno de uma colina coberta por um bosque. No topo dela, um enorme castelo de pedra cinzenta de formato estranho. Havia sido construído como um triângulo alongado, com torres gêmeas nos vértices da base e duas alas que convergiam no que parecia um tambor gigante. Ao vê-lo, Jamie se lembrou da nave estelar Enterprise. Demorou um pouco mais do que precisava, aproveitando a proximidade daquele corpo magro e a fragrância do perfume que ela usava.

– É ele mesmo. Castelo Wewelsburg. O centro do império de Himmler.

Jamie sorriu para ela de modo tranquilizador e recostou-se em seu assento, pronto para o pouso. Os nós dos dedos da mão esquerda da moça tornaram-se brancos enquanto ela segurava com força o braço da poltrona. A maioria dos norte-americanos que ele conhecia lidava com voos da mesma maneira que os londrinos com o metrô: como um inconveniente necessário que os deixava mais próximos do que gostariam de pessoas que não conheciam e, provavelmente, não queriam conhecer. Sarah Grant era diferente. Tinha dado uma olhada no avião turboélice e quase se recusara a entrar nele.

– Eu vim em um 747 e não gostei muito. Você não está querendo que eu embarque no planador em que os irmãos Wright voaram, não é? Vou esperar até que algo maior apareça, tudo bem?

No final das contas, Jamie conseguiu convencê-la de que aquilo fazia parte da grande aventura e, uma vez que estavam no ar, ela abriu os olhos e quase relaxou. Agora que se aproximavam da pista de pouso, ela os fechou mais uma vez.

– Acorde-me quando aterrissarmos – pediu.

Wewelsburg ficava a menos de dois quilômetros do aeroporto, mas Jamie resistiu à sugestão da garota de darem uma olhada no castelo imediatamente, e, em vez disso, dirigiu o carro alugado até Paderborn, onde ficariam hospedados num hotel barato na periferia.

– Fiz reservas para três noites, por isso, vamos ter muito tempo. Não há necessidade de apressar as coisas – disse ele com alegria, ignorando o olhar de suspeita que ela lhe dirigiu. Aquele olhar dissera-lhe tudo o que ele precisava saber sobre as próximas setenta e duas horas. Seria uma viagem estritamente profissional. Então, tratou de segurar sua onda e concentrou-se na direção pelos catorze quilômetros e meio até a cidade.

Mas o surpreendente comportamento dela ao se registrarem no hotel fez com que Jamie questionasse tudo o que achava que sabia sobre as mulheres. Ele havia reservado quartos contíguos, mas ela fizera questão de perguntar se eles tinham ligação, e o olhar que lhe lançou fez seu estômago se contrair. No corredor, houve um momento em que pensou que ela estava à espera de ser convidada a entrar, mas a oportunidade passou antes que pudesse aproveitá-la.

– Nós vamos dividir a conta, certo? – ela insistiu. – Eu disse que pagaria a minha parte. Gostaria de me refrescar; que tal nos encontrarmos lá embaixo em uma hora e irmos até a cidade para comer alguma coisa?

– Claro, mas eu pensei que você quisesse ver o castelo mais tarde...

– Nada feito, hoje é segunda-feira e o castelo não abre.

Jamie a olhou com surpresa.

– Como sabe disso?

Ela sorriu e agitou um folheto turístico que pegara na recepção.

– Sempre alerta, Jamie. Não é isso que vocês escoteiros dizem? Ou talvez você não tenha sido escoteiro?

Quando a porta se fechou atrás da garota, Jamie hesitou por alguns segundos, lutando para romper o cordão elástico invisível que o atraía para ela. Tinha estado nos escoteiros por quatro anos, mas parecia que não aprendera droga nenhuma que valesse a pena.

A comida, em um pequeno restaurante fora da Friedrichstrasse, era surpreendentemente boa, assim como a leve cerveja alemã que a acompanhava. Sarah parecia taciturna, algo que lhe era incomum, mas alegrou-se quando ele comentou sobre a quantidade de vozes inglesas nas mesas ao redor deles.

– Você não sabia? Esta é uma cidade militar, mais ou menos como Colchester, na Inglaterra. Sua Trigésima Divisão Blindada faz exercícios na planície ao norte. Dez mil britânicos vivem por aqui, cinco mil deles logo ali, em Sennelager. Gente da Inglaterra vem visitar o local o tempo todo.

– Você fez o dever de casa – disse ele.

– É para isso que estou aqui. – Ela sorriu. – É melhor a gente voltar, o café da manhã é servido às oito.

Deram-se boa-noite no corredor, e ela se esticou para lhe dar um casto beijo na bochecha. Ele ainda podia sentir o calor de seus lábios enquanto permanecia acordado três horas depois.

No dia seguinte, estacionaram na aldeia e subiram pelas ruas estreitas até o castelo. Como eram apenas nove e meia da manhã, e o museu não abria antes das dez, usaram o tempo para inspecionar a construção e seus arredores.

– Este era o centro do poder de Himmler – Jamie disse, inflamado pelo tema. – Era para ser um santuário para a raça ariana. Sob o disfarce de uma *SS-Führerschule*, uma escola militar, a liderança SS teria se reunido aqui para estudar misticismo e ocultismo, e recriar antigas cerimônias há muito esquecidas.

– Já odeio o lugar – disse ela, e ele ficou surpreso com a paixão em sua voz.

De perto, a escala da construção era enorme.

– O castelo foi construído por algum aristocrata alemão no século XVII, mas era pouco mais que uma ruína quando Himmler se interessou por ele no início da década de 1930. O que você vê é apenas uma fração do complexo que ele queria construir aqui – Jamie prosseguiu com muita seriedade. – A construção teria se estendido por quilômetros, com dezoito torres separadas e um enorme quartel da SS, tudo interligado por estradas dispostas em um preciso padrão geométrico. Existem teorias da conspiração que sugerem que era para ser um campo de pouso para óvnis ou a porta de entrada para Nilfheim, um dos nove mundos da mitologia nórdica. Nenhuma afirmação é muito louca em se tratando do Castelo Wewelsburg. A SS tentou explodir o lugar todo no final da guerra, mas, mesmo com todos os explosivos que tinham, mal conseguiram fazer cócegas na construção. Por fim, tentaram incendiá-lo, mas os ianques – desculpe-me, os norte-americanos – chegaram antes que o fogo danificasse os edifícios principais e...

– E ninguém sabe exatamente o que eles encontraram quando chegaram aqui – ela o interrompeu, determinada em não ser superada. – Himmler ordenou que todas as distinções privadas concedidas por ele, chamadas anéis de honra-SS, dos oficiais mortos deveriam ser mantidas aqui. Ele tinha a louca crença de que os anéis haviam absorvido a força e a coragem dos soldados que os tinham usado. Acredita-se que onze mil e quinhentos anéis foram guardados na cripta do castelo e desapareceram sem deixar rastro, no final da guerra. Ei, eu também sei ler. Olhe, abriram os portões.

Eles adquiriram bilhetes para o museu memorial e foram direcionados para o que antes fora a casa da guarda do castelo. Uma moça loura e escultural, trajando blusa branca e saia preta na altura do joelho, recebeu-os na porta.

– Inglês?

– Como adivinhou? – Jamie perguntou. As duas mulheres entreolharam-se, de certa forma, como estranhos que encontram um coelho ferido e ficam debatendo se devem levá-lo ao veterinário ou dar um fim a seu sofrimento.

– Talvez fosse melhor prosseguirmos – Sarah disse, sorrindo para a garota alemã.

– Gostariam de uma visita guiada? Em geral, só as fazemos com grupos de dez pessoas ou mais, mas, como podem ver, esta manhã temos pouco movimento. Eu ficaria feliz em mostrar tudo.

– Quanto custaria isso?

– Normalmente, quarenta e cinco euros, mas, como são só vocês dois, poderia fazer por vinte. – Ela viu a careta de Jamie. – Incluindo os bilhetes de entrada.

Ele abriu a boca para dizer que não, mas Sarah falou primeiro.

– Seria ótimo – disse ela, baixando a mochila e tirando dela uma carteira, para entregar à moça duas notas de dez euros.

Enquanto a guia ia até o balcão para informar o acordo, Sarah sussurrou para Jamie:

– Se soubesse que você era tão mão de vaca assim, teria pago meu próprio *schnitzel* na noite passada. Pensei que estivéssemos aqui para saber mais sobre o castelo, o símbolo e sua relação com Himmler... Não vamos conseguir isso zanzando por aí sozinhos, olhando para as paredes. Desta maneira, descobriremos mais do que consta em qualquer folheto turístico.

Jamie absorveu a repreensão.

– Eu achei que, se estivéssemos por conta própria – explicou ele com paciência exagerada –, teríamos chance de passar um tempinho a sós com o símbolo e examiná-lo bem de perto. Havia segundas intenções na minha mesquinhez.

Os lábios de Sarah formaram um círculo perfeito.

– Oh!

– Este é o antigo ginásio e o espaço que os oficiais utilizavam para a prática da esgrima – começou a falar a guia, cujo crachá dizia chamar-se Magda, num inglês polido, muito formal. – Em 1982, teve início o trabalho para transformar o local em um museu permanente, para destacar a ideologia e o terror da SS. Como podem ver, é uma exposição que abrange as experiências tanto dos perpetradores como de suas vítimas.

Objetos e fotografias eram exibidos em quadros brancos imaculados sob fileiras de luzes implacáveis, que davam ao museu o aspecto de um centro cirúrgico. Magda levou-os através de um labirinto de cubos e corredores, falando sem parar e, ocasionalmente, parando para perguntar se eles tinham alguma dúvida. A caveira com os ossos cruzados e os raios rúnicos atacavam de todos os lados, e Jamie percebeu que Sarah parecia subjugada, até mesmo intimidada, pelo bombardeio constante do mal.

Em uma foto, Heinrich Himmler, parecendo um escriturário usando o uniforme emprestado de um soldado, ria com o arquiteto de seus planos para o Wewelsburg, Hermann Bartels. Em outra, Jamie notou a figura elegante de Heydrich entre um grupo que havia ido ao castelo para discutir a criação dos Einsatzgruppen, os pelotões de extermínio que haviam assassinado um milhão e meio de judeus, partisans e comunistas na Rússia e na Polônia.

– Aqui vocês podem ver o plano formulado por Bartels para a expansão do Wewelsburg. – Magda apontou para um desenho emoldurado do arquiteto, que mostrava o castelo como um pequeno elemento em um complexo muito maior. Largas avenidas irradiavam de um conjunto semicircular em torno dos lados norte e oeste da colina, e o que pareciam ser fortificações e bunkers dominavam cada encruzilhada e estrada de acesso. Do leste, uma estrada única aproximava-se em linha reta para se encontrar com a base de um gigantesco complexo triangular no qual o enorme castelo em si era apenas a ponta. A escala do projeto era surpreendente, e mais ainda quando se sabia que era para ser financiada não pelo governo da Alemanha nazista, mas apenas pela SS. – Reparem que o desenho forma a ponta de uma lança e sua haste, que seria uma avenida arborizada de dois quilômetros de comprimento. – A guia apontou para a estrada. – Dizem retratar a Lança do Destino, a lendária arma que foi usada para perfurar Jesus Cristo, e que Himmler não mediu esforços para encontrar. Ele pretendia que Wewelsburg fosse o repositório final da lança, que teria de estar alinhada precisamente do sul para o norte. Iniciou-se a remodelação em 1940, mas nunca foi concluída, para sorte dos habitantes da aldeia, cujas casas estavam para ser destruídas e as terras, inundadas para formar um lago artificial. É claro que tal projeto exigiria muitos trabalhadores. Para esse fim, Wewelsburg teve seu próprio KZ ou campo de concentração, Niederhagen, que fornecia o trabalho escravo.

Sem nenhuma paixão, ela desfiou uma série de estatísticas, das quais Jamie pegou um único fato: dos cerca de quatro mil prisioneiros mantidos no campo, um terço havia morrido de doença ou de fome, ou trabalhado até a morte na busca de criar o sonho de Himmler.

– Niederhagen também foi utilizado como um local de execução pela Gestapo local – Magda continuou. – Há registros de que cinquenta e seis pessoas foram mortas a tiros aqui, mas suspeitamos que o número real possa ser muito maior. Você já ouviu a expressão *Nacht und Nebel*?

– Noite e neblina. Código para pessoas que desapareceram sem deixar rastro. – A voz de Sarah parecia tensa. – Como as pessoas locais se sentiram sobre isso?

Magda pareceu perplexa.

– Claro que eles sabiam. Como poderiam não saber? Mas não havia nada que pudessem fazer. Esta foi a Alemanha de Hitler. Expressar dissidência era entrar para o rol das vítimas.

– Não, eu quis dizer sobre isso. – A norte-americana indicou com a mão as fotos de homens de olhos encovados em trajes listrados trabalhando junto às muralhas do castelo. – Isso é a vergonha *deles*. Não podem ter gostado de ver essas coisas esfregadas na cara cinquenta anos depois do fim da guerra.

O rosto de Magda ficou sem expressão e o sorriso se apagou, como se desligado por um interruptor.

– Houve oposição, entende? – Seu inglês perdeu a segurança, as palavras se enrolaram na língua. – Muitas pessoas protestaram contra os planos de uma exposição. Desejavam esquecer. Como se diz? Varrer para debaixo do tapete.

– E você, Magda? – Jamie colocou a mão no braço de Sarah como um sinal para que parasse, mas ela sacudiu o braço, afastando-o. – O que você sente?

A mulher alemã encarou Sarah.

– Tenho minhas próprias razões para acreditar que é importante lembrar. Meu bisavô carregava uma faca exatamente como esta – ela apontou para um punhal da SS em uma caixa de vidro – e usava a caveira e os ossos na lapela. Ele serviu com a divisão *panzer* Das Reich na União Soviética e na França. Durante os primeiros quinze anos da minha vida, fui criada para pensar nele como um herói. Mas, então, comecei a ler e entender o que aconteceu no meu país, e as coisas que foram feitas em nome do meu país.

– Sinto muito, não deveria ter... Eu entendo.

– Não, você não entende. Meu outro bisavô, um pastor na cidade, foi um dos poucos que protestaram contra o tratamento dos prisioneiros do campo. Ele não era um homem corajoso, mas sentiu que tinha a obrigação de ajudar aquelas pessoas. Foi um dos cinquenta e seis fuzilados pela Gestapo. Queimaram seu corpo, e o pó de seus ossos se misturou à poeira. Agora você entende?

Sarah assentiu sem nenhuma palavra.

– Um tido como herói; o outro, esquecido. Mas não vou deixá-los esquecer. Para nós, as pessoas da minha geração, isto não é apenas história. É uma lição, para que jamais permitamos nada parecido de novo. Agora vamos seguir para o castelo.

Ela liderou o caminho sobre a ponte levadiça, em direção ao pátio triangular. Jamie podia ver que a garota alemã lutava para controlar as emoções.

– Que diabos foi aquilo? – ele sussurrou para Sarah.

– Só queria saber.

– Saber o quê? Nada disto é novo. Você deve ter ouvido histórias como essa uma centena de vezes.

– Sim, mas não se trata de histórias. Este é o lugar onde isto *aconteceu*. Pessoas morreram para criar esta monstruosidade para um megalomaníaco. Este lugar é o templo do mal. Você não sente isso? É como se os espíritos dos membros da SS ainda estivessem aqui nas paredes ao redor de nós. Deveriam ter explodido esta obra maldita.

Jamie olhou para ela.

– Olhe, sinto muito – disse ela. – Talvez seja alguma coisa no ar. Já passou. Você me perdoa?

– Tudo bem – respondeu ele, e tomou-lhe a mão enquanto atravessavam o portão da torre norte e entravam na parte principal do Camelot de Himmler.

# XXI

– Este era para ser o centro do mundo.

A frase despertou em Jamie a vaga sensação de já tê-la ouvido antes em algum lugar, e se esforçou para localizar a lembrança, enquanto a voz hipnótica de Magda ecoava de maneira sinistra pelas paredes ao redor. Dentro da cripta, a única luz provinha de uma série de pequenas janelas no teto abobadado. Lá fora, à luz do sol, a obsessão de Himmler com o ocultismo poderia parecer tola, até mesmo cômica, mas ali, na escuridão, assumia uma realidade assustadora. O salão estava vazio, mas uma bacia rasa com cerca de cinco passos de diâmetro, e cercada por um muro baixo de concreto, dominava o centro do piso.

– Acima de vocês, a *Hackenkreuz*, o símbolo da suástica do Partido Nazista. – Ela apontou para um ornamento entalhado no centro do teto. – Está fisicamente ligada ao famoso Sol Negro, que é a peça central da sala acima de nós.

Jamie ficou tenso com a menção do símbolo do sol e seus olhos encontraram os de Sarah. O rosto da garota norte-americana pareceu estranhamente pálido na escuridão. Ele se lembrou de uma imagem que havia visto uma vez, a de um anjo vingador com uma espada de fogo; com firmeza de propósito, severo e inflexível. Algo havia mudado desde que deixara Londres. Aquela missão era sua, e ela havia embarcado nela por um capricho do destino. No entanto, cada hora que passava ficava mais claro que seu compromisso emocional com a pesquisa aumentava. Era como se a única maneira com a qual ela pudesse combater a aura do mal em torno deles fosse a criação de um escudo superenrijecido. Jamie sentira a fibra da garota logo quando a conhecera, mas começou a entender que aquela nova Sarah Grant tinha um núcleo forte como aço.

– Aqui eram guardados os anéis de honra, com a caveira e os ossos, de todos os oficiais da SS mortos em batalha. Vejam. – Magda ajoelhou-se ao lado da bacia e indicou um pequeno pedaço de tubo de cobre que mal se percebia no centro. – Uma chama deveria ficar perpetuamente acesa para provar que o espírito de um guerreiro da SS era inquebrantável. Os anéis eram um presente pessoal de Himmler e, além do *Totenkopf*, também traziam gravados símbolos rúnicos e o nome do portador. Diz-se que a cripta era para ser o lugar do descanso derradeiro de Himmler, mas, como sabem, não foi.

A essa altura, a leve impaciência que Jamie sentia desde que a guia mencionara o Sol Negro estava perto de ferver. Sarah fez menção de caminhar para a porta, e ele podia ver que a garota também estava desesperada para chegar logo ao símbolo do sol. Agora que estava a poucos passos do próprio símbolo, Jamie sentiu os dedos frios da dúvida se fecharem em torno de seu coração. Cada centímetro daquele monumento nazista ufanista contava uma sórdida história de assassinato ou loucura, escravidão ou repressão; mas qual era o segredo por trás do mapa de seda de Matthew Sinclair? E se não houvesse mensagem alguma? E se o Sol Negro fosse apenas decoração? Não, seu avô não teria deixado o mapa, a menos que contivesse algum tipo de pista, e a pista tinha de ser visível no original.

– Agora, vamos para a Obergruppenführersaal, a Câmara dos Generais.

Magda abriu caminho até o andar térreo, passando por uma porta – onde se depararam com uma grade de metal fechada. Atrás dela, Jamie podia ver uma grande sala vazia cercada por pilares de pedra e nichos com janelas. Prendeu a respiração enquanto se preparava para olhar o verdadeiro Sol Negro pela primeira vez. A frase seguinte da guia o fez se sentir como se levasse um soco no estômago.

– Infelizmente, o salão está fechado para uma limpeza especial, mas, se chegarem mais perto, serão capazes de ver tudo, enquanto lhes forneço as explicações.

Jamie sentiu Sarah se retesar ao lado dele. Ele virou-se para Magda e lhe deu seu sorriso mais encantador.

– Mas nós viemos da Inglaterra só para ver isso. – Ele suspirou. – O Salão dos Generais era para ser o destaque de nossa viagem. Certamente você pode nos deixar entrar por alguns minutos, não?

– Por favor? – Sarah acrescentou.

Por um momento, Jamie acreditou que a cumplicidade feminina poderia alcançar o que seu charme fora manifestamente incapaz de obter. Magda tirou as chaves do casaco e brincou com uma delas, grande e prateada, entre os dedos nervosos. Jamie viu que argumentos conflitantes lhe perpassavam o rosto. Magda era uma boa moça que gostava de ajudar as pessoas. Na verdade, ela queria ajudá-los. Mas também era uma boa moça alemã, e, apesar de todo o desconforto com a guerra e com o que acontecera ali, uma boa moça alemã ainda obedicia a ordens. Se seu chefe havia dito que aquele portão ficaria fechado até quinta-feira, era isso que iria acontecer. Ela balançou a cabeça e meteu as chaves de volta no bolso.

– Sinto muito, não posso. – Seu rosto refletia o pesar genuíno em sua voz. – Mas, por favor, perguntem-me qualquer coisa que quiserem.

Eles olharam para o Sol Negro através da grade, a uns seis metros de distância, no centro do piso de mármore, e tão disponível para ser examinado de perto como estaria se estivesse localizado na lua.

Jamie ficou surpreso quando Sarah sorriu e perguntou para que o salão havia sido utilizado.

Magda sorriu de volta, aliviada com o final do momento de confronto.

– A Obergruppenführersaal e a cripta abaixo dela são os dois únicos aposentos na torre norte conhecidos por terem sido concluídos totalmente ao gosto de Himmler. Esta era para ser a sala de reunião dos doze generais, o *Obergruppenführer*, que comandavam a Allgemeine-SS. – Ela percebeu a perplexidade de Jamie. – O que se poderia chamar de SS civil, ao contrário da Waffen-SS, que era o braço militar. Notem que se podem contar doze nichos e doze pilares, sendo que, talvez, os nichos tenham abrigado estátuas desses homens, certo? Doze generais, tal como havia doze Cavaleiros da Távola Redonda. Se semicerrarem os olhos, serão capazes de imaginar uma mesa redonda no centro da sala e, por baixo dela, o Sol Negro, o centro do universo de Himmler.

– Está dizendo que Himmler realmente achava que era o rei Arthur? – Jamie riu.

Magda sorriu de novo.

– Talvez isso seja mais difícil de imaginar, já que ele era um... um *kümmerling*. – A palavra poderia ser traduzida como nanico da turma, para dizer o mínimo. – Mas seu interesse pelo ocultismo era muito real. Estendeu-se até a busca de uma raça esquecida de super-humanos, que seriam os ancestrais dos povos arianos.

Sarah ficou intrigada.

– O que fazia o Sol Negro ser tão importante? Se era a peça central do mundo de Himmler, deve ter sido de enorme significado, não?

Magda franziu a testa.

– É um dos enigmas do Wewelsburg – ela admitiu. – Ninguém sabe ao certo. Aquela era para ser a sala dos grandes mistérios. O santuário interno, como a *cella* de um templo romano. Para entender o significado do Sol Negro, era preciso ser um dos doze homens versados nos mistérios. Era, sem dúvida, uma espécie de roda de sol, talvez de origem pagã. Da mesma forma que os planetas do sistema solar giram em torno da figura central do sol, a Alemanha, e talvez o resto do mundo, deveria girar em torno de Himmler e de sua SS. Antigamente, um disco de ouro formava o centro do Sol Negro. O sol é o doador da vida, de modo que o Sol Negro poderia dar a vida ou tirá-la. Mas essa é apenas minha teoria.

– Talvez, se pudéssemos ver mais de perto, quem sabe chegaríamos a uma alternativa? – Sarah sugeriu.

Magda deu um sorriso contrafeito.

– Uma das razões para esta grade estar aqui é que, para certas pessoas... certas organizações... o Sol Negro ainda é importante.

– Nazistas?

– Acredito que agora eles são chamados de neonazistas. Certamente, grupos que ainda seguem a ideologia nazista, talvez adorem a memória de Adolf Hitler, e acreditam no mesmo misticismo que Heinrich Himmler acreditava. Houve vários casos no passado de grupos assim que realizavam cerimônias aqui. Mas não agora. – Ela sacudiu as grades do portão. – Seria preciso alguém muito forte e determinado para passar por aqui. E, primeiro, teriam que entrar no castelo.

Jamie sorriu, mas estava pra lá de desapontado. Se um grupo de neonazistas fanáticos e determinados não conseguiria entrar na torre norte para ver o Sol Negro, como diabos ele poderia? Magda escoltou-os até o portão. Agradeceram-lhe e declinaram da sua sugestão de almoço no café do museu. Jamie ficou para trás, enquanto Sarah se desculpava por seu comportamento anterior. Ela cochichou algo no ouvido de Magda, e a alemã colocou os braços em torno dela em um abraço apertado. Quando se separaram, suas faces estavam úmidas de lágrimas.

Caminharam de volta para o carro.

– O que você disse a ela? – Jamie perguntou.

– Você não iria entender.

Ele olhou para a torre norte.

– Vou voltar esta noite.

– Eu sei. Venho com você.

Ele balançou a cabeça em discordância.

– Com toda certeza é ilegal e pode ser muito perigoso. Você é a minha pesquisadora, lembre-se, não minha cúmplice. E...

– ... e sou apenas uma garota?

– O quê?

– Era o que você estava pensando. Deu para adivinhar. – Ele abanou a cabeça, mas Sarah continuou antes que ele pudesse negar. – Como é que você vai entrar? Afinal, é uma fortaleza, e ainda por cima tem aquele *grande portão de metal* para atravessar.

Quando ela disse *grande portão de metal*, imitou a voz de uma criança. Meu Deus, como ela podia ser irritante. Não pela primeira vez, decidiu que nunca iria entender as mulheres.

– Vou resolver quando chegar aqui. Tem de haver um caminho. Talvez, através de uma das janelas.

– Uau! Que plano de mestre. A Pantera Cor-de-Rosa ataca novamente. O ladrão de joias Raffles tem um rival.

Ele se virou para perguntar se ela tinha alguma ideia melhor, e congelou.

– Quem sabe isso aqui possa ajudar... – Ela ergueu um molho de chaves que era, de modo muito suspeito, semelhante ao que a guia carregava.

– Como...?

– Cresci em um bairro perigoso – Sarah sorriu. – Tinha de ser esperta para sobreviver. Não acho que Magda dará falta delas por uma noite.
– Mas...?
– Você tem ideia melhor?

# XXII

*5 de maio de 1945. Acampamos nos arredores de Ingolstadt para passar a noite. Estamos no meio do setor americano agora, mas mantivemos distância de outras unidades que encontramos no caminho. Enquanto comíamos, os dois outros nazistas sentaram-se à distância, como fantasmas no banquete. Desprezam Brohm, e não se importam que ele saiba disso. O magrela alto é Gunther Klosse, algum tipo de gênio da área médica. Klosse tem o comportamento sombrio de um agente funerário e está prestes a explodir com sua fúria reprimida. Strasser, o terceiro de minhas preciosas cargas, raramente fala, até mesmo com Klosse, mas grita em seu sono em uma língua que Stan, nosso paraquedista polaco, diz que é russo.*

*Brohm tirou uma garrafa de conhaque de algum lugar – ele é o tipo de homem que sempre encontra uma maneira de arranjar os pequenos confortos que a vida pode dar – e insistiu para que eu a compartilhasse. Brincou comigo sobre a pintura.*

*– Talvez, quando isso acabar, eu o leve para ver, Leutnant Matt.*

*– Para ver o quê? – perguntei.*

*– Minha obra-prima – disse ele. – É bela, mas, para alcançá-la, você terá de enfrentar os tradicionais desafios temíveis. Onde Goethe encontrou seu demônio, evite a trilha das bruxas. Abaixo da água você vai encontrá-la, mas você deve olhar além do véu.*

*Ele sorriu, um bardo germânico bêbado, satisfeito com sua poesia atroz. Eu disse que não entendia, mas ele apenas sorriu e meneou a cabeça em negativa.*

*Eu era um homem inteligente, talvez acabasse resolvendo o enigma a tempo. Não era como nenhum dos trabalhos anteriores do pintor, mas tinha a bela simplicidade que caracterizava seus melhores retratos. Ele tentou me convencer a adivinhar o artista. Não iria entrar em seus joguinhos, mas, àquela altura, estava perto de saber.*

*Não era Leonardo, mas um de seus contemporâneos, o que ele temia. Fez--me rir pensar que ele acreditava que poderia me tentar com sua obra-prima inexistente. Arte tinha sido minha paixão, mas tinha visto galerias inteiras queimarem e não senti sequer um arranhão na superfície do sílex de que agora era feita minha alma. Para quem já vira pessoas arderem em chamas, o que eram uns poucos pedaços de lona pintada?*

*Mais tarde, Brohm ficou muito bêbado, talvez nós dois tenhamos ficado, mas o que ele revelou naquela noite era mais forte do que o conhaque, e nunca me senti tão sóbrio em toda a minha vida. Ele começou a falar sobre seu trabalho, sobre uma força tão poderosa que até mesmo Hitler a temia, uma força que poderia mudar o mundo ou destruí-lo.*

De volta ao seu quarto de hotel, debruçado sobre o diário, Jamie franziu o cenho ao contemplar os dois enigmas que a curta passagem havia gerado. Frase por frase, seu inconsciente percorreu o caminho através das palavras, até que sentiu o sangue borbulhar dentro da cabeça.

*Onde Goethe encontrou seu demônio, evite a trilha das bruxas. Abaixo da água você vai encontrá-la, mas você deve olhar além do véu.*

Poderia ser *isto*? A primeira pista real para a localização do Rafael, em vez de apenas a contínua afirmação de sua existência? Mas que tipo de pista era aquela? O que significava? A menos que pudesse decifrá-la, não se encontrava mais perto da pintura do que havia estado antes de virar a primeira página do diário de Matthew Sinclair. Era como se pudesse ouvir Walter Brohm zombando dele lá do passado, seis décadas atrás.

Com relutância, voltou-se para o segundo mistério. *Uma força tão poderosa que até mesmo Hitler a temia?* Aquilo era algo novo. Ou não era?

David havia dito que Walter Brohm estivera envolvido com o Uranverein, o Clube do Urânio, e o objetivo do projeto era criar uma força capaz de mudar o mundo ou destruí-lo. Mas, com certeza, Hitler tinha consciência do potencial da bomba. Ele comprara a ideia, não a temera; pelo menos, até se tornar claro que não iria ganhar a guerra com ela, e então desviara os recursos para outras *wunderwaffen*, mais facilmente disponíveis. Talvez Brohm tivesse sido mais próximo de Hitler do que se sabia e houvesse reconhecido algo que ninguém mais vira. Afinal de contas, o que Robert Oppenheimer havia dito sobre o Projeto Manhattan? *Agora eu me tornei a morte, o destruidor de mundos*. Em 1945, ninguém na Alemanha, com certeza, estava consciente do verdadeiro poder da bomba. Hitler teria todo o direito de temê-la.

Estava prestes a colocar o diário de lado, quando a passagem seguinte chamou-lhe a atenção pelo tom diferente das outras que lera até então.

*6 de maio de 1945. Sonhei com Peggy a noite passada. Ela tinha o cabelo mais bonito, macio e louro que já vi, como fios de ouro. Sua silhueta estava contra o sol, de modo que a fazia parecer uma Madona com auréola. Quis pegá-la em meus braços, mas foi como se tivesse batido em uma espécie de barreira invisível. Chamei seu nome, e ela sorriu para mim.*

Ele leu as palavras duas vezes, folheando o diário de volta ao malfadado caso de amor de Matthew e confirmou que a descrição de Peggy combinava com a da amante anônima das páginas anteriores. Algo estava errado. Peggy era o apelido com o qual o avô chamava a mãe de Jamie, mas... Ele sacudiu a cabeça, frustrado. Não tinha tempo para mais um mistério. Já havia muitas coisas em que pensar.

Apanhou a brochura de *A Trágica História do Doutor Fausto*, de Marlowe, que tinha comprado na esperança de que pudesse ajudá-lo a decifrar o significado implícito em "Nos passos de Fausto". Até ali, penara e penara, mas não descobrira coisa alguma que parecesse ser relevante. Fausto havia vendido sua alma ao diabo em troca de maior poder e conhecimento. Walter Brohm vendera a sua alma aos diabos gêmeos do nazismo e da ciência. Era essa a mensagem? E, se fosse, aonde os levaria? Ou poderia ser uma espécie de *mea culpa* além-túmulo de Matthew Sinclair por sua participação na Operação Equidade? Em algum lugar naquelas páginas estavam as pistas que poderiam levá-lo ao Rafael e aproximá-lo do grande segredo de Walter Brohm. O problema era que havia muitas delas. Brohm havia criado um nevoeiro de enigmas para camuflar a verdade, fosse ela qual fosse. Jamie precisava desesperadamente de tempo para se sentar e solucioná-los. Pegou o diário de novo e virou a página.

*Estamos ao sul de Augsburg agora, em direção a oeste, e nossa pequena unidade está cada vez mais agitada. Há meses, esta área tem sido escalada como o grande palco para as últimas investidas suicidas de fanáticos nazistas ainda leais à sombra de Hitler, que operam sob o codinome Werwolf (Lobisomem). O Reduto Final. Até agora, conhecíamos que o Reduto parecia ser apenas uma ilusão, mas as estradas das montanhas são um pouco estreitas demais, e os vales sinuosos se prestam tão bem a emboscadas que não podemos relaxar. Ninguém quer morrer agora, quando é evidente que a guerra está com os dias contados para acabar. A tensão afeta a todos nós, e o abismo entre Brohm e os outros dois nazistas se aprofunda cada vez mais. Ele me procurou ontem à noite e acenou com a cabeça em direção ao gordo e baixo Strasser.*

*– Olhando para ele – disse –, ninguém acreditaria que ele detém um recorde mundial; como Jesse Owens, mas um pouco diferente, não é? – Ele percebeu que havia despertado minha curiosidade. – É verdade, Leutnant Matt. Em setembro de 1941, fora de Kiev, nosso amigo Strasser atirou pessoalmente em mil, cento e sessenta e cinco indivíduos em um único dia. Extraordinário, não? Mas eu li os documentos. Deram-lhe uma medalha, acho. E mais extraordinário ainda é que agora ele está acompanhando um homem como eu para uma nova vida graças aos nossos amigos norte-americanos. "Por quê?", você perguntaria. Vou dizer-lhe, Leutnant Matt, porque você e eu não temos segredos. Nosso Strasser descobriu que matar o deixava nervoso, então, eles o transferiram para o Ausland-SD, onde se tornou exímio em contraespionagem contra a União Soviética. Como o meu bom amigo Strasser, o Boi, sabe mais sobre o NKVD, o Comissariado do Povo para Assuntos Internos, do que qualquer outro homem vivo, mas não vai ser enforcado, como merece; vai tomar sol olhando para o Estuário de Long Island, enquanto bebe seu coquetel de uísque azedo. E Klosse? Olhe para ele*

*– cuspiu Brohm –, um monstro que realizou experimentos nos campos, até mesmo em crianças. A mera visão dele me faz sentir vergonha do uniforme que um dia vesti. E por que ele merece a caridade de vocês, Leutnant Matt? Porque ele sabe de coisas de arrepiar os cabelos. Que pessoa civilizada faria guerra com germes capazes de aniquilar nações inteiras? Peste bubônica, antraz, além de outras coisas terríveis que nem sequer ainda têm nome. Gases que tiram a carne de um homem de seus ossos em segundos. Você leu Frankenstein, é claro, Leutnant Matt. Comparado a Gunther Klosse, o doutor Frankenstein é um professor de jardim de infância.*

*O que mais incomodava Brohm era que, em sua opinião, o trabalho de Klosse não trazia benefício algum para a humanidade, enquanto o de Brohm, é claro, sim. Perguntei-lhe como ele sabia de tais coisas. Ele sacudiu a cabeça, pesaroso. Tudo fazia parte de sua encenação.*

*– Já fui um homem importante, Leutnant Matt, e saber das coisas fazia parte do meu ofício.*

*Era quase certo que o que ele me contava era verdade, mas a razão pela qual me contava era para distanciá-lo daqueles outros homens. Os culpados. Se Walter Brohm era culpado de alguma coisa, só poderia ser por sua genialidade, que ele, então, passou a reforçar. Quando penso em tudo o que sofremos e em todos os homens que morreram, não consigo tirar as palavras de Brohm da cabeça. Ele falou de coisas que eu não entendia por completo; sobre uma "Idade Nuclear" que acabou antes de ter começado, substituída por aquela coisa que ele estava prestes a criar. Algo que estava além da compreensão da maioria dos homens comuns – embora não de Walter Brohm. Pintou uma imagem de si mesmo como um grande herói germânico. Outro Humboldt. Antes da guerra, ele havia caminhado por uma terra de gigantes, buscando o coração da pureza ariana, e ali, no lugar mais improvável da Terra, ele o havia encontrado. Seu único arrependimento foi o de não ter se atrevido a ficar mais tempo, pois tinha certeza de que havia mais a encontrar. Quando os norte-americanos lhe dessem os recursos, ele reproduziria suas qualidades. Seria a maravilha da era...*

Mais pistas e mais enigmas. E uma possibilidade tentadora. Leu o último parágrafo mais uma vez. Outro Humboldt? O único Humboldt em que conseguia pensar era o viajante e naturalista alemão. Então, Brohm havia sido um explorador. E, a partir daí, o resto era simples. As pesquisas de Jamie tinham descoberto que, antes da guerra, expedições da SS haviam sido enviadas para buscar as origens da civilização ariana. Essas expedições haviam percorrido a Finlândia, o Oriente Médio e a Sibéria. Mas apenas uma terra de gigantes.

Pegou a carteira e tirou dela um cartão; em seguida, teclou o número em seu celular. Já era tarde, mas tinha a sensação de que o homem para quem ligava não se importaria.

# XXIII

Jamie tinha acabado de largar o celular quando foi interrompido por um ruído à porta. Quando a abriu, Sarah o aguardava, os cabelos escuros presos para trás, toda vestida de preto e carregando a mochila nas costas.
– Pronto? – perguntou ela.
– Mais pronto do que nunca. – Apagou a luz e fechou a porta atrás de si.

Se o Castelo Wewelsburg de dia já intimidava, à noite, iluminado fantasmagoricamente pela lua cheia, parecia saído da Transilvânia. Estacionaram ao lado da estrada que circundava a base do morro e ficaram ali parados por alguns momentos em um tenso e enervante silêncio. Sarah inclinou a cabeça, e ele se perguntou se ela estaria rezando. Lembrou-se do que ela havia dito: *Este é o lugar onde isto aconteceu*, e ele sabia que Sarah pensava nos homens e mulheres que haviam morrido ali. Aquele era o terreno exato no qual as fotografias mostravam os prisioneiros russos, os homossexuais e as sombras emaciadas de inimigos políticos de Hitler labutando para tornar realidade o sonho demente de Heinrich Himmler de uma Disney World da SS.

Jamie havia identificado uma trilha que serpenteava através da encosta coberta de árvores. Não chegava a ser um caminho: na verdade, não passava de um atalho não oficial criado pelas perambulações de veados e crianças em *mountain bikes*, e ele amaldiçoava em silêncio cada vez que arbustos espinhosos se agarravam a ele e ramos chicoteavam seu rosto. Alguns metros atrás, observou com irritação, Sarah deslocava-se com facilidade, como se a escuridão fosse seu elemento natural – uma sombra silenciosa que lidava com a inclinação abrupta como se ela não existisse.

Quando chegaram ao topo do morro, ele começou a se mover para a esquerda. Ela colocou a mão no braço dele.

– Não pelo museu; haverá alguma cobertura de segurança. – Prescreveram um caminho em arco, rumo à penumbra. – Eu lhe disse que era boa em pesquisa.

– Se é tão boa em pesquisa, qual é a pena na Alemanha por invadir um monumento nacional?

– Você deveria ter pensado nisso antes, mas tenho quase certeza de que, no mínimo, você seria posto contra a parede e fuzilado.

– Tem razão, deveria ter pensado nisso antes. Para onde vamos agora?

– Por aqui evitamos o museu. – O terreno do castelo dividia-se em dois níveis. Ela o conduziu para o local em que uma escada estreita levava à estrada e ao portão principal. – Só reze para que não haja luzes de segurança com sensores de movimento.

Para variar, era a vez de ele dar a resposta inteligente.

– Tocas de coelho. – Ele apontou para as sombras escuras na grama. – Os sensores nunca desligariam, pense só na conta de eletricidade. Droga!

Sarah congelou.

– O que foi?

– Deixei minha mochila no carro.

Ele ouviu um murmúrio suave que poderia ter sido "idiota".

– Não podemos voltar agora. Vamos ter de nos virar com o que está na minha. Vamos.

Correram para o portão, Jamie na frente. A certa altura, as nuvens se abriram, e ele se sentiu como se fosse o foco de uma centena de olhos por causa do luar refletido pelas janelas do castelo, mas logo os dois estavam do outro lado da ponte e no interior do pátio interno.

Na extremidade do triângulo ficava a porta de madeira da torre norte. Mais cedo, durante a visita, estava aberta, mas, agora, encontraram-na trancada, e Sarah puxou as chaves roubadas do bolso de sua volumosa jaqueta com capuz. Jamie usou o próprio anoraque como um escudo e acendeu sua lanterna. Ela examinou a fechadura e especulativamente balançou as chaves.

Discutiram as prováveis para cada porta, mas agora, confrontada com a escolha, estava insegura sobre qual tentar.

– Certo, garotas, qual de vocês é a certa? – Sarah escolheu uma dentre quatro chaves pretas semelhantes, próprias para fechaduras embutidas, e testou-a. Ela deslizou com facilidade na fechadura, mas não girou. Repetiu o processo com a segunda: mesmo resultado.

Jamie se afligiu. Ela estava demorando muito.

– Deixe-me tentar?

A escuridão escondia-lhe o rosto, mas ele adivinhou que o olhar que Sarah lhe lançara deixaria uma cicatriz permanente. Felizmente, ela colocou as chaves na mão dele, sem discutir.

Ele experimentou a chave seguinte na fechadura, mas ela nem sequer entrou. Uma última tentativa. Enquanto rodava as chaves na mão, elas chacoalhavam como as correntes de um prisioneiro.

– Meu Deus, da próxima vez que for arrombar algum lugar, vou me certificar de que meu parceiro seja um rinoceronte. Com certeza ele fará muito menos barulho. Tente a primeira novamente. Tenho a impressão de que é a certa, a fechadura só está um pouco emperrada. – disse ela.

– Talvez a gente devesse ter trazido um pouco de óleo.

– Basta experimentá-la – ela rosnou.

Desta vez, a chave girou com facilidade, e a porta se abriu com um leve rangido.

– Você só tem que ter a manha. – Jamie ficou feliz por ela não ter levado uma faca.

A grade para a câmara interior foi um problema simples de resolver. Apenas uma chave no molho, aquela grande e prateada que Magda puxara antes, parecia ser capaz de se encaixar na fechadura ornamentada, e o portão se abriu sem protesto quando Sarah a girou. Esgueiraram-se para dentro e ficaram parados na escuridão. Jamie sabia a localização exata do Sol Negro, mas, por algum motivo, achou difícil se mover. Não era medo, disse a si mesmo, só uma sensata precaução. Aquela era uma câmara onde apenas os iniciados poderiam se sentir em casa. Esperava que houvesse pelo menos um pouco de luz proveniente das janelas dos nichos, mas parecia que alguém havia fechado as persianas.

Ainda assim, conseguiu visualizar a Obergruppenführersaal de sua visita anterior. Doze grandes pilares circundando o salão e doze nichos vazios que nunca haviam sido preenchidos. Ele sabia que o número doze desempenhara um papel importante na mitologia nazista; assim como doze apóstolos serviram Cristo e doze cavaleiros seguiram o rei Arthur, um círculo interno de doze *Obergruppenführer* servia Himmler. O único som era a respiração tranquila de Sarah. Sabia que estavam sozinhos, mas, na escuridão da câmara, era como se os fantasmas do passado os vigiassem.

Forçando os pés a se mover, Jamie caminhou devagar para o centro da câmara, e com um clique suave sua lanterna iluminou o símbolo de mármore no chão. A primeira surpresa foi a de que não era negro; era verde, uma mescla de tons de verde-acinzentado, da cor dos uniformes da Wehrmacht que ele havia visto em noticiários em cores da frente russa. A segunda era que o símbolo era muito maior do que lhe parecera.

– O Sol Negro – Sarah sussurrou.

– Mas não o nosso Sol Negro. Este é diferente. – Passou por um momento de confusão, sem saber se deveria se sentir desapontado ou não. O símbolo do diário do avô tinha nove braços; aquele ali tinha doze, e não havia nenhuma mensagem ou número.

Àquela altura, Sarah puxara da mochila um grande pedaço de papel vegetal e copiava às pressas o desenho. Pensando melhor, ela resolveu sombrear o centro do sol com o lápis, decalcando-o. Tinha acabado e já guardava o papel, quando o facho de uma potente lanterna flagrou-os.

# XXIV

## Vale do Silício, Califórnia

– O artefato é de construção muito antiga. – Seis homens em trajes de proteção brancos se debruçavam sobre a caixa dourada dentro da área "limpa" do complexo de laboratórios, mas apenas um falava ao microfone. Caixas de som retransmitiam sua voz inexpressiva para a cabine de vidro, onde agora se encontrava o homem que havia iniciado o ataque ao Palácio Menshikov. Era uma figura incongruente, com sua camiseta e jeans, óculos sem aro de grossas lentes, que faziam as pessoas se lembrarem de um personagem míope de desenho animado, e o cabelo grisalho preso em um rabo de cavalo. Sabia que era um tanto exótico, mas nunca se importava com o que os outros pensavam sobre ele. O dinheiro permitia-lhe tomar as próprias decisões, e há muito tempo ganhara o suficiente para dizer ao mundo que se danasse. Ouvia com atenção enquanto o cientista prosseguia.

– Os testes realizados sobre a base do objeto confirmam que é fabricado em madeira de mogno, provavelmente importada da Índia, recoberto por uma fina folha de ouro batido que a análise química sugere ser de origem semelhante. O ouro é gravado com extensos símbolos e padrões. Várias letras são visíveis, mas estão em uma versão ancestral e venerável do sânscrito, possivelmente até mesmo em pré-sânscrito, e são indecifráveis para mim.

Fez uma pausa e olhou para os observadores.

– Entendo que olhos mais experientes já estão estudando esse aspecto da investigação. – Voltou a fixar a atenção na caixa. – A fechadura tem um mecanismo de duplo tambor bastante complexo, mas fomos capazes de fabricar uma chave que deve me permitir abri-la. Os níveis de radiação são normais para um objeto que passou muitos anos nas montanhas do Tibete; no entanto, nossos raios X indicam que a caixa pode estar revestida com chumbo ou outro material semelhante, por isso, antes de começarmos, por favor, selem o quarto. – Painéis de metal levantaram-se diante da janela da cabine, e o homem lá dentro concentrou-se na voz. – Checar integridade dos trajes. Certo? Vou começar a abrir a caixa.

As palavras soavam como um fútil *slogan* de algum programa de TV há muito esquecido. Será que o cientista tinha senso de humor? Parecia improvável. O homem de rabo de cavalo o conhecia há quinze anos e ele mal conseguia se lembrar de tê-lo visto sorrir. Nervosismo, talvez. Era mais provável. O que estava dentro da caixa, mesmo que só contivesse um minúsculo vestígio do que esperavam, poderia mudar a vida deles. O cientista alcançaria a chave do último grande segredo da física nuclear, e o homem na cabine daria um passo decisivo em direção a seu objetivo de se tornar a pessoa mais poderosa do planeta. Ele prendeu a respiração, e parecia que a ausência de ruídos que antecedera o clique metálico da abertura da fechadura era o eterno silêncio sepulcral.

– Vou agora levantar a tampa da caixa... que contém um... um...

As palavras do cientista se perderam, e o homem rangeu os dentes de frustração.

– Porra, um o quê, Jensen? Levantem esses malditos painéis. – Em geral, não usava palavrões em público, mas, muitos anos antes, quando era um empacotador no cais de carga de uma fábrica de televisores em Mesa, Arizona, tinha sido um inveterado boca-suja, e sua escolha de palavras refletia a tensão do momento.

O painel de metal recolheu-se e expôs a cena iluminada abaixo. Viu que os seis homens vestidos de branco haviam recuado um passo, afastando-se da caixa, e olhavam com espanto o que quer que fosse que estivesse lá dentro. Ele esticou o pescoço para ver melhor, mas ainda assim não conseguia ver nada devido ao círculo de figuras encapuzadas.

– Pelo amor de Deus. – Esmurrou o vidro reforçado, e seis pares de olhos se voltaram para ele.

Os homens se separaram, como uma flor branca se abrindo ao sol, e, enfim, ele viu.

Por um momento, não pôde falar. Sentiu um duro golpe no peito, que poderia ter sido o prelúdio de um ataque cardíaco. O golpe do fracasso. Tanto tempo, esforço e investimento, além do sacrifício de vidas humanas, e nada tinham conseguido, a não ser descobrir algum tipo de piada macabra. Nunca fora provável que a caixa contivesse o material em si, mas tinha esperança de que houvesse ali algum tipo de resíduo, algum indício de sua natureza ou potencial. Os símbolos sânscritos ainda poderiam fornecer uma pista, mas com certeza ele merecia mais que aquilo...

– A caixa contém... – Jensen retomou seu comentário, mas, agora, sua voz crepitava com uma vibração de nervosismo – ... o que parece ser uma representação de um crânio humano... – Ele ergueu o objeto com as mãos enluvadas e a luz artificial ultrabrilhante do laboratório o banhou, de modo que o homem na cabine quase foi ofuscado pelo reflexo. – Parece ser feito de...

– Prata – disse o homem na cabine em tom decidido. – Depois de sessenta anos, o velho Heini ainda está jogando com a gente. Quem poderia imaginar que o criador de frangos tivesse senso de humor? Você não reconhece, Jensen? Caramba, seu velho provavelmente tinha um igual. – Ele estudou as órbitas vazias e o sorriso zombeteiro de sete dentes. – É uma réplica da caveira do anel de honra da SS. Tragam-me o arquivo sobre a expedição ao Tibete de 1937.

Cinco minutos depois, ele folheava a pasta fina. A maioria dos documentos era de originais e em alemão, mas o alemão havia sido seu primeiro idioma na casa de madeira em East Brunswick, onde tinha sido criado. O nome de família original não era Vanderbilt, é claro, mas passara a ser depois de dezembro de 1941, quando o velho decidira que era mais sensato ser holandês que alemão. Seu alemão veio a ser útil quando foi convocado, porque lhe permitiu passar os anos perigosos do Vietnã em uma sede da Otan perto de Hanover, em vez de rastejar em torno de algum pântano na DMZ, a zona desmilitarizada, e levar um tiro de subumanos ainda na Idade da Pedra. Foi também onde aprendeu a amar eletrônica e percebeu o potencial dos novos e complexos toca-fitas cassete. Quando voltou para os Estados Unidos, comprou uma licença e hipotecou-se dez vezes para montar uma fábrica. No espaço de um ano, faturou o primeiro de seus muitos milhões.

Outra oportunidade veio com a ascensão da tecnologia de videocassete no início dos anos 1970, mas ele se lembrou de como o Stereo 8 quase o levara à falência, e previu que aquela nova corrida iria se desenvolver em uma batalha de formatos. Portanto, decidiu se concentrar nos componentes que seriam necessários em *todas* as máquinas, não importava o fabricante. Quando ocorreu o *boom* de computadores domésticos, estava perfeitamente posicionado para tirar vantagem. E foi apenas o começo. Ganhou e perdeu fortunas ao longo do caminho, casou-se e separou-se muitas vezes, mas sempre houve uma constante em sua vida. Membro da Sociedade Vril por meio do pai e do avô, sua influência nela viera com a crescente fortuna. Influência que, por sua vez, levara-o inevitavelmente à liderança, a primeira vez que a posição era ocupada por um membro não pertencente à Pátria. Metade de sua vida fora dedicada à busca do Vril, a raça de antigos super-homens que sobreviveram à Grande Inundação e buscaram refúgio nas profundezas da terra, onde seus poderes ainda se conservavam intactos. Havia patrocinado anos de pesquisas, expedições ao Ártico e ao Deserto de Gobi sob o disfarce de trabalho de campo científico, identificado a Atlântida afundada na Baía de Nápoles, Itália, na borda dos Campi Flegrei. Sua fortuna financiava o exército privado de Frederick, que garantia aos potenciais avanços feitos sob o mando de Adolf Hitler permanecerem sob o controle daqueles puros o bastante para merecer as recompensas prometidas. Era nisso que acreditava. Mas os papéis de Brohm tinham mudado tudo. Agora ele entendia que o Vril nunca seria encontrado no espaço de sua existência. O estranho era que não importava, porque havia descoberto que o poder do Vril já estava dentro dele. Tudo de que precisava era da Pedra do Sol. Estalou os dedos, e um assessor colocou um telefone celular em sua mão, o número armazenado na memória já tocando.

# XXV

– Por favor, coloque o papel de volta no chão.

A voz desprovida de emoção tinha um sotaque caracteristicamente berlinense e vinha da direção da lanterna. Jamie tomou conhecimento de figuras sombrias que se posicionaram dentro do círculo de pilares. Doze deles. Por que não estava surpreso? Em algum lugar dentro dele uma calma perigosa se instalava. Ele a reconheceu de seus dias de OTC, num curso de fuga e evasão que tinha dado errado. Havia caído nas mãos de três medonhos paraquedistas que acharam ser divertido dar um trote num garoto elegante, para variar. Disseram o que iriam fazer com ele e mostraram-lhe o cabo de vassoura que usariam. Esperavam que ele se urinasse de medo, mas tudo o que sentia era calma. E, de dentro daquela calma, a besta havia emergido. Lembrava-se de um braço deslocado e dentes amarelos voando. No final, eles o tinham apanhado, é evidente, e poderiam tê-lo matado se o chefe de polícia não houvesse aparecido. Em vez disso, deram-lhe a opção de se juntar a eles. Mas isso era passado. O que importava era a presente situação. Começou a recuar em direção à porta, mas duas das sombras se movimentaram para lhe bloquear a saída. Sua prioridade era proteger Sarah e, por ora, a única maneira de proteger Sarah era se submeter. Ou, pelo menos, aparentar se submeter. Ele tocou a besta de volta para seu covil e fez sinal para Sarah fazer como a voz ordenara. A moça o fulminou com o olhar, mas tirou o decalque da bolsa e, com relutância, colocou-o de volta sobre o símbolo do sol, antes de se afastar.

Um homem alto, de terno escuro, saiu da direção da lanterna, abaixou-se para pegar o traçado e retornou ao lugar de onde viera. Sua silhueta se projetava contra a luz, e Jamie não conseguia ver seu rosto com nitidez, mas passava uma impressão de controle absoluto e força atlética. Um grunhido de reconhecimento pareceu indicar sua satisfação.

– Este é um lugar sagrado. Por que estão aqui?

– Não vejo nada de sagrado na obsessão de um criador de galinhas nazista pelo rei Arthur. – A besta podia estar dócil, mas ainda tinha língua. – E, a julgar pelo fato de que não acenderam as luzes, diria que temos tanto direito de estar aqui quanto vocês. Quem são, afinal?

Por um momento, o ódio na sala era tão palpável que ele quase podia sentir os dedos na direção de sua garganta, mas o insulto pareceu não surtir efeito sobre o homem que havia falado.

– Pode me chamar de Frederick. Quanto a meus amigos, eles preferem permanecer no anonimato por enquanto.

Algo dizia a Jamie que a pronta sinceridade de Frederick não era uma boa notícia, e a pergunta seguinte do alemão confirmou-lhe a suspeita.

– Qual seu interesse no Sol Negro?

– Como você pode ver – Jamie apontou para o papel nas mãos de Frederick –, nosso interesse é puramente artístico.

Frederick não riu, mas também não chegara a ser mesmo uma piada. O silêncio que se seguiu foi mais eloquente do que quaisquer palavras, e Jamie sentiu Sarah se aproximando mais um pouco atrás dele. Ela congelou quando o duplo clique de uma pistola automática sendo engatilhada dissipou a atmosfera de cemitério, e o corpo de Jamie fez o seu melhor para desaparecer em si mesmo, pois aguardava o golpe do primeiro tiro. Frederick continuou como se nada tivesse acontecido. Ou ele adorava o som da própria voz, ou alguém, em algum lugar, verificava se os invasores não tinham cobertura, que poderia chegar a qualquer momento para estragar a festa.

– Você fez um grande esforço para manter segredo de sua visita aqui. Para nós isso não é tão necessário. Acha que aqueles que veem este castelo com a mesma reverência que a Catedral de São Paulo de vocês seriam mantidos longe por alguns burocratas provincianos? Nosso lugar é aqui. Somos os herdeiros. Os guardiões da verdade. Os mistérios recriados nesta sala estão além da sua capacidade de compreensão. Se nossos antecessores tivessem conseguido o que tentaram aqui, o mundo seria um lugar diferente. Um lugar melhor que não teria tido de suportar sessenta anos da influência corrupta e pútrida do comunismo.

– Um mundo governado por nazistas? – A calma interior retornou, e o monstro tomou uma forma distintamente humana. Ele se concentrou em Frederick. Quando chegasse a hora, iria pegá-lo primeiro. – Não acho que teria gostado de viver num mundo assim.

– Não se deixe confundir por rótulos, senhor Saintclair. – Jamie congelou ao som de seu nome. Era evidente que aquele não era um encontro fortuito, como Frederick o tinha deixado acreditar. Mas o que mais ele saberia? E como viera a sabê-lo? A voz do alemão assumiu um novo tom de autoridade ao prosseguir: – Digamos um mundo governado por aqueles com as qualidades para governar: autoridade, determinação, organização e ambição. Homens de coração puro e visão pura. Homens com coragem de refazer o mundo. Homens como aqueles que estavam aqui onde estamos agora mais de meio século atrás. Quando chegou o momento, eles não hesitaram. Adiantaram-se para tomar seu lugar na história, porque era o dever deles.

Enquanto Frederick falava, Jamie permitiu que seus sentidos absorvessem a dinâmica de alteração da situação. Podia sentir as sombras escuras se aproximando: o menor sinal de movimento contra o borrão tênue de um pilar, o arrastar suave de um sapato com sola de borracha no piso de mármore. Tentou manter a mente concentrada. Tinha de haver uma maneira de sair daquela armadilha. Estava claro que negociar não era uma opção, mas, pelo menos, poderia tentar ganhar mais tempo. Lembrou-se do trecho do diário de seu avô sobre os campos. *O idioma alemão tem gosto de vômito na minha boca.* Se pudesse provocá-los, ou pelo menos surpreendê-los, talvez conseguisse dar a Sarah a chance de escapar.

– Era dever deles matar milhões de pessoas inocentes e destruir a vida de outras dezenas de milhões? – Ele permitiu que o desprezo saturasse suas palavras. – O único lugar que eles têm na história é o capítulo reservado para covardes e assassinos. E eles falharam no final. Esta sala é uma ilusão, um truque de prestidigitação arquitetônico. Não é mais sagrada do que um parque de estacionamento de vários andares. O poder dos homens que criaram

Wewelsburg foi destruído, da mesma maneira que o mal sempre o será. Este pseudo-Valhalla nunca foi coisa alguma além de um canteiro de obras. A SS não existe mais, exceto na mente de uns poucos idiotas equivocados, e Heinrich Himmler e aqueles que ele liderava estão mortos há muito tempo.

A reação esperada não se concretizou. Frederick não tinha terminado sua lição.

– Você não compreende a situação, assim como não entende o verdadeiro significado do Sol Negro. Você fala de nazistas e da SS como se fossem de alguma maneira fundamentais para os nossos objetivos, mas foram apenas um veículo em sua época. Adolf Hitler permitiu que sua visão fosse distorcida por medo e ódio, e, ao fazer isso, traiu seu legado. Seu medo o levou a ir para a guerra cinco anos antes de estar preparado. O ódio fez com que se concentrasse no extermínio dos judeus e dos eslavos com a exclusão de todo o resto. Ele deveria tê-los escravizado ou recrutado em batalhões dispensáveis, e o resultado teria sido o mesmo no final. Em vez disso, desperdiçou recursos insubstituíveis em sua destruição, quando tais recursos eram necessários aqui, para se conseguir algo realmente importante. Essa oportunidade se perdeu, mas somos homens pacientes, senhor Saintclair, e outra virá. Agora, onde está o diário?

Jamie não teve tempo para se surpreender com a menção de Frederick ao diário. De repente, viu-se cercado por todos os lados.

– Corra! – gritou para Sarah, e se jogou na direção de Frederick.

Suas chances de atingi-lo sempre haviam sido pequenas, e diminuíram ainda mais quando foi derrubado por um chute desferido contra ele. Bateu no chão de mármore com força suficiente para abalar os dentes, mas caiu chutando em um frenesi a forma sólida mais próxima. Alguém gritou de dor, mas qualquer sentimento de satisfação foi abafado pela percepção de que agora eles se concentravam num esforço determinado para matá-lo. Tentou rolar para desviar do golpe de uma bota pesada que fez seus ouvidos zunirem. Outro chute lhe tirou o fôlego ao acertar as costelas. Gritou desesperadamente para Sarah fugir, e pôde ouvir o medo na própria voz. Um grito abafado foi a resposta ao seu pedido, e ele soube que estavam perdidos. Agora as botas chutavam pra valer, num ritmo implacável e eficiente que buscava as partes mais vulneráveis. Ele se torcia e contorcia, mas a mente lhe dizia que já estava morto, a menos que alguém interviesse. Um calcanhar destinado a esmagar seu crânio emergiu da escuridão e não acertou seu nariz por um triz. Teve uma visão de outros homens indefesos que morreram naquele mesmo lugar, espancados até a morte pelos antecessores dos homens que pretendiam matá-lo agora.

– Basta!

Braços fortes o arrastaram e o forçaram a ficar de pé. Sua cabeça ainda girava devido aos golpes, e o corpo era uma massa uniforme de dor, mas, pelo menos, estava vivo. Estremeceu quando algo rígido e metálico abalroou suas costelas machucadas com força suficiente para fazê-lo grunhir.

– Revistem os dois e a mochila.

Ouviu Sarah rosnar como um gato selvagem preso numa armadilha enquanto mãos grosseiras apalpavam seu corpo.

– Nada além de mais papel, um pedaço de corda e um laptop.

– Não importa. Deve estar no carro ou em um dos quartos.

– Não está. – As palavras de Jamie pareceram congelar a escuridão. – Solte a garota e eu lhe digo onde encontrar o diário.

Frederick – ele presumiu que fosse Frederick – aproximou-se de seu rosto o suficiente para que Jamie pudesse sentir o cheiro da mistura de cerveja e alho em seu hálito. Cerca de uns quinze centímetros mais alto do que ele próprio, cabelo ruivo aparado curto, os olhos cinzentos e calculistas do alemão o estudaram de um rosto que era tão liso e inexpressivo como o de uma estátua de mármore, e tinha a tez de alguém morto há vinte e quatro horas.

– Não – o outro homem disse afinal. – Acho que você está blefando. Em todo caso, vamos descobrir em breve. Gustav? – Outra figura destacou-se das sombras. – Gustav voltou recentemente do Afeganistão, onde estava servindo, e onde também teve a oportunidade de refinar suas técnicas de interrogatório com um notável grau de sucesso.

Uma mão que mais parecia uma pá puxou o braço de Jamie para trás e, antes que ele soubesse o que acontecia, os pulsos haviam sido algemados, e seu corpo fora obrigado a girar e encarar o captor. Gustav era baixo, mas com um tórax largo que tensionava os botões da camisa, um rosto que parecia pequeno demais para a cabeça e olhos que lembravam cascalho. Ele deu um tapinha amigável no rosto de Jamie com a mão esquerda e acertou um poderoso murro no estômago do inglês com a direita. Um homem que apreciava seu trabalho. Jamie lutava para respirar quando seu captor o colocou de pé de novo.

– Isso é por conta da casa, está bem? Não queremos problemas.

O alemão pegou a mochila de Sarah e a pendurou no ombro esquerdo.

– Leve-os para o porão sob a ponte. Encontro vocês lá em poucos minutos. – Enquanto Gustav e outro homem os levavam embora, Frederick dirigiu-se a Jamie. – Não há escapatória para você, senhor Saintclair. Logo irá nos dizer onde o diário está, eu lhe garanto. Gustav não apenas gosta do que faz como também é extremamente hábil nisso. Ele entende a psicologia da tortura, assim como a mecânica do corpo. Vai usar sua garota para lhe causar dor. – Sua voz se levantou uma fração de tom. – Vai machucá-la e fazê-lo assistir enquanto a humilha sexualmente.

Gustav riu de satisfação e correu as grossas mãos de açougueiro pelo corpo de Sarah; um aperitivo do que estava por vir.

– Seu filho da puta. – Ela tentou morder-lhe o rosto, mas o alemão apenas riu ainda mais alto. Jamie lutou contra as algemas, até que o grandalhão se virou e golpeou sua cabeça com força.

– Por favor, não a machuque. Vou lhe dizer tudo o que quer saber.

Frederick fez um sinal para Gustav, que sacou um rolo de fita adesiva e colou um pedaço pequeno sobre a boca de Jamie, antes de repetir o processo com Sarah.

– Isso seria muito sensato, é claro, mas receio que não seja possível. Este é o *sanctum sanctorum*. Nós, da Sociedade Vril, temos protegido seus segredos e mantido sua pureza desde o início. Você e sua mulher o profanaram e devem ser punidos. Assim que obtiver tudo o que precisa dele, pode fazer o que quiser com a garota – disse ele para Gustav. – Quando acabar, enterre-os na parte norte da floresta. Vão estar entre amigos, e duvido de que alguns ossos a mais sejam notados.

# XXVI

Sarah resmungava por trás da fita adesiva e esperneava, enquanto Gustav e um homem mais alto, de cabelos escuros e armado com uma pistola, os empurravam para o pátio em forma de V do castelo principal. Jamie inclinou a cabeça como se já não conseguisse suportar outros golpes, quando, na verdade, seus olhos estudavam os arredores. Gustav era a maior ameaça física, mas, se a oportunidade se apresentasse, primeiro teria de cuidar do homem com a arma. Estava conformado com o fato de que provavelmente não teria sucesso, mas a alternativa era inimaginável. Se ia morrer, morreria lutando; era apenas uma questão de escolher o momento certo. Frederick havia mencionado um porão, o que significava algum tipo de inclinação ou escadas. Haveria obstáculos. Talvez uma passagem um pouco apertada. Isso poderia lhes dar melhor chance. Sua única chance. Se conseguissem de alguma maneira se livrar dos guardas e alcançar as árvores... Mas havia muitos *se*. Percebia agora por que tinham achado tão fácil entrar no castelo. Frederick devia ter chegado a alguma espécie de acordo com os guardas de segurança noturnos, que com certeza teriam sido alertados pelo barulho que Sarah fazia, mesmo com a boca tapada com fita adesiva. Gustav devia estar pensando a mesma coisa, porque resmungou algo, e o companheiro assumiu o braço de Jamie enquanto o nazista atarracado agarrou um punhado de cabelo de Sarah e quase a levantou do chão.

– Eu já lhe disse. Sem causar problemas, ou vai ser pior.

Para Jamie, era improvável que as coisas pudessem ficar piores, mas as palavras do alemão pareceram ter surtido efeito. Sarah relaxou o corpo e permitiu ser arrastada. Mal haviam trocado olhares desde o momento em que o facho da lanterna os havia surpreendido, mas, agora, os olhos da moça encontraram os dele. Duas raias escuras marcavam o espaço onde as lágrimas haviam borrado a maquiagem, mas os olhos em si não mostravam sinal de medo. A mensagem que Jamie leu neles foi a de que, fosse o que fosse que quisesse tentar, ela estava com ele.

A porta principal estava destrancada e era larga o suficiente para permitir que a atravessassem em grupo. Gustav passou pela esquerda, com a mão ainda no cabelo de Sarah. O captor de Jamie foi pela direita, com uma mão em seu braço e outra na pistola. Quando saíram para a noite, Jamie percebeu um borrão de movimento à esquerda, e o ar ressoou com o tinido retumbante de metal batendo contra algo sólido e inflexível. Ele sentiu o homem alto retesar-se e começar a se virar, o braço erguido e a pistola à mostra. Mas Jamie foi mais rápido. Com uma cabeçada certeira que quase deslocou seu pescoço, esmagou o crânio contra o rosto do homem alto e sentiu os ossos dele se quebrando enquanto a cabeça pendia para trás. Ao mesmo tempo, usou toda a energia, como um atacante de rúgbi empurrando o adversário com o ombro, para impulsionar o captor para trás, por sobre o parapeito da ponte. Teve uma vaga percepção de um segundo tinido atrás dele, mas, àquela altura, as pernas do homem alto bateram no muro baixo de pedra e ele foi caindo para trás. Jamie lutou para recuperar o equilíbrio e, se as mãos estivessem livres, poderia ter se salvado. Em vez disso, o próprio peso o derrubou, ainda apertado contra o peito do outro homem. Sentiu-se caindo e tentou se lembrar distraidamente de que altura... O que teria no fundo, grama ou mais daquelas malditas pedras duras do pavimento? Como se isso importasse. Sustentou o pensamento, até que as luzes se apagaram, todo o ar foi eliminado de seu corpo e a cabeça pareceu se separar do pescoço. Ouviu um estalo que poderia muito bem ter sido uma costela se partindo, mas não tinha certeza de quem partira o ruído. Pareceu-lhe estranho quicar, mas, por um segundo, lá estava o ar de novo, e, desta vez, aterrissou em algo mais rígido. Com certeza, paralelepípedos. Por alguns segundos, deixou-se ficar e viu as estrelas girarem. Um pouco de descanso não era pedir muito depois de tudo aquilo.

Uma mão arrancou a fita adesiva de sua boca.

– Levante-se – Sarah sibilou. – Não temos muito tempo. – Ela o virou e trabalhou nas algemas que machucavam seus pulsos. Caramba, Houdini não podia ser melhor do que ela. Com um clique, estava livre. Então, lembrou-se de Gustav. Naturalmente, Gustav estava com a chave.

– E Gustav?

– Está apagado, mas não por muito tempo. Não como esse cara.

Jamie sentou-se e ela o ajudou a se levantar. Só agora ele se dava conta de que o homem alto estava ao lado dele, deitado imóvel e com a cabeça em um ângulo estranho. Tinha sangue no rosto e mais sangue vazava da parte de trás da cabeça, formando uma poça escura sobre os paralelepípedos. Ele ouviu uma exclamação vinda de cima, virou-se para observar de onde vinha o som, e deparou com a guia alemã do museu, Magda, na ponte. Ela olhava para baixo, uma expressão no rosto que era uma mistura de medo e horror. Estava sem uniforme, de calça jeans e uma jaqueta marrom sobre uma camiseta branca, e ainda segurava a pá que devia ter usado para acertar a cabeça de Gustav. Sua mente lhe dizia que ela não deveria estar lá, nem a pá, mas Sarah não lhe deu tempo para pensar a respeito. Arrastou-o encosta acima e para o outro lado da estrada, em direção à sua rota de fuga.

– Rápido, venha.

Magda largou a pá e segurou o outro braço de Jamie.

– Eu voltei para procurar minhas chaves – a moça alemã explicou, sem fôlego. – Achei que as tinha deixado cair em algum lugar. Então, ouvi ruídos vindos da Obergruppenführersaal. Estava com medo, mas resolvi verificar. Era meu dever, certo? – Sim, Jamie pensou, e graças a Deus por isso. – Esses homens estavam dizendo coisas terríveis. Acho que pretendiam matar vocês dois. Então, precisava fazer alguma coisa. Não sou corajosa, mas não podia deixar isso acontecer aqui de novo. Entende?

Antes que ele pudesse responder, Sarah resmungou um palavrão e se virou.

– Continuem – ela sussurrou. – Alcanço vocês.

Enquanto Magda o mantinha de pé sobre as pernas que ainda estavam bambas como elásticos, Jamie olhou para trás e viu Sarah revistando a massa escura que devia ser Gustav. Enquanto se ocupava com aquilo, uma lâmpada acendeu-se no pátio, e ela foi imediatamente banhada pela luz amarela brilhante. Endireitou o corpo e correu em direção a eles, carregando a mochila pelas alças na mão direita. Tinham quase alcançado as árvores e o declive que os levaria de volta para o carro quando ouviram o primeiro grito. Jamie teria parado para ajudar Sarah, mas Magda o empurrou para a frente sobre a borda da encosta, rumo aos primeiros arbustos. Quando ele estendeu a mão para ajudá-la, a loura virou-se para verificar a posição de Sarah. Aparentemente satisfeita com o fato de que a outra garota conseguiria chegar até onde estavam em segurança, esticou-se para pegar a mão de Jamie. Seus olhos se encontraram, e ele podia jurar que havia um brilho neles; era o olhar de alguém que se vê em meio a uma grande aventura e sem muita certeza de como agir. Os lábios estavam contraídos, como se tentasse não sorrir do ridículo da situação.

Foi apenas um leve ruído. Um baque suave e o tipo de *pffff* que se ouve quando o ar comprimido escapa em um teste de pressão de pneus feito pelo mecânico. No mesmo instante, Jamie sentiu um borrifo líquido e fino em seu rosto, e Magda soltou um suspiro curto, indignado. Podia jurar que não ouvira o tiro. Uma pequena mancha vermelha apareceu na camiseta da guia sobre seu seio esquerdo, e ele assistiu, incrédulo, à mancha crescer mais e mais. Antes que pudesse reagir, Magda tombou para a frente em seus braços, sem emitir nenhum outro som.

– Ande. Eles estão vindo. – Sarah desceu a encosta na corrida, mas abrandou ao ver o corpo inerte de Magda.

Jamie balançou a cabeça.

– Eu...

– Temos de continuar, Jamie. – A urgência fazia com que suas frases se atropelassem. – E você precisa se recompor. De nada adiantaria para Magda se Frederick nos apanhasse de novo. Leve-a para o carro enquanto tento atrasá-los.

– Como?

Ela abanou a cabeça.

– Não discuta. Vá!

Com relutância, Jamie desceu o morro aos tropeções com a moça ferida nos braços. Sua mente tumultuada lutava para entender tudo o que havia acontecido. Poucos minutos antes, estavam prestes a ser torturados até a morte. Tivera de matar um homem para não ser morto por ele. Magda tinha sido baleada. Tentou verificar o pulso dela, mas não houve resposta, e ele podia sentir a umidade em seu peito, onde o sangue dela havia lhe encharcado a camisa. Com uma sensação de desespero, colocou o corpo na base da encosta, evitando o olhar acusador e inerte. A culpa é minha, pensou. Eu a matei. Não foi Frederick. Não foi Sarah. Jamie Saintclair a matou com sua busca idiota. E agora...?

O estampido de fogo de artifício de uma arma de pequeno calibre, seguido imediatamente por um grito de agonia, rompeu seu pesar. Era o grito de um homem. Enfiou-se no carro e, um momento depois, Sarah emergiu da escuridão e se sentou ao lado dele, jogando a mochila no chão, a seus pés. Jamie pôs o motor em marcha, acelerando para longe antes que a porta estivesse adequadamente fechada e rezando para que Frederick não houvesse deixado ninguém de vigia na estrada. Sarah olhou para o banco de trás e sufocou um soluço.

– Onde está Magda?

Ele manteve os olhos na estrada. Não poderia ter encontrado os dela mesmo que não estivesse dirigindo.

– Achei que era o melhor a fazer. Nós não... Ela estava morta. Frederick dará um jeito de arrumar as coisas. Ele não pode se dar o luxo de ter o seu *sanctum sanctorum* na primeira página do *Bild Zeitung*. Magda... – Abanou a cabeça. O que mais havia para dizer?

A descarga de adrenalina do que quer que houvesse acontecido na encosta estava passando, e Sarah deixou-se cair para a frente, com a cabeça no painel. Sua voz saiu abafada, por isso, Jamie mal conseguiu distinguir as palavras.

– Eu atirei num homem.

– O quê? – Sua voz soou estridente para os próprios ouvidos, mas lembrou-se do grito e percebeu que já sabia. Modificou a pergunta. – Por quê?

– Para atrasá-los. Estavam se aproximando. Teriam chegado ao carro antes que pudéssemos escapar. Então, eu lhe dei um tiro na perna.

– Isso parece bastante justo. – Não no mundo real, talvez, mas certamente naquele hospício com que tinham topado.

Sarah levantou a cabeça, e Jamie sabia que ela o encarava.

– Peguei a arma do que você... do que caiu. Cresci com armas. Aprendi a atirar quando era apenas uma criança. Eu me escondi atrás de uma árvore e, quando ele passou por mim, apontei para a perna dele e atirei.

– Frederick? – perguntou ele, esperançoso.

Sarah sacudiu a cabeça e começou a chorar.

– Pobre Magda – disse ela.

– Sim, pobre Magda.

Ele dirigiu por uma hora, mas as placas de sinalização poderiam muito bem ser invisíveis. Seus olhos estavam mais no espelho retrovisor do que na estrada à frente, e ele alternava entre a *Autobahn*, estradas principais e as secundárias, pegando saídas e retornos ao acaso. Tinha quase certeza de que não estavam sendo seguidos. Pelo menos, esperava que não.

– Para onde estamos indo?

– Não sei.

– Não voltaremos ao hotel?

– Não. Vão estar esperando por nós.

– A menos que pensem que procuramos a polícia...

Ele sacudiu a cabeça em negativa.

– O cara que eu... o alto. Acho que reconheci o seu rosto de hoje cedo. Perto do hotel. Ele estava em um dos carros azuis e brancos da polícia daqui.

– O que faremos agora?

– Não sei. – Era a segunda vez que admitia isso. A verdade é que ele não sabia o que vinha fazendo desde o início.

– Então, quando é que você vai me contar sobre o tal diário?

# XXVII

Devem ter viajado para o sul, porque, no momento em que chegaram aos arredores da pequena cidade alemã, o sol nascia sobre as colinas à esquerda deles. Uma placa informava que estavam entrando em Fulda, mas isso não esclarecia muita coisa. Jamie evitou o centro da cidade e, em vez disso, procurou por uma área industrial, onde sabia que encontraria um desses hotéis baratos que os caminhoneiros usam quando não querem dormir nas cabines; do tipo que admite chegadas em qualquer hora do dia ou da noite, e o recepcionista está muito entediado ou cansado demais para fazer perguntas. Quando o encontrou, estacionou o compacto japonês na esquina mais afastada do prédio do hotel, parcialmente oculta da estrada por um par de caixas de coleta para reciclagem ecológica. O rosto de Sarah estava mortalmente pálido, e, pela contrição dos lábios, ele soube que pensava em Magda.

Desligou o motor, e os dois ficaram ali sentados em um purgatório silencioso de exaustão e descrença, permitindo que os minutos passassem.

– Você se importaria de fazer o registro? – disse ele, afinal. – Eles podem não ser muito exigentes aqui, mas duvido que eu seja bem-vindo nesse estado.

Ela se virou para fitar Jamie, e ele a viu estremecer ao reparar no sangue que manchava a frente de sua camisa e a jaqueta. Seu cabelo escuro e escorrido caía-lhe desajeitadamente pelo rosto, e o cansaço e a tristeza destacavam os ângulos de suas feições, fazendo-o parecer um moleque maltrapilho de um romance de Dickens. Ela revirou um dos bolsos e puxou dali um lenço branco minúsculo. Cuspiu nele e esfregou a testa de Jamie e as bochechas. O gesto foi quase maternal, e ele teria sorrido, não fosse o lenço sair rosado, lembrando-o do borrifo úmido que recebera quando Magda fora baleada. Sentiu-se nauseado. A carranca de Sarah se acentuou quando ela notou algo mais. Estendeu a mão para a lateral da cabeça dele e, com gentileza, tateou seus cabelos. Ele sentiu uma dor aguda quando ela puxou um objeto incrustado em seu couro cabeludo, e ela retirou a mão, segurando uma lasca branca.

– Que merda.

– Incisivo superior esquerdo, eu diria. – Olharam para a coisa e, de repente, os dois estavam rindo, a princípio quase de um jeito histérico, mas, aos poucos, a tensão foi se esvaindo, como se alguém houvesse aberto uma válvula.

– Reserve um quarto para uma semana. Se ficarem desconfiados, vão querer um par de diárias adiantado, antes de nos entregarem.

– Você quer dizer antes de nos entregarem para a polícia?

– Não, quero dizer antes de nos entregarem para qualquer um.

O quarto era moderno e limpo. Tinha uma cama de casal com um beliche de solteiro em cima, e espaço apenas suficiente entre a cama, uma pequena cômoda e uma pia, que completavam o restante do mobiliário. Um aviso informava que o banheiro comum ficava no corredor. Jamie teria preferido um quarto em um andar mais alto, mas aquele era o único disponível. Tinha uma pequena janela quadrada, alta o suficiente para garantir privacidade, que dava para as árvores atrás do estacionamento. Depois que Sarah fez o registro e contrabandeou Jamie recepção adentro, os dois estavam cansados demais para sentir qualquer coisa além de alívio. Jamie fechou a cortina enquanto Sarah tirava os sapatos e se deitava na cama, fechando os olhos. Por alguns instantes, Jamie a contemplou, admirando-se de tanta resistência acondicionada em um corpo tão pequeno, quase infantil. Depois, olhou para o beliche. Para o inferno com aquilo. Tirou a camisa manchada de sangue, substituiu-a pelo casaco um pouco menos manchado e deitou-se ao lado dela. Antes de perder a consciência, uma vozinha ficou martelando em sua mente: que diabos faremos agora?

Jamie foi acordado por alguém soprando com suavidade sua orelha, o que fazia um contraste agradável com o sonho no qual ele acabava de ser colocado em um instrumento de tortura digno de *O Poço e o Pêndulo*. Ainda zonzo, abriu os olhos e viu-se sob o escrutínio de duas esferas aquosas cor de avelã salpicadas de dourado.

– Espero que não tenha tomado quaisquer liberdades enquanto eu dormia, Jamie Saintclair. – Sarah estava deitada de lado, com a cabeça apoiada na mão direita, mas ele sabia que ela não tinha acordado naquela posição, porque estava claro que lavara o cabelo e fizera aquelas coisas que as mulheres fazem com o rosto, que transformam o atraente em belo. Ela falara com gentileza, mas Jamie sentiu um chiado de eletricidade no ar que nada tinha a ver com o fato de estarem em fuga. Ocorreu-lhe que agora era o momento de agir pelo impulso que sentira praticamente desde o primeiro instante em que pusera os olhos nela. Em seguida, foi atingido por algo ainda mais fundamental.

– O que tem para o café da manhã?

Sarah se virou para fora da cama, e Jamie se levantou quando ela tirou dois bolos enormes de um saco de papel, complementando-os com dois copos de papelão que continham, se o faro dele não o enganava, cerca de um galão cada do café alemão excessivamente torrado.

– Estive ocupada. Estamos em uma cidade chamada Fulda?

Ele balançou a cabeça afirmativamente, lembrando-se da placa do dia anterior, ou da noite passada, ou ainda, era possível, daquela manhã?

Ela mordiscou o bolo com suavidade.

– Lugar legal, muita arquitetura bonita, de acordo com a garçonete da cafeteria. – Jamie olhou para ela. Supusera que a comida havia vindo de algum lugar no hotel. Levantou-se e puxou a cortina uns poucos centímetros de modo que pudesse ver todo o estacionamento de cascalho. Sarah franziu o cenho para ele. – Não sou burra, Jamie. Tomei cuidado, e ninguém me seguiu até aqui.

Ele a ignorou e continuou a sua verificação. Não parecia haver nada de anormal. Ninguém sentado dentro de um carro lendo o jornal do dia anterior.

– Ainda assim, foi arriscado.

– Prefere não comer?

Ele riu e cravou os dentes no *kuchen*. Era doce e flocoso, e, quando acrescentou um pequenino gole do escaldante líquido, sentiu-se instantaneamente renovado.

– Não planejo ficar por aqui tempo bastante para fazer turismo.

– Imaginei. Então, lavei sua camisa. Só não espere um serviço desses todos os dias, está certo? Mas talvez você deveria... hum, limpar-se primeiro e ver o que pode fazer com a jaqueta antes de vesti-la de novo.

A dica tornou-o subitamente consciente de que usava a cueca do dia anterior. Ele inspirou e sentiu o odor de desodorante vencido e algo mais que foi reconhecível de imediato, uma mescla de farinha de peixe podre e metal úmido; medo e sangue. Seu medo. Sangue de Magda.

– Precisamos de roupas novas.

Ela assentiu com um gesto de cabeça.

– E de um monte de outras coisas. Depois que comermos, e você se refrescar, talvez possamos falar sobre isso...

Uma hora mais tarde, estavam sentados em lados opostos da cama, as duas mochilas entre eles. Sarah pegou o laptop e entrou na internet pela conexão *wi-fi* do hotel.

– Fiz uma pequena pesquisa sobre esse lance de Vril que nosso amigo Frederick mencionou. É mais um dos cultos de estimação de Himmler e completamente ligado à sua obsessão com a criação da raça ariana. O culto foi fundado por um bando de caras que tinha lido um livro do século XIX chamado *A Raça Vindoura*, escrito por um barão inglês maluco chamado Edward Bulwer-Lytton. Era uma obra de ficção que especulava sobre uma antiga raça superior há muito desaparecida que ressurgia para governar o mundo. Você percebe aonde isso vai dar, não é? A Sociedade Vril reunia tudo que Himmler buscava, mas o importante para nós é que a energia que dava aos Vril seus poderes míticos teoricamente provinha do Sol Negro, e o objetivo da Sociedade Vril era encontrar a chave para esse poder.

Jamie sentiu o quarto gelar.

– Então, o que exatamente era o Sol Negro? Obviamente não era apenas um símbolo.

– Ninguém sabe, mas, com certeza, gerou uma série de teorias de conspiração. Veja. – Ela abriu outra página na internet. – Lembra-se do que a Magda falou sobre Wewelsburg ser um local de pouso para óvnis? Louco, não? Bem, veja aqui uma história que afirma que os nazistas de fato fizeram contato com os Vril, e eles colaboraram para construir uma frota de discos voadores em uma base secreta na Antártida. Parece loucura, mas o governo dos Estados Unidos estava suficientemente convencido em 1947, a ponto de montar a Operação Highjump, sob o comando de um respeitado almirante e antigo explorador polar chamado Richard E. Byrd. O almirante Byrd liderou uma força-tarefa que incluiu um porta-aviões e quatro mil homens. Eles vasculharam o continente gelado de cabo a rabo e, segundo dizem, Byrd encontrou mesmo a base. Ao retornar aos Estados Unidos, foi hospitalizado e, quando morreu, em 1957, há especulações de que tenha sido assassinado. O que preciso saber é para onde vamos a partir daqui. – Sarah falou lentamente, escolhendo as palavras com cuidado.

Estavam numa encruzilhada, como ela dissera, e não apenas numa busca. Jamie sustentou seu olhar enquanto ela o estudava.

– Na minha opinião – ela prosseguiu –, isso fugiu ao nosso controle. O que aconteceu lá levou a coisa muito além de uma excursão divertida para procurar uma pintura que pode não existir, revestida com um pouco de tensão sexual para torná-la picante. – Ela percebeu o olhar dele. – Ora, Jamie, não me diga que você não sente isso também. De qualquer maneira, pessoas morreram, estamos na lista negra de alguns nazistas, e em fuga. Não é um jogo, é real. Aqueles caras são assassinos frios. A opção sensata seria nós dois darmos o fora daqui, encontrar uma maneira de voltar para Londres e desaparecer por um tempo.

Jamie assentiu com a cabeça, reconhecendo que ela tinha razão em cada detalhe.

– Você está certa. Você deve ir. Deve haver um trem de Fulda para a costa norte. Pode saltar em uma balsa e estar em casa sexta-feira. Mas eu preciso ficar aqui. Tenho minhas próprias razões para continuar nisso.

– E essas razões são...?

Ele respirou fundo.

– Para começo de conversa, Magda. Sou o culpado pelo que aconteceu a ela, e mais ninguém. Ela era uma boa garota, tentando fazer do mundo um lugar melhor. Não merecia morrer, mas estava condenada a partir do minuto em que entramos naquele museu. Não se trata de algo tão melodramático como vingança, ainda que eu, com toda certeza, fosse gostar bastante de ver Frederick atrás das grades, ou, melhor ainda, em um caixão. Mas, ao menos, preciso saber *por que* ela morreu. E essa é a segunda razão. Não posso deixar Frederick fugir e continuar com o que está fazendo. Não agora.

Ela balançou a cabeça em concordância.

– Já desconfiava de que esse seria o argumento, e isso responde a uma das perguntas que eu me fazia: o que faz valer a pena passar por isso? Você está certo, Magda faz. Podemos discutir sobre de quem é a culpa quando tudo isso acabar, mas a morte dela com certeza merece algumas respostas. A minha segunda pergunta é: se isto está fora de controle, como é que vamos voltar a ter controle? – Ela permitiu que a questão pairasse no ar e desenvolvesse uma energia própria. Jamie sentiu que as respostas que Sarah procurava iam muito além do significado das palavras que havia utilizado. Ele tinha uma decisão a tomar.

Pegou a mochila.

– Talvez a resposta para isso esteja no diário.

# XXVIII

Ela fechou o livro e colocou-o de volta sobre a colcha.

– Então, nada disso tem a ver com o Rafael?

– Tem, mas não é apenas sobre o Rafael – admitiu. – Acho que sempre foi sobre o meu avô.

– Mas Frederick e seus nazistas não estão interessados na pintura ou no seu avô. Estão interessados nessa outra coisa que o tal de Walter Brohm descobriu.

Ela parecia muito calma, o que lhe pareceu improvável e possivelmente sinistro. Ele pegou o diário e folheou as páginas para evitar o olhar dela.

– Não sabemos ao certo. Tudo que Frederick fez foi confirmar que sabia sobre o diário.

– Pensei que isso era para ser um trabalho de equipe, mas você estava escondendo coisas de mim.

– Eu...

Ele percebeu que o rosto dela se tornava rosado sob o leve bronzeado.

– Todo esse tempo que estivemos trabalhando juntos você tinha essa beleza de livrinho, enquanto a velha e burra Sarah tateava no escuro. Caramba, só tenho a sua palavra de que existe uma pintura. Até onde sei, poderia ser apenas uma jogada elaborada para me levar para a cama. Mas nem isso poderia ser, poderia? Porque você não está se empenhando de verdade. Quantas vezes uma garota precisa sinalizar até que um inglês empertigado finalmente perceba?

– Mas você não...

– Cale a boca. – Agora ela chorava, e as lágrimas transformaram o rímel em borrões escuros ao redor dos olhos. – De onde eu venho, uma garota gosta de ser seduzida. Mas você não tem colhões. Só ficou parado lá como um peixinho dourado abrindo e fechando a boca. Bem, você teve sua chance, senhor Saintclair. Sarah Grant não vai ficar em segundo plano em relação a um livrinho de colorir.

Ele olhou para ela sem saber como reagir. Fosse outra a ocasião e outro o lugar, aquelas palavras o teriam arrasado, mas a maneira como ela as dissera, com certa inflexão sufocada pela fúria, tornara-as mais consoladoras do que raivosas. Fazia-o saber que ele a tinha decepcionado, mas ela não fugiria daquilo. Ainda não.

– Precisava ter certeza. Do mesmo modo que eu precisava ter certeza sobre o livro. Não conhecia você. Não sabia onde isso iria acabar. Vamos encarar os fatos: não sou nenhum superdetetive. Fui um completo inútil, um perigo para você e todos os outros com quem já entramos em contato. E não tenho certeza do que fazer agora. O livro é tudo o que temos neste momento, mas, sem examinarmos de perto o Sol Negro, talvez não seja o suficiente.

Ela fungou e abanou a cabeça.

– É aí que você se engana, meu amigo. Você não é o único que pode tirar um coelho da cartola. – Ouviu-se um farfalhar enquanto ela recuperava algo da mochila. – Cometi um erro. Usei duas folhas em vez de uma. Se tiver forçado o lápis o suficiente, pode ser que a gente consiga refazer as linhas...

Entre um suspiro e uma fungada, lá estava ela de volta aos negócios. Esticaram o papel vegetal no piso de madeira, empurrando a cômoda para o lado para abrir espaço. O lápis de Sarah havia deixado uma impressão pouco visível quando riscara na folha de cima que Frederick havia confiscado. Ela começou destacando as linhas tênues. Não foi fácil; por vezes, uma marca que parecia significativa era apenas um vinco onde ela havia dobrado a folha em sua mochila. Levou vinte minutos até obterem uma imagem semelhante ao original.

– É uma pena que o papel não fosse grande o suficiente para cobrir tudo. – Ela afastou o cabelo dos olhos. – Mas acho que consegui mapear muito bem o centro, exceto uma seção que está faltando.

Enquanto trabalhavam sobre o papel, foram se aproximando, até que as cabeças de ambos se tocaram acima do centro do desenho.

Ela se afastou, esboçando um sorriso nervoso.

– Acho que está pronto.

Com relutância, Jamie se afastou. Estudaram o diagrama que ela havia criado, e ele sentiu uma excitação crescente, como uma garrafa de champanhe prestes a estourar a rolha.

– Você disse mapear. Percebe? – Não tinha sido visível no mármore do piso do castelo, mas o traçado havia destacado linhas tênues nos doze raios do símbolo, espaçadas por manchas não identificáveis. – A guia disse que o castelo era para ser o centro do mundo. Bem, este é um mapa do mundo SS. Doze raios do Sol Negro. Doze *Obergruppenführers* para fazer o trabalho sujo de Himmler. Doze departamentos. Aposto que se você tivesse informação suficiente poderia identificar cada um e sua sede.

– Isso significa que...

– Se o Sol do Wewelsburg é um mapa, o nosso também é.

Sarah franziu o cenho e se debruçou sobre o papel.

– Eu acho...

– O quê?

– Olhe mais de perto. Essas manchas são algum tipo de símbolo.

Jamie se abaixou ao lado dela. Seu quadril roçou o de Sarah, mas ela não pareceu reparar.

– Você está certa. São runas, como os relâmpagos SS, só que muito mais complexas. Veja, há uma espécie de Z de cabeça para baixo dentro de um quadrado, e um par do que parece ser uma ponta de flecha dentro de um círculo. Pode ser que haja umas vinte variações diferentes aqui, e olhe que examinamos apenas uma pequena parte do Sol Negro.

– E elas parecem estar ligadas por linhas.

– Talvez. É difícil dizer. Mas, se estão...

– E se isto *for* um mapa...

– A posição de cada runa corresponderia a um local, e a própria runa diria a quem soubesse o código o que está sendo armazenado ou guardado lá. Este era o lugar dos segredos. Ninguém, exceto os doze generais da SS, podia ver isso, e só eles sabiam o significado.

– E agora Frederick deve saber. Ele disse que eles eram os herdeiros.

Jamie meneou a cabeça em negativa.

– Não necessariamente.

Os olhos de Sarah se iluminaram.

– Porque algo está faltando.

– O disco de ouro no centro. E se o disco fosse a chave? Ele desapareceu no final da guerra, mas será que a SS o pegou quando abandonaram o Wewelsburg? Ou será que os norte-americanos o pilharam junto com todo o resto?

– Pode ter sido derretido, ou ainda estar por aí em algum lugar.

Jamie examinou os detalhes do Sol Negro de novo. Era como um mapa estelar e, se continuava sobre todo o círculo de mármore, era enorme e extremamente complexo. Visto de diferentes maneiras, poderia ter significados diversos.

– É por isso que Frederick não podia permitir que tivéssemos o traçado. Não podia se dar o luxo de nos deixar ir embora com o segredo do Sol Negro. E se houvesse mais? E se o disco de ouro não fosse fixo, mas girasse? É possível que a orientação do disco abrisse outro conjunto de segredos para aqueles que podiam ler as runas. Talvez o Sol Negro não seja um único mapa, mas camadas de mapas.

Jamie recostou-se e descobriu que respirava com dificuldade.

– Isso poderia desbloquear todo o submundo da SS. Quem sabe que mistérios estão escondidos lá? Se pudéssemos rastrear a peça central de ouro...

– Se pudéssemos decifrar as runas – Sarah concordou. – Mas não podemos. E esta é apenas uma parte. Precisaríamos de todo o conjunto.

– Você está certa. Não temos tempo. Isso vai ter de esperar. Já temos mistérios demais para resolver, mas, quem sabe um dia?

– Um dia.

Ainda estavam emocionados quando Jamie buscou o mapa de seda com o Sol Negro original e o abriu ao lado do traçado. Mas, em comparação ao drama dos últimos minutos, a imagem, monótona e mal desenhada, pareceu arrefecer seu entusiasmo.

– É impossível – disse Sarah. – É apenas um desenho. Talvez, se pudéssemos encontrar o original...

– Bem, isso nós não temos. Tem de haver outra maneira. – Ele lutou com as possibilidades por alguns momentos. – Você pode apanhar o mapa rodoviário que trouxemos, por favor?

Estudaram os dois sóis e o mapa, em busca de quaisquer semelhanças.

– Ei! Você é um gênio, Saintclair – Sarah rompeu o silêncio. – Escolha uma cidade. Qualquer cidade antiga. Veja como as estradas irradiam a partir do centro da mesma maneira que os raios partem do sol.

– Então procuramos por uma cidade com nove estradas?

Ela olhou para o Sol de seda novamente. Mil trezentos e cinquenta e sete. Mil trezentos e cinquenta e sete?

Jamie assistiu à euforia de Sarah crescer à medida que as ideias iam cruzando sua mente.

– Não necessariamente. Lembre-se de que lidamos com as mesmas pessoas que desenharam esse mapa no sol do Wewelsburg. Nada é o que parece.

Ela apontou para os raios no desenho.

– Um. Três. Cinco. Sete. Não nove estradas, quatro, e nesta configuração muito particular.

Ele compreendeu, mas ainda estava cético.

– Então examinamos cada cidade, vilarejo e aldeia na Alemanha, até encontrarmos o certo?

Os olhos de Sarah encontraram os dele, e Jamie reconheceu o desafio ali.

– Fiz minha parte. Agora é a sua vez. Deixe-me ver aquele livro novamente.

– Está bem.

Mas, depois de meia hora daquilo, sua vista começou a embaçar.

– Impressionante a experiência de seu avô na guerra.

Ele concordou com a cabeça.

– Eu cresci sem um pai, por isso foi um choque descobrir que a figura paterna da minha vida não era o homem que eu pensava que era. Preciso *saber*, mas ainda não estou certo do que exatamente preciso saber, mesmo agora. Até ler sobre a grande descoberta de Walter Brohm, apenas enganava a mim mesmo me dizendo que tentava encontrar o Rafael. Se isso acabou envolvendo você e criando falsas expectativas, bem, como eu disse, sinto muito.

Sarah se inclinou para a frente e ele pensou que ela fosse beijá-lo. Em vez disso, a garota o olhou fixamente, como se procurasse alguma coisa em seus olhos. Afinal, deve ter achado.

– Pelo menos agora sabemos por que alguém iria se dar o trabalho de empurrá-lo pra debaixo de um trem. A grande questão é: acreditamos de fato nisso?

– Que Brohm tenha descoberto algo durante a guerra, algo que se manteve escondido por sessenta anos? Em face disso, parece-me improvável – admitiu. – A partir do que está registrado no diário de Matthew, sabemos que Walter Brohm era um dissimulador egoísta que exagerava suas capacidades, bajulava os superiores e que venderia a própria avó.

– E isso significa...?

– Um traidor. Mas coisas estranhas têm acontecido. Se Brohm de fato conseguiu ir para os Estados Unidos é possível que tivesse mesmo algo com que barganhar, mas os ianques – desculpe, os norte-americanos –, por suas próprias razões, ou suprimiram a coisa ou descobriram que não funcionava.

– Por que a suprimiriam?

– Por inúmeros motivos, a maioria deles econômicos. Eles gastaram centenas de milhões no desenvolvimento de tecnologia nuclear e aparece essa nova maravilha que a torna obsoleta cerca de sessenta anos antes de recuperarem o investimento. Talvez ela esteja mofando em uma caixa de madeira em algum armazém grande, como no filme de Indiana Jones.

– Isto não é Indiana Jones, Jamie, isto é a vida real, mas entendi o que quer dizer. O que você acha que *essa coisa* é?

Essa era a questão. A questão de sessenta e quatro milhões de dólares. O problema é que ele não tinha uma resposta. Ainda não.

– Não sei, nem creio que possamos arriscar um palpite. Se levarmos Brohm a sério, foi uma descoberta única que abriu caminho para um grande avanço científico; algo de enorme poder que até mesmo Hitler temia. Já que Hitler estava disposto a fazer qualquer coisa para ganhar a guerra, podemos presumir que, o que quer que fosse, deve ter tido um potencial terrível, capaz de fazê-lo recuar. Ainda maior do que a capacidade nuclear da qual desistira.

– É por isso que é tão importante descobrir aonde este mapa nos leva e o que aconteceu no final do diário do meu avô. Se Brohm não chegou à América, então o grande segredo ainda está escondido na Alemanha.

A questão era: onde?

Sarah leu o diário com uma intensidade assustadora, como se tentasse arrancar a resposta à força de suas páginas com o poder da mente.

– Foi por isso que viemos para Wewelsburg? – Ela apontou para um parágrafo, e ele o espiou por cima do ombro dela.

– Não, foi um tiro no escuro. Estava pesquisando sobre Himmler e ocultismo no computador, encontrei a fotografia com o Sol Negro, e me pareceu o lugar mais provável para começar. Por quê?

– Porque Walter Brohm o apontou para você. E acho que ele lhe deu a primeira pista para o Rafael.

– Onde? – Ele fez menção de pegar o livro.

Ela o afastou de suas mãos.

– Você teve sua vez, Saintclair. O que é Wewelsburg?

– O centro do mundo da SS?

– Exatamente. – Ela leu um trecho da página. – *Minha jornada começa no centro do mundo de Heinrich.*

– Caramba, como pude deixar passar isso?

– E tem mais: *Você deve procurar no mapa desbotado pelo sinal do Boi.* Simultaneamente, olharam para o papel vegetal ainda aberto no meio do chão. Jamie chegou primeiro e Sarah com rapidez se ajoelhou ao lado dele.

– O mapa desbotado é o Sol Negro.

– Sim, tem de ser. – Ela mordeu a parte interna do lábio. – Mas o que é o sinal do Boi?

– Pegue o seu laptop.

Ela olhou para a tela.

– As runas do Sol Negro parecem ser todas de uma espécie de alfabeto rúnico chamado Futhark Antigo. Há outros futharks, mas este é o que é chamado de protogermânico. O Futhark Antigo tem vinte e quatro runas divididas em três grupos de oito. – Ela olhou para ele, com a testa franzida em concentração. – Meu Deus, isso é complicado. Cada runa tem dezenas de significados completamente diferentes, dependendo de como é usada. Levaria anos para decifrarmos o que está no Sol Negro, mesmo que soubéssemos o que procurar.

– Mas não estamos interessados no Sol Negro, não é? – ele destacou. – Estamos interessados apenas em um símbolo. Qual deles é o Boi?

Sarah lançou-lhe um olhar venenoso e inclinou-se sobre a tela novamente. Não levou mais do que uns poucos segundos até gritar triunfante.

– Aqui! É meio como um N ou uma espécie de U invertido. Uruz, sinal dos auroques, que aqui diz ser uma espécie de vaca gigante ou boi.

– Deixe-me ver.

Sarah mostrou-lhe a tela e ambos se voltaram para o desenho traçado.

– Você matou a charada. – Jamie a abraçou, e a proximidade do corpo dela o desestabilizou por um segundo. – Aqui está. – A runa Boi encontrava-se a curta distância do centro do desenho, sobre uma das pernas do símbolo do sol. – Agora, tudo o que temos a fazer é traduzi-lo para o mapa de seda.

– E como faremos isso? – Ela franziu o cenho.

– Magda disse que a lança do destino estava alinhada de norte para sul. Isso significa que a ponta do castelo é o norte. – De repente, ele compreendeu o que ela queria dizer. – A lança deve se alinhar com uma das pernas da roda, mas qual?

– Não há nenhuma maneira de dizer. – Ela balançou a cabeça. – É um círculo. Ele não tem parte de cima nem parte de baixo, nem esquerda ou direita. Se pudéssemos encontrar um ponto de referência...

– Droga – ele disse baixinho. – Estamos tão perto da maldita resposta que quase posso tocá-la.

Sarah deu de ombros.

– Ninguém disse que ia ser fácil. – Com um último olhar para o traçado, ela voltou para o diário. Estava lendo há uns quinze minutos, enquanto Jamie continuava a olhar frustrado para o desenho, quando de repente ela se irritou.

– Idiota.

Jamie virou-se para ela.

– Não seja tão dura consigo mesma. Não é culpa sua.

– Não, quis dizer você. Por que não me mostrou esta porcaria de livro antes? Walter Brohm pode ter sido um grande cientista, mas era um péssimo poeta. Ouça isto: *Onde Goethe encontrou seu demônio, evite a trilha das bruxas. Abaixo da água você vai encontrá-la, mas você deve olhar além do véu.*

– Tem razão – disse ele alegremente. – É podre.

– Você é um idiota. *Onde Goethe encontrou seu demônio.* Você não sabe quem foi Goethe?

– Foi um escritor alemão, não?

– Sim, foi. – Sua voz soou perigosamente paciente quando ela lhe entregou o diário. – Ele também escreveu uma versão da lenda de Fausto. Lembra-se de Fausto? Nos passos de Fausto?

Jamie estremeceu.

– Você tem razão, eu sou um idiota. Mas o que o resto disso significa? Bruxas e água e além do véu. São só baboseiras.

– Um passo de cada vez, queridinho. Primeiro, precisamos descobrir onde Goethe encontrou seu demônio. – Ela começou a pesquisar no laptop, enquanto Jamie pegava *A Trágica História do Doutor Fausto* na mochila.

– De acordo com Marlowe, Fausto conheceu o representante do demônio em um lugar chamado Wittenberg, que... – ele trocou o livro pelo mapa rodoviário que tinham usado para comparar com o mapa de fuga – ... fica aqui, cerca de 160 quilômetros a noroeste. Poderíamos estar lá em umas três horas.

– Ahã, mas provavelmente estaríamos indo na direção errada. Lembre-se, não se trata de Fausto, é sobre Goethe. Goethe baseou seu Fausto na peça de Marlowe. Seu demônio é o mesmo Mefistófeles que visita Fausto no original e lhe dá vinte e quatro anos de acesso ao poder absoluto em troca de sua alma. Mas, se bem me lembro, as duas histórias são muito diferentes. O Fausto de Marlowe começou por querer fazer o bem, mas Mefistófeles garantiu que ele desperdiçasse sua oportunidade. O de Goethe é um conto muito mais profundo e complexo. Eles só têm uma coisa em comum. Nada de bom pode sair de um trato com o diabo.

– Vou me lembrar disso. Certo, é interessante, mas aonde isso nos leva?

– Precisamente a lugar nenhum – ela admitiu. – Não consegui encontrar coisa alguma sobre o encontro de Goethe com Mefistófeles. O que precisamos é de uma biografia dele realmente boa. Duvido que o hotel tenha uma.

– Não, mas deve haver uma biblioteca na cidade... Acho que um de nós deve ficar aqui e continuar a pesquisa *on-line*, enquanto o outro procura o livro.

– De nós dois, quem se graduou *summa cum laude* fui eu. Fico com a biblioteca – disse ela com espalhafato. – Você pode ficar aqui com o laptop, mas não bisbilhote minha página no Facebook.

Jamie ia dizer algo, mas ela pôs um dedo sobre os lábios dele.

– Eu sei. Vou tomar cuidado.

Ela levou três horas para reaparecer.

– Lembre-me de nunca, jamais ser voluntária para uma coisa dessas de novo. Quando cheguei lá, um bibliotecário seboso olhou com desdém para a estrangeira inoportuna que falava um péssimo alemão, mas, depois que pedi a ele livros sobre Goethe, não me largou mais. Mal eu começava a ler um, e lá vinha ele com outro. Você já viu o tamanho das biografias alemãs? Eu poderia ter construído uma cabana com os livros. Então, o cara começou a falar e, vou lhe contar, viu?, não parou mais. Goethe e política, Goethe e filosofia, Goethe e religião. Quando chegou a Goethe e sexo, caí fora.

Jamie esperou com paciência, bastante familiarizado com ela agora para saber que estava brincando com ele.

– Mas...?

Ela sorriu.

– Consegui. Walter Brohm foi um pouco displicente com os fatos. Goethe na verdade nunca conheceu Mefistófeles, mas decidiu escrever Fausto depois de um encontro assustador em meio à neblina em uma grande montanha em algum lugar do Harz.

– O Brocken?

– Como você sabe?

– Porque encontrei uma versão do poema Fausto na internet. A cordilheira do Harz foi o lugar aonde Mefistófeles levou Fausto para ver o diabo. Ouça isto: *As bruxas sobem ao topo do Brocken, amarelo é o restolho, e verde, a colheita.*

– *Evite a trilha das bruxas*, ahã.

– Acho que devemos levantar acampamento.

Sarah olhou para ele de um jeito que fez Jamie derreter por dentro.

– Tenho uma ideia melhor.

# XXIX

Sexo, quando ainda não se conhece o parceiro, às vezes pode ser difícil. Tudo esquenta e fica intenso um pouco rápido demais, e, a menos que se seja um Casanova, ninguém sabe ao certo o que fazer exatamente nem quando. O resultado é que se passa tanto tempo imaginando se a outra parte está curtindo que a não se diverte. Mas, com certeza, não foi isso que aconteceu.

Jamie ficou assombrado com as emoções que Sarah despertava nele; uma sensualidade crua que ele nunca experimentara antes, aliada a uma ternura profunda que não poderia estar muito aquém do que presumia ser amor. Os lábios dela tinham um gosto que variava entre canela doce e mel de urze, e a pele era tão suave e macia ao toque como a sua imaginação lhe havia dito que seria. Estavam se beijando há alguns minutos quando ela respirou fundo, os olhos se arregalaram e o corpo estremeceu longamente.

– Não – ela disse, largando-o.

Por dentro, Jamie gemeu. Caramba, o que tinha feito de errado?

– Assim não. Assim.

Os dedos dela voaram para os botões de sua blusa de algodão preta e, com notável rapidez, foram abertos, e a blusa jogada de lado. Enquanto observava a operação com o coração batendo em algum lugar na garganta, as mãos dela alcançaram as costas e, com um único movimento, o sutiã se foi. Ela parou diante dele por um segundo, permitindo que os olhos de Jamie se deleitassem com seu corpo, enquanto o rapaz sentia a boca seca, como se estivesse cheia de areia. As roupas que ela usava haviam camuflado o esplendor de seus seios, que eram fartos e roliços para uma silhueta tão esbelta, com pequenos mamilos escuros ingurgitados como groselhas maduras. O olhar era selvagem, divertido e convidativo, tudo ao mesmo tempo. Ele se moveu em direção a ela.

– Espere!

Agora as mãos dela estavam na cintura, desabotoando a calça jeans preta. Ela curvou-se e deslizou a calça pelos quadris, tirando uma perna de cada vez e chutando-a para longe. Sua calcinha era nova, preta e sedosa, e ele se perguntou se ela havia se preparado para aquilo e se amaldiçoou por não ter feito acontecer mais cedo. Agora, ela o provocava, virando-se de lado enquanto baixava a calcinha pelas longas pernas, de modo que foi só quando ela se endireitou que pôde ver seu sexo, corado e inchado, escondido parcialmente por uma linha fina e esparsa de pelos escuros. Ela postou-se diante dele, mãos pendentes, quadris sutilmente forçados para a frente, como se se oferecesse. Ele descobriu que mal conseguia respirar. Mais uma vez, moveu-se, puxando a própria camisa, mas ela balançou a cabeça em negativa e deslizou por sobre o mapa de seda e o papel vegetal, que se enrugava sob seus pés a cada passo. Enroscou-se no corpo de Jamie, como uma bela serpente se enrolaria em sua presa, e o arrastou para o chão por cima dela.

– Tudo a seu tempo – ela sussurrou com voz rouca.

Ele nem saberia dizer ao certo como e quando tudo aconteceu, só que aconteceu depois de um período prolongado, em que o erotismo de seu corpo inteiramente vestido contra a nudez dela quase o levou à beira da violência. Suas mãos podiam perambular à vontade sobre aquele corpo nu, enquanto as dela brincavam com a camisa e suas calças jeans, ora abrindo um botão, ora baixando-lhe o zíper um tiquinho de nada. A certa altura, ela se afastou, e ele notou a marca vermelha onde a fivela do cinto comprimira-lhe a carne rija do ventre. Demorou séculos antes que ela lhe permitisse descer a mão e acariciá-la lá embaixo, mas, quando o fez, foi como tocar fogo líquido.

Obteve sua vingança quando enfim se uniram. Agora, era ele quem controlava o ritmo, levando-a quase ao clímax e retrocedendo de novo; primeiro devagar, depois rápido, então mais rápido ainda, levando-a a proferir obscenidades que ele não teria achado possível saírem de uma boca tão doce. Quando chegaram juntos ao momento de abandono inconsciente, pareceu-lhes algo inteiramente natural. Sarah revirou os olhos, seus lábios se apertaram contra os de Jamie, e ela começou a gemer e arfar sob ele, até que Jamie foi levado a um semelhante e animal frenesi, e os gritos frenéticos se misturaram.

Depois, ficaram ali deitados e abraçados por alguns minutos, ainda se tocando e acariciando, sussurrando palavras de carinho e elogios, que são de praxe após o ato, antes de se darem conta do ridículo de estarem nus sobre o chão duro de madeira, quando havia uma alternativa disponível bem ao lado. Mudaram-se então para a cama.

O segundo tempo foi ainda melhor.

Quando Jamie abriu os olhos, pôde avaliar pela luz mortiça que ainda estavam no finalzinho da tarde. Virou-se e encontrou-a apoiada em um dos cotovelos, olhando-o, um seio empinado espiando por baixo da colcha, como um espectador interessado. Ela sorriu com timidez.

– Agora podemos fazer as malas.

*7 de maio de 1945. Acabou de dar no rádio. A guerra ACABOU. Os alemães concordaram em se render incondicionalmente. Isso não vai entrar em vigor até a noite de amanhã, mas todos concordam que a luta terminou. O estranho é que o estado de espírito entre os homens é sombrio. Após um instante de celebração, todos ficaram em silêncio, quase esmagados pela irrealidade do momento. Esta tem sido nossa vida, este medo constante, dias e semanas sem descanso adequado, envolvidos nessa tensão que come você por dentro como um câncer. Ter lutado por tanto tempo, ter visto tantos amigos morrerem e ter sobrevivido? Quase não parece crível. A despeito do fato de termos consciência de que este dia se aproximava, nossa mente está tendo dificuldade em aceitar que não há outra batalha para lutar ou outro homem para matar. Vivemos de pílulas de benzedrina e chá quente há duas semanas, com cerca de duas horas de sono por noite, em média. Nos últimos dias, tenho sido capaz de sentir as fraturas em desenvolvimento no meu cérebro. Pequenas rachaduras através das membranas finas, como se alguém houvesse pisado em uma camada fina de gelo. Mas não posso desistir agora. A guerra pode ter acabado, mas ainda tenho uma missão a cumprir. Esta noite observei as montanhas distantes se tornarem azul-escuro no comecinho da noite, depois, ficarem cor de prata e, por último, virarem fantasmas insubstanciais, que enfim desapareceram por completo, como soldados marchando na fumaça de canhão. Experimentei uma estranha, atordoante e inatural sensação de leveza, e foi só depois que percebi o que era. Pela primeira vez em cinco anos, posso fechar os olhos sem me perguntar se vou estar vivo para abri-los pela manhã. O sol nascerá, as montanhas retornarão, as armas ficarão em silêncio.*

# XXX

Começando cedo na manhã seguinte, refizeram a rota oitenta quilômetros para o norte, até Kassel, capital do distrito homônimo, que se esparramava às margens do rio Fulda e devia sua surpreendente modernidade ao fato de ter sido banida do mapa por bombardeiros aliados em 1943. Quando chegaram ao centro da cidade, as lojas ainda abriam as portas e as ruas estavam vazias, exceto por alguns executivos madrugadores e garis, sem os quais nenhum amanhecer alemão é completo. Sarah comprou alguns itens básicos para substituir as roupas e os produtos de higiene pessoal que tinham sido forçados a deixar para trás em Paderborn, enquanto Jamie a observava de longe, até se dar por satisfeito com a constatação de que ela não estava sendo seguida. Ainda assim, teve uma sensação desagradável. Alguém como Frederick, sem dúvida, tinha contatos na Bundespolizei, a polícia federal alemã. O pequeno Toyota alugado em que viajavam não chamava atenção, mas era apenas uma questão de tempo até que alguém reparasse neles. Sarah havia sugerido que abandonassem o compacto japonês em Fulda, e ele considerara a hipótese. Mas o carro teria de ser substituído por outro e, se os inimigos estivessem procurando por ele, também verificariam locadoras de veículos. Pesando os prós e contras, era melhor ficarem abaixo do radar o máximo que pudessem.

De Kassel, a estrada levou-os por uma extensa curva através de Göttingen e Gleboldehausen, até que, com cerca de uma hora de percurso, já podiam avistar as montanhas Harz no horizonte.

– São bem bonitas – comentou Sarah, quando estavam a cerca de vinte quilômetros do destino, a estância termal de Braunlage. Jamie até lhe teria dado razão, pois, à distância, e na luz dourada do sol da tarde, as montanhas pareciam benévolas e inofensivas, com suas arestas camufladas pelos abetos, carvalhos e faias que recobriam seus flancos. Mas, àquela altura, ele tinha seus motivos para pensar diferente.

– Se você imaginar uma escala para cadeias de montanhas, sendo o Himalaia grau dez, o Harz provavelmente nem chega ao grau um. O Brocken é seu pico mais alto, mas tem apenas mil e cem metros, e a massa de terra equivale aproximadamente ao parque nacional Lake District, na Inglaterra. Mas o que falta em altura a essas colinas é mais do que compensado pela atmosfera. Goethe não as escolheu como cenário para Fausto por acaso. Esta é uma terra de florestas e pântanos, bruxas e demônios, névoa e mistério; um lugar onde tudo pode acontecer. Heinrich Heine descreveu as montanhas como "tão germanicamente estoicas, tão compreensivas e tolerantes", mas duvido de que os prisioneiros dos campos de concentração que foram mantidos lá até 1945 ou os alemães orientais que foram fuzilados tentando cruzar a zona da morte da Cortina de Ferro que cortavam essas colinas teriam concordado.

– Meu Deus, como estamos poéticos hoje – disse ela com um sorriso. – Você tem algum motivo especial para isso?

Jamie sorriu para Sarah. Na noite anterior, os dois haviam provado, para mútua satisfação, que o que rolara na outra tarde não fora mero acaso. Ele recordou, com um misto de alegre cansaço e admiração reverente, o que haviam criado. Uma perfeita conjunção de almas e de corpos, uma competição feroz na vontade de superar um ao outro em imaginação e intensidade... Jamie se forçou a se concentrar na estrada.

– O que estava tentando dizer é que podem parecer belas, mas, na verdade, são terrivelmente perigosas. O terreno é o que se pode chamar de fraturado. Desfiladeiros escarpados e lagos profundos, de margens alcantiladas. O lugar é uma colmeia de cavernas e poços. Além de, é bem provável, ser a região mais chuvosa da Alemanha.

– Você faz o lugar parecer *tão* acolhedor.

Ele não respondeu. Após o encontro com Frederick e seus amigos fascistas em Wewelsburg, o mínimo que poderia esperar era não serem bem-vindos. Percorreram os últimos trinta quilômetros por estradas estreitas e sinuosas que cortavam a vasta floresta desabitada. Se Walter Brohm quisesse esconder algo, aquele seria o lugar perfeito. Jamie escolhera Braunlage porque era a cidade mais próxima da montanha, mas não tinha ideia do que encontrariam por lá.

– Parece um *resort* de esqui alpino, só que sem os Alpes. Até que eu gosto. Lembra-me do Colorado no verão – disse Sarah. Ela examinou os arredores enquanto entravam na cidade, uma comunidade extensa que se derramava como uma geleira de telhados vermelhos pelo vale. Tinha uma beleza turística fabricada, que Jamie imaginava ser mais convidativa no inverno. Os sites indicavam que era predominantemente uma estação de esqui, mas, também, um destino popular de verão para quem se interessava por trilhas.

Jamie viu uma loja onde poderiam comprar equipamento para *trekking*. Uma sinistra massa de nuvens escuras se acumulando a leste no horizonte significava que seria essencial incluir nas compras dois anoraques de boa qualidade e botas decentes, próprias para caminhadas. Também conseguiram adquirir um mapa em grande escala da área, que ele compararia com o desenho no lenço de seda. Ainda assim, Jamie tinha a sensação de que o dia seguinte seria longo e difícil. Seu único consolo era que não poderia passá-lo em melhor companhia.

Fizeram reservas em um hotel tipo chalé na praça principal e foram comprar o necessário na lojinha de rua, a um preço tão salgado que fez Jamie lembrar-se de como a libra ia mal em relação ao euro. O restante da Europa – a Alemanha em particular – parecia ter resistido à crise financeira muito melhor do que a Grã-Bretanha. O pensamento lhe trouxe à mente seu minguante saldo bancário, e ele se deu conta de que precisava verificar o progresso na venda da casa que fora do avô. Braunlage parecia tão benévola e inócua que seria fácil esquecer da existência de Frederick e seus amigos sinistros. Mas, sentado em um restaurante com vista para o lago artificial no centro da cidade, os olhos de Jamie nunca cessavam de procurar por ameaças potenciais entre os casacos impermeáveis multicoloridos.

Quando terminaram a refeição, abriram o mapa sobre a mesa. Jamie apontou para o centro aproximado:

– Aqui está o Brocken. O que era mesmo que o diário dizia?

*– Onde Goethe encontrou seu demônio, evite a trilha das bruxas. Abaixo da água você vai encontrá-la, mas você deve olhar além do véu.*

Enquanto Sarah recitava o enigma de Walter Brohm, seu dedo acompanhou uma linha vermelha que serpenteava horizontalmente pelo mapa com o Brocken em seu centro.

– Achava que encontrar a Trilha das Bruxas seria a parte mais difícil, mas é a coisa mais importante neste mapa. Uma verdadeira rede de trilhas para caminhadas através do Harz. Olhe só, deve ter quase cem quilômetros. Isso é coisa à beça para explorarmos. Coisa demais.

– Talvez a gente não tenha que explorar. Com licença. – Ele chamou um garçom que passava, um jovem de camisa branca e calça escura. – Estamos pensando em fazer uma caminhada pelo Brocken. Se quiséssemos evitar a Trilha das Bruxas, qual seria o melhor caminho a tomar?

– Isso depende da distância a que querem chegar e o que desejam ver, senhor.

Jamie pensava no que responder, mas Sarah foi mais rápida:

– Algum lugar pitoresco, com muita água. Um lago ou um rio.

O jovem riu.

– Então, é simples. Aqui. – Ele colocou o dedo no mapa em um ponto a oeste da montanha e convenientemente logo ao norte da cidade – uma fina faixa azul brilhante entre o verde e o acinzentado das montanhas. – É uma caminhada popular para as pessoas que desejam se desviar da trilha principal e vir para Braunlage. O Oderteich e o desfiladeiro Oder. Lago e rio.

Sarah virou-se para Jamie com um sorriso irônico:

– Colocou na mala o calção de banho?

Quando voltaram para o hotel, mais de um par de olhos os observou atravessar a praça.

Às dez horas da manhã seguinte, os dois já contemplavam a vastidão cintilante do lago Oderteich. O guia de viagem lhes dizia que a barragem sobre a qual se encontravam havia sido construída trezentos anos antes com o intuito de criar um reservatório para prover as minas da área. Naquele instante, ele alimentava uma hidroelétrica.

O reservatório tinha cerca de um quilômetro e meio de comprimento, e talvez uns cento e cinquenta metros de largura. Desta vez, foi Jamie quem mordeu o lábio. Com desânimo estampado no rosto, Sarah se encostou na parede:

– Certo, vou reformular minha pergunta de ontem. Você pôs na mala o seu equipamento de mergulho? Porque parece que vai precisar. Sempre soubemos que esta era uma busca louca e sem garantias, mas, pelo menos, havia uma chance de encontrarmos alguma coisa. Agora – ela fez um gesto exasperado em direção aos hectares de água cinzenta rodeada por pinheiros –, temos isto. Se afundaram a pintura aqui, não temos a mínima esperança de encontrá-la. Não sem um barco e uma equipe de mergulho.

Entretanto, Jamie continuou a observar a superfície ondulante.

– Acho que não – disse ele distraidamente.

– Acha que não devemos desistir?

– Não, não acho que vou precisar do meu traje de mergulho. Nem mesmo do meu calção de banho.

– Mas você leu as palavras de Brohm: *Abaixo da água você vai encontrá-la*. Bem, aí está a sua água, e, se quiser encontrar a maldita coisa, terá que achá-la sozinho. – Ela se virou e teria voltado para o carro, não fosse Jamie detê-la, pousando a mão suavemente em seu braço.

– Você está se esquecendo de com quem estamos lidando aqui. Com Walter Brohm, nunca nada é o que parece. Esse é um enigma dentro de outro enigma. Ninguém em seu juízo perfeito iria esconder uma pintura que vale milhões de libras debaixo d'água. Ouro, sim. Joias, sim. Mas não algo delicado como uma obra de um dos grandes mestres da pintura. Então, temos de partir da premissa de que o quadro não está lá, e perguntar o que Walter *realmente* queria dizer. Pense. Ele é um cientista, um homem muito preciso em suas palavras. Ele diria *Abaixo da superfície* ou *Debaixo d'água*, talvez até mesmo *Abaixo da linha d'água*, mas nunca *Abaixo da água*. – Ele a conduziu pelo braço para o lado oposto da estrada, onde o desfiladeiro Oder cortava as árvores, como se houvesse sido aberto por um gigante com um facão. – A não ser que quisesse dizer abaixo da barragem.

– Lá embaixo?

– Lá embaixo.

– O que estamos procurando?

Era uma pergunta que Jamie vinha fazendo a si mesmo enquanto estudava o mapa e tentava fazê-lo funcionar com o desenho formado pelas quatro pernas do símbolo do Sol Negro sobre a seda. Estavam sentados no Toyota alugado, parado no estacionamento dos trilheiros, cerca de cinco quilômetros a jusante do Oderteich, e só agora começavam a perceber a verdadeira escala da tarefa que tinham pela frente. Jamais haviam esperado que fosse fácil, mas, no papel, parecia relativamente simples, embora árdua e demorada. Deveriam encontrar uma trilha que os levasse para a área geral localizada nos mapas e depois explorariam a superfície até descobrirem... o quê?

– Não sei. Um sinal, outro símbolo, uma mensagem pintada em uma rocha. Não acho que vamos encontrar o Rafael pregado em uma árvore. Walter Brohm diz: *você deve olhar além do véu*, o que, suponho, significa que o que quer que esteja procurando não é o que parece. Entretanto, o diário afirma que a coisa existe, e o mapa nos diz que ela está aqui em algum lugar.

– Isso ajuda muito – Sarah expressou em uma voz que o fez pensar em um giz arranhando a superfície de um quadro-negro escolar.

Em algum lugar. Este era o problema. A floresta ao redor era praticamente impenetrável, exceto nas faixas abertas por lenhadores e nas trilhas para caminhadas que a sulcavam. Nuvens baixas com a cor e a consistência de algodão-pólvora contribuíam para intensificar a escuridão, proporcionando um manto espesso que roçava o topo das árvores e se lamentava em uma garoa fina e constante, que tornava difícil ver além de uns trinta metros. Não que a visibilidade importasse. Mesmo em um dia bom, a paisagem consistiria em quilômetros e quilômetros de pinheiros cinza-esverdeados e ocasionais trechos de granito nu. Em algum lugar atrás deles, no nevoeiro, ele podia sentir a grande massa obstinada do Brocken espreitando-os como uma raposa esperando para atacar. Não era uma sensação agradável.

– Bem, o que quer que seja, não vamos encontrar aqui – Sarah afirmou em um tom decidido. Fechou sua jaqueta preta e verde em material Gore-tex até o pescoço e puxou o capuz sobre o cabelo de mechas avermelhadas. Jamie seguiu seu exemplo, e os dois saíram do carro para a chuva. As mochilas haviam sido acomodadas no porta-malas do carro, e eles verificaram o conteúdo delas antes de prosseguirem. Decidiram iniciar a busca no centro do desfiladeiro, baseados na ideia de que quem tinha escondido a pintura teria feito isso em um dos pontos menos acessíveis. – Tem certeza de que está com a bússola? Tenho a sensação de que assim que entrarmos nesta merda vamos precisar dela.

Jamie mostrou a ela o instrumento no estojo de acrílico e um pacote de sanduíches embrulhados em plástico.

– Temos comida suficiente para não morrermos de inanição até a próxima terça-feira. – Ele enxugou alguns pingos de chuva do rosto. – Não acho que devemos nos preocupar quanto a morrer de sede.

– Nem me fale.

A rota que tomaram levou-os por uma faixa de floresta na direção do rio. Cinco minutos depois de enveredarem pelo caminho, um micro-ônibus branco adentrou o estacionamento, e oito homens em trajes impermeáveis saltaram da traseira do veículo, liderados por um homem que tinha de largura quase o que os outros tinham de altura. Certificando-se de que o micro-ônibus ocultava-o de quem passasse pela estrada, Gustav pegou uma submetralhadora Heckler & Koch MP5 do ônibus, girou a chave seletora para "seguro" e puxou a alavanca de engatilhar para esvaziar a câmara de carregamento. Armas eram as ferramentas de seu ofício, mas achava que aquelas Heckler compactas, de cor preto fosco, possuíam uma rara e perigosa beleza. Aquele modelo, o SD1, fora desenvolvido para ser usado por guardas de fronteira durante a Guerra Fria e era equipado com um silenciador. Pesava menos de três quilos, e a arma era pequena o suficiente para ser escondida com facilidade. O silenciador curto e grosso acrescentava sete centímetros e meio ao comprimento da arma, mas era extremamente eficaz, como descobrira ao derrubar quatro daqueles sujeitos de turbante do lado de fora de Fayzabad. Aqueles filhos da mãe estúpidos haviam ficado parados lá como manequins, enquanto ele os acertava, um de cada vez. Frederick não ficaria feliz em ver tanto poder de fogo, mas Frederick não estava ali. Gustav não tinha a menor intenção de se arriscar com Saintclair e a garota. Ele tocou o hematoma roxo sobre o olho esquerdo. Devia uma desforra àqueles homens ali. Pendurou a correia de couro da arma em volta do pescoço e fechou o zíper do casaco por cima. Os outros estavam armados com pistolas Sig Sauer 266, arma padrão da polícia alemã. Gustav ordenou-lhes que se reunissem em torno de uma mesa de piquenique próxima e abriu um mapa em grande escala da região de Braunlage. Não gostava da aparência daquela maldita selva, mas Frederick soara estranhamente alarmado ao ouvir que o inglês havia visitado o Oderteich, e insistira em que os liquidasse na primeira oportunidade.

Estudou os homens sob seu comando e gostou de perceber o medo no olhar deles. Todos tinham ouvido histórias sobre Gustav. Sua reputação de brutalidade fora tão duramente conquistada quanto merecida.

– Tudo bem, vocês sabem o que penso sobre isso. – Ele passou o dedo sobre a linha do desfiladeiro Oder. – Aquilo lá é um buraco de merda, mas temos nossas ordens. O ideal é pegarmos os dois antes de descerem o desfiladeiro, mas, se não for possível, vamos nos dividir em duas equipes, como já foi dito. Como em uma caçada amadorista; batedores para o norte com Jurgen, a linha de tiro para o sul, sob o comando de Werner. Orientarei de cima, usando o rádio tático, e podem acabar com eles, se necessário. De preferência, gostaríamos que fossem apanhados vivos, mas o importante é recuperar o que têm com eles. Qualquer um que fizer merda vai se ver comigo. Está claro?

– E se eles começarem a atirar? Mataram Arnim e balearam Hans – perguntou Jurgen, o valentão de Hamburgo que gostava de pensar que era durão, mas que, qualquer dia, descobriria o contrário.

– Isso não vai acontecer – Gustav respondeu com desdém. – São amadores. Arnim foi um acaso.

– Mas, e se acontecer?

Gustav considerou a questão. Era verdade que ele lhes devia uma desforra por Arnim e, para ser franco, Frederick dissera que a prioridade era recuperar o diário.

– Se eles atirarem em vocês, podem matá-los. Mas quero aquele diário de qualquer maneira.

# XXXI

*8 de maio de 1945. Estávamos tão perto, eu podia ver os picos nevados da Suíça reluzindo à distância. Eles nos atacaram logo depois do amanhecer, entre Saulgau e alguma aldeia minúscula que nem fazia jus a um nome. Uma unidade de retardatários da SS meio mortos de fome e remanescentes da Juventude Hitlerista aos quais ninguém havia se preocupado em avisar que a guerra acabara. Eu estava no segundo jipe, com os três nazistas no banco de trás e Stan ao volante. O tenente Al Stewart, no comando do primeiro jipe, sobrevivera a missões como paraquedista na Sicília, Normandia e Holanda, mas, assim como eu, estava desgastado pela guerra, os instintos que o fizeram atravessar meia dúzia de tiroteios e ganhar a Estrela de Prata arrasados por um coquetel de medo, exaustão permanente e tensão insuportável. Um mês antes, até mesmo uma semana antes, ele teria avistado o pequeno bosque de faias e pressentido o perigo, mas não naquele dia. A guerra acabara, o sol brilhava, e eu podia ouvir o seu riso, soprado até mim pela brisa de uma centena de metros à frente. Pelo menos ele morreu feliz. O rastro de fumaça da Panzerfaust veio como um raio pelo lado esquerdo à sua frente, e eu soltei um grito de alerta, mesmo sabendo que de nada adiantaria. O foguete atingiu em cheio o motor do jipe e atirou-o para trás, lançando fora três dos ocupantes e esmagando o corpo de Al embaixo de seus novecentos quilos de aço. Mesmo enquanto Stan desviava para o acostamento e eu me atirava para a valeta, tentava me consolar dizendo a mim mesmo que era quase certo que meu amigo havia morrido na explosão. Mas um dos ocupantes tinha sobrevivido, porque eu podia ouvi-lo gritar. Tinha ouvido aquele grito antes, de um homem que havia sido esmagado por um tanque Tiger em uma rua em Arnhem, e eu sabia que, quem quer que fosse ele, estaria enterrando-o antes do anoitecer. Se eu vivesse. No momento, essa era uma questão em aberto. Minha mente estava em modo de combate agora, uma máquina de calcular tridimensional e instintiva capaz de me elevar acima da ação e estimar ângulos, campos de tiro e espaços mortos sem pensamento consciente. Nossos emboscadores continuaram a atirar no jipe derrubado e nos corpos dos homens que viajavam nele; pelo menos uma MG42 e, provavelmente, uma pistola automática Schmeisser, além de um par de rifles. O modo de combate me disse que se tratava de um ataque oportunista, ou eu já estaria morto, esmagado sob meu próprio jipe ou queimado, eviscerado e crivado de balas, num exagero tão comum em guerras. Se tivessem tido tempo para criar uma boa emboscada, teriam feito com que o Panzerfaust atingisse o primeiro jipe e a MG42 tirasse da jogada o segundo, ao mesmo tempo. O fato é que não havia sido planejado: era provável que houvessem atingido a extremidade da floresta no momento em que o jipe passava, e alguém decidiu que era uma chance boa demais para ser desperdiçada. Azar do Al, sorte minha. Foi como aconteceu. Estavam tão concentrados em seu alvo que nem sabiam que estávamos ali, mas aquilo não podia durar muito tempo.*

*Olhei em volta e encontrei três pares de olhos vidrados. Klosse me encarava, calculando as chances de saltar sobre mim e arrancar minha carabina M1. Strasser tinha o olhar esgazeado de puro terror, mas eu sabia que, se Klosse me atacasse, o homem do SD iria segui-lo. Walter Brohm me olhava com um meio sorriso que me indagava sobre o que iria fazer a seguir.*

*– Stan! – Mantive a voz baixa, e o polonês olhou para trás, de onde ele cobria a estrada. Ele acenou com a cabeça quando lhe fiz sinal para se dirigir à floresta e flanquear nossos emboscadores. Lançou um último olhar para os três prisioneiros, sorriu para mim e embrenhou-se no mato.*

*– Pegue. – Joguei minha pistola para Brohm. – Se eles se mexerem, mate-os.*
*– Então, segui Stan.*

*Por que confiar em Brohm, que era, sem dúvida, o menos confiável de todos? Porque, se havia algo em que eu podia confiar, era em seu instinto* de autopreservação. Walter Brohm tinha um destino. Não iria se juntar a um grupo de fanáticos maltrapilhos fadados, na melhor das hipóteses, a acabar em um campo de prisioneiros, ou, mais provavelmente, ser caçados e mortos pelos Aliados. Walter Brohm havia colocado sua fé na América. Agora eu estava colocando minha fé e minha vida nas mãos de Walter Brohm. Stan e eu havíamos operado em equipe diversas vezes ao longo de um ano e, por isso, foi com fácil entendimento que nos movemos silenciosamente por entre as árvores, revezando-nos para cobrir um ao outro. Congelamos quando o tiroteio cessou após uma última rajada de metralhadora. Apostava que o poder de fogo que eu ouvira era prova da força do inimigo. Para manejar uma MG42 eram necessários dois, um para atirar e outro para carregar; mais três para as armas pequenas e, para a Panzerfaust, mais dois, por via das dúvidas. Digamos uns sete. Começamos a nos deslocar de novo, e fiz um gesto para que Stan fosse em direção às árvores que margeavam a estrada. Ouvi vozes, a princípio baixas, e depois uma gritaria estridente celebrando a vitória. Na minha cabeça, podia ver o que acontecia e o que estava prestes a acontecer, e apressei o passo, arriscando-me a ser ouvido, armando uma granada enquanto avançava agachado. Stan me acompanhou. Trinta metros à frente, divisei movimento através das árvores e rezei para que estivessem concentrados à frente e não nos flancos. Estariam relaxados agora, naquele estado de euforia pós-combate, quando os homens estão mais vulneráveis. Deviam estar com fome e focados em saquear o que de interessante o jipe pudesse conter. Diminuí o ritmo e passei a rastejar sobre folhas e ramos mortos, e senti Stan espelhando meus movimentos pela direita. Retesado e alerta. Meu sinal de mão para que parasse foi em parte visto, em parte sentido por ele. Três, não, quatro deles deslocaram-se para a estrada a fim de investigar o jipe. Espere. Ele acenou com a cabeça, seu olhar intenso, mas sem medo. Stan lutava contra os alemães desde 1939, quando o mundo olhava para o outro lado, enquanto eles estupravam o seu país. Era melhor do que eu. Espere. Espere. Imaginei um dos homens próximo ao jipe em chamas, olhando os corpos mutilados, chutando-os, só para ter certeza, virando-se e avistando o segundo jipe na valeta, a uma centena de metros de distância. Um grito. Fogo! As rajadas controladas de Stan varreram a estrada no mesmo instante em que eu lançava a minha primeira granada. A segunda já estava no ar quando a primeira explodiu, e ouvi gritos enquanto estilhaços cortantes como navalhas queimavam o ar entre as árvores, rasgando carne e quebrando ossos. Ignorei os homens na estrada. Eram de Stan. Corri para a frente, gritando, embora não estivesse consciente disso, e disparei rajadas curtas nos dois soldados ao lado da metralhadora e nos dois que apenas esperavam para compartilhar os despojos do ataque. Três deles estavam no chão, atingidos pelas explosões das granadas, mas o quarto revidou de longe, e senti o hálito quente de uma bala passando rente ao meu rosto, ouvindo aquele som inconfundível... shup... shup... dos tiros zunindo acima de minha cabeça. Soldado inexperiente. Disparos muito altos. Não me afobei: mirei e o atingi com duas balas no peito e outra na garganta. Pelo canto do olho, notei que uma segunda figura de traje cinzento lutava para se colocar de pé e disparei ao me virar para ela, que se dobrou em duas, como um fantoche com as cordas cortadas. Estava terminado, mas eu ainda atirava, minha mente pairando pela cena em torno de mim e minha carabina disparando automaticamente contra os corpos emborcados ao lado da metralhadora destruída. Aprendi a lição da pior maneira há muito tempo. Um homem ferido pode matá-lo, um homem morto não pode. Enquanto estava no incrédulo vazio resultante, registrei tiros isolados vindos das árvores à beira da estrada e forcei meu corpo inconformado por entre os pinheiros, para assumir uma posição a poucos metros do polonês.

– Quantos?

– Apenas um, escondido atrás do jipe.

Substituí o pente meio vazio da carabina por outro completo, e ele fez o mesmo. Não havia sentido em prolongar aquilo. Tinha de ser feito.

– Uma rajada de três segundos e então o pegamos. Vou pela direita. Você pela esquerda. – Sua vida depende de tais decisões arbitrárias. Stan apenas balançou a cabeça, concordando.

– Vai!

Disparei pelo meu lado do jipe capotado, saltando para a frente quando a última bala deixou o cano. Quando estava no meio da estrada, vi de relance um clarão rápido, antes que alguém me chutasse no ombro direito e caísse pesadamente sobre o cascalho. Ouvi Stan continuar com os tiros, e uma voz estridente gritar "Kamerad! Kamerad!", que é o que os chucrutes dizem quando se rendem. Mas Stan não tinha notícias de sua família desde o Levante de Varsóvia, em 1944, e sabia o que isso significava.

*Stan odiava alemães. Um único tiro foi seguido por um grito agudo e, em seguida, fez-se silêncio.*

Não sentia dor alguma ainda, apenas uma dormência do lado direito, mas sabia que a dor viria. Levantei a cabeça e vi o rosto sorridente de Stan me encarando. Eu segurava minha carabina. A bala alemã havia estraçalhado a coronha de madeira, e o impacto me derrubara, mas, tirando isso, estava ileso. Ele estendeu a mão para me ajudar, e nós caminhamos lentamente pela estrada... até o ponto onde Walter Brohm nos esperava.

## XXXII

O suave chiado da chuva filtrada pelas copas das árvores era o único som além do produzido pelas botas de Jamie e Sarah sobre o cascalho, enquanto os dois caminhavam ao longo da trilha não pavimentada aberta pelos madeireiros. Jamie não demorou para descobrir que andar com o capuz da jaqueta levantado reduzia sua visão periférica para zero e sua percepção auditiva em cerca de setenta e cinco por cento. Alguém que os seguisse poderia usar botas com sola de aço e assoviar uma música, e ele não perceberia até que fosse tarde demais. Jamie baixou o capuz. Agora, a chuva fina abria caminho por dentro do colarinho da camisa e escorria por suas costas, onde tornava a faixa elástica da cintura de sua cueca boxer um tormento frio e encharcado. Sarah seguiu seu exemplo, e a chuva rapidamente ensopou-lhe o cabelo, colando-o na cabeça e no rosto, deixando-a com aspecto de figurante em um filme de zumbi de baixo orçamento.

Ela o pegou olhando:

– Não diga nada.

Abetos cresciam rente às laterais do caminho, mas as fileiras ordenadas e a ausência de vegetação rasteira espessa davam a Jamie esperança crescente de que as condições não poderiam ser muito difíceis quando se vissem forçados a sair da estrada. Andavam há vinte minutos, quando a trilha fez uma curva acentuada para o sul.

Jamie parou.

– Precisamos ir mais para oeste. – Ele apontou para longe da estrada, entre as árvores.

– Deixe-me ver o mapa de novo – pediu Sarah. Jamie o entregou a ela, e Sarah o estudou, fazendo uma careta. Fungou. – Você está certo, mas vai ser muito mais difícil.

Ele deu de ombros.

– Não temos escolha. Vamos continuar na trilha mais uns cem metros. Com sorte, haverá um desvio que siga na direção certa. Se não, vamos por entre as árvores. Pode não ser tão ruim quanto você pensa.

Era muito pior. Descobriram que as árvores cultivadas, uniformemente espaçadas ao longo da estrada, logo davam lugar à floresta selvagem onde ramos caídos e vegetação apodrecida criavam armadilhas naturais perfeitas para se quebrar uma perna ou torcer um tornozelo. Com o agravante de estarem cobertas por uma massa de samambaias e urtigas, além de arbustos espinhosos de amora selvagem que lhes batiam na altura da cintura, formando ninhos impenetráveis, um emaranhado de tentáculos com mais de dois centímetros de espessura que mais pareciam arame farpado. Cada passo se tornava uma loteria, cada movimento equivocado representava um atraso de cinco minutos, enquanto os espinhos eram desenganchados das roupas e da pele, e os dois procuravam uma nova rota. Poucos minutos depois de deixar o caminho, Jamie já se esquecera da chuva, porque suava mais do que se estivesse numa sauna.

A cada cem metros avançados, seu respeito por Sarah Grant aumentava. Ela aceitava cada revés sem reclamar, olhos estreitados em um rosto que era o próprio retrato da determinação. Um espinho havia lhe cortado a testa, e uma linha fina de sangue tingia de rosa a água que escorria por seu nariz, mas, se ela havia percebido, ignorara. Afinal, pararam para descansar, e ela afastou uma mecha de cabelo úmido dos olhos.

– Cara, você sabe mesmo como divertir uma garota, Saintclair.

Ele riu e ofereceu-lhe uma garrafa de água.

– Champanhe, madame? Você vai descobrir que a vida é sempre uma aventura quando se está comigo.

– Ela aceitou, tomou um gole e devolveu-lhe a garrafa.

– E agora?

Ele pegou a mochila.

– Mais do mesmo.

Ela assentiu com a cabeça.

– Uma coisa tem me incomodado desde que li o diário...

Jamie ergueu a cabeça bruscamente.

– Você ouviu alguma coisa?

Sarah escutou por alguns segundos.

– Não. O que acha que foi?

Ele olhou na direção de onde tinham vindo.

– Não sei. Apenas um ruído. Para os lados da trilha.

Esperaram um instante. Nada. Enquanto se colocavam novamente em movimento, Sarah continuou sua tese:

– Pelo que li até agora, Walther Brohm só faz vagas sugestões de possuir o Rafael, mas você parece bastante certo de que ele realmente o tinha. Pelo menos, certo o bastante para estarmos aqui. Mas até mesmo seu avô cogitava que pudesse ser invenção de Brohm.

Jamie considerou a questão enquanto se desvencilhava dos espinhos.

– É verdade, mas ele tinha as próprias razões para pensar assim. Brohm estava tentando seduzi-lo, suborná-lo mesmo, mas gosto de pensar que Matthew Sinclair decidiu – pelo menos naquela época – que não iria ser comprado. Matthew conhecia arte. Descobriu que a pintura era do contemporâneo de Leonardo que ele mais temia. Bem, isso nos leva a Rafael. Dois papas, Júlio II e Leão X, estavam entre os clientes de Rafael. Leonardo era trinta anos mais velho que ele e seus poderes estavam minguando, enquanto Rafael estava no auge. Leonardo temia que o mais jovem estivesse a ponto de eclipsar sua genialidade e, se não tivesse morrido, quem sabe se não poderia mesmo ter feito isso...

– Ele morreu jovem?

Jamie deu um sorriso tímido.

– Aos 37 anos. Uma das teorias é a de que a... hum... causa foi ter exagerado no quarto com uma amiga.

– Ele morreu de overdose de sexo!

– É possível.

A risada dela ecoou por entre as árvores.

– Certo. – Sarah voltou ao seu tema enquanto retomavam a caminhada. – Então, vamos aceitar que você está certo e que Brohm se referia ao Rafael. Quem me garante que ele não tenha visto apenas a pintura pendurada na parede em algum lugar? Você tem uma ligação não comprovada entre Hans Frank e Reinhard Heydrich, mas, ao que me consta, nenhuma entre Heydrich e Brohm.

– Isso é verdade, mas gostaria de lhe apresentar uma prova circunstancial, Vossa Excelência.

– Prossiga – disse Sarah graciosamente.

– Sabemos com certeza que Hans Frank possuía a pintura, correto? – Ela assentiu com a cabeça, e Jamie continuou. – Em 1939, Frank tornou-se governador-geral da parte da Polônia que não foi incorporada à Alemanha ou à Rússia. Isso lhe dava o poder de vida e morte sobre milhões de pessoas, e ele não tinha medo de usar esse poder. Em uma única *Aktion*, prendeu trinta mil intelectuais poloneses. Sete mil foram mortos.

– Um filho da mãe, então.

– Um filho da mãe, mas não o bastante, ao que parece. Algumas pessoas, a maioria delas na SS, achavam que ele estava sendo brando demais com os poloneses. Poucos meses depois de sua nomeação foram minando sua autoridade e desafiando cada decisão que tomava. Em dezembro de 1941, estava à beira de ser destituído. Para sobreviver, precisava de um aliado, e bem poderoso.

– Heydrich?

– É possível. Na época, Heydrich era o chefe do RSHA, o Escritório Central de Segurança do Reich, e, provavelmente o homem mais temido na Alemanha depois de Hitler e Himmler. Vamos supor que Frank quisesse enviar um agrado a Heydrich. Bem, não se embrulha uma obra que vale milhões em papel pardo e se coloca no correio. De preferência, ele a teria entregado pessoalmente, mas Heydrich estava muito ocupado no início de 1942, assim como Frank. A segunda melhor opção seria enviá-la por um portador de confiança.

– Então?

– No dia 20 de janeiro de 1942, Reinhard Heydrich e Josef Buhler, representante de Frank, estiveram no mesmo edifício em Berlim. Na verdade, na mesma sala.

Jamie percebeu que Sarah estava impressionada:

– Como você sabe disso?

– Porque o dia 20 de janeiro de 1942 foi o dia em que quinze homens, entre eles Heydrich, Buhler, Heinrich Himmler e Adolf Eichmann, reuniram-se em um subúrbio de Berlim na Conferência de Wannsee, para discutir a Solução Final da Questão Judaica. A reunião que decidiu o destino de seis milhões de pessoas.

Sarah engasgou.

– Estou começando a pensar que esta pintura é amaldiçoada.

– Você não tem de tocá-la. Eu cuido disso.

– Então, Heydrich recebeu a pintura. Agora me diga como ela chegou a Brohm.

– Ah, bem, este é o ponto em que a prova fica ainda mais circunstancial, isto é... frágil.

– Convença-me.

Jamie forçou a passagem através de uma moita espessa de arbustos que impedia seu caminho.

– Certo. Tudo o que li sobre Heydrich me faz crer que ele teria se admirado de que Frank acreditasse que poderia comprá-lo com um mero quadro, ainda que fosse um Rafael. Assim que viu a pintura, quis encontrar uma maneira de esfregar o nariz de Frank nela. Também teria se perguntado se o presente era parte de algum tipo de conspiração contra ele. Então, precisava livrar-se dela o mais rápido possível. Mas passá-la a quem? Hitler e Goering seriam os candidatos óbvios: ambos queriam a pintura na ocasião em que fora saqueada. Dá-la a Hitler seria reconhecer seu valor, portanto estava fora de cogitação. Heydrich desprezava Goering, quase tanto quanto ele desprezava seu chefe Himmler. Então, por que não dá-la a um velho amigo?

– O que o faz pensar que Heydrich e Brohm eram amigos?

– Essa é a parte frágil. Eles foram contemporâneos no Partido Nazista, uma organização relativamente pequena quando se juntaram em 1931. Heydrich integrou a SS desde o início, mas Brohm não estava muito atrás dele. Se Brohm precisasse de financiamento e apoio para a sua pesquisa nos primeiros tempos, haveria alguém melhor a quem recorrer do que Heydrich?

– Tem razão. Frágil mesmo.

– Isso é o que eu pensava, até que me lembrei de que, em 25 de janeiro, cinco dias após Heydrich teoricamente ter recebido o Rafael, Walter Brohm celebrou seu vigésimo nono aniversário e...

Desta vez, ambos ouviram o estalar de um galho. Por um momento se entreolharam com idêntica interrogação nos olhos. Correr ou se esconder? Mas o barulho tinha sido muito perto, em algum lugar entre os arbustos pelos quais haviam acabado de passar. Esconder. Jamie jogou-se no chão e acenou em silêncio para Sarah, indicando uma moita de samambaia onde as frondes verdes na altura do joelho formavam um esconderijo grande o suficiente para uma pessoa. Enquanto ela procedia conforme indicado, ele se arrastou pelo mato rumo ao arbusto de amoras selvagens mais próximo, ignorando os espinhos que se fixavam em suas pernas como se tivessem vida própria. Quase entrou em pânico quando algo agarrou sua mochila, mas, no mesmo instante, o ameaçador farfalhar de arbustos a poucos metros de distância o fez congelar. Um homem? Parecia improvável. Apurou os ouvidos e escutou outros movimentos abafados atrás dele. Mais do que um, então. Entretanto, apenas um com que se preocupar, por enquanto. Passos na vegetação rasteira, lentos e cuidadosos, cada passada calculada, como se testasse a grama sob as botas para não repetir o erro que entregara sua posição. Jamie ouviu a voz do instrutor do curso de fuga e evasão em sua mente, e se obrigou a se integrar à paisagem; uma pedra, uma árvore, um arbusto. Manteve a cabeça baixa, confiando nos ouvidos, para que quem os estivesse caçando não fosse alertado por um vislumbre de pele clara entre a folhagem. Controlou o ritmo da respiração. Um farfalhar rudimentar de tecidos. Tão perto. Uma bota de caminhada apareceu na grama, urtigas diante de seus olhos, e Jamie teve de reprimir a vontade de berrar. Cada fibra de seu ser clamava para que fugisse. Sempre com muita suavidade, a bota se ergueu e foi embora. Ele esperou, medindo os segundos, antes de arriscar um olhar com um só olho, que o recompensou com a visão das costas de alguém que se afastava vestindo um anoraque verde, com cabelo castanho-claro curto e um único fone de ouvido que ele duvidava muito que estivesse conectado a um iPod. Avistou outra coisa, também, que congelou seu sangue. Uma flor vermelha entre as samambaias, onde nenhuma flor vermelha deveria estar. Não era uma flor, portanto. Mechas avermelhadas. O cabelo de Sarah.

– Saia para que eu possa vê-la. – Uma voz rouca que gostava de dar ordens. Do norte da Alemanha, das ruas barra-pesada ou das docas. – Mandei sair, ou eu atiro, porra.

Sarah se afastou da samambaia. Estava parcialmente encoberta pelo homem entre eles, mas Jamie podia ver que, apesar do olhar cauteloso, não estava assustada.

– Coloque as mãos sobre a cabeça e dê dois passos para a frente. Bom. Agora, ajoelhe-se. Gosto quando as garotas se ajoelham diante de mim. – Houve uma pausa enquanto Sarah obedecia. – Muito bem. Agora, onde está o seu namorado? – Jamie desvencilhou-se dos espinhos, fazendo uma careta a cada pequeno "tique" enquanto se soltava, e pôs-se de pé em silêncio. Ouviu o estalar de um forte tapa. – Perguntei onde está seu maldito namorado. Abra a boca.

– Por favor, não me machuque. – O apelo de Sarah fora alto o suficiente apenas para mascarar o som das três passadas de Jamie através da grama macia.

A reação às palavras dela foi tão natural quanto respirar. Nenhum cálculo era necessário. Apenas a noção de que tinha de ser rápido e não podia produzir som algum. A mão esquerda de Jamie deu a volta para tapar a boca e as narinas do homem, a direita segurou a parte de trás da cabeça, e as duas a torceram em direções opostas, em uma imitação inconsciente da demonstração de Stan no hospital. Demandou mais esforço do que ele esperava, mas a adrenalina aumentava sua força, e Jamie sentiu o momento exato em que o pescoço do alemão se quebrou. O corpo estremeceu e se contraiu sob suas mãos, e houve o mesmo som de cartilagem rompida que se ouve ao se arrancar a coxa de um peru de Natal. Ele segurou a cabeça até os espasmos cessarem, antes de se permitir largar o alemão no chão. De pé ao lado do homem morto, pareceu-lhe que sua força se esvaía, enquanto a mente tentava aceitar o que havia acabado de fazer. Estendeu a mão para ajudar Sarah a se levantar, mas ela parecia fazer parte de uma miragem, porque Jamie não foi capaz de encontrá-la.

– Pelo amor de Deus, Jamie, vamos – ela sussurrou. Estava ao lado dele, puxando-o pelo braço. – Se quiser enviar-lhe flores, faça-o mais tarde. Precisamos sair daqui. Agora. – Ela pegou a pistola do alemão do lugar onde havia caído e a entregou a ele.

– Desculpe, é... – Seu cérebro parecia reunir um pequeno pedaço de cada vez. – Para onde?

Houve um estalo suave, ao lado do corpo, onde o fone auricular caíra. Sarah lançou um olhar para a direita, mas ele sacudiu a cabeça.

– Para lá, não.

Não havia tempo para discussão. Correram pelo mato sabendo que a única maneira de escapar agora era serem mais rápidos do que os perseguidores. Jamie ainda podia sentir o peso morto do homem que ele matara; a cabeça quente repousando entre suas mãos, enquanto o tronco estremecia. A moralidade do que havia feito poderia ser debatida mais tarde, pois, no momento, sua mente mal reconhecia os arredores. Sarah deixou-se ficar um pouco para trás, vasculhando a área com os olhos, sondando o perigo. Um grito vindo de trás anunciou que alguém encontrara o corpo, e foi respondido tanto da esquerda como da direita. Mas não à frente.

– Caramba!

Se seus reflexos não houvessem sido bem rápidos, Jamie com certeza teria caído. Encontrava-se cambaleante, equilibrando-se à beira de um precipício da altura de sessenta metros, um declive quase vertical para o rio, com Sarah agarrando-o pelo braço e fincando os calcanhares no chão para obter firmeza. Por um segundo, Jamie pensou que seu peso iria levar a ambos, porém, com um grunhido de esforço, Sarah o puxou para longe da borda.

– Santo Deus! – Ele espiou por cima da extremidade.

– Parem!

Um ruído fraco acompanhou o grito. Era como se um pica-pau trabalhasse na floresta, e a árvore acima deles começasse a se desintegrar, pedaços de casca branca caindo como flocos de neve em meio a uma cortina de agulhas de pinheiro. Parecia estranho que tamanha violência fosse acompanhada por um som tão baixo. A mente de Jamie fez um cálculo inconsciente. Pistola automática, silenciada, precisa apenas a curta distância – agora, estavam realmente encrencados.

– Parem! – O grito se repetiu.

Eles se entreolharam.

– Que se dane.

Jamie tomou a decisão por ambos. Agarrou a mão dela, e os dois se lançaram encosta abaixo.

# XXXIII

*Enquanto eu lutava minha guerra, Walter Brohm lutava a dele. A disputa só poderia ter um vencedor. O rosto de Klosse estava vermelho de raiva, e ele ostentava um hematoma novo em sua bochecha direita. Os olhos de Brohm brilhavam com a luz misteriosa da vitória, e ele girava a pistola em seu dedo como se fosse Tom Mix. Peguei-a antes que ele se matasse acidentalmente.*

*– Formamos uma boa equipe, você e eu, Leutnant Matt. Talvez você devesse vir conosco para a América...*

*De alguma forma eu me contive a tempo de não limpar aquele sorriso de seu rosto com a Browning. Fiz-lhe sinal para que se levantasse e disse-lhe que, primeiro, tínhamos um trabalho a fazer.*

*Estranho como se pode compartilhar a comida e o cobertor com um homem e, ainda assim, não conhecê-lo de fato. Ted Jack, meu operador de rádio, havia cuidado de mim em dois surtos de disenteria crônica, mas, porque eu era um oficial, nunca o chamei de outra coisa a não ser sargento. Ted era um daqueles tipos impassíveis, competentes e resignados que são a espinha dorsal do exército britânico. Ele tinha esposa e dois filhos com menos de 5 anos. Agora, eu embalava sua cabeça em minhas mãos, admirado do peso dela, enquanto os outros me observavam com o tipo de olhar que se reserva a um homem parado do lado de fora de um asilo de loucos, que, de repente, anuncia que é Napoleão. Os olhos do sargento Jack estavam semi-*

cerrados, da mesma forma como os da maioria das pessoas mortas, mas, pelo menos, ele ainda tinha olhos. Al Stewart não tinha sequer uma cabeça. Não havíamos conseguido encontrá-la. Klosse murmurou algo sobre ser um cavalheiro e largou no chão a pá de trincheira que segurava. Stan não apreciou o gesto e a chutou para perto dos restos esfarrapados e enegrecidos de nossos quatro companheiros. O alemão olhou para mim em busca de apoio. Em resposta, joguei a cabeça do sargento Jack a seus pés, e ele entendeu a mensagem e continuou a cavar. Nem mesmo Walter Brohm reclamou. Colocamos os corpos dos emboscadores na valeta. Não queria que compartilhassem o túmulo com os homens que eles haviam matado. Além de um veterano da SS mais velho que operara a metralhadora, a idade dos demais variavam, provavelmente, entre 12 e 15 anos, e o olhar surpreso nos rostos exangues e acinzentados como pedra os fazia parecer ainda mais jovens. Apenas crianças. Mas filhos de Hitler, doutrinados desde o dia em que entraram na escola a adorar o Führer, e programados para dar a vida pela Pátria. Bem, eles haviam realizado esse desejo. Olhei para eles; moscas já haviam começado a se banquetear com o sangue seco que lhes manchava as faces. Uma mosca em particular caminhava devagar de um lado para o outro sobre um globo ocular opaco e vidrado, e me admirei de o menino morto não piscar. Se me perguntassem, na ocasião, como eu me sentia por ter matado crianças, responderia que não eram crianças, eram o inimigo, e, no momento em que tinham levantado as armas e disparado contra meus companheiros, estavam condenados à morte. Mas sabia que algum dia aqueles meninos mortos viriam me visitar à noite, da mesma maneira como todos os homens que eu matara faziam, e aí então, talvez, minha resposta seria diferente. A certa altura, minhas mãos começaram a tremer, e eu as mantive ocupadas substituindo o pente da carabina que recuperara dos destroços do primeiro jipe. Ele produziu um estalido seco quando o empurrei no lugar. Os três homens que cobriam de terra a cova congelaram e os seus rostos tornaram-se quase tão pálidos como os dos cadáveres na valeta. Stan riu.

Marcamos a sepultura com uma cruz improvisada, e eu rabisquei os nomes dos mortos em uma página do diário e coloquei-a sob uma pedra. Quando terminamos, viajamos em silêncio até chegarmos ao sul da cidade de Blumberg, a pouco mais de seis quilômetros da fronteira suíça. Stan estacionou o jipe numa estradinha na floresta, fora de uma pequena aldeia. Disse *a ele para acampar ali e esperar por mim. No começo, pensei que ele iria discutir, mas a disciplina de seu longo tempo de serviço prevaleceu. Assim que ele já havia se organizado, apertei-lhe a mão e voltei para o jipe com os três nazistas. Antes da guerra, passara dois meses caminhando naqueles campos a oeste do Lago de Constança, que os alemães chamam de Bodensee; então, conhecia bem a área. Estávamos no extremo norte da Hoher Randen, região montanhosa que fica na fronteira entre a Alemanha e a Suíça. Além do lado, do outro lado de Schaffhausen, corre o trecho superior do rio Reno. Dirigi por mais uns três quilômetros antes de parar mais uma vez.*

*– A partir deste ponto, iremos a pé – disse a eles. – Quando chegarmos à fronteira, seremos recebidos por um representante do departamento de Estado dos Estados Unidos, que providenciará a partida de vocês da Suíça. – Os alemães riram, até mesmo Klosse, e falaram sobre o que fariam quando chegassem à América, o que comprariam e o que comeriam. Deixaram-me enojado. – Vocês não dirão nada a ninguém, nem mesmo ao seu guia, sobre quem e o que vocês são – instruí. – Nada. – Olhei para Brohm. – Nada, Walter. Você fala demais.*

*Ele apenas sorriu para mim e apertou mais sua pasta contra o peito.*

# XXXIV

Jamie e Sarah, que começaram escorregando pela encosta, passaram rapidamente a rolar por ela e acabaram descendo-a às cambalhotas. Em algum ponto no caminho, Jamie perdera a mão de Sarah. Seu mundo girava através de ângulos e planos imponderáveis. A cabeça passava raspando por rochas que poderiam ter lhe esmagado os miolos: tão perto que ele as sentia roçar-lhe os cabelos. Sabendo que aquilo não podia durar para sempre, fechou os olhos para não ver o perigo, e rezou para que Sarah tivesse a mesma sorte durante o atabalhoado mergulho na encosta íngreme. Um tranco final e um bocado de sujeira anunciaram a improvável e relativamente segura aterrissagem, e mal abrira os olhos quando algo lhe caiu em cima e extraiu todo o ar de seu corpo.

Por alguns angustiantes segundos, Sarah permaneceu imóvel, um peso morto sobre suas costas, mas o ritmo de sua respiração lhe deixou saber que ela não havia sofrido ferimentos graves.

– Acha que está inteira?

– Dê-me cinco minutos e eu lhe respondo – ela gemeu. – Além disso, lembre-me de nunca mais sair com você.

Ele a arrastou para a sombra do penhasco, onde estariam fora da linha de fogo do atirador com a pistola automática. Haviam caído a poucos metros do rio, em um monte de pó e pedras que rolaram do penhasco acima. Dali, o Oder parecia muito mais fundo e largo do que aparentava visto de cima. Ambos estavam cobertos dos pés à cabeça por poeira umedecida pela chuva, e o penteado de Sarah parecia ter sido concebido por um punk da década de 1970. Jamie podia vê-la checando mentalmente algum tipo de dano. Ela apalpou o corpo todo, e Jamie gelou ao perceber pânico em seu rosto. Sarah enfiou a mão no casaco.

– Meu celular! – Ela retirou o telefone do bolso de dentro. Bastou um olhar para saber que fora esmagado e não tinha conserto. Um gritinho de angústia escapou de seus lábios.

– Melhor o telefone do que você – Jamie ponderou.

– Você não... Certo – ela respondeu, resignada. – Vamos para o rio.

Jamie estudou os redemoinhos escuros da veloz correnteza.

– Se tentarmos atravessar, viramos alvos fáceis e, de qualquer modo, não creio que tenhamos muita chance de chegar ao outro lado. Assim sendo, seguiremos rio acima ou rio abaixo?

– Dá no mesmo. O caminho é ruim nas duas direções. Mas a Braunlage fica rio abaixo. E eles esperam que a gente vá para lá, não?

– Então, rio acima.

– A menos que adivinhem o que concluímos.

Os dois congelaram ao escutar uma série de ordens berradas lá no alto do penhasco. Estava claro que era apenas uma questão de tempo antes que os perseguidores encontrassem uma rota para o fundo do vale.

– Parece que teremos de arriscar.

Jamie lembrou-se de ainda estar segurando a pistola do alemão morto quando saltara e sentiu um pânico momentâneo ao perceber que a tinha perdido na descida. Disfarçadamente, procurou-a na área onde haviam aterrissado, mas nem sinal dela. Decidiu não contar a Sarah. De qualquer modo, duvidava muito de que a pistola tivesse alguma utilidade contra uma metralhadora.

Rentes à encosta do vale, caminharam para o norte rio acima, em direção ao reservatório Oderteich. Deslocar-se pelo desfiladeiro era quase tão difícil como fora caminhar por entre os abetos selvagens no topo do penhasco. Escalaram calhaus, raízes de árvores derrubadas, e abriram caminho por entre esqueletos de galhos depositados no fundo do desfiladeiro por gerações de inundações. De vez em quando, eram forçados a seguir pela beira da água. O terreno tinha uma compensação: quanto mais iam para o norte, mais estreito o desfiladeiro se tornava e menor a probabilidade de serem vistos de cima.

Em sua mente, Jamie reviu o vale como o avistara da parede da barragem, assustador e acidentado, cercado por árvores e talhado fundo na paisagem circundante. De lá, parecia capaz de esconder um exército inteiro, mas, de perto, era diferente. Estreito e apertado, como a sinuosa toca de um coelho, mas sem passagens de fuga úteis. Lembrou-se de uma vez ter visto meterem um furão numa coelheira. Jamais se esquecera dos gritos de terror e da visão do fardo ensanguentado, de olhos mortos, preso entre as mandíbulas do caçador.

No entanto, a despeito de se sentir como um animal caçado, agora estava calmo o suficiente para pensar um nível além. Aquele vale era para onde Walter Brohm apontava no diário de Matthew Sinclair. Os olhos procuraram por qualquer pista que pudesse combinar com o mapa ou o símbolo do sol. O mesmo pensamento tinha ocorrido a Sarah, e aos poucos ela foi se dando conta de que o plano original deles tinha uma grande falha. Ela não dissera uma palavra desde que haviam rolado pela encosta, e o som de sua voz se sobrepondo à correnteza do rio sobressaltou-o.

– Mesmo que o Sol Negro não seja um simbolismo abstrato, estamos falando de algo baseado na rede de trilhas por aqui há sessenta anos. Que diabos, nem sabemos se havia alguma estrada adequada. Quantas dessas trilhas foram adicionadas ou engolidas pela vegetação nesse meio-tempo? E você reparou naqueles trenzinhos pitorescos na brochura turística? Esta era uma região madeireira e de mineração durante a guerra. Pode apostar suas botas novas que a rede ferroviária nas montanhas Harz era muito diferente em 1945.

Jamie não se deteve enquanto tirava a mochila dos ombros para apanhar o diário e o mapa.

– Tudo bem, concordo com isso. Mas vamos observar a coisa de um ângulo ligeiramente diferente. Há uma constante nesta paisagem. Água.

– Você quer dizer o rio.

– É isso mesmo. Portanto, vamos presumir que as pernas um e cinco são o rio, correndo diretamente pela área-alvo. Significa que estamos à procura de apenas mais dois marcos para identificar a posição.

– Para mim, essa é uma linha de raciocínio muito tênue.

– É, mas nós também temos a pista no diário...

Foram interrompidos por gritos a montante. Ao mesmo tempo, mergulharam para o abrigo de uma árvore caída. Jamie notou com preocupação que a arma que Sarah havia tirado do nazista morto em Wewelsburg tinha aparecido milagrosamente em sua mão direita. Tentou pensar de modo objetivo. Os homens à frente deles nem ao menos tentavam se esconder e, pelo som das vozes, estavam ainda a uns cem passos de distância. Atrás deles, o vale fazia uma curvatura ao sul em tal ângulo, que podia sempre mantê-los fora da vista dos perseguidores se os dois conseguissem abrir uma grande distância deles. Ainda havia uma chance. Fez sinal a Sarah para que voltassem. Ela o olhou como se ele fosse louco, e fez que não com a cabeça.

– São apenas dois ou três deles – ela sussurrou. – Podemos pegá-los quando passarem. Pegue sua arma.

– Não a tenho mais.

– O quê?

– Eu a perdi quando saltamos.

Ela fechou os olhos e sacudiu a cabeça.

– Caramba, Saintclair, como fui me envolver com você?

– Temos de ir.

Sua expressão dizia não, mas ela se arrastou para longe da árvore, e ele a seguiu. Quando Jamie teve certeza de que não podiam ser vistos, ficaram de pé e correram rumo ao sul.

Gustav ouviu os gritos que vieram das árvores que circundavam a falésia. Havia ficado desapontado quando Saintclair e a garota tinham saltado, mas não surpreso. Frederick o advertira de que não subestimasse a capacidade e a determinação de Saintclair. A posição original dava-lhe melhor visão rio abaixo do que rio acima, e logo percebeu ser bem provável que os fugitivos se deslocassem para o norte, o que se adequava com perfeição a seu propósito.

De seu novo ponto de vista, examinou o rio através da mira telescópica da MP5. Apertou o punho da submetralhadora quando localizou as duas figuras e apontou para os alvos o cano curto e grosso do silenciador. O dedo indicador moveu a chave seletora para o modo manual, de rajadas de três tiros, e, em seguida, acariciou o gatilho. Atirava de cima e em um ângulo agudo, o que dava ao disparo um grau de dificuldade capaz de causar hesitação a outro homem, além de usar uma arma muito aquém da ideal, mas era extremamente confiante de sua capacidade. Forçou-se a relaxar, respirou fundo e soltou o ar lentamente. Depois, atirou.

# XXXV

*8 de maio de 1945, meio-dia. Impus-lhes um ritmo exigente e me odiaram por isso. O caminho começava íngreme; a princípio, na floresta, onde todos nós fomos atormentados por moscas pretas zumbindo sem parar à nossa volta, enquanto o suor pingava dos rostos dos alemães, e, depois, em campo aberto, por um trecho curto. Brohm reclamou até perder o fôlego. Klosse me xingava baixinho. Strasser, cujo apelido era Boi, parecia estar à beira de um ataque cardíaco. Tive pena deles quando chegamos a um arroio que atravessava uma clareira ao lado de uma ravina íngreme, e eles se sentaram, agradecidos, para tomar água das garrafas e comer o que restava do pão. As informações que o Serviço de Inteligência me passara no complexo indicavam que aquele era um dos setores mais tranquilos da fronteira Alemanha- -Suíça. A linha vagueia erraticamente e sem motivo aparente a partir do Untersee, a parte ocidental do Lago de Constança, até Klettgau, onde se volta sobre si mesma e dá uma enorme mordida no território suíço, tornando totalmente arbitrário se uma fazenda ou aldeia é alemã ou suíça. Pelo que tínhamos visto, não havia dúvida de quem levara a melhor no negócio. Mesmo que estivessem em melhor situação do que as pessoas nas cidades bombardeadas da Alemanha, os habitantes do sul da Baviera vinham passando fome há quase dois anos. Aquele era o país do contrabando, e eu não tinha dúvida de que alguns alimentos e bebidas passavam pelos guardas da fronteira em troca de ouro e objetos de valor, mas devia ser irritante para um fazendeiro de um lado do vale, incapaz de alimentar seus animais esfomeados, olhar para o outro lado e ver aquela terra de leite e mel intocada. Haveria minas, é claro, mas apenas do lado suíço, e isso não era problema meu. Os guardas que patrulhavam o lado alemão das cercas de fronteira de três metros de altura eram recrutas estrangeiros de baixa graduação que, de qualquer maneira, já não estavam mais lá. Os norte-americanos tinham certeza de que não haveria interferência por parte da Suíça.*

*– Mais uma hora – Brohm disse alegremente –, e nada mais de guerra. Roupa de cama quente e mulheres americanas limpas. E você, Leutnant Matt, vai voltar para sua casa e sua família? – Não respondi. Como poderia dizer a ele que eu já não tinha casa nem família?*

# XXXVI

O ar cantou com lascas irregulares de pedra e fragmentos de munição nove milímetros ricocheteando quando a primeira rajada atingiu o chão, alguns metros atrás de Jamie. Algo acertou sua mochila com um duro golpe, e ele cambaleou sobre os pedregulhos.

– Continue. – Sarah virou-se para olhar para atrás dele, mas não hesitou, e ele a amava por isso. A única chance que tinham era se um deles atraísse a atenção do atirador.

Tinha sido uma rajada curta, apenas três ou quatro tiros de um pente de trinta balas. As costas dele se enrijeceram em preparação para a próxima saraivada. Agora. Atirou-se para a esquerda, rezando para que o *timing* estivesse certo, e foi recompensado com uma segunda sinfonia de metal e pedra voando pelos ares. Desta vez, os tiros atingiram uma área mais distante, e ele sentiu uma pontinha de esperança. Talvez o atirador não fosse tão bom quanto pensava. A primeira rajada na falésia tinha sido alta. As últimas duas, um pouco atrás. O ângulo estava contra o atirador, que parecia calcular mal a compensação para a altura de sua posição. Um grito alto vindo de trás confirmou que o som das balas ricocheteando havia alertado os perseguidores, e Jamie acelerou, agachando-se e rezando para que a sinuosidade rochosa do desfiladeiro fosse suficiente para protegê-lo da rajada seguinte. Enquanto os pés corriam por rocha e areia, em algum lugar de sua mente um pequeno verme se contorcia; uma irritação miúda que trabalhava um degrau acima do medo e da adrenalina. Viu que Sarah tinha diminuído o ritmo e acenou para apressá-la. Não havia mais balas agora, mas dava para ouvir os gritos de encorajamento que os perseguidores lançavam uns aos outros, e Jamie sabia que o homem com a submetralhadora silenciada devia estar se movendo lá em cima, por entre as árvores, recarregando e procurando um melhor ângulo para voltar a atirar. Ou não?

Ele disparara três rajadas, curtas e controladas. Tais rajadas lhe diziam se tratar de um homem que sabia o que fazia. Um amador teria colocado o seletor no modo automático e descarregado um pente inteiro. No entanto, ele não tinha feito nenhuma tentativa de ajustar a mira. No lugar dele, Jamie teria mirado a rajada à frente do alvo, e, na terceira, o teria destroçado. Somando essa atitude ao fato de os perseguidores fazerem todo o possível para anunciar sua presença, o que se podia concluir?

– Estão nos encurralando.

Sarah se voltou para ele, os olhos escuros repletos de indagações.

– Precisamos atravessar o rio.

Ele pôde ver a descrença em seu rosto. O olhar temeroso para a direita, onde o Oder corria e redemoinhava com violência.

– Em algum lugar rio abaixo há mais deles. Cada passo em direção ao sul nos aproxima mais de uma armadilha.

– O atirador vai nos matar.

– Não. Ele está... atirando para... errar.

Dava para Jamie perceber que o instinto de Sarah a alertava contra ele; dizia que confiar nele era morrer. Mas ele fizera o possível para convencê-la. Não podia arrastá-la à força. E se estivesse *mesmo* errado? Não importava. De um jeito ou de outro, estariam perdidos. Houve um longo momento de reflexão antes que ela concordasse.

– Certo, onde?

Jamie foi caminhando na frente, de volta ao local onde tinham saltado da falésia. Uma árvore tombara na água na margem oposta, perto do ponto onde afluía um pequeno riacho. Os ramos mais altos alcançavam quase a metade do rio. Funcionaria como uma espécie de corda de segurança: se eles conseguissem alcançar o primeiro ramo, poderiam usar a árvore como apoio para o restante da travessia. Mas não tinham tempo a perder discutindo o assunto.

– Dê-me sua mochila. – Ela tirou a mochila dos ombros e recuperou alguma coisa de dentro, antes de jogá-la para ele. – Vamos.

– Espere. Eles estão muito perto. Precisamos atrasá-los. – Sarah ergueu a pequena pistola que tinha tirado do homem morto em Wewelsburg e a apontou para o mato a montante. O penetrante estrondo de dois tiros ecoou pelas paredes do vale. – Certo – disse ela. – Agora podemos ir.

Por entre as árvores lá em cima no penhasco, Gustav congelou ao som dos tiros e da resposta mais abafada das automáticas Sig Sauer. Os disparos não o incomodavam, desde que os homens recuperassem a mochila do inglês e o diário. Tudo que Saintclair havia conseguido fora encurtar sua vida em uma hora. Ele se deslocara para a extremidade do penhasco, onde poderia obter uma visão mais clara.

Jamie agarrou a mão de Sarah e a puxou para a beira do rio. Segurou as duas mochilas acima da cabeça e com duas passadas a água lhe atingiu as coxas, fazendo-o ofegar com seu abraço gelado. Já podia sentir a pressão da corrente contra as pernas, e as botas lutavam para vencer as pedras escorregadias do fundo do rio.

– Segure minha cintura e não largue.

Jamie sentiu os braços de Sarah se fechando em torno dele e seu calor – algo que, infelizmente, logo se dissipou. Cada passo o deixava mais à mercê da força do rio. Ouviu-se um zumbido no ar, como se uma abelha houvesse passado perto de sua orelha direita, e o rio diante dele explodiu numa fileira de esguichos esbranquiçados. Sentiu um momento de pura fraqueza; horrível a vulnerabilidade de um homem que aguarda o machado do carrasco. Mas não havia como voltar atrás agora. Avançou, lutando contra a corrente e arrastando Sarah consigo, para o espaço atingido pela rajada. Houve outra, mais perto dessa vez, mas, ainda assim, à frente. Estavam tentando fazê-los voltar. Entretanto, não iriam matá-lo. Pelo menos, não deliberadamente. Agora, seu único pensamento era avançar. A água atingiu as costelas inferiores e, a cada passo, a força do rio o desviava um pouco mais a jusante, mas o ramo mais proeminente da árvore caída estava apenas a alguns metros de distância. Iriam conseguir.

– Não!

O grito agudo de Sarah fez Jamie se virar e ver duas figuras se aproximarem correndo da margem atrás deles. O primeiro dos dois homens ajoelhou-se e, mirando com as duas mãos, apontou-lhes uma grande pistola automática. Estava tão perto que Jamie conseguia enxergar a boca do cano. Tão perto que o homem não poderia errar. Outro blefe. Mas, se fosse esse o caso, por que o homem não havia ordenado que voltassem? Enquanto os segundos pareciam se alongar, Jamie percebeu que ele tinha calculado mal. Viu a arma a postos. Imaginou o dedo apertando o gatilho.

– Quando ele atirar em mim, solte-se e mergulhe até que esteja fora de alcance.

Jamie sentiu os braços dela o apertarem mais.

De seu ponto de vista privilegiado, Gustav havia praguejado ao ver Saintclair e a garota entrarem no rio. Tentou forçá-los a voltar, mas, quando continuaram a andar mesmo sob suas rajadas, sabia que ficara sem mais opções. Ainda os observava quando dois de seus homens chegaram correndo à margem, e Jurgen se ajoelhou e mirou os alvos. Sem a mínima hesitação, Gustav ergueu a MP5 no ombro, apontou e atirou com um movimento preciso.

Jamie sabia que sentiria o impacto da bala antes mesmo de ouvir o barulho do disparo. Em vez disso, ouviu a repetição do curioso som de pica-pau que havia escutado antes, e o homem que estava prestes a matá-lo se levantou e girou antes de mergulhar de cara no rio. Seu companheiro, atônito, correu de volta para a vegetação.

Jamie se virou e continuou a abrir caminho até a margem oposta.

– O que aconteceu lá atrás? – A voz de Sarah vacilou, mas não estava claro se a reação fora causada pelo medo ou pelo frio paralisante, enquanto se deitavam com as roupas encharcadas em meio à vegetação rasteira do lado oeste do rio. A salvo, por enquanto.

Jamie vinha se perguntando a mesma coisa.

– Eles querem o diário. Quem estava no penhasco podia ter nos matado, a qualquer momento, desde que nos encontraram. Por alguma razão, o homem com a pistola não acatou as ordens. Talvez você o tenha ferido, ou a um dos amigos dele, quando disparou aqueles tiros. Se tivesse

Degraus de concreto. Devagar, tateou o caminho até o ponto em que a rocha natural das paredes dava lugar a um material diferente.

– E aí? – Sarah estava praticamente dançando de ansiedade quando ele emergiu da torrente.

Jamie sacudiu os cabelos, espargindo água como um cachorro molhado.

– Por acaso você não surrupiou outro molho de chaves, surrupiou?

– Por quê?

– Porque encontrei uma maldita porta de metal.

O rosto de Sarah contraiu-se numa carranca determinada.

– Mostre-me.

– Cuidado onde pisa. – Ele abriu o caminho por trás da cascata.

Quando chegaram à porta, ela tirou uma lanterna da mochila.

– Talvez a gente pudesse voltar e alugar alguns equipamentos numa loja de ferragens... alicate ou um macaco hidráulico – disse ele.

– Pensariam que estamos planejando roubar um banco. Tenho uma ideia melhor. – Ela vasculhou a mochila de novo.

– Dinamite?

– Por que não sai da minha frente e descobre?

Sarah tirou dali uma espécie de espeto de metal e começou a forçar a fechadura, emitindo pequenos grunhidos enquanto trabalhava. Levou menos de cinco minutos.

– É isso aí! – ela gritou, assim que o mecanismo produziu um estalido seco. Mas, quando se virou para Jamie, o olhar que lhe lançou foi quase apologético. – Olhe, eu lhe disse que é preciso se virar quando se cresce em um bairro perigoso.

Ele forçou a porta com o ombro, mas ela não cedeu.

– Tem certeza de que a destrancou?

Ela o fulminou com os olhos antes de desaparecer e voltar momentos depois com um graveto tão grosso quanto o seu braço.

– Tente usar a extremidade mais estreita como cunha entre a porta e o batente.

Foi preciso que os dois somassem suas forças para romper o lacre de ferrugem de sessenta anos, mas, enfim, a pesada barreira de metal se abriu, fazendo um ruído digno de um filme de Hitchcock. E ambos se viram em uma escada estreita que dava na escuridão.

# XXXVII

A passagem cheirava a mofo e ferrugem antiga, e o corrimão de ferro sob sua mão parecia estar prestes a desmoronar. Fosse lá o que esperara – uma adega úmida, uma espécie de cofre? –, não era aquilo.

– Cuidado – Sarah alertou-o. – Se isso realmente data de 1945, é possível que esteja cheio de armadilhas.

Ele se perguntou por que não havia pensado nisso.

Avançaram com cautela, um passo de cada vez, varrendo cada degrau com a lanterna. Depois de uma dezena de passos, Jamie viu uma mancha escura sobre o concreto cinzento e abaixou-se para pegar. O objeto estava sujo e coberto de poeira, mas, quando o esfregou entre os dedos, provou ser de metal. Jamie cuspiu nele e usou seu lenço para limpar a sujeira.

– O que é isso? – Sarah sussurrou.

Ele apontou a lanterna para o que tinha nas mãos, iluminando uma pequena forma oval estampada com o característico capacete de um soldado alemão, que lembrava um balde para carvão, com uma suástica por cima. O emblema despertou algo em sua memória.

– Acho que é o que chamam de insígnia de ferido em combate. Todo ferido em batalha recebia uma dessas. Provavelmente a produziram às toneladas, no final. Alguém deve tê-la perdido na saída. Isso é um alívio.

– Por quê?

– Eu temia que esta pudesse ser a entrada do bordel local.

No momento em que chegaram ao topo, Jamie contara cento e quarenta e quatro degraus. Outra porta de metal barrava-lhes o caminho, mas não estava trancada.

Ele prendeu a respiração ao abri-la.

– Caramba!

Os fachos gêmeos de suas lanternas iluminaram as paredes de um enorme corredor abobadado, que devia ter quase quatro metros tanto de altura quanto de largura. As paredes e o piso eram de concreto nu e, quando desembocaram nele, perceberam que se estendia além do alcance das lanternas em ambas as direções.

– Acho que estamos no centro da montanha – disse Jamie, admirado. – Tiveram de remover dezenas, talvez centenas de milhares de toneladas de rocha para construir este lugar. Eu me sinto como Lorde Carnarvon diante da abertura do túmulo de Tutancâmon.

– Vamos torcer para que tenha mais sorte do que ele. Esquerda ou direita?

– Esquerda.

– Por quê?

– Porque, em caso de dúvida, eu sempre vou para a esquerda.

– Bem, então, vamos para a direita.

Ele mordeu os lábios e a seguiu. Enquanto caminhava, Sarah deixava as pegadas no pó acumulado no chão por décadas a fio, que se levantava com suas passadas, brilhando no facho de luz como um milhão de pequenos pirilampos. Acima da cabeça de ambos, um cabo corria, frouxo, dependurando-se ligeiramente entre a série de lâmpadas cobertas que unia e que desapareciam à distância. Sarah caminhava confiante, embora usasse a mochila pendurada na frente dela como escudo, mas, para Jamie, o túnel emanava uma atmosfera de destruição e morte. Tentou pensar no Rafael, porém tudo o que conseguiu imaginar foi um par de olhos vingativos atrás de si. Nunca se sentira tão intruso. O ar era carregado, cheirando a mofo e umidade, e ele tentou não pensar no que lera sobre os tipos de esporos que proliferam em túmulos antigos e se multiplicam nos pulmões, enchendo-os como concreto. Não, definitivamente, não queria pensar naquilo.

– Olhe!

A lanterna de Sarah identificara algo brilhando no chão à sua frente. Quando se aproximaram, Jamie constatou que era o vidro das janelas e das portas dos cubículos separados por divisórias de madeira, que agora apareciam em ambos os lados da passagem. Sarah hesitou.

– Não deveríamos inspecioná-los?

Jamie notou alguma coisa sob a poeira aos pés dele. Afastou-a com o pé.

– Provavelmente não.

O rosto dela empalideceu ao reconhecer a caveira e os ossos cruzados em vermelho de sinal de alerta químico.

– Mas e quanto à pintura?

Jamie examinou o cubículo mais próximo, que continha um par de mesas baratas e armários abertos de metal enferrujado.

– Esses cubículos devem ter sido laboratórios ou escritórios. Se o Rafael estiver aqui, deve estar trancado em um cofre em algum lugar. Isso é o que devemos procurar.

Agora caminhavam com o constante estalar de vidro quebrado sob os pés.

– Por que teriam tanto trabalho para causar um estrago desses? – Sarah perguntou, intrigada. – Foi necessário um bocado de esforço.

– Não acho que tenha sido dessa maneira. A extensão dos danos é muito regular para que estas vidraças tenham sido destruídas por indivíduos. A última vez que vi algo assim foi em um documentário sobre os problemas na Irlanda do Norte. Sabe do que estou falando?

– Claro.

– Alguém tinha acabado de explodir uma bomba em um *shopping center*.

Pela primeira vez, ela não tinha nada a dizer.

Afinal, chegaram ao fim do corredor. À esquerda, uma escada de metal levava ao próximo andar. À direita, um compartimento cujas janelas haviam sobrevivido milagrosamente a qualquer que fosse a catástrofe que acontecera às demais.

Na metade da escada, Jamie parou, sem saber bem por que, mas, de repente, sua atenção se voltara para o escritório intacto.

– Sarah – ele chamou.

Ela se deteve e se voltou para Jamie, ansiosa por continuar a busca.

– Você disse...

– Eu sei, mas tenho um palpite.

Um minuto depois, estavam diante do último cubículo. Uma espessa camada de poeira recobria as janelas e tornava impossível enxergar algo através delas. Os dedos de Jamie foram em direção à maçaneta da porta, mas, de novo, seu instinto o conteve. Por que aquele escritório ainda estava inteiro, quando todos os outros não estavam? Uma nuvem sombria de medo abateu-se sobre ele, e Jamie disse a si mesmo que era apenas imaginação.

Sarah captou seu estado de espírito.

– Você acha que pode ser uma armadilha?

– Não sei. – Ele bateu na janela com suavidade. – É um tipo de vidro temperado, por isso a explosão não o arrebentou, como todo o resto. O que torna este lugar especial.

Ele notou que o nó de seu dedo havia feito uma minúscula marca circular na poeira. Levantou a lanterna e espiou por ela.

– Santo Deus! – Afastou-se bruscamente da janela.

Sarah correu para o seu lado.

– O que foi?

Jamie tentou falar, mas não dava para descrever em palavras. Em vez disso, pegou a mão dela e, devagar, quase com reverência, levou-a de volta à janela. Começando pelo pequeno espaço que limpara e em varreduras circulares, tirou o pó do vidro. Sem acreditar no que viam além do reflexo da luz das lanternas, ficaram ali parados, olhando estarrecidos para a imagem diante deles. Jamie nunca tinha visto nada tão bonito, e Sarah compartilhava de sua admiração.

Ligeiramente mais alta do que larga, a pintura estava pendurada em um lugar de honra no centro da parede do outro lado do escritório, atrás de uma mesa grande. O rosto era quase feminino, mas Jamie sabia que o retratado era um homem jovem, possivelmente até mesmo o próprio Rafael. Usava um barrete mole de tecido, camisa branca folgada, e os olhos escuros irradiavam inteligência na fisionomia confiante e aristocrática. Sob uma fina camada de pó, a textura minuciosamente reproduzida da pele de sua capa conservava um esplendor que o tempo em nada diminuíra. Através da janela aberta para além do ombro esquerdo do jovem, uma paisagem italiana. A composição era típica dos primeiros retratos do artista, e Jamie sabia que a cena na janela devia ter sido repintada três ou quatro vezes até

Rafael se dar por satisfeito. Era uma obra de arte no sentido mais verdadeiro da palavra.

Ele fechou os olhos, recuou até a parede e se deixou deslizar até o chão, sem conseguir se sustentar nas pernas bambas como borracha.

– Jamie, você está bem?

Ele sacudiu a cabeça.

– Jamais acreditei, nem uma única vez, que a encontraria. Nem mesmo quando subimos a escada e caminhamos ao longo deste corredor.

– Mas você a encontrou. – Os olhos de Sarah brilhavam à luz das lanternas. – Ela é sua. Só sua. Consegui minha história, mas o Rafael perdido tornará Jamie Saintclair famoso.

– É demais. Agora que eu a tenho, queria... Você consegue entender? Foi uma caça ao tesouro seguindo as pistas do diário do meu avô. Foi estar com você e viver esta grande aventura, deixando para trás minha vida rotineira e entediante em Londres. E agora... isso acabou, e eu gostaria que pudesse começar tudo de novo, mas sei que não é possível. – Agora, o entusiasmo começava a borbulhar dentro dele. Já podia imaginar a conferência de imprensa em que anunciaria a recuperação de uma das maiores obras-primas perdidas. Nunca mais teria de implorar por outro serviço. Haveria uma recompensa que deixaria os dois livres para fazer o que quisessem com a própria vida. Entrevistas na televisão, palestras. E, Sarah estava certa, ele alcançaria uma fama que jamais imaginara que pudesse ter um dia. Eles...

– Jamie?

Pelo amor de Deus, onde estava com a cabeça? Não tinham tempo para devaneios.

Sarah dirigiu-se para a porta do cubículo.

– Não! – A palavra saiu ríspida como uma ordem, e ele se arrependeu de imediato. Sarah o encarou; nos olhos, uma mescla de raiva e mágoa. Ele suspirou. – O escritório está fechado há tempos – explicou ele. – Se abrirmos a porta e mudarmos as condições, a pintura pode se deteriorar.

Ela sacudiu a cabeça com uma expressão entre a incredulidade e a irritação.

– Não podemos simplesmente deixá-la aí depois de tudo por que passamos para encontrá-la.

Jamie sabia que ela tinha razão. Não depois de tudo o que havia acontecido com eles. Forçou-se a pensar em outra solução.

Um ruído. O eco de uma espécie de tinido metálico abafado. Haviam escorado a porta de metal para mantê-la fechada com o graveto partido. Não era muito, mas era tudo o que tinham. Alguém havia acabado de forçar a porta.

– Jamie. – Sarah estava com os olhos arregalados, implorando.

Que se dane.

Ele agarrou a maçaneta e girou. Não estava trancada. Graças a Deus que não. Em um só movimento, abriu a porta apenas o necessário e se esgueirou para dentro do escritório, causando o mínimo distúrbio possível. Um monte escuro no centro do chão parecia ser um corpo morto, mas era, na verdade, apenas um tapete exótico enrolado. Estava claro que Walter Brohm gostava de seus pequenos luxos. Mas não havia tempo para delicadezas. Jamie abriu a mochila e tirou de um dos compartimentos um invólucro de plástico-bolha. Ele havia sido dobrado e achatado, de modo que sobrara muito pouco ar dentro dele. Jamie o agitou para preenchê-lo com a atmosfera fétida da sala. Era um gesto estúpido e provavelmente inútil, mas, sob as circunstâncias, era tudo o que podia fazer. Dava para Jamie sentir o olhar de Sarah cravado nele através do vidro, apressando-o; porém, quando fitou os olhos enigmáticos do rapaz na pintura, uma espécie de paralisia o venceu. Foi como se estivesse de volta ao rio, mas, desta vez, com os pés presos em areia movediça. Felizmente, a janela sacudiu como sinal de alarme e quebrou o feitiço. Apressando-se, tirou a pintura da moldura e com delicadeza a colocou no invólucro, que tinha sido escolhido, em um improvável ataque de otimismo, em particular por ter mais ou menos as dimensões do Rafael. Tinha um fecho ziplock que foi lacrado enquanto Jamie se encaminhava para a porta.

Sarah já corria para a escada e, quando ele olhou para a esquerda, entendeu por quê. Um pálido brilho alaranjado despontava no final do corredor, no ponto onde desembocava a escada da entrada.

Eles se aproximavam.

# XXXVIII

Para dizer o mínimo, o espanto de Gustav ao chegar ao túnel foi ainda maior do que o de Jamie. Mas, enquanto Jamie experimentara medo, o alemão só sentia admiração e orgulho pelo incrível feito de engenharia que os antepassados haviam criado e mantido em segredo por tantos anos. Nunca duvidara de que iria capturar os fugitivos, entretanto, aquilo tornava tudo mais simples e conveniente. Ninguém iria ouvi-los gritar sob quase dez metros de concreto.

No facho amarelo de sua lanterna, dois conjuntos distintos de pegadas desapareciam na escuridão. Era quase motivo de riso. Sentia-se como um pescador recolhendo a linha.

Gustav vira-os através de binóculos enquanto corriam como formigas encurraladas ao longo da base do penhasco, procurando uma rota de fuga inexistente. Tinha experimentado momentos de preocupação quando desapareceram na ravina, porém, quando relatou o problema a Frederick, foi quase como se o outro homem esperasse tal notícia. Frederick emitiu instruções muito específicas e uma advertência. Nas semanas finais da guerra e por razões que não foram explicadas, a instalação Oder havia sido interditada pelo próprio Himmler. Poderia haver um sem-número de razões para isso, mas uma coisa era clara: alguns segredos devem permanecer segredos. Para sempre.

Sarah Grant e Jamie Saintclair não deixariam o bunker vivos.

Um silêncio ameaçador os perseguia. Deslocavam-se com rapidez, como se, devido à diligência, pudessem, de alguma maneira, deixá-lo para trás, assim como aqueles que os perseguiam pelo complexo. Mas, no vasto labirinto de túneis, a quietude sempre prevalecia. Jamie abria caminho, com o Rafael debaixo do braço esquerdo e a lanterna na mão direita. Enquanto corriam através do ecoante labirinto subterrâneo construído pelas mãos do homem, Jamie tinha consciência da trilha que estavam deixando para trás, mas que opção tinham? Qualquer tentativa de disfarçar suas pegadas deixaria outros sinais tão evidentes quanto, além de fazê-los perder tempo. Sua única esperança era a velocidade e a chance de que em algum lugar no labirinto houvesse outra saída.

Aproximavam-se de uma porta de aço maciço que Jamie, a princípio, achava estar entreaberta. Foi só quando chegaram mais perto que percebeu que a porta pendia. Apressou-se em atravessá-la e adentrou o centro do mundo secreto de Walter Brohm.

Atrás da porta havia uma sala do tamanho de um campo de futebol, que continha o maior ferro-velho que Jamie já tinha visto. Se aquilo o fazia se lembrar de alguma coisa, era dos destroços das Torres Gêmeas na manhã de 12 de setembro de 2001. Por todos os lados para onde olhasse, metal retorcido e enferrujado criava enormes esculturas modernistas: pirâmides de motores, bombas e centrífugas, tubos espiralados e engrenagens de dentes quebrados, montes de máquinas sem nome de todos os formatos e tamanhos, fornos, tanques de gás e até mesmo um trator inteiro pendurados como decorações festivas. Quando apontaram as lanternas para o teto e para as paredes, puderam ver as grandes cicatrizes brancas onde as massas de ferro e aço haviam sido arremessadas pela força de uma explosão forte o suficiente para arrebentar o concreto reforçado e expor os cabos de aço dentro dele. Por um momento, ficaram em silêncio, embasbacados pela magnitude daquilo. Pela potência necessária para criar tal cataclismo. O incrível desperdício de esforço, energia e talento.

Sarah fez menção de retomar a fuga, mas Jamie a puxou de volta.

– É muito perigoso. Este lugar é como um campo minado. – Sua voz não passava de um sussurro. – Não fazemos ideia de que tipo de armadilhas eles podem ter armado. Há fios por toda parte. Apenas caminhar por aqui já seria perigoso o suficiente. Um pé no lugar errado, e você pode dar início a uma avalanche. Se correr...

– Mas...

– Eu sei – ele insistiu. – Se diminuirmos o ritmo, eles nos pegam. Temos de encontrar uma maneira de retardá-los.

Ele estudou as pegadas que deixavam de novo e constatou que as de Sarah eram muito menores do que as dele.

– Fique atrás de mim. – Ele deu três passos à frente. – Agora, pisando o mais leve que puder, ande em cima das minhas pegadas. – Ela fez o que lhe foi dito, e os dois examinaram o resultado como se a vida deles dependesse daquilo. Duas trilhas de passos haviam se fundido em uma única.

– Nada mau, mas eles não vão acreditar que eu levitei e desapareci no ar, vão?

– Não – ele concordou. – Mas repare como a sua trilha termina ao lado daquela grande pilha de escombros com o que parece ser uma caldeira no topo... Bem, a primeira coisa de que vão suspeitar é que eu mandei você subir até lá para me cobrir enquanto escapo.

– Você não faria isso – Sarah observou.

– Não, mas o filho da mãe de sangue-frio que está comandando essas pessoas faria. Não vai atrasá-los por muito tempo, mas pode nos dar uma chance. O que realmente precisamos é encontrar uma maneira de feri-los. Talvez tirar um ou dois de combate completamente.

Ela lançou um olhar para a porta.

– Bem, é melhor agir rápido.

Jamie entregou-lhe o Rafael.

– Esta é uma das habilidades mais sombrias que aprendi quando estava no OTC em Cambridge. – Ele tirou algo redondo do bolso interno da jaqueta e ergueu-o para que ela visse. – Fio de náilon para pesca. Cinquenta metros de quinze quilos de tensão de ruptura, mas tão fino que não se pode vê-lo. Você pode usá-lo para pescar, mas também vem a calhar para dar pontos em ferimentos, montar um abrigo improvisado e para certas manobras bastante desonestas que envolvam uma granada de mão.

Ela nem se deu o trabalho de argumentar que não tinham uma granada de mão, mas apostava que ele não teria escutado. Enquanto falava, ele vasculhava a pilha de metal mais próxima até encontrar o que procurava.

Primeiro, prendeu o fio de náilon da espessura de uma teia de aranha na perna do que havia sido uma bancada de mecânico até um pedaço retorcido de máquina do tamanho de uma bola de futebol.

– Dê-me a sua corda.

Trabalhando com rapidez, ele amarrou a extremidade da corda através de uma abertura na parte de metal e, quando terminou, arrumou de tal forma que uma única contração do náilon iria fazê-lo cair.

– Agora vem a parte difícil.

Sarah abriu a boca, tomada pelo espanto, ao perceber o que ele planejava.

– Não pode fazer isso. A pilha inteira vai desmoronar. Deixe pra lá, não temos tempo.

Ele a ignorou e delicadamente começou a subir. Após os primeiros passos, virou-se para encará-la.

– Vá para a sala central do outro lado, mas mantenha-se abrigada pelos corredores e tente manter os pés fora do chão. Vou me juntar a você, se puder.

A peça que ele havia identificado encontrava-se na metade do caminho até o topo, talvez a uns quatro metros e meio do chão. Mal ousando respirar, deslocou-se devagar em direção a ela, sabendo que a cada segundo seus perseguidores se aproximavam mais, porém, apressar-se seria um convite ao desastre. Enquanto subia, enfiava a parte solta da corda por entre as peças de metal amontoadas, de modo a deixá-la praticamente invisível. A peça do motor tinha cerca de duas vezes o tamanho do pedaço de máquina amarrado na linha de pesca, e isso formava a chave para uma pilha bem equilibrada que, por sua vez, sustentava o peso de um enorme motor de sabe-se lá o quê. Com as mãos trêmulas, atou a corda em torno dele. Estaria instável o suficiente? Estendeu a mão para ter certeza, mas sabia que o movimento, por mínimo que fosse, poderia fazer desabar toda a montanha de metal e arrastá-lo para baixo com ela. Com relutância, começou a descer a pilha, prestando mais atenção ainda onde colocava os pés. Tinha acabado de chegar ao chão quando ela gritou, um grito tão repleto de terror que o coração de Jamie gelou.

– Sarah!

Ele se pôs a correr por entre os escombros de metal retorcido.

# XXXIX

O homem de rabo de cavalo olhava pela janela panorâmica de sua suíte na sede da corporação, em Manhattan, e considerava o próximo movimento. Em geral, ele mal notava o dramático contorno dos prédios na linha do horizonte de Nova York, mas, naquele dia, a visão o inspirava e comovia. O fato de ser o chefe da Sociedade Vril não o tornava menos americano. Aquele país tinha se extraviado graças a políticos fracassados que não entendiam a nova realidade. Nas décadas que se seguiram à Segunda Guerra Mundial, os Estados Unidos tinham procurado estender sua influência global por meios militares e econômicos, mas, em quase todos os casos, haviam falhado. A Coreia havia sido a última guerra justa, e o Ocidente tinha chegado a um impasse, triturado pela massa dos inimigos. Vietnã, Iraque e Afeganistão, no seu modo de ver, foram em grande parte conflitos inúteis, com pouco lucro político ou diplomático. Os ataques de 11 de setembro tinham mostrado como uma grande potência poderia ser neutralizada militarmente. Na esteira das Torres Gêmeas, os Estados Unidos haviam atacado seus algozes como um urso acorrentado: o urso tinha o poder de esmagar os oponentes, mas as correntes do liberalismo equivocado haviam negado a ele a chance de usar esse poder em toda sua extensão.

E agora o mundo se movia em direção a uma nova fase, mas ainda estava cego para enxergar isso. Energia era a chave. Tinha sido a chave desde o primeiro giro de uma turbina durante a Revolução Industrial, no século

XVIII. Os russos sabiam disso, e a Europa, em breve, estaria de joelhos implorando por migalhas das reservas de gás natural controladas pelo Kremlin. Mas os russos só dariam as cartas no curto prazo. Ele tinha uma visão muito mais ampla. Um verdadeiro líder mundial que combinava o melhor do sangue alemão e norte-americano criaria paz e prosperidade. Nenhum governo do mundo seria capaz de ignorá-lo, já que poderia enviá-los de volta à Idade das Trevas com o mero apertar de um botão.

Mas ele não podia se iludir. Não precisava da Pedra do Sol apenas para tornar seu sonho uma realidade. Precisava dela para sobreviver. Seus analistas haviam previsto que a crise bancária global era muito pior do que se pensava; os próprios bancos ainda não tinham se dado conta do quanto. O grupo de empresas que ele havia criado estava irremediavelmente exposto. Mesmo que apenas uma delas sofresse o impacto, seria como remover o tijolo da base de uma torre de madeira. A entidade inteira entraria em colapso, arrastando todas as outras torres próximas com ela. O resultado seria catastrófico.

Frederick dissera que seus homens logo pegariam Saintclair e a garota, e, com eles, o diário. Mas Frederick não poderia ser autorizado a colocar as mãos na Pedra do Sol. Frederick era um homem muito perigoso: a verdadeira alma do Vril, ainda que não soubesse disso. Um fanático que levaria a pedra para usá-la em algum ritual idiota e inútil em Wewelsburg.

Não, o verdadeiro poder da Pedra do Sol residia na sua capacidade de mudar o futuro, não de alterar o passado.

Oportunamente, teria de dar um jeito em Frederick, mas Frederick não era o único obstáculo em seu caminho. Em algum lugar lá fora, outras forças estavam em ação. Sinistras forças invisíveis que exibiam a mesma crueldade de que ele próprio era capaz. Os chineses, com certeza, embora desconhecesse o quanto sabiam sobre o verdadeiro poder da Pedra do Sol. E quem havia matado os dois agentes chineses? Era até possível que alguma organização obscura dentro do próprio governo estivesse envolvida. Se fosse esse o caso, poderia ser forçado a repensar sua estratégia de longo prazo. Ele sempre tivera a intenção de presentear seu país com subprodutos militares gerados pela descoberta de Brohm. Agora, poderia ser forçado a jogar esta carta em particular um pouco mais cedo do que pretendia. Soldados eram tão simplórios que bastava dar-lhes um cheirinho de um prodigioso armamento novo, capaz de causar um estrondo maior do que tudo já inventado, que iriam sentar-se e implorar feito cachorrinhos. Mas, no momento, tudo isso era de importância secundária.

Ele se voltou para a mesa, onde o sorridente crânio de prata encarou-o em resposta de dentro da caixa. Documentos secretos de qualquer espécie eram moeda de troca, mesmo que ligados a eventos de um passado distante. De modo surpreendente, muitas vezes produzem as pequenas mudas a partir das quais são gerados grandes lucros. Uma das empresas que formavam sua corporação de muitas ramificações era um jornal. Era verdade que, como negócio, o jornal corria o perigo de ser sobrepujado pelas tecnologias emergentes e já não era o veículo altamente lucrativo que fora um dia, mas, ainda assim, ele gostava do prestígio que a propriedade lhe trouxera e da influência que seus repórteres lhe davam sobre profissionais e políticos de mentalidade estreita. Desde o início, tinha se divertido com a maneira como o jornalismo poderia ser desonesto, totalmente sem escrúpulos, como a espionagem, mas mais cínico e com um pouco menos de sacrifícios inúteis. Por meio de suas publicações, havia criado uma rede de informantes entre os arquivistas mal remunerados do governo em toda a Europa e nos Estados Unidos, vasculhando seus arquivos em busca de documentos que pudessem ser de interesse particular. Esses homens e mulheres acreditavam trabalhar para o jornal e ficavam agradecidos em aceitar uma relativa ninharia pelos frutos de suas pesquisas. Certas categorias de documentos, entre eles os valorosos em termos de curiosidade, ou os que proporcionassem possibilidade de exploração, automaticamente chegavam à sua mesa.

Os documentos do escrevente em Colônia tinham sido marcados como curiosidade e só foram encaminhados para ele devido ao seu reconhecido interesse em tecnologia, mas ainda podia se lembrar da sensação de secura na garganta ao lê-los pela primeira vez. Datavam de 1943 e incluíam requisições para certos materiais, ferramentas e equipamentos que pareciam apontar para uma única coisa – e um único nome.

Foi quando lançou os recursos da Sociedade Vril naquela caçada para descobrir o paradeiro de Walter Brohm e a localização de seus materiais de pesquisa. O primeiro sinal de progresso veio com uma investigação sobre o passado de Brohm e a revelação de que tinha sido membro da expedição da Ahnenerbe, em 1937, para o Tibete. A maior parte dos documentos oficiais havia sido destruída, mas restavam evidências bastantes para reconstruir a rota que a expedição havia tomado, e imagens de satélite da cratera Chang Tang confirmaram o suficiente do que os documentos de Brohm insinuavam para deixar o coração acelerado. Levou seis anos para rastrear a caixa, e outros três antes de ter confiança para dar sinal verde à Operação Menshikov. Enquanto isso, seus contatos Vril no departamento de Estado e no Bundestag vinham fazendo esforços para descobrir o destino de Walter Brohm. As autoridades alemãs haviam rastreado um documento da Cruz Vermelha que confirmava a passagem de Brohm por um campo de prisioneiros de guerra, perto de Leipzig, onde ele havia sido colocado sob custódia. Constava como soldado raso e, ainda mais curioso, o documento tinha sido carimbado mais tarde como "Não confirmado". Não havia evidência adicional da estada de Brohm no campo. Muito mais tarde, o funcionário do departamento de Estado encontrou o nome de Brohm em uma lista de potenciais prisioneiros que poderiam ser adequados para o que se tornaria a Operação Paperclip, um programa secreto da OSS para recrutar cientistas nazistas e colocá-los a trabalho do governo norte-americano. O grande avanço seguinte aconteceu quando um impertinente *hacker* fez vazar dezenas de arquivos do Pentágono na internet, entre eles um documento marcado como "altamente restrito", que nomeava as equipes Jedburgh como Dietrich e Edgar. O registro militar mostrava que a Equipe Edgar havia sido dizimada em uma emboscada nos Alpes da Baviera em 8 de maio de 1945, um dia depois do fim da guerra. Em uma investigação mais aprofundada, verificou-se que dois sobreviventes da equipe Dietrich, o capitão Matthew Sinclair e o tenente Stanislaus Kozlowski, haviam sido depois condecorados com a Cruz Militar por suas ações naquela data. De Walter Brohm nunca mais se ouviu falar.

Investigadores do homem de rabo de cavalo confirmaram que Matthew Sinclair havia deixado o exército e fora ordenado na Igreja Anglicana. Entre 1949 e 1963, tinha realizado trabalho missionário no Congo, até que, em uma briga que saiu na primeira página de muitos jornais, havia agredido fisicamente o comandante mercenário da província de Katanga, o coronel Michael Hoare, e fora condenado à morte. Quando retornara à Grã-Bretanha, seu rastro se perdera.

Stanislaus Kozlowski, o único outro membro da equipe Dietrich, havia sido encontrado vivo e bem em um lar para idosos em Rugby, Warwickshire.

A princípio, relutara em falar sobre seu serviço militar, mas acabara se revelando bastante comunicativo ao contar suas experiências na guerra. A insistência de Kozlowski em contar sua história para um público mais amplo tinha exigido sua eliminação; entretanto, fora a partir de transcrições da entrevista de Kozlowski que ele ficara sabendo do destino das equipes Jedburgh Dietrich e Edgar. E do diário que o comandante da equipe Dietrich tinha mantido com tanta assiduidade nas semanas finais da guerra.

A partir desse momento, dedicara todos os recursos à sua disposição para descobrir onde estava Matthew Sinclair e seus familiares sobreviventes. Como era ridículo ter chegado à conclusão de que, depois de todo aquele tempo, esforço e investimento, tratava-se de um único homem.

Pegou o telefone em sua mesa.

– Chamem Sumner.

# XL

Jamie chegou à porta por onde Sarah havia desaparecido. À sua direita, a lanterna dela estava caída no chão, ainda balançando suavemente, o facho iluminando a base da parede. Ele congelou quando ouviu um ruído leve e levantou a própria lanterna para iluminar o que tinha feito o barulho.

– Oh, meu Deus!

O grito silencioso no rosto atormentado e sem olhos refletia o terror de seu fim, o buraco irregular em seu crânio a prova clara do método que tinham usado para extinguir-lhe a vida. Estendeu a mão para lhe tocar o ombro.

– Por que fizeram isso? – A voz baixa de Sarah veio do canto atrás dele. Jamie quase berrou de alívio quando a iluminou com a lanterna. Estava a salvo. Agachada a um canto da parede, seu corpo parecia menor e mais frágil, os olhos brilhavam enormes e aquosos à luz da lanterna.

Ele se voltou para o corpo ressequido vestido com os restos de um uniforme listrado cinzento que estava caído sobre o banco de aço. À luz da lanterna, os dentes perfeitos ainda brilhavam como pérolas no crânio de marfim. Pequenos e delicados. Como os dentes de Sarah. Mãos coriáceas de dedos longos e finos que um dia poderiam ter tocado piano estendiam-se para ele como se fosse bem-vindo. Jamie escutou de novo aquele ruído leve, e um rato espiou com cautela pela órbita do crânio onde havia feito seu ninho. Ele ergueu a lanterna e o facho iluminou dezenas, não, centenas de outros corpos esqueléticos. Um mar de ossos que se disseminava pela extensão da sala.

Estavam sentados em fileiras ordenadas, acorrentados aos bancos onde haviam trabalhado e morrido, alguns caídos para a frente, outros tentando se levantar, com as costas arqueadas em agonia permanente desde o momento em que as balas os atingiram. Os restos desarticulados de outros mais jaziam em montes dispersos no chão de concreto abaixo do ponto onde haviam ficado pendurados e sem vida por anos, até que o tempo e a gravidade, combinados, destruíssem seus tendões. Imaginou os berros de terror, os gritos de desafio enquanto os homens da SS caminhavam ao longo das fileiras com suas pistolas e metralhadoras cuspindo fogo, o sangue espesso manchando a bancada de trabalho. A mulher mais próxima a ele teria sido a primeira ou a última a morrer? Será que sabia de seu destino antes de ser acorrentada ao frio banco de aço? Fitou-a mais uma vez. Oh, sim. Ela sabia.

– Para defender o Grande Segredo. A Maravilha do Mundo.
– Isto foi obra de Walter Brohm?
– Shhhh! – Ele puxou Sarah e a forçou a voltar para o canto da parede quando as luzes de lanternas brilharam no salão principal. Uma voz ríspida emitia ordens em tom monótono e grave. Jamie se agachou e arriscou um olhar para a porta. Através de uma brecha nas montanhas de metal, ele os contou. Seis, pelo menos, e o líder não tinha sido enganado pelas trilhas na poeira. Jamie esperava levá-los todos para o corredor principal, mas quem dava as ordens os havia chamado de volta e os dividira em três grupos: dois para cobrirem as passagens externas e um para passar pelo centro. Uma vez que as disposições estavam feitas, avançaram, movendo-se com letal determinação. Um facho de lanterna varreu o esconderijo de Jamie, obrigando-o a se abaixar.

Ele aproximou a cabeça de Sarah, de modo que sua boca tocou a orelha dela.
– Ouça.

Gustav ficara irritado com a demora imposta, enquanto seus homens investigavam o escritório que tanto interessara Saintclair, mas ele não podia correr o risco de que o inglês houvesse encontrado ou deixado algo lá. O espaço vazio emoldurado pela poeira na parede era intrigante, mas a única coisa que de fato importava era o diário, e era apenas questão de tempo antes que o tivesse em mãos. O grito que acabara de ecoar pelos corredores provava isso. Não havia como escapar do bunker, exceto pelo caminho por onde tinham entrado.

Quando chegaram ao salão de produção principal, o instinto de caçador lhe disse que fora ali que as presas haviam se escondido. Elas sempre se escondiam. O medo e a desesperança lhes roubavam a energia e a coragem. Mas ainda podiam ser perigosas.

– Muller e Krauss, vasculhem à esquerda; Schmidt e Ritter, à direita. Kempner e eu ficamos com o centro. Desta vez, não se arrisquem. Se os virem, atirem para matar.

Muito lentamente, avançaram. Gustav permitiu que Kempner assumisse a liderança, enquanto ele lhe dava cobertura com a MP5. No facho da lanterna, viu onde as duas trilhas de pegadas tinham se transformado em uma só. Será que realmente o achavam tão tolo para ser tapeado por um truque barato daqueles? Bem, ia lhes dar uma lição. À esquerda, uma das lanternas se desviou, e constatou com aprovação que Muller fazia uma busca em uma espécie de sala lateral. No entanto, quanto mais se deslocava por entre os grandes montes de sucata retorcida, mais a escala do lugar trabalhava contra sua confiança. Deveria ter fechado o bunker e esperado até que pudessem ligar algum tipo de gerador? Não, Frederick queria resultados. Tinha de ser agora. Poderia custar-lhe outro homem, mas era um preço que valia a pena pagar.

Deu outro passo e, no instante seguinte, parecia que a Terceira Guerra Mundial havia estourado. Gustav girou a submetralhadora, enquanto dois disparos ecoavam pela vasta sala de concreto como tiros de canhão. O silêncio surpreendente que se seguiu foi quebrado por uma gargalhada quase histérica.

– Que diabos está acontecendo? – Gustav exigiu saber.

Krauss saiu de outra sala lateral iluminada pelo facho oscilante de uma lanterna.

– Só um monte de presuntos do tempo da guerra. Muller quase borrou as calças.

Gustav praguejou baixinho.

– Não estamos interessados nos mortos. Só nos vivos. Parem de perder tempo e concentrem-se.

Gesticulou para Kempner seguir em frente. Foi quando viu o fio de seda de teia de aranha esticar e dobrar-se contra o joelho das calças de combate do companheiro.

As duas figuras caídas no final da fila de cadáveres levantaram a cabeça vagarosamente. Os ouvidos de Jamie zumbiam pelo tremendo barulho dos tiros no espaço confinado, e a mão de Sarah tremia quando buscou a dele na escuridão em busca de conforto. Haviam tomado seus lugares no banco onde dois dos esqueletos desmontados tinham desabado no chão, e congelado na posição enquanto a luz da lanterna passava de crânio para crânio. Então, o alemão em pânico começou a atirar. Sarah quase gritou quando uma bala despedaçou o maxilar do homem morto a seu lado, espirrando nela dentes e fragmentos de ossos, mas um instinto de sobrevivência profundamente arraigado a tinha mantido em silêncio.

Quando os homens foram embora, Jamie ajudou-a a se levantar e recuperou as mochilas e a pintura embrulhada em plástico-bolha sob a mesa. Juntos, arrastaram-se de volta para a porta. As lanternas, antes mais próximas, haviam se afastado, mas a dupla no centro tomava mais cuidado, e Jamie podia ver o brilho de outras duas lanternas do outro lado da maior pilha de metal. Seu coração lhe dizia que deveriam aproveitar a oportunidade para fugir, mas o cérebro o aconselhava a esperar. Dez segundos se passaram, mas pareceram uma hora inteira. *Eles devem ter alcançado o ponto agora.* E se tivessem visto o náilon? Apertou a mão de Sarah como sinal para ficar em alerta.

Por uma fração de segundo depois do joelho de Kempner sentir a pressão da linha de pesca, o náilon esticou, sua elasticidade natural posta em jogo pela força exercida sobre ele. Mas, antes que o alemão pudesse reagir, o fio puxou o pedaço menor de máquina de sua posição, e houve um ruído quando a peça caiu no chão. Gustav retesou-se com o som, porém, quando nada aconteceu, soltou um suspiro de alívio. Foi então que percebeu a corda.

Seis metros acima deles, o peso da peça de máquina menor puxara a parte maior do motor para fora da posição no amontoado de metal que sustentava o topo da pilha. No início, foi apenas o barulho de uma única peça de metal quicando pela lateral do monte, mas, com bastante rapidez, transformou-se em uma avalanche. Em um segundo, a frágil sustentação do grande motor se rompeu, e o enorme pedaço de liga de aço tombou para se juntar à onda de toneladas de metal retorcido desabando sobre os alemães.

Kempner soltou um grito de terror e começou a correr, mas Gustav sabia que não havia escapatória. Atirou-se para o lado, em uma tentativa desesperada de se safar.

Jamie esperou até que o estrondo da avalanche passasse, e os fachos das lanternas convergissem para o centro da sala antes de reagir. Movendo-se rápido e com discrição, ele e Sarah rastejaram sem fazer barulho para a porta e o corredor. Direita ou esquerda? Não tinham como saber se a direção que escolhessem estaria sendo vigiada, mas, pelo menos, poderia ter certeza de onde havia uma saída. Escolheu a direita.

Dez minutos depois, chegaram à cachoeira e, pela primeira vez em uma hora, ele sentiu que era seguro respirar. Seguiram a jusante, em direção a Braunlage, mantendo-se longe dos caminhos demarcados, e cruzaram o rio na ponte dos trilheiros.

Sarah estava estranhamente quieta enquanto caminhavam, mas, um pouco antes de chegarem à estrada principal, ela o deteve.

– Eu lhe fiz uma pergunta lá atrás, mas fomos interrompidos antes que você me desse uma resposta. Por quê?

Jamie hesitou.

– Ele não podia se dar o luxo de deixar ninguém vivo. Aqueles não eram trabalhadores escravizados comuns. Eram cientistas e técnicos que ajudaram a criar o Uranverein. Quando os nazistas desistiram do projeto nuclear entre 1941 e 1942, Hitler decidiu que eles não eram mais necessários. – Ele se lembrou das palavras de David. *O ano em que enviaram muitos dos seus melhores cientistas para Auschwitz.* – Mas Walter Brohm precisava deles e os tinha trazido para cá. O conhecimento que a mente deles continha era tão precioso quanto qualquer arquivo de pesquisa, talvez até mais. Podem ter sido escravos, mas sabemos que Brohm queria, sobretudo, ser admirado. Deve ter confidenciado a eles seus planos e esperanças para o futuro. Queria que acreditassem que faziam parte desse futuro.

– Mas eram judeus.

– Sim, eram judeus. Então, não tinham futuro. Não na Alemanha de Walter Brohm.

Ela assentiu com a cabeça e olhou para a extensão do Brocken ao longe, o sinal que os trouxera àquele lugar pavoroso.

– Prometa-me uma coisa.

– Claro!

– Não, espere até saber o que estou pedindo. É importante.

Jamie encarou-a por um momento. Seu rosto estava estranhamente branco. Pálido como a morte.

– Peça, então.

– Prometa-me que, se descobrir que Walter Brohm ainda está vivo, vai usar o dinheiro que obtiver com a recuperação do Rafael para caçá-lo.

Ele nem precisou pensar no assunto.

– Prometo. Se Walter Brohm estiver vivo, vou segui-lo até os confins da Terra e entregá-lo à justiça.

– Não, você não entendeu. Eu não quero justiça. Prometa-me que, se Walter Brohm ainda estiver vivo, você vai matá-lo.

No início, as palavras causaram-lhe um choque de repulsa. O homem que morrera em Wewelsburg tinha sido mais ou menos um acidente, e o caçador na floresta fora pura autopreservação. Será que ela de fato acreditava que ele fosse capaz de cometer assassinato a sangue-frio? Então lembrou-se das longas filas de cadáveres na câmara e da moça com as mãos de pianista. Walter Brohm tinha sido responsável pela morte daquelas pessoas e, se estivesse vivo, fora graças a Matthew Sinclair, que o mantivera assim.

Ele respirou fundo.

– Se encontrarmos Walter Brohm, eu o matarei.

# XLI

– Está livre para ir.

Jamie abriu os olhos e deparou com a porta da cela aberta. E uma mulher alta, de cabelos escuros, estudava-o com a expressão de alguém que acabara de encontrar um rato morto em sua cozinha. Tinha cerca de 40 e poucos anos e vestia um terninho de executiva que funcionava como uniforme.

– *Polizeihauptkommissar* Lotte Muller. – Jamie ficou de pé, massageando a coluna vertebral enquanto ela se apresentava. – E você é o senhor Jamie Saintclair. Passou uma noite confortável?

– Não poderia ter sido mais confortável. – A cama dura e estreita o deixara dolorido como se houvesse fraturado a coluna em três lugares, mas, naquelas circunstâncias, não seria educado lançar dúvidas sobre a hospitalidade dos anfitriões. Já estava totalmente escuro quando chegaram a Braunlage, e uma hora se passara antes que Jamie localizasse a delegacia de polícia. O policial que ouviu a história deles, a princípio, estava irritado; em seguida, perplexo; e, por fim, confuso, antes de lhe mostrarem o Rafael. Foi quando decidiu se precaver, prendeu Jamie por suspeita de qualquer coisa e disse a Sarah que voltasse ao hotel e permanecesse lá.

Lotte Muller deu um sorrisinho contrafeito.

– Talvez esteja surpreso por estar sendo liberado?

Ele meneou a cabeça em negativa.

– Não. Como expliquei para o oficial de ontem à noite, não fizemos nada de errado. Isto é apenas um mal-entendido.

– É claro, um mal-entendido. – A maneira de ela falar era típica dos policiais. Descrença era sua posição padrão. – Naturalmente, haverá certas condições para sua libertação.

– Naturalmente.

– Meu colega do Landespolizei tinha considerado você e sua... companheira de viagem como aventureiros em busca de publicidade, mas, depois, apareceu a questão da pintura. – Algo que lembrava um fulgor apareceu nos olhos pequenos e duros de Lotte Muller, e uma ligeira elevação nos cantos da boca acompanhou a palavra "pintura". Com certeza, o Rafael causara uma impressão adequada. – É claro que ele não se atreveu a abrir a embalagem, porém, quanto mais ele a estudava, mais preocupado ficava. Tão preocupado que acabou tomando coragem para perturbar meu sono tarde da noite. Desde que o dia raiou, passei uma manhã bastante difícil no desfiladeiro Oder tentando comprovar, ou não, sua história improvável. Felizmente, não encontrei nenhum terrorista com metralhadora. Não há mortos entre as árvores, nem corpos no rio. Não há vestígios de sangue ou munição gasta. – Os olhinhos escuros espreitavam os de Jamie. – Mas, então, meus agentes descobriram a entrada para o bunker exatamente onde você e a senhorita Grant indicaram.

– Posso perguntar como a senhorita Grant está?

A expressão de Lotte Muller se suavizou.

– Até onde sei, ela está bem. Deverá estar aqui em poucos minutos. Talvez você prefira refrescar-se um pouco e continuarmos esta conversa na sala de interrogatórios quando ela chegar.

Quem visse Sarah Grant poderia muito bem achar que passara o dia anterior em um SPA, em vez de perseguida por assassinos de metralhadora em punho floresta adentro. Deixara de lado seu jeans e jaqueta de couro costumeiros, e usava um vestido de verão listrado com motivos de doces de confeitaria, que a fazia aparentar ter uns 18 anos. Quando Jamie se levantou para lhe dar um abraço contido, ela exalava um suave perfume de flor de lilás.

– Nem sabia que você tinha um vestido – ele sussurrou.

– Uma garota tem que ter alguns segredos, Saintclair.

– Podemos começar? – Lotte Muller interrompeu-os.

Eles tomaram seus assentos do outro lado da mesa.

A sala de interrogatórios era como a de todas as delegacias de toda parte: pequena, com poucos itens e funcional.

– Tudo bem para você se conversarmos em alemão, senhorita Grant?

Sarah assentiu.

– Você dormiu bem?

– Muito bem. – O sorriso que acompanhou sua resposta escondia o fato de que ela havia passado a noite com uma cadeira escorando a porta do quarto do hotel, e desejando que Jamie não a tivesse convencido a se livrar da pistola que carregava com ela desde Wewelsburg. Tinha passado o tempo trabalhando em uma sinopse da história do Rafael, que enviara por e-mail a alguns jornais e revistas selecionados. Acabara pegando no sono e, quando acordara, sua caixa de entrada estava repleta de ofertas de tirar o fôlego.

A policial ajustou os óculos de leitura enquanto examinava uma folha de papel sobre a mesa.

– Li as declarações de vocês e devo admitir que estou um tanto perplexa. Vocês afirmam que foram caçados pela floresta por homens armados, mas, conforme já informei ao senhor Saintclair, não há nenhuma evidência disso. Não há relatos de tiros. Nenhum cartucho. Nenhum corpo. Não há sinais de qualquer tipo de violência.

– Isso não significa que não aconteceu – Sarah a interrompeu.

– Não, não – Muller concordou. – Mas eu teria preferido mais evidências adicionais. No entanto, temos também a pintura... e o bunker. Você diz que foram levados para o bunker por indicações registradas neste diário deixado por seu avô, mas só deram com a entrada durante a perseguição. – Ela virou uma página, e Jamie reconheceu uma fotocópia do texto bem escrito do diário de Matthew Sinclair. – Um documento notável, e ainda mais notável que você tenha sido capaz de decifrar as pistas, se é que são pistas de fato. – A longa pausa que se seguiu foi um convite para uma explicação; entretanto, Jamie e Sarah não responderam nada, e ela foi forçada a continuar. – Ainda assim, o que importa é que o bunker existe e que nos proporciona uma cena de crime para o qual *há* provas substanciais.

– Os prisioneiros mortos, você quer dizer?

– Isso mesmo, senhor Saintclair. Só porque um assassinato foi cometido há muitas décadas, não significa que possamos ignorar o fato de que isso aconteceu. Visitei o lugar esta manhã. Bastante perturbador. Não se espera ser confrontado com tal barbaridade. Talvez não devesse ser surpresa que coisas como essa surjam de tempos em tempos, mas, ainda assim... Mesmo para alguém como eu, que tenho visto tantas coisas difíceis, foi um momento de comoção. E pensar que uma coisa dessas possa acontecer tão perto deste belo lugar é preocupante. Deve haver uma investigação completa, mesmo que os autores estejam, é bem provável, mortos. Pode levar muitos meses antes que possamos identificar as vítimas.

Jamie permitiu que sua surpresa transparecesse.

– Acha que será possível descobrir quem eram eles?

– Oh, sim, não tenho dúvidas. Em seu depoimento muito conciso ao meu colega ontem à noite, você mencionou o projeto Uranverein. Se estiver correto em sua suposição, isso restringe o campo de modo considerável. Os envolvidos no Uranverein que sobreviveram à guerra deram declarações muito detalhadas sobre seu trabalho para as autoridades aliadas. Temos listas de pessoas que foram transferidas, como se pensava então, para os campos de concentração. Combinando características físicas e usando as mais recentes técnicas de DNA, com certeza seremos capazes de identificar a maioria das pessoas no bunker.

– Eles eram judeus. – A voz de Sarah cortou a atmosfera acolhedora como uma motosserra. – Você parece relutante em mencionar isso.

Lotte Muller contraiu os lábios.

– Sim – ela disse. – Há a probabilidade de que a maioria, se não todos, fossem judeus, o que certamente corresponde à época em que morreram e à situação em que foram encontrados. Mas, para mim, senhorita Grant, são todos vítimas, fossem eles negros ou brancos, homens ou mulheres, cristãos, muçulmanos ou judeus, e vou fazer tudo que estiver ao meu alcance para apanhar quem perpetrou essa atrocidade. Satisfeita?

Jamie olhou para Sarah, e ela concordou com a cabeça, embora um tanto relutante, achou ele.

– Ótimo. Agora podemos voltar para a parte mais agradável da sua descoberta. Você deve estar ciente de que existem outros bunkers no Harz, em Nordhausen, em particular, onde o foguete V2 foi fabricado. Mas

Nordhausen não pode se gabar de uma obra-prima famosa. Você colocou Braunlage firmemente no mapa internacional, senhor Saintclair, você e a senhorita Grant. É claro que devemos realizar uma verificação detalhada para confirmar a sua autenticidade, mas, se esta for mesmo, como não tenho dúvidas de que é, a pintura perdida de Rafael, haverá enorme interesse internacional. O embaixador polonês já está a caminho daqui. Você deve saber, é claro, que o *Retrato de um Jovem* foi retirado do Museu Czartoryski, na Cracóvia. O curador do museu está muito ansioso para recuperar a pintura e está enviando um representante para assistir à remoção, que será realizada pelos restauradores do Staatliche Museen, em Berlim. Talvez lhe seja permitido assistir. Tenho certeza de que a Fundação Princesa Czartoryski está mais do que grata pelo retorno do Rafael, mas isso é algo que você deve discutir com os administradores pessoalmente. – Seu rosto endureceu de novo. – Já recebemos telefonemas da imprensa, muitos telefonemas, a respeito da descoberta. Pelo que entendi, você é jornalista, senhorita Grant?

– E quanto a esses homens que tentaram nos matar? Parece-me que se esqueceu deles – Jamie a interrompeu.

Lotte Muller franziu os lábios.

– É certo que vamos continuar a investigar, mas, a menos que haja mais evidências...

Ele abriu a boca para argumentar, mas Sarah o chutou por baixo da mesa.

– O que vai acontecer com o bunker agora, quero dizer, a longo prazo? – perguntou ela.

– Acho que vai depender da condição estrutural. – A *Kommissar* parecia cética. – Como vocês sem dúvida viram, os andares inferiores foram bastante danificados por uma explosão. Mas, se for estruturalmente sólido, já se fala sobre o governo federal transformar o bunker em um museu e, é evidente, um memorial aos que morreram lá. É claro que estamos muito felizes que ele continue lá, apesar de tudo.

– Não entendi – disse Sarah.

– Claro, não haveria como você saber. – A *Kommissar* Muller estudou o rosto deles. – Todo o complexo estava programado para explodir trinta minutos depois de abrirem a porta atrás da cachoeira. O que os salvou foi um rato, que roeu o cabo principal.

## XLII

– Ao rato que roeu o cabo. – Jamie ergueu o copo e tomou um grande gole de sua cerveja escura Gose, sentado com Sarah do lado de fora de um bar do outro lado da praça em frente ao seu hotel.

– Vou beber a isso – Sarah reconheceu. – E por não termos explodido por todo o Harz. – O sorriso que trocaram era do tipo doentio, e se sentaram por um tempo apreciando a novidade de ainda estarem vivos. – Fiquei surpresa quando ela começou a citar o diário. Acho que você não devia deixá-lo fora de vista.

Jamie deu de ombros.

– Eles o devolveram bem rápido, e não creio que eu tivesse escolha. Confiscaram a mochila como possível prova. Não parecia importar muito, pois o diário já tinha nos levado aonde queríamos.

– Então, o que acontece agora?

Era uma pergunta estranha. Em teoria, pelo menos, o Rafael iria mudar a vida deles. No entanto, Jamie sentia uma bizarra sensação de vazio, de anticlímax, o mesmo que Sarah Grant parecia compartilhar. Era como se a caçada tivesse sido o verdadeiro propósito, e a descoberta só importasse de modo abstrato, e, mesmo assim, qualquer alegria que pudessem extrair dela fora eclipsada pela magnitude de outras coisas que haviam encontrado no bunker de Walter Brohm.

– Eu lhe fiz uma promessa ontem à noite, no caminho de volta para cá, mas é uma promessa que pode ser difícil de cumprir – Jamie admitiu. Em particular, questionava sua precipitação, mas isso podia ficar para outro dia. – Gostaria de ser capaz de terminar o que começamos e levar a história até o fim. Encontramos o Rafael, mas ainda não sabemos o que aconteceu com Walter Brohm. A última missão do meu avô tem um começo e um meio, mas não um fim. As respostas estão lá fora, em algum lugar. Porém, se não há mais nada no diário, não sei que rumo poderíamos tomar.

Um carregador do hotel aproximou-se da mesa, segurando um pacote.

– Isto chegou para o senhor esta manhã. Entrega expressa.

Jamie franziu a testa e, então, lembrou-se de seu telefonema para David. Com as emoções dos últimos dois dias, havia se esquecido da promessa do jovem judeu sobre cavar para obter mais informações. Aceitou o envelope pardo acolchoado e deu uma gorjeta ao rapaz.

– Espero que não esteja escondendo coisas de mim mais uma vez, Saintclair.

Ele viu seu reflexo sorrir nos óculos escuros de Sarah.

– Só um pouco de pesquisa adicional que encomendei. – Jamie rasgou o envelope e espalhou o conteúdo sobre a mesa. Quatro ou cinco fotocópias de recortes desbotados de jornais alemães com as datas em que foram arquivados e o nome da publicação, aparentemente escritos com caneta-tinteiro sobre o original. Todas as datas eram entre meados e final da década de 1930. Em cada uma das fotocópias, alguém tinha destacado duas palavras com um marcador amarelo. *Walter Brohm.*

Sarah arrastou sua cadeira para perto de Jamie para que pudessem ler os recortes juntos.

– Tibete?

– Sim. Brohm disse ao meu avô que havia *caminhado por uma terra de gigantes* e que fora lá que *o havia encontrado*. Pedi a um amigo para verificar a história, e foi isso que ele apurou.

– Um amigo bem relacionado?

– Parece que ele teve sorte.

Todos os recortes documentavam a mesma expedição de 1937, realizada por um grupo de cientistas alemães. Ele examinou as fotocópias uma de cada vez, de modo aleatório, mas Sarah organizou-as em ordem cronológica e se inclinou na cadeira para estudá-las com a intensidade de um erudito.

– Você percebeu alguma coisa? – ela perguntou depois de alguns minutos.

– Só que todos os jornais saúdam o triunfo da resistência, da engenhosidade e das conquistas científicas alemãs sobre enormes desafios e em um dos lugares mais inóspitos do mundo. Não sei como as matérias não estão assinadas pelo próprio Joseph Goebbels. O objetivo principal da viagem parece ter sido o de estudar os nativos. Nenhuma menção ao ocultismo ou sobre procurar a origem da raça ariana. Por quê?

– No primeiro recorte, que é o anúncio de que a expedição será levada adiante, a matéria é bastante específica sobre os objetivos, mas, mais importante ainda, sobre o destino: a cratera Guzong. Porém, nos recortes posteriores, após o retorno dos cientistas, apenas mencionam o Planalto de Chang Tang em sentido mais amplo, uma área de milhares de quilômetros quadrados. É como se quisessem que as pessoas esquecessem o destino original.

– Ou quisessem escondê-lo.

– O que levou você a solicitar este material?

Ele respirou fundo.

– Walter Brohm também disse estar certo de que havia mais a ser encontrado.

Sarah percebeu o que Jamie estava pensando antes mesmo que a ideia houvesse se formado por completo na mente dele.

– Você não pode estar falando sério.

Mas ele estava.

– Não vê? – A cadência de sua voz acelerou. – É o lugar onde tudo começou. É onde Walter Brohm fez a descoberta que poderia mudar o mundo. Não podemos parar agora. Devemos isso ao meu avô: encontrar a resposta. Devemos isso a todas as pessoas que morreram no bunker. Temos que encontrar uma maneira de chegar a essa cratera Guzong.

– É uma loucura.

– Pelo contrário, é o próximo passo lógico. Se não podemos avançar, então, vamos refazer os passos de Walter Brohm até encontrarmos o que ele encontrou.

– Mas você não tem os recursos nem o dinheiro para financiar esse tipo de viagem. Walter Brohm foi patrocinado por um dos comparsas de Adolf

Hitler. Não sei por que, mas não vejo ricaços fazendo fila para lhe entregar dinheiro.

Ele pensou no que Sarah havia dito.

– A casa do meu avô vai acabar sendo vendida. Haverá algum tipo de recompensa pela recuperação do Rafael, provavelmente bastante substancial. Financiarei a viagem com isso.

– Você é o cara mais obstinado, teimoso...

– Pensei que gostasse da minha nova faceta aventureira...

– Não se pode apenas ir para o Tibete quando dá na telha. Os chineses o controlam agora, e não incentivam visitantes.

– Vou encontrar um jeito.

Ela sacudiu a cabeça e, por um momento, Jamie pensou que a tivesse perdido.

– Não, *nós* vamos encontrar um jeito. A história do Rafael pode não me deixar milionária, mas vai me ajudar a bancar umas férias aventureiras com um idiota excêntrico.

Jamie olhou para ela.

– Achei que você já tinha conseguido o que queria...

Sarah Grant empurrou os óculos escuros sobre o cabelo, e o desafio em seus olhos cor de avelã elevou o nível das apostas.

– Também achava isso. Consegui?

Por um momento, Jamie sentiu como se sua alma houvesse sido desnudada. Em poucas semanas, sentia-se mais íntimo daquela mulher do que jamais se sentira em qualquer outro relacionamento em toda sua vida. O pensamento de perdê-la gelava as profundezas de seu ser. Sim, ele tinha dúvidas, mas sobre *o que* ela era, não sobre *quem*. Por fim, concordou.

– Se você quer...

– Pensei que já houvesse deixado isso bem claro, Jamie.

– Você...

– Olá. Senhorita Sarah Grant, certo? E senhor James Saintclair?

Jamie fulminou o intruso com o olhar, mas o homem alto, parado ao lado da mesa deles, não se intimidou com a frieza de sua recepção. Era moreno, com uma beleza que lembrava os polinésios, e tinha um "capacete" de cabelos clareados pelo sol que iria ficar no lugar mesmo em uma forte ventania. O sorriso que mostrava seus dentes brancos e perfeitos não se alterava, e seus olhos azuis vivazes – alguém menos confiante poderia dizer zombeteiros – não perdiam o brilho. O terno cor de canela que usava sobre uma camisa creme teria custado a maior parte do rendimento anual da Saintclair Belas-Artes e ajustava-se com perfeição aos ombros musculosos de nadador. Falava inglês com um sotaque americano. Foi só bater os olhos nele, e Jamie não conseguiu mais tirar a palavra "vigarista" da cabeça.

O visitante esperava por uma confirmação e, quando ela não veio, balançou a cabeça em sinal de aprovação.

– Sim, vocês têm razão em ser cautelosos, uma dupla com um bem tão valioso nas mãos. Acho que me comportaria da mesma maneira se tivesse acabado de encontrar aquela pintura.

– O que faz você pensar que encontramos uma pintura? – Sarah perguntou com inocência.

O amplo sorriso foi substituído por um risinho de falsa modéstia, quase imperceptível.

– Bem, pode ser por conta de a comandante da polícia local tê-los indicado. Agora não vá me dizer que ela se enganou... Não depois de eu ter me dado o trabalho de confirmar no hotel logo ali. Foi daquele hotel que você enviou sua história pela internet, certo? – Ele tirou um cartão do bolso. – Sou Bob Sumner, represento a Corporação Vanderbilt.

Sumner viu que ela estava impressionada e ampliou o sorriso. Agora Jamie compreendia o nível de cooperação da polícia. Vanderbilt era uma das empresas mais poderosas do mundo dos negócios: uma gigante global impiedosa que dominava uma dúzia de indústrias – do tipo que seu coração lhe dizia que não deveria ter permissão de existir, mas que sua cabeça contra-argumentava que sempre existiria. Ele leu o cartão. Confirmava que Bob Sumner era o vice-diretor de operações europeias da Divisão de Mídia Vanderbilt.

– Posso me sentar com vocês? – o homenzarrão solicitou. – Tenho uma proposta para vocês que, espero, acharão interessante.

Jamie moveu-se para dar espaço a ele na pequena mesa, e Sumner deslizou confortavelmente para uma das cadeiras de metal vagas. Sarah tornou-se o foco dos desconcertantes olhos azuis.

– Vou direto ao assunto, se não se importam. Porque em uma hora a imprensa europeia em peso vai baixar aqui por aquela estrada e será tão difícil de contê-los quanto os *panzers* do velho Guderian. Percebam que não estou escondendo o fato de que enfrento concorrência por um contrato com vocês. E também falo em uma parceria dos dois, porque, como verão, embora a senhorita Grant tenha nos oferecido uma reportagem, enxergamos na história um potencial bem mais significativo. Como disse, vocês têm uma mercadoria da qual nós, da Vanderbilt, reconhecemos o valor substancial. Respeitamos o direito de vocês de obter o melhor preço possível por ela. Modéstia à parte, o próprio fato de a empresa ter me enviado é uma indicação disso, e espero convencê-los de que a Corporação Vanderbilt pode lhes proporcionar o melhor ambiente comercial para explorar a história que vivenciaram e levá-la a uma audiência mundial.

– Suponho que isso signifique colocá-la em seu jornal e me pagar por isso?

Sumner fez sinal para o garçom parado perto da porta.

– Posso lhes oferecer alguma coisa? – Eles negaram com a cabeça. – *Kaffee, bitte.*

O norte-americano estudou Sarah e sacudiu a cabeça.

– Não, senhora, não exatamente. A Mídia Vanderbilt possui cento e cinquenta meios de comunicação em todo o mundo. Franquearemos sua história, em formato de série, em todos eles. Além disso, contrataremos você para escrever, ou cooperar com um escritor fantasma, um livro que reúna todos os aspectos da história e da história da pintura. – Ele sorriu com indulgência. – Como *O Código Da Vinci*, mas, de verdade, lucros divididos meio a meio. – Os olhos de Sarah se arregalaram de maneira imperceptível, e Jamie podia afirmar que o estilo "vendedor agressivo" de Bob Sumner cortava a armadura dela como um maçarico. – A Mídia Vanderbilt também é dona ou sócia de vinte e cinco estações de televisão por satélite e terrestres. É nossa intenção financiar um documentário que traça sua busca pela pintura desde o primeiro dia. O filme teria um orçamento substancial e seria apoiado por todos os recursos da Corporação Vanderbilt. Não mediríamos esforços na busca para rastrear a peregrinação da pintura pela Europa. Também estamos intrigados com esse bunker nazista misterioso que vocês encontraram. Eu, pessoalmente, tenho uma curiosidade: como vocês sabiam onde procurar? – O sorriso não vacilou, mas, por uma fração de segundo, Jamie percebeu lascas de gelo onde antes não havia.

– Talvez, quando o cheque chegar, Bob, meu velho. – Jamie caprichou no sotaque arrastado de Cambridge, recebendo um olhar intrigado de Sarah. – Entretanto, ainda não sabemos de quanto estamos falando...

– A Mídia Vanderbilt autorizou-me a oferecer-lhes duzentos e cinquenta mil libras esterlinas pela cooperação na realização do projeto todo, divididos entre vocês da forma como julgarem melhor.

Sarah soltou um "uau" ao ouvir a quantia, que era dez vezes maior do que a maior oferta que recebera. Com esforço, Jamie conseguiu manter seu ar *blasé*.

– Acho que é aceitável como ponto de partida para as negociações – disse ele, cauteloso.

– Há também a questão da turnê mundial.

– Turnê mundial?

O homenzarrão confirmou, balançando a cabeça solenemente.

– Dependendo de o Museu Czartoryski aceitar a nossa oferta para patrocinar a exposição do *Retrato de um Jovem* em catorze metrópoles em todo o mundo, a partir de Cracóvia. Vocês poderiam fechar um acordo para palestras e publicidade durante a turnê por um período de quatro meses, por uma remuneração a ser negociada. – Enfiou a mão em sua pasta de couro. – Tenho detalhes do contrato aqui comi...

– Não – Sarah o interrompeu, fazendo o sorriso de Bob Sumner congelar no rosto. – O restante do pacote parece-me atraente, mas não podemos nos comprometer com nenhuma turnê. Temos mais investigações a fazer sobre o homem responsável pela descoberta do Rafael.

Jamie se perguntou se ela não estaria sendo precipitada. A ideia de passar quatro meses viajando ao redor do mundo à custa da Corporação Vanderbilt, cativando plateias com sua perspicácia e conhecimento acerca do Rafael, tinha seus encantos. Sentiu uma ideia se formar, apenas a sugestão de uma possibilidade.

– Talvez haja uma maneira... – Os olhos azuis insondáveis o encararam. – Vamos assinar o pacote completo, com uma condição...

– Senhor Saintclair, a Corporação Vanderbilt irá lhes pagar uma quantia substancial em dinheiro...

– A história do Rafael não começa na Europa, começa na Ásia. A condição é a de que iremos dizer onde, e faremos parte da equipe do documentário enviada para filmar lá.

Era uma demanda exorbitante e ambos sabiam disso, mas Bob Sumner nem pestanejou.

– Terei de confirmar com os meus chefes, mas não me oponho a isso, em princípio. Precisaria saber, é evidente, o local exato do qual falamos.

Jamie sustentou seu olhar.

– Tibete.

## XLIII

Bob Sumner viu Sarah observando-o do outro lado da praça, enquanto ligava para o chefe a fim de discutir os novos termos. Ele sorriu e acenou enquanto falava.

– Nosso amigo alemão tem uma fotocópia do diário, que obteve com seu contato no departamento de polícia local. Aparentemente, Saintclair se tornou descuidado após descobrir o bunker. Estou fechando o negócio com eles, conforme você aconselhou, mas temos um problema. – Ele descreveu a condição imposta por Jamie e foi surpreendido por uma sonora gargalhada do outro lado da linha.

– Certifique-se de que nosso homem lhe entregue a única cópia do diário e mande-a para mim imediatamente. É perfeito. Precisamos tirar Saintclair de cena e deixá-lo fora do alcance de Frederick, até avaliarmos o que temos em mãos. Não poderia ter planejado melhor. Se houver qualquer coisa útil no diário de Saintclair, nós o trazemos de volta. Se não... bem, será uma pena.

Sumner discutiu os detalhes por alguns minutos antes de voltar para a mesa. Ergueu as mãos em um gesto de rendição.

– Parece loucura para mim, mas meu chefe adorou. Quanto mais arriscado, melhor. Seguir os passos de caçadores de tesouros nazistas. Lutar contra os elementos naturais, o terreno e o poderio da China comunista em uma busca para desvendar o segredo que o Rafael encontrado no bunker oculta. Teremos câmeras focadas em vocês o tempo todo, gravando cada gota de suor e grito de terror. Espero que saiba no que está se metendo, senhor Saintclair.

Uma semana depois, sentado no assento do copiloto do Bell Long Ranger, que comumente inspecionava os oleodutos da Corporação Vanderbilt, Jamie tinha motivos para se lembrar das palavras do executivo.

– Vamos nos aproximar da fronteira o máximo possível, talvez uns trinta quilômetros. – A voz metálica e distorcida do piloto soou em seus fones de ouvido acima do barulho do motor do helicóptero e das pancadas rítmicas das pás do rotor.

– Por que não pode nos levar por todo o caminho?

– Porque, mais perto, voaríamos em uma zona restrita, e, se um dos caças da velha República Popular não nos derrubasse, um dos helicópteros de ataque da Índia o faria. É esse o tipo de lugar para o qual estão indo.

– Obrigado pela informação...

O piloto do helicóptero, um texano jovem, prematuramente grisalho, sorriu por trás dos óculos escuros. De um dos assentos traseiros, Sarah se inclinou para a frente e lhe bateu no ombro.

– O que acontece quando chegarmos lá? – perguntou ela.

– Eu levei a equipe de câmera para Joshimath há dois dias. Estão em contato com um grupo de dissidentes tibetanos. Vocês entrarão por uma antiga rota de contrabandistas através do Passo de Mana, depois subirão rumo a Ngari, bem lá em cima. – Ele apontou para a frente, onde um paredão branco dominava o horizonte.

Sarah espiou pela janela do helicóptero o terreno hostil a uns seiscentos metros abaixo e sentiu um arrepio percorrer seu corpo. Ainda estavam a uns oitenta quilômetros da fronteira do Tibete e as montanhas se erguiam de ambos os lados, lajes escarpadas ladeadas de verde despencando vertiginosamente até os vales rochosos dos rios, que brilhavam de maneira enganosa. Os picos cobertos de neve à frente deveriam ser três vezes mais altos.

– Não vai ser um piquenique, então?

– Moça – disse o piloto com seriedade –, espero que alguém tenha lhe explicado que está indo para o lugar mais inóspito do planeta. Você pode morrer de sede no deserto do Saara ou congelar até a morte no Ártico, mas aqui terá a chance de fazer as duas coisas ao mesmo tempo, enquanto homenzinhos de olhos puxados atiram em você com armas automáticas. Os chineses estão aqui desde 1950 e controlam a região com rigidez. A única maneira de entrar no Tibete legalmente é através de Lhasa. É preciso uma autorização para fazer isso, e seus movimentos são cuidadosamente vigiados enquanto estiver lá. Então, para chegar aonde desejam fazer as filmagens, é necessário entrar *de maneira ilegal*, ou seja, com as próprias pernas, literalmente. Não existem barreiras físicas, porque ambos os lados contam com a dificuldade do terreno, mas terão de passar despercebidos por guarnições do exército, que acham não haver coisa melhor do que a caça de carne humana, e pastores ainda crianças de aparência inofensiva os entregarão por menos de um dólar por cabeça. O ar é tão rarefeito que mesmo as aves têm de andar, e a única coisa que há para beber é chá de manteiga de iaque, que tem gosto de sedimento do rio Hudson. Agora, você me parece estar em muito boa forma, vejo que tem o melhor equipamento possível, e eles me demitiriam por dizer isso, mas você e seu jovem amigo deveriam ter sido aconselhados a mandar o diretor do documentário às favas e dizer para Vanderbilt enfiar o dinheiro dele na bunda, para voltarem direto a Meerut. Poderíamos tomar uma cerveja no deque à tardinha?

Jamie virou-se para Sarah.

– Talvez ele tenha razão. Quer ficar no helicóptero e eu vou sozinho?

Sarah lhe lançou o tipo de olhar que em geral reservava para vendedores de porta muito persistentes.

– Não, obrigada.

O piloto riu.

– Achava mesmo que não. Você não me parece alguém que desiste fácil. Aqui vamos nós. – Ele desviou o helicóptero para baixo, em direção a um povoado insignificante no vale ao longe, à direita. – Obrigado por voar pela Pelican Airways, e tenha um bom dia, pessoal.

# XLIV

– Por que está usando esse cachecol maluco?
– Porque achei que poderia fazer frio, e estava totalmente certo!

Sarah examinou com desgosto a sinistra monstruosidade listrada de roxo e branco.

– Também pode pintar um alvo de arco e flecha no peito e agitar um cartaz onde se lê: "Estou aqui!".

– É o meu cachecol da faculdade, e tenho muito orgulho dele.

– Bem, orgulhe-se dele em outro lugar, Dom Quixote. Prefiro que não sobre para mim enquanto estiverem atirando em você. Ganesh acha que você está com o mal das alturas.

Jamie olhou para o intérprete deles, que sorriu, incerto. Colocou o cachecol para dentro da jaqueta de Gore-Tex, enfiando a ponta dentro das calças, e o outro homem assentiu com vigor antes de voltar para checar os poucos carregadores que a equipe de filmagem havia persuadido a fazer com eles a jornada para o Tibete ocupado. Jamie sentiu de cara um enorme respeito pelos valentes homens da montanha. Sem eles, sabia que a expedição não teria durado vinte e quatro horas. Eram homens pequenos, mas sua constituição franzina era dotada de incrível força e resistência, e cada um deles carregava uma carga que pesava tanto quanto o próprio carregador.

Pelos dois primeiros dias, tinham seguido através de uma paisagem quase alpina de colinas cônicas recobertas por bétulas, carvalhos e rododendros, vales serpenteantes que transportavam riachos velozes e espumantes, e largos prados atapetados de flores. Raros pandas-vermelhos, ursos-pardos e até mesmo leopardos-das-neves habitavam os contrafortes do Himalaia, mas os únicos animais que viram de relance foi um pequeno bando de macacos de aparência esquálida acomodados em uma árvore à beira da estrada e que atiraram frutas podres neles quando passaram. Jamie torceu para que não fosse um presságio. Caminhos estreitos e escarpados ziguezagueavam pelas encostas tornando suportáveis as subidas muito íngremes e permitindo que se aclimatassem para enfrentar o terreno mais difícil à frente.

Foi só no terceiro dia, quando escalaram mais alto e o guia lhes disse que haviam cruzado a fronteira para o Tibete, que Sarah começou a sentir os pulmões travando uma luta para extrair oxigênio do ar. Como era possível sempre ter sentido o ato de respirar como algo garantido, sem nunca lhe haver dado o devido valor? O que ela costumava respirar em Londres tinha a consistência de canja de galinha se comparado àquilo. O mal das alturas era um perigo real, e Jamie insistia em que tomassem seus comprimidos de Diamox todos os dias, mas o medicamento ainda não fizera efeito algum contra a dor de cabeça de rachar que Sarah começara a sentir na segunda manhã e não parara mais. Agora se encontravam no Himalaia propriamente dito, a mais de três mil metros acima do nível do mar, entre a faixa de árvores e a de neve. A magnitude da paisagem montanhosa, com sua luz etérea e cores fantásticas, os oprimia e impressionava, mas Jamie achava que aquele cenário lunar e pedregoso, avivado apenas por ocasionais bandeirolas de preces desbotadas e gastas pelo vento, consumia sua vitalidade a cada passo, e as longas subidas levavam-no ao limite da resistência. Barracas com proteção dupla, mas ainda assim frágeis, proporcionavam o único abrigo, e eles dormiam sobre as impiedosas pedras que se projetavam no colchonete, no saco de dormir e na coluna vertebral. As noites tibetanas eram longas e frias, com tempo de sobra para conversar, pensar e divagar antes que a exaustão sobrepujasse a hiperatividade do corpo. Cada dia era um calvário interminável de escaladas por escarpas pedregosas, que faziam os músculos das panturrilhas arderem e deixavam os pés doloridos e cobertos de bolhas. Jamie marchava em um sonho, confinado na própria bolha ofegante de desconforto, ciente de que Sarah estava a menos de seis metros atrás, penando tanto quanto ele, porém não encontrava energia suficiente para se comunicar com ela. Foi só quando a pequena caravana parou ao lado de um pequeno lago do mais surpreendente, opaco e quase inebriante azul é que tiveram a oportunidade de falar.

Ela se recostou contra uma rocha, permitindo que o sol aquecesse seu rosto, e ele desmoronou a seu lado, aceitando uma garrafa d'água que ela havia retirado da mochila.

Ele bebeu demoradamente antes de devolvê-la.

– Estive pensando – ofegou.

– Eu também.

– Estou começando a me arrepender de ser tão inteligente.

– Ahã – ela resmungou. – Mas é um pouco tarde para mudar de ideia, já que assinamos o contrato e tudo, a menos que você tenha um helicopterozinho disponível aí no bolso para nos tirar daqui.

Gervaise Pearson, o produtor do documentário e líder da equipe de filmagem de três homens, aproximou-se devagar e se sentou ao lado deles. Era baixo e rechonchudo, e parecia deslocado naquelas encostas acidentadas das montanhas. A aparência, porém, era enganosa. Gerry construíra sua reputação filmando curdos perseguidos na zona proibida do norte do Irã e documentando o massacre de tribos nativas por extremistas muçulmanos nas selvas da Indonésia. Era muito mais durão do que aparentava.

– Desfrutando de nosso pequeno passeio, não?

Jamie sorriu, rangendo os dentes.

– De cada momento, Gerry.

– Estava imaginando que diabos vocês vieram fazer aqui... Não que esteja descontente pela companhia. – Lançou um sorriso malicioso a Sarah, que a fez se lembrar de que ele tentara seduzi-la na primeira noite e ainda não desistira.

Ela ergueu a delicada mão para afastar os cabelos dos olhos.

– Estamos fazendo um documentário, Gerry – respondeu com gentileza –, a menos que o sujeito que está apontando a câmera para mim seja algum tipo de pervertido.

– Sei disso, minha querida. Mas o velho Gerry gosta de estar por dentro de tudo, e o velho Gerry acha que vamos nos meter em grandes problemas para filmar o que vai ser apenas uma pequena parte disso. Este documentário é principalmente sobre seu amigo Walter Brohm e o Rafael. A misteriosa cratera tibetana só vai tomar uns dois minutos do início, com uma narração que poderia facilmente ter como pano de fundo uma foto da SS tirada de um banco de imagens e uma panorâmica do Everest.

O cineasta sacou uma agenda, um mapa e uma imagem de satélite da mochila. Ele abriu o mapa.

– Em vez disso, estamos aqui. – Apontou para um lugar dentro da fronteira tibetana. – Ou pelo menos é isso que diz o guia. Pessoalmente, não faço a menor ideia. Nosso destino é aqui. Mais dois dias de caminhada. – Ele colocou a imagem de satélite sobre o mapa. – A cratera que Brohm e seus colegas da SS na Ahnenerbe exploraram em 1939, na qual nossos senhores e mestres estão tão interessados. Quando chegarmos lá, daremos uma geral na cratera, filmaremos você e toda a sua beleza com qualquer coisa de interesse particular, e depois você recita sua fala shakespeariana para a câmera. Como falei, um grande esforço para pouco retorno em um lugar que me dá arrepios. Meus chefes insistiram em que filmássemos na cratera, e creio que a razão de terem sido tão insistentes é porque a Mídia Vanderbilt assoviou, e, quando Vanderbilt assovia, meus senhores e mestres rolam e imploram. Não que esteja reclamando; recebo um belo pagamento e dinheiro extra suficiente pelo risco envolvido, que torna quase suportável passar algumas noites entregue aos percevejos em uma prisão chinesa. Só pensei que, talvez, você tivesse um pouco mais de informação sobre os motivos e as razões, e que essas informações pudessem dar sossego à minha mente conturbada...

Jamie lhe deu um sorriso complacente.

– Creio que não podemos ajudá-lo, Gerry. A única coisa que nos disseram foi que isso seria como dar um passeio por Piccadilly com você no comando, e devo dizer que estavam absolutamente certos até agora.

Enquanto isso, em Londres, Simon estudava os peixes tropicais de Jamie com o cuidado de um cirurgião prestes a fazer a primeira incisão, um cilindro de papelão imóvel em sua mão acima do tanque. Pela segunda ou terceira vez em uma semana, desejou que jamais tivesse concordado em alimentar aquelas malditas coisas. Quanto? Essa era a questão. Se os alimentasse demais, ele os mataria. Se desse pouca comida, poderiam morrer de fome antes que Jamie retornasse. Uma batida à porta livrou-o de ter de tomar uma decisão.

O homem que preenchia o batente era tão largo quanto alto, e os hematomas no rosto sugeriam que havia sofrido alguma espécie de acidente. Simon não era o tipo de pessoa que se assustava com facilidade, mas achou aquela presença intimidante.

– Posso ajudá-lo? – perguntou ele.

– Consegue ouvir alguma coisa?

– Não – Jamie bocejou, piscando contra a claridade mal filtrada pelo material fino da barraca.

– Pode ser um mau sinal.

– Por quê?

– Porque todas as manhãs nesta viagem, ao acordarmos, os carregadores já estão preparando o café da manhã e sendo irritantemente barulhentos ao fazer isso.

– Fique aqui – ele ordenou, arrastando-se com esforço para fora do saco de dormir e vestindo as calças. Enrolou o cachecol em volta do pescoço, calçou as botas de caminhada e vestiu a jaqueta. Estava prestes a abrir a barraca quando algo lhe ocorreu. – Você não vai argumentar comigo?

Sarah tinha os braços atrás da cabeça, fora do saco de dormir, como uma borboleta esperando o momento certo para sair da crisálida.

– Acho que você pode lidar com as coisas até eu estar pronta.

Ele balançou a cabeça e, em seguida, engatinhou para trás e beijou-a nos lábios.

– Obrigado.

– Pelo quê?

– Por nada.

Ele afastou as abas da barraca e saiu para o ar matutino com textura de seda crua. O sol inclemente produzia sombras de contornos precisos por entre rochas e depressões. Haviam armado o acampamento em um recôncavo pedregoso e protegido, perto de uma corrente de água de degelo esverdeada. De imediato, percebeu que Sarah tinha razão. Por acaso todos os outros estavam deitados na barraca com as mãos na nuca? Pareceu-lhe que árvores haviam brotado na extremidade do recôncavo ou, talvez, já que não viam uma árvore sequer há dois dias, fossem estátuas. A placidez delas lembrou-lhe os santos na Basílica de São Pedro, como se observassem do alto o círculo de barracas. Só que santos não carregavam fuzis de assalto AK-47.

– Acho que é melhor você vir conosco – ele chamou Sarah por cima do ombro.

Um gesto silencioso com o cano de um fuzil ordenou-lhe que continuasse a andar, mas, apesar da sensação de vazio nas entranhas, que não tinha nada a ver com a falta do café da manhã, Jamie se manteve firme e esperou até que Sarah saísse da tenda.

– Problemas, hein? – Ela examinou os homens armados na extremidade rochosa ao redor deles. – Quem são...?

Não precisaram de um intérprete para entender que a ordem ladrada significava "calem a boca e juntem-se aos outros", e os dois tomaram os respectivos lugares junto ao pequeno grupo de carregadores e cineastas, assumindo a mesma posição de mãos na nuca como gesto de rendição.

Jamie manteve o rosto para baixo, mas seus olhos conferiram o equipamento e as armas dos captores. Não pareciam ser soldados regulares do Exército Popular de Libertação, o que não era necessariamente tranquilizador. As autoridades chinesas tinham criado uma força policial paramilitar de imigrantes, a *wujing*, ou Polícia Armada do Povo, para patrulhar a fronteira, e não restava dúvida de que havia muitos homens entre as tribos empobrecidas do platô prontos a aceitar a generosidade de Pequim em troca de fugitivos ou intrusos que tentassem violar a porosa fronteira entre a Região Autônoma do Tibete e as províncias do norte da Índia. Aparentemente, estavam armados com carabinas soviéticas SKS e fuzis AK-47, mas Jamie adivinhou que seria a variante chinesa, o Tipo 56, que era praticamente indistinguível da versão de Moscou. A única diferença era a baioneta dobrável ligada ao cano, mas, esperava não chegar perto o suficiente para fazer a comparação. Lidara com o AK enquanto se preparava para a Sandhurst e lembrava-se de seu coice violento e do enorme rombo provocado pelas balas 7,62 milímetros em qualquer coisa infeliz o suficiente para ficar em seu caminho. As armas pareciam limpas e bem cuidadas, ao contrário dos proprietários, uniformemente desgrenhados, sujos e envoltos em diversas camadas de vestimentas variadas, adequadas ao clima em constante mudança das montanhas. Enterrado na cabeça até as espessas sobrancelhas, usavam aquela espécie de gorro de tricô com compridos protetores de orelha que os garotos da Grã-Bretanha às vezes colocavam de gozação no inverno, e os calçados eram uma mistura incoerente de botas de escalada surradas e tênis de corrida de marca. Sentiu Sarah se mexer ao lado dele e desejou que ela não atraísse atenção para si. Uma coisa era certa, tinham de esperar para ver o que acontecia e lidar com as situações à medida que fossem se apresentando. Sem chance de luta. Sem chance de fuga. Aqueles homens os caçariam em poucos minutos. Era muito mais sensato cooperar. Se tivessem sorte, significaria uns dois dias de caminhada e mais dois em uma prisão de Lhasa, antes de serem expulsos. Nem queria pensar no que aconteceria se não tivessem sorte.

Dois homens desceram da borda do recôncavo e gritaram uma ordem antes de empurrarem Ganesh para longe do grupo. Um atirador sentou-se de pernas cruzadas diante do tibetano apavorado, enquanto outro mantinha seu Kalashnikov ostensivamente apontado para a barriga do cativo.

Pelas respostas histéricas de Ganesh, Jamie imaginou que estivesse sendo interrogado sobre a identidade dos ocidentais. Após um tempo, o interrogador assentiu, e seu companheiro gritou uma ordem. Mais quatro homens desceram para o recôncavo, ordenaram que os carregadores pegassem suas cargas e levaram-nos pela trilha junto com o intérprete aterrorizado.

Apesar do frio intenso, Jamie podia sentir riachos de suor escorrendo pela espinha. O cenário o fazia recordar das histórias que tinha lido sobre o Vietnã e o Camboja. Sem testemunhas para depor sobre o destino dos imundos capitalistas ocidentais ou lacaios da CIA. Pelos olhares desesperados que Gerry lhe lançava, adivinhou que o cineasta também as lera. Jamie sacudiu a cabeça. Tentar fugir só pioraria as coisas. Pelo menos assim ele tinha a chance de implorar pela vida de Sarah antes que alguém metesse uma bala nele.

A essa altura, os milicianos remanescentes revistavam as barracas e retiravam qualquer coisa de valor. Gerry fez uma careta quando começaram a manusear desajeitadamente o caro equipamento de filmagem, mas Jamie só tinha olhos para o interrogador, que caminhava em direção aos prisioneiros restantes com as passadas largas e altas de um homem da montanha. O atirador possuía olhos amarelos de leopardo e rosto mongólico e sisudo. Aqueles olhos os inspecionaram, de modo deliberado, passando por um homem de cada vez e, então, com o cenho levemente franzido, virando-se para Sarah. O que significava a carranca? Talvez ela o lembrasse alguém. Talvez matar mulheres fosse contra suas regras. Mas aquele homem não parecia ter nenhuma regra.

O tibetano gritou uma série de ordens. De imediato, metade dos homens restantes empurrou a equipe de filmagem para a entrada do buraco, gesticulando que pegassem o equipamento de câmera no caminho. Gerry lançou a Jamie um olhar desamparado enquanto eram conduzidos por um par de homens armados de cada lado, mas ele tinha suas próprias preocupações. Um dos captores restantes tentava levar Sarah, e quando ela foi conduzida para fora protestando alto, Jamie fez menção de ir com ela. O resultado foi uma coronhada na barriga que o dobrou em dois e o deixou ofegante.

– Minha esposa – ele engasgou. – Tenho de ficar com minha esposa.

Santo Deus, ele se sentia como se houvesse levado um coice de um burro. O baço estava em algum lugar lá dentro, e uma ruptura de baço seria pra lá de inconveniente em pleno Himalaia. Respirando com muita dificuldade, caiu para a frente de joelhos, o rosto no chão. Um par de botas de couro arranhadas apareceu diante de seu nariz. Percebeu que uma delas estava amarrada com barbante.

Ergueu a cabeça e deu com um impiedoso par de olhos cor de âmbar. O cano do Kalashnikov pescou seu cachecol e o levou para cima.

– King's College, não é? – comentou o interrogador no inglês perfeito dos colégios aristocráticos. – Cursei a Trinity, e lá achávamos que vocês não passavam de uns comunistas fedorentos que viviam enchendo a cara de cerveja.

## XLV

A edificação de janelas cegas do mosteiro em ruínas empoleirava-se precariamente em um penhasco diante do longo vale, agarrando-se como musgo à pedra cinzenta fraturada. Haviam caminhado por horas a fio e, ao chegarem, justo ao cair da noite, Jamie e Sarah já não sentiam os próprios pés. Ao longo da jornada, a cabeça do inglês se enchera de perguntas para o comandante do que ele agora percebia ser um grupo de insurgentes tibetanos leais ao deposto dalai-lama, mas o líder apenas sorria com tristeza e lhe dizia para poupar o fôlego.

Quando chegaram ao mosteiro, foram alojados numa minúscula cela monacal no segundo andar. Enquanto Jamie conferia o conteúdo de sua mochila, Sarah esticou o seu saco de dormir sobre a cama de pedra e fechou os olhos. Antes de cair no sono, ela sussurrou:

– O que foi aquele negócio de me chamar de esposa, Saintclair? Você ainda nem me pediu em casamento.

Ele tentou pensar em uma resposta adequada, mas a respiração pesada dela o avisou de que Sarah já adormecera. Exausto além do exprimível, encostou-se na parede de barro e permitiu que a cabeça repousasse entre os joelhos.

Depois do que lhe pareceram apenas alguns segundos, uma mão tocou seu ombro e ele abriu os olhos, encontrando um dos jovens tibetanos sorrindo-lhe com timidez. Seguiu o menino até o térreo, onde o comandante encontrava-se sentado ao lado de uma fogueira de esterco de iaque, lendo o que parecia ser o diário do produtor do documentário.

Ele ergueu os olhos quando Jamie entrou.

– Diga-me: por que deseja visitar nosso lugar sagrado?

– Isso é loucura, claro – disse ele assim que Jamie terminou de falar. – A *wujing* e o ELP, o Exército de Libertação Popular, patrulham as estradas e os passos de cada um. Era só uma questão de tempo antes de vocês serem descobertos. Se a *wujing* os tivesse levado, teriam estuprado a mulher e fuzilado todos, depois largariam os corpos em uma vala para os abutres. Você teve sorte de os encontrarmos antes. Enviei os cineastas de volta; não podemos nos dar o luxo de ter nosso rosto aparecendo na Sky ou na BBC. Os carregadores também vão retornar depois de ajudar a reabastecer nossas lojas.

– Por que nos manteve aqui?

Os olhos dele endureceram.

– Porque vocês me intrigam. Sua história é tão improvável que poderia muito bem ser verdadeira, mas há outras possibilidades. Talvez sejam da CIA, que nos abandonou há muitos anos, embora nos últimos tempos venha tentando conquistar nossos representantes em Washington. Ou talvez esse seja um daqueles enigmas sutis que os chineses tanto apreciam, e você tenha sido enviado para nos espionar, ou nos atrair para uma armadilha. Se for esse o caso, vamos todos morrer juntos.

– Eu falei a verdade. – Jamie esperou por uma reação, mas não houve nenhuma. – Você sabe tudo sobre nós, mas eu não sei nada sobre você...

O guerrilheiro olhou para a escuridão através da janela.

– Não usamos o próprio nome, pois isso poderia pôr em perigo nossa família aqui e na Índia, mas você pode me chamar de Tenzin. Quanto a *o que* somos – ele parou por um momento, buscando a definição precisa –, bem, somos fantasmas.

A palavra, à luz tênue e bruxuleante da pequena fogueira, com as sombras que dançavam sobre as paredes de barro cinzento, causou um calafrio que atravessou o corpo de Jamie. Tenzin tirou o pesado casaco de lã e expôs o manto marrom avermelhado de um monge tibetano.

– Sim, sou da gelug, uma das linhagens do budismo tibetano, senhor Saintclair. Mas também sou um patriota. Por que isso deveria surpreendê-lo?

A tradição do sacerdote guerreiro faz parte da sua própria cultura, desde os primórdios do cristianismo. Não teria uma ordem religiosa inteira, os Cavaleiros de São João, lutado nas Cruzadas?

Antes, Jamie estimara a idade de Tenzin em pouco mais de 40 anos; entretanto, agora que podia ver direito o rosto do monge, percebia que era pelo menos uma década mais jovem, os traços prematuramente envelhecidos pelas privações da vida que escolhera viver.

– Tinha a impressão de que a única oposição aos chineses no Tibete fosse do tipo não violenta.

– Sim, e tem sido um sucesso espetacular, não é? Mais de um milhão de tibetanos mortos desde a invasão em 1950, centenas de milhares de pessoas ainda estão sendo torturadas em prisões chinesas, o nosso povo brutalizado, nossa terra saqueada e poluída, mentiras sendo ensinadas aos nossos filhos, nossa religião afogada no sangue de monges e monjas. Seis mil mosteiros destruídos. O que você vê ao redor já foi um dia um grande centro de aprendizado e, agora, serve de abrigo apenas para aranhas, morcegos, urubus... e fantasmas.

O tom não continha emoção, mas as palavras evocavam imagens de vidas inteiras de dor e sofrimento. Jamie lutou para encontrar a resposta certa e não conseguiu.

– Sinto muito, eu não sabia.

Tenzin riu.

– E por que deveria? Uma disputa entre vizinhos em um lugar distante. O forte supera o fraco, mas o Quomolonga, que vocês conhecem como Everest, ainda está aberto aos turistas alpinistas. O Tibete não são as Falklands. Os oprimidos não falam inglês. Então, por que se importariam com a gente?

– Você fala inglês, e fala muito bem – Jamie observou.

– Claro. Fui mandado para um colégio na Inglaterra, a partir de Déli, onde meu pai foi um dos poucos afortunados que enriqueceram no exílio. Em Winchester, provei ser inteligente, embora exótico, e fui tratado da maneira como meninos exóticos são tratados em colégios aristocráticos. Foi onde aprendi a inutilidade da resistência passiva. Quando fui para Cambridge, não me sobressaí tanto. Fiz muitos amigos, alguns dos quais agora apoiam a minha pequena Cruzada aqui nas montanhas. Kundun, o dalai-lama, não aprova o que fazemos, mas fazemos assim mesmo. Uma patrulha ou uma escolta emboscadas em alguma passagem do desfiladeiro. Uma guarnição *wujing* atacada em sua fortaleza enquanto dormem. Tentamos proteger aqueles que desejam fugir para a Índia. Alfinetadas fúteis, você pode argumentar, mas o suficiente para lembrar os invasores de que o Tibete ainda tem dentes, e eles não são bem-vindos aqui. Então, desaparecemos, como fumaça, através da fronteira. O Tibete é um lugar onde mito, lenda e verdade tornam-se indistinguíveis com rapidez, senhor Saintclair. Relatos de nossos feitos são sussurrados entre os oprimidos e dão-lhes esperança. Assim, são os Fantasmas dos Quatro Rios, os guerrilheiros do Kamba renascidos, a prova de que alguns tibetanos ainda estão dispostos a lutar e morrer pela liberdade.

Um jovem combatente entrou na sala com um fuzil no ombro, e, enquanto Tenzin lhe dava suas ordens, Jamie ponderou sobre a realidade por trás da declaração feita em fala mansa. *Desaparecemos como fumaça*. Sabia que a verdade devia ser brutalmente diferente. Os chineses enviariam divisões inteiras de tropas especialmente treinadas nas montanhas para caçar homens como aqueles. Os olhos inexpressivos dos seguidores de Tenzin contavam outra versão. A de homens vivendo no limite; talvez, além dele. Homens que sabiam que seu tempo era curto e seu fim, inevitável. Para os Fantasmas dos Quatro Rios, cada novo suspiro, cada batimento cardíaco, era mais uma batalha vencida.

Quando o rapaz saiu, Jamie disse:

– E Pequim não pressiona a Índia para que vocês parem de fazer essas incursões?

Tenzin se inclinou sobre o fogo e permitiu que as chamas aquecessem as folhas de um ramo, que de imediato exalou uma fumaça acentuadamente perfumada. Entregou a Jamie outro ramo e convidou-o a fazer o mesmo.

– Agora você cometeu um ato de rebeldia contra o regime e está tão sujeito à prisão e tortura quanto eu. A queima dos ramos de zimbro agrada Buda, mas desagrada os opressores. Os indianos nos ignoram, porque os chineses não reconhecem nossa existência. Porque isso seria uma admissão de fracasso, um desmascaramento. Desejam que o mundo acredite que, depois de cinquenta anos de seu governo benigno, o Tibete é uma sociedade pacífica e ordenada. Em seu orgulho desmedido reside a nossa força. – Ele levantou a cabeça e fixou o olhar em Jamie. – Quando conversamos antes sobre o lugar sagrado, pareceu-me que sua história não estava completa.

Jamie o estudou com cautela. Limitara a narrativa sobre a expedição ao que a equipe do documentário sabia, e pretendia deixar as coisas assim.

– Por que acha isso?

– Então, foi apenas coincidência que uma unidade especial de engenheiros chineses também tenha se interessado por ele no mês passado?

– Conte a ele, Jamie. Conte-lhe tudo.

Jamie olhou para cima e viu Sarah parada no topo das escadas.

– Tudo bem – balançou a cabeça, concordando.

E falou a Tenzin sobre Walter Brohm e a descoberta que iria mudar o mundo.

A cratera era enorme e, enquanto Jamie a observava através de binóculos de um esconderijo abrigado a mais de um quilômetro e meio de distância, percebeu que Tenzin estava certo e que não havia a menor possibilidade de chegarem perto da extremidade na base da encosta, quanto mais a seu interior. Soldados chineses formigavam na entrada, enquanto tratores e equipamentos de terraplanagem escavavam a terra por centenas de metros ao redor e a despejavam sobre caminhões que iam e voltavam por uma estrada de brita que havia sido aberta na lateral da cratera.

– Deixe-me ver. – Com relutância, ele deu os binóculos para Sarah, que se contorcia de impaciência a seu lado.

– Certifique-se de que o sol não bata nas lentes – alertou.

– Não sou idiota, Saintclair. – Ela focou na operação de escavação. – Isso tudo deve estar custando milhões. A maior parte dos equipamentos deve ter sido trazida de helicóptero. Seja lá o que estiverem garimpando aqui, deve ser incrivelmente valioso.

– Não é uma mina, é um santuário – explicou Tenzin com paciência. – Um lugar sagrado há mil anos. Estão escavando inutilmente, retirando nada além de terra e pedra. Procuram a Pedra do Sol, ou vestígios de sua passagem, mas você não pode roubar o que já foi roubado.

*Pedra do Sol*. Os cabelos na nuca de Jamie se arrepiaram quando ouviu a expressão pela primeira vez.

– Muito antes da época de Buda, um meteorito caiu aqui. – Tenzin notou o olhar de Jamie. – Sim, senhor Saintclair, sou uma espécie de geólogo amador. Escolhi a matéria em Cambridge, quando estudava física aplicada, e um monge tem muito tempo para leitura. Como você pode ver, deve ter sido muito grande para provocar uma cratera deste tamanho. Noventa por cento deveria ter-se queimado na atmosfera e, no impacto, o restante normalmente teria se desintegrado, criando uma enorme nuvem de poeira. Esta é uma área rica em crateras desse tipo, só que a maioria delas é muito menor. Houve época em que um homem poderia enriquecer recolhendo resíduos de meteoritos caídos, minerais vitrificados conhecidos como tectitos. Mas este era um meteorito como nenhum outro já visto. Continha uma substância tão indestrutível que escavou um túnel de dois metros e meio de diâmetro, por quase dois quilômetros e meio, na rocha viva. Se você se deslocar um pouco para a esquerda, senhorita Grant, poderá ver a entrada do poço.

– Como é que você sabe tanto sobre isso? – Sarah perguntou.

– A história tem sido transmitida através das gerações – respondeu Tenzin com simplicidade, como se nenhuma outra explicação fosse necessária. – Os homens santos da época acreditavam que a devastação causada pelo meteorito fora a ira do deus Sol. E vieram até aqui para realizar um ritual para apaziguar o deus.

– Um sacrifício?

Tenzin assentiu com tristeza.

– Eram tempos menos esclarecidos. Sete prisioneiros foram levados para baixo do poço que o meteorito tinha escavado na terra, mas, enquanto preparavam as vítimas para o sacrifício, descobriram algo surpreendente.

Jamie descobriu que prendia a respiração e, quando olhou para Sarah, viu que seus olhos estavam arregalados, como os de uma menininha ouvindo uma história de ninar assustadora.

– A Pedra do Sol. Não se parecia com nada que já tinham visto antes, escura, perfeitamente esférica, e com uma particularidade que os deixou maravilhados: não estava sujeita às leis da gravidade. Ou, mais corretamente, era gravitacionalmente neutra. Flutuava. Os antigos acreditavam que o deus Sol enviara a eles a semente da destruição da Terra, e a temiam. Decidiram que ela jamais deveria ser tocada de novo pela luz de seu criador. Por duzentas gerações, a Pedra do Sol foi mantida em sua caixa forrada de chumbo para nunca mais poluir a terra, a água ou o ar. Mas, então, os alemães apareceram.

# XLVI

De volta ao relativo abrigo do mosteiro, Sarah olhou para as cintilantes chamas sedentas por oxigênio de uma pequena fogueira. Grossos quadrados de pano cobriam as janelas daquele aposento no piso inferior para garantir que nenhuma luz pudesse escapar, e a fumaça era filtrada por um buraco no teto para se dissipar por aberturas nos andares superiores. Ela podia ouvir o sutil rumorejo e o farfalhar enquanto a colônia de morcegos da construção preparava-se para a caçada noturna. O contraste entre o que via agora e a imensa concentração de tecnologia que haviam testemunhado antes fazia sua cabeça girar. Era como se houvesse sido sugada por uma espécie de túnel do tempo que a tinha lançado no século XIV. No entanto, a realidade da cratera os havia acompanhado como um fantasma vingativo e estava ali ao redor deles na sala.

– Então, a Pedra do Sol é a chave? Walter Brohm descobriu uma substância de outro mundo e estava determinado a explorá-la?

– Não importa o que pensemos sobre Brohm, ele era mesmo um físico brilhante – Jamie concordou. – Do mesmo nível de Oppenheimer, talvez até mesmo de Einstein. Não demoraria muito para ele descobrir que isso era algo completamente fora de sua experiência.

– E ele passou os oito anos seguintes trabalhando para desvendar seus segredos.

– Sim, e se ele tivesse tido a chance de trabalhar com isso exclusivamente poderia ter conseguido, mas a guerra o atrapalhou. Quando foi recrutado para o projeto de construção da bomba nuclear de Hitler, ninguém deu a mínima para sua obsessão. Pelo que meu avô disse no diário, ele foi forçado a trabalhar em segredo, o que teria sido considerado, no mínimo, deslealdade, talvez até mesmo traição. Walter Brohm era um legítimo gênio mal compreendido.

– Mas ele nunca desistiu.

– Não Brohm. Ele era cruel e ambicioso, e viu na Pedra do Sol uma oportunidade para gravar seu lugar na História. Dilemas éticos ou morais nunca passaram por sua cabeça. De alguma forma, ele descobriu o que era o material e para o que poderia ser utilizado. Para seu infortúnio, quando enfim tinha uma prova de seu verdadeiro potencial, Adolf Hitler havia perdido a fé nos cientistas nucleares.

– Ele também temia a Pedra do Sol. O que isso nos mostra?

A voz de Tenzin cortou a conversa.

– Mostra-nos que os antigos sacerdotes estavam certos, senhorita Grant. A Pedra do Sol tem o potencial de destruir o mundo.

Eles o encararam.

– Você não entende? – O tibetano continuou. – Na Pedra do Sol reside o poder do sol. É o material que alimenta as estrelas. Uma fonte de energia infinita, mas também uma fonte de destruição infinita. O que tem mais potencial do que a fissão nuclear? Qual é o Santo Graal da ciência?

Eles ainda não entendiam o que o tibetano dizia.

– Fusão nuclear. Poder controlado e ilimitado a partir da junção de dois núcleos atômicos para formar um único núcleo mais pesado. A fusão foi alcançada pela primeira vez na década de 1930, mas nunca foi aproveitada como fonte confiável de energia nuclear. Quem descobrir uma maneira de controlá-la terá o poder econômico para manter o mundo como refém. E o poder militar. Porque, com a fusão nuclear controlada, vem a bomba de fusão. Potencialmente centenas de vezes mais poderosa do que uma bomba nuclear convencional.

– Se eles sabem tanto sobre fusão nuclear e trabalharam nela por tanto tempo, por que não podem controlá-la? – Jamie perguntou.

– Porque nunca foram capazes de descobrir o catalisador necessário que lhes desse tanto a alta produção de energia de que precisam como o controle para contê-la em um reator de fusão. Acho que Walter Brohm acreditava ter descoberto esse catalisador.

– A Pedra do Sol?

Tenzin assentiu, e a expressão em seu rosto sério tornou-se ainda mais sombria, mas Sarah o interrompeu antes que pudesse continuar.

– Você disse que uma bomba de fusão poderia ser cem vezes mais poderosa do que qualquer coisa que temos agora... Seria extremamente destrutivo, mas ainda assim não acabaria com o mundo.

– Tem razão, porém isso pressupõe que, seja lá quem construa a bomba, compreenda com o que está lidando. A bomba de fusão é basicamente fusão nuclear sem controle, uma reação em cadeia que resulta em uma explosão termonuclear. E se não houver limite para essa reação em cadeia? Se a pedra é de fato o material que alimenta as estrelas, poderia ser o catalisador não para uma fonte ilimitada de energia, mas o que transformaria a Terra num inferno que queimaria por cem milhões de anos.

Mantiveram silêncio por alguns instantes, cada um perdido na própria visão do fim do mundo. Por fim, Jamie expressou com calma:

– Por que você nos trouxe aqui?

Os olhos de Tenzin se estreitaram, e sua voz tornou-se solene.

– Parece-me que alguma força ligou vocês irrevogavelmente à Pedra do Sol. Vocês receberam o diário, que, por sua vez, forneceu-lhes o nome de Walter Brohm. Agora, ele os trouxe até aqui. Foram enviados a mim por um motivo. Acho que cada etapa de sua viagem tem sido direcionada para um resultado.

– E que resultado é esse?

– Vocês devem retornar à Europa e continuar sua busca. Acredito que apenas vocês dois podem garantir que a Pedra do Sol jamais caia nas mãos daqueles cuja ganância, ambição ou loucura destruiria a todos nós.

Sarah o fitou, a confusão estampada em seu rosto – além de outra coisa, que Jamie não conseguiu precisar.

– Mas como faremos isso? Você não pode colocar essa responsabilidade sobre nós. Somos apenas... duas pessoas comuns. Não temos nem força, nem recursos. – Ela meneou a cabeça em negativa. – Não conseguiríamos. Quem tem de lidar com isso são os governos.

– Pelo contrário, senhorita Grant. – A expressão no rosto de Tenzin era severa. – É com os governos que vocês devem tomar cuidado. Governos como o que invadiu e oprimiu meu país dariam ou fariam qualquer coisa para pôr as mãos na Pedra do Sol e liberar seu poder. O comunismo não tem alma, assim como o fascismo não tinha, mas e quanto ao capitalismo? Você acha que os norte-americanos seriam diferentes? Em 1971, Richard Nixon traiu o meu povo com um aperto de mãos e um sorriso de Mao Tsé-Tung. Deveríamos esperar mais do atual presidente?

– Mas o que podemos fazer?

Tenzin encarou-a com seus olhos de leopardo.

– Quando chegar a hora, terão de tomar uma decisão. Só neste instante saberão o que fazer.

Sarah lançou um olhar angustiado para Jamie, mas ele já resolvera. Sentia-se banhado pela aura criada pela força e determinação do monge. Aquele tinha sido seu destino desde o início. Aquele era o capítulo final da história de Matthew Sinclair. Terminaria o que o avô havia começado.

– Devemos partir pela manhã.

Tenzin estabeleceu um ritmo penoso enquanto o grupo de catorze homens retornava em direção à fronteira, mas, no segundo e terceiro dias, tornou-se progressivamente cauteloso. Por duas vezes, esconderam-se sob as pedras ao som de um avião que sobrevoava baixo, bem acima deles.

– Temos sorte de eles não terem peças de reposição para manter os helicópteros Black Hawk no ar – o tibetano confidenciou a Jamie. – Os jatos J-7 e J-11 com base em Lhasa são muito rápidos para conseguir nos atingir entre as montanhas, mas há aviões de reconhecimento partindo de aeroportos menores por toda a fronteira e, se nos virem, chamam uma patrulha para nos interceptar.

– Pensei que o Black Hawk fosse um helicóptero norte-americano – disse Sarah.

– Isso mesmo, senhorita Grant. Os defensores da democracia norte-americanos sancionaram a venda de vinte UH-60 para a China durante a década de 1980, que eles, com bastante agilidade, usaram para reprimir qualquer ressurgimento da democracia no Tibete. Irônico, não?

No final da tarde, um dos insurgentes que estiveram cobrindo a retaguarda da pequena coluna saiu de sua posição e foi conferenciar com Tenzin. O monge assentiu, e seu rosto estava sério quando se virou para Jamie e Sarah.

– Estão vindo.

Se Jamie achava que o ritmo havia sido puxado nos últimos três dias, logo descobriu como estivera enganado. Os tibetanos os livraram das mochilas, e Tenzin partiu num trote que logo fez os pulmões de Jamie gritarem por oxigênio. Bastava o pensamento do que aconteceria se os chineses os apanhassem para fazê-lo continuar, mas, mesmo assim, após dez minutos, Jamie já desejava que o monge diminuísse o ritmo ou torcesse um tornozelo, qualquer coisa para deter o ardor em seu peito. Foi só quando Sarah começou a cambalear e dois dos insurgentes foram forçados a carregá-la que Tenzin desacelerou para uma passada rápida.

– Temos de ficar à frente deles até escurecer – explicou o líder tibetano. – Se eles forem da *wujing*, aprenderam a temer a noite e os Fantasmas dos Quatro Rios, e vão parar, enquanto nós continuamos. – O coração de Jamie quase parou com a ideia de atravessar aquela paisagem implacável no breu de uma noite do Himalaia, mas as palavras seguintes de Tenzin deixaram-no mais motivado. – É possível que os soldados que estão nos seguindo sejam soldados das forças especiais com treinamento em montanhas. Esses homens não temem nada e estão equipados com aparelhos de visão noturna.

– Como saberemos? – Jamie perguntou, ofegante.

– Se ainda estiverem conosco pela manhã... – disse Tenzin, e voltou a apertar o passo.

O que se seguiu foi a noite mais longa da vida deles. Tenzin manteve o ritmo incessante da marcha por horas a fio, parando uma única vez para lhes permitir descansar e beber água. Dez minutos de trote seguidos por dez minutos de caminhada para conservar as forças cada vez menores. Jamie e Sarah corriam com um tibetano de cada lado, sussurrando palavras incompreensíveis de encorajamento enquanto prosseguiam na íngreme escalada com as pernas bambas. Na escuridão de ar rarefeito, cada suspiro parecia um estertor de morte; cada batimento cardíaco, o golpe de martelo que precede um ataque apoplético. Por fim, viajavam como se estivessem num sonho, os corpos empurrados para além dos limites humanos de dor e exaustão, os movimentos automáticos e a mente em busca de refúgio num imponderável nirvana. Tempo ou distância não tinham significado algum; poderiam ter caminhado por cinco quilômetros ou cinquenta. Foi somente às primeiras luzes do amanhecer no Himalaia, aquela luz suave e alegre que adornava os picos distantes como um halo rosado, que perceberam que estavam vivos, que viveriam, e com isso veio a terrível ideia de que logo saberiam se o martírio na escuridão havia valido a pena.

Aos trinta minutos do novo dia, Tenzin ordenou uma parada, mas insistiu em que todos ficassem de pé. Jamie o odiou por isso, mas sabia que, se desabasse no chão, jamais levantaria de novo. Sarah oscilava entre os dois acompanhantes com os olhos fechados, resmungando algo para si mesma. O tibetano fitou o horizonte distante. Jamie seguiu seu olhar, mas não conseguiu enxergar nada, exceto inúteis pedras cinzentas.

– Eles estão aqui. A uns três quilômetros.
– Como sabe?
– O vento carrega a mensagem deles. Não sei como, apenas sei.
– Então, estamos acabados. – Jamie lutou contra o desejo de se deixar desabar no chão. Sarah e ele até poderiam ser poupados, mas não havia esperança para aquele homem que ele havia aprendido a respeitar e admirar.
– Talvez não – respondeu Tenzin. – Como a maioria das forças especiais, eles operam em unidades pequenas, talvez em grupos de apenas quatro ou cinco. Se originalmente acompanhavam uma patrulha *wujing*, devem tê-los deixado para trás durante a noite. É possível que nos vejam e achem que somos muito fortes para eles. Por outro lado, são os melhores soldados treinados do Exército de Libertação Popular, o equivalente ao seu Serviço Aéreo Especial, e possuem muito orgulho. Esse orgulho pode fazê-los seguir em frente. Temos uma coisa a nosso favor: estamos a menos de três quilômetros da fronteira. Se pudermos ficar à frente deles, alcançaremos o território indiano.
– Eles vão parar na fronteira?

Tenzin deu de ombros.

– Veremos. Depende das ordens que têm e da importância que temos para eles. Se depararam com nosso rastro por acaso e resolveram nos seguir, não vão cruzá-la. Porém, se sabem que estivemos na cratera...

Ele berrou uma ordem, e a coluna se pôs em movimento, com duas sentinelas na dianteira e duas guardando a retaguarda. O homem à esquerda de Jamie lhe lançou um sorriso, mas este não lhe alcançou os olhos. Além do costumeiro odor de manteiga de iaque e de corpos sujos, Jamie pôde sentir outro odor, rançoso e forte. Medo. E sabia que o outro homem devia estar sentindo o mesmo que ele.

Virou-se para dar apoio a Sarah, mas ela estava além de qualquer encorajamento, dependurada nos dois tibetanos como uma boneca de pano. Cerrou os dentes e se pôs a correr.

O primeiro tiro veio quando tinham coberto menos de um quilômetro e meio, um estalo no ar rarefeito que ecoou nas montanhas como uma saraivada ao redor deles. Jamie cambaleou até se deter, e olhou para trás ao longo da trilha. Agora podia avistá-los, seis pequenas figuras seguindo o rastro deles como um arminho segue um coelho.

– Venha. – Tenzin sacudiu seu ombro. – Foi apenas um tiro de aviso. Logo estaremos ao alcance deles. Continue em frente.

Jamie forçou suas pernas a se moverem e deu início ao refrão mental da marcha militar. *Um pé na frente do outro. Um pé na frente do outro.* Outro tiro pipocou, e ele ouviu o inconfundível *zing* de uma bala ricocheteando de uma rocha à sua esquerda.

Tenzin ladrou uma nova ordem, e dois dos tibetanos saíram da formação e se ocultaram nas rochas ao lado da trilha. Jamie se sentiu mal. Os dois homens seriam o preço por sua vida e pela de Sarah. Não importava quão determinada fosse a perseguição, os soldados chineses teriam de lidar com a ameaça em seu flanco. Isso os atrasaria. Mas não por muito tempo. Dois guerrilheiros pouco treinados contra a elite do exército chinês. Entretanto, tempo suficiente para Tenzin conduzi-los à fronteira.

Com a constatação de que iriam sobreviver, suas pernas encontraram força renovada, e ele ignorou o homem ao lado dele, prosseguindo adiante com a própria potência. Mais tiros se seguiram, mas nenhum passou perto. Chegaram a uma ampla escarpa margeada por colinas de rochas irregulares, que a princípio erguiam-se e depois mergulhavam quase verticalmente rumo ao sul. Só havia uma saída, à frente, onde dois picos eram divididos por um desfiladeiro que, segundo Jamie presumiu, devia demarcar a fronteira.

Arriscou um olhar para trás, bem quando uma rajada no modo automático confirmou o primeiro contato entre os perseguidores e os dois homens deixados para trás. Jamie sabia que seria apenas uma questão de minutos, mas o desfiladeiro estava mais próximo agora e...

Um trovão abafado transformou-se em um rugido paralisante de dar nó no estômago. Por uma fração de segundo, uma sombra monstruosa cobriu o céu e, então, desapareceu. Jamie olhou para cima e viu um avião turbopropulsor, semelhante a um Hércules da Força Aérea Real, voando em direção ao desfiladeiro. Enquanto observava, o piloto inclinou o avião sobre a rota deles, e uma série de pontos brancos saíram dele. Em poucos segundos, abriram-se quinze ou vinte enormes paraquedas. A princípio, Jamie pensou se tratar de algum tipo de lançamento de suprimentos, mas depois percebeu que o tamanho avantajado dos paraquedas era para compensar o ar rarefeito nas montanhas, e o que pendia abaixo deles não eram contêineres, e sim mais soldados das forças especiais que os perseguiam. Estavam encurralados.

# XLVII

Tenzin reagiu de modo instantâneo. Desviou-se para a direita, rumo às colinas a uns quatrocentos metros de distância, onde as pedras ofereciam mais cobertura do que a trilha aberta. Chiru, o mais jovem dos guerrilheiros, segurou o ombro de Jamie e o conduziu para longe do perigo, o tempo todo lançando olhares desconfiados para o ponto onde os paraquedistas, agora saídos da formação de combate, movimentavam-se livremente. Os tibetanos formaram um círculo protetor em volta dos dois estrangeiros, mas Jamie sabia que era só uma questão de tempo antes de serem dominados. Contra seis, mesmo seis dos chineses das forças especiais de elite, teriam tido uma chance, mas não contra quatro vezes esse número. O poder de fogo do inimigo era irremediavelmente superior.

Uma formação rochosa à frente de Jamie foi despedaçada e, um batimento cardíaco depois, ele ouviu o retinir característico de uma saraivada de armas de fogo automáticas. Enquanto a tempestade de chumbo sacudia o ar em torno deles, o homem à sua esquerda soltou um grito agudo e caiu no chão. Sem pensar, Jamie pegou o fuzil do guerrilheiro e sua munição, enquanto Chiru checava os sinais vitais do companheiro caído. O garoto meneou a cabeça, e correram juntos para a base das colinas onde Tenzin havia estabelecido um perímetro defensivo entre as rochas, com Sarah, que parecia atordoada e nauseada, em seu centro.

– E agora? – Jamie quis saber.

– Daqui, creio que podemos segurá-los por um tempo – disse Tenzin, o rosto de falcão coberto de pó franzido em concentração.

Ele tinha razão. O comandante chinês dos paraquedistas enfrentava agora a escolha de atacar pelo campo aberto que os tibetanos haviam acabado de cruzar, ou fazer uma movimentação longa pelo lado leste e atingi-los pelo flanco. A primeira opção lhe custaria baixas; a segunda poderia dar aos insurgentes sitiados uma chance de escapar. Tudo dependia de quanto estava determinado em matá-los.

A descarga contínua de uma dúzia de fuzis de assalto em modo totalmente automático sinalizou sua decisão. Jamie enrolou-se em posição fetal enquanto as rochas ao redor dele explodiam. Pela primeira vez em muitos dias, pensou no avô. Aquela combinação de exaustão e terror absoluto fora a vida que Matthew Sinclair vivera por seis longos anos. Tal pensamento acendeu nele uma centelha, e Jamie levantou a cabeça, mirando a carabina tipo 56 no campo aberto, exatamente quando uma dezena de soldados vestidos de verde avançava a descoberto, disparando enquanto corriam. A terra tremeu em torno dele quando os tibetanos abriram fogo, e Jamie juntou-se a eles com rajadas curtas e controladas que faziam o fuzil tremer em suas mãos. O homem que havia encontrado o diário de Matthew Sinclair teria disparado tiros de advertência sobre a cabeça dos inimigos. O homem que o lera e lutara por ele, no entanto, mirou deliberadamente no peito do oponente principal. Seus primeiros tiros foram altos, e ele automaticamente ajustou a mira mais para baixo, observando o estrago que os tiros faziam entre os inimigos. O primeiro caiu girando, pego por uma rajada na parte superior do tórax; depois, um segundo, que desabou como uma pedra. Em um instante, a paisagem estava vazia, os sobreviventes sucumbidos no chão poeirento.

Tenzin gritou uma ordem, e os disparos cessaram, exceto por alguns tiros esporádicos dos chineses, a quatrocentos metros de distância, do outro lado da trilha.

Jamie se virou e viu Sarah lutando para se levantar. Correu até onde ela estava e a puxou para baixo.

– Quer que lhe arranquem a cabeça com um tiro?

– Ei, Saintclair – ela murmurou. – Posso cuidar de mim mesma.

Jamie ergueu o queixo de Sarah e limpou as manchas de vômito de seus lábios. Seus olhos estavam dilatados. Sentiu um aperto no coração quando reconheceu os sinais. Mal das alturas. Quanto mais tempo permanecessem naquela altitude, pior ela ficaria. A menos que pudesse tirá-la dali e levá-la para a base da colina, ela iria morrer.

– Claro que pode. Sei que é corajosa. – Ele combinou as palavras com um sorriso tranquilizador, mas ela não se deixou enganar.

– Estamos ferrados, hein?

– Receio que sim, meu amor.

– Vamos nos render?

– Não tenho certeza de que nos darão essa opção.

Um estalo suave como o de uma bolha de lama explodindo sob o sol quente de primavera pontuou a sentença, e ele se jogou por cima dela.

– Santo Deus, Jamie...

– Morteiro!

A explosão vinte metros à direita arremessou lascas de pedra afiadas como navalhas que zuniram pelo refúgio, e Jamie gritou ao sentir a dor de algo cortando sua testa.

Sarah estendeu a mão, tocando-lhe a cabeça, e seus dedos saíram vermelhos.

– Está ferido?

– Foi só um arranhão – insistiu ele, porque era só isso mesmo, mas, por um momento, sentiu-se como um ator fazendo uma ponta em um filme de caubói, e o pensamento quase o fez sorrir.

Tenzin e Chiru conferenciavam atrás de uma pedra próxima e, enquanto Sarah tentava limpar a testa dele com a manga, sem muito sucesso, o líder tibetano se arrastou até onde estavam.

– Pode haver uma maneira de tirá-los daqui, mas será perigo... – O morteiro seguinte caiu muito mais próximo, e à esquerda. Tenzin franziu a testa. – Estão variando os tiros. Você sabe o que vem a seguir. Chiru vai conduzi-los. Com ele vocês têm uma chance. Se ficarem...

Jamie sabia o que significava ficar. O próximo morteiro de duas polegadas, ou o seguinte, cairia no pequeno círculo de pedras e mataria ou incapacitaria todos eles. Era a aritmética elementar da guerra. Dois ou três tiros de teste e um certeiro. Mas havia algo além. – O que quer dizer com "Chiru vai conduzi-los"? E quanto a você e aos outros?

Os olhos cor de âmbar de Tenzin tinham o mesmo brilho da noite em que havia queimado as folhas de zimbro na fogueira.

– Vamos ficar. Os Fantasmas dos Quatro Rios vão cobrir a retirada de vocês.

Jamie meneou a cabeça.

– Mas...

O tibetano já se movia.

– Não há tempo para "mas", senhor Saintclair. Se for, tem de ser agora.

– Não – Sarah disse, ofegante. – Não podemos deixá-lo.

Tenzin lançou um sorriso triste, quase envergonhado.

– Mas vocês devem, senhorita Grant. Só vocês podem garantir que a Pedra do Sol nunca seja usada para o que Walter Brohm pretendia. Por favor. – Sua voz agora tinha um tom urgente. – Hora de partir. Vocês têm um trabalho a fazer, e eu tenho o meu.

Chiru puxou a jaqueta de Jamie, e o britânico tomou Sarah pelo braço, mas ainda havia uma última coisa a ser feita. Desenrolou o cachecol da King's College do pescoço e colocou-o solenemente em torno do pescoço de Tenzin.

A expressão nos olhos do monge se suavizou, e ele se curvou.

– Agora vão – apressou-os.

Chiru os levou para a esquerda, colado à base das colinas e andando agachado por entre as rochas. A figura miúda do jovem tibetano parecia fundir-se com as pedras ao redor dele, por entre as quais se movia, pisando o cascalho sem produzir ruído. Jamie, suportando com o braço o peso de Sarah, esforçava-se para se aguentar. Quando tinham avançado uns trinta passos, o tiroteio recomeçou, e ele sabia que Tenzin chamava a atenção e os tiros dos chineses para si. Sua mente contou os segundos para a explosão inevitável, e ela aconteceu meio minuto depois, mas a bomba não devia ter atingido o alvo, porque o tiroteio continuou sem interrupção. Chiru sussurrou-lhes algo com veemência, e Jamie adivinhou que o menino dizia para se apressarem. Arriscou uma última olhada para trás, mas tudo o que conseguiu ver foram rochas.

Ele sabia que, lá na clareira, Tenzin dava ordens aos guerrilheiros. Em sua mente, viu jovens checando suas armas. Aquele dia com certeza chegaria. De certa maneira, era um conforto para eles morrer na companhia de amigos. Melhor isso do que morrer no frio, na encosta de alguma montanha isolada, tendo por companhia apenas orações. Esperou o inevitável – viu a bomba prescrever um arco na direção deles, uma mancha negra contra o céu azul, a princípio lenta, depois incrivelmente rápida, após passar pelo ápice da trajetória do voo e então mergulhar. Seu corpo estremeceu quando ouviu a explosão, e imaginou a carnificina naquele espaço confinado entre as rochas.

Desta vez, a explosão foi seguida por silêncio, e Jamie teve de se esforçar para se manter em movimento e não pensar sobre o que acontecia lá atrás. Sarah parecia entrar e sair do estado consciente. Seu corpo era quase um peso morto, e, combinado com a arma que ele carregava, era praticamente impossível para Jamie acompanhar o ritmo do guia. Chiru sumiu de vista ao contornar uma projeção rochosa, e ele resolveu chamar o jovem tibetano de volta para ajudá-lo. No momento em que conseguiu arrastar Sarah até o ponto em que perdera Chiru de vista, o guia já estava quarenta passos à frente deles. Quando Jamie abriu a boca para gritar, uma figura vestindo um traje camuflado cinza-esverdeado surgiu em silêncio da esquerda e mirou as costas do tibetano. O mundo pareceu se mover em câmera lenta enquanto Jamie levantava o fuzil de assalto e largava Sarah ao mesmo tempo. O soldado chinês ouviu o som do protesto indignado da garota e fez menção de se virar, enquanto a arma disparava nas mãos de Jamie uma saraivada de quatro tiros que perfurou o lado esquerdo dele da barriga ao peito, atirando-o de costas em meio aos pedregulhos. Chiru se virou, o rosto pálido, e correu para onde o homem gemia no chão.

O rapaz olhou para Jamie e gritou algo em tibetano. Como o britânico não se moveu, ele pegou os pentes de bala extras do soldado e os jogou para ele. Jamie os pegou e os meteu na cintura; em seguida, colocou Sarah de pé. Seus olhos reviraram como números em uma máquina caça-níqueis, e ficou claro que ela mal sabia onde estava. Chiru a segurou pelo outro braço, e partiram sem dizer mais nada.

A explosão do morteiro havia atirado Tenzin contra a base da colina em uma erupção de calor e chamas, e suas costelas se quebraram ao colidir contra as rochas. Por alguns segundos, ficou atordoado, mas, quando olhou para cima, pelo menos um de seus homens ainda disparava. Lutou para ficar de joelhos, enquanto o ar era tomado pelo som dos tiros de metralhadora nitidamente destacados uns dos outros. Sua jaqueta acolchoada estava rasgada em vários lugares, e sangue e partes de corpos manchavam a área entre as rochas onde a bomba tinha caído. O tibetano só estava vivo porque dois dos guerrilheiros haviam recebido o impacto da explosão, quando a bomba atingira a extremidade da posição defensiva. Havia mais um morto e outros dois feridos demais para lutar, porém, um segundo homem se pôs de pé com dificuldade e começou a disparar contra os soldados. Tenzin arrastou-se até um dos homens mortos e encheu os bolsos com as granadas de fabricação chinesa que ele carregava. Então, pegou o fuzil e partiu atrás de Jamie.

Jamie não tinha ideia para onde Chiru os levava. Tudo o que podia fazer era confiar no tibetano. Os disparos haviam recomeçado, o que significava que pelo menos um dos guerrilheiros tinha sobrevivido à explosão do último morteiro, embora Jamie suspeitasse de que não durariam muito contra um ataque chinês prolongado. O soldado contra o qual ele havia disparado devia fazer parte do grupo original que os vinha seguindo, possivelmente enviado adiante enquanto o restante lidava com a emboscada de dois homens que Tenzin havia preparado para eles. Isso significava que os outros viriam por aquele caminho. Tenzin dissera que Chiru conhecia uma saída, mas que, se não a encontrassem logo, seria tarde demais. O jovem tibetano avançava sem falar, arrastando Sarah pelo braço, mas aos poucos desacelerou, e Jamie entendeu que procurava por algo. Chiru examinou a rocha na base da colina com uma expressão intrigada.

– Pelo amor de Deus, não me diga que ele está procurando uma caverna.

Os olhos de Sarah focaram-se nele por um momento.

– O quê?

– Acho que ele está procurando uma maldita caverna. – Jamie ouviu o descontrole na própria voz. – Mais uns cinco minutos, e eles encontram a gente.

Ela murmurou alguma coisa antes de a cabeça pender de novo para a frente. Jamie afastou os cabelos em sua testa.

– O que você disse, Sarah?

A visão dela se escureceu com rapidez e, muito embora as palavras seguintes fossem apenas um leve sussurro, ele as compreendeu:

– Confie nele.

Chiru o fitou.

– *Tshur log pa*.

– O quê?

O tibetano gesticulou de volta para o caminho pelo qual tinham vindo.

– *Tshur log pa!*

– Está querendo dizer que devemos voltar?

– *Tshur log pa*.

Jamie fechou os olhos.

– Deve haver formas mais fáceis de ser morto.

Levou mais alguns minutos para encontrarem a passagem. Não era uma caverna, nem um túnel. Mas uma fissura. Uma simples fenda na rocha causada sabe Deus por qual combinação geológica. Até mesmo os olhos aguçados de Chiru tinham-na deixado passar, porque a entrada, se é que a fenda estreita poderia ser agraciada com essa palavra, era oculta por sombras tão bem-feitas quanto uma camada de pintura de camuflagem contra a pedra nua da colina. A abertura era larga o suficiente para passar uma pessoa por vez e, para Jamie, parecia a entrada do inferno. Depois dos túneis do complexo do bunker no Hartz, dificilmente poderia ser acusado de ter claustrofobia, mas aquilo já era brincar com a sorte. A fenda dividia a colina em duas, mas nenhuma luz alcançava suas profundezas irregulares, e ele tinha a terrível sensação de que o menor dos tremores nas montanhas seria suficiente para fechá-la de novo. Essa sensação era intensificada à medida que empurrava Sarah atrás de Chiru, enquanto o tibetano abria caminho. Após alguns metros, o jovem virou-se para ele e fez um sinal com a mão direita para se acalmarem. Ou, quem sabe, quisesse que ficassem de joelhos? Não, definitivamente era um sinal para se acalmarem, o qual ele enfatizou erguendo os olhos. Jamie seguiu o olhar de Chiru... e gelou. Acima deles, como uma pilha de dinheiro em um daqueles jogos de parque de diversões nos quais é necessário apenas mais um centavo para fazê-la cair, havia toneladas, talvez centenas de toneladas, de pedra e cascalho soltos. Os olhos de Jamie encontraram-se com os de Chiru, e eles trocaram um tolo sorriso. Ele balançou a cabeça devagar, de modo a não causar nenhum distúrbio no ambiente, para mostrar que havia compreendido.

– Onde diabos estamos?

O grito de Sarah soou como a explosão de uma bomba no espaço fechado, e Jamie automaticamente tapou sua boca com a mão.

– MMMmm.. MMMMmmm... mm.

Ele virou a cabeça dela em sua direção e a encarou. Com sua mão livre, colocou um dedo em sua boca.

– Shhh.

– Mmmm...?

Ele balançou a cabeça e apontou para cima, destapando-lhe os lábios.

– Santo Deus, Saintclair – ela suspirou –, você realmente sabe como fazer uma garota se divertir.

Chiru os guiou, um passo cuidadoso de cada vez. Movimentavam-se em silêncio, pois sabiam que estavam a um passo de uma hecatombe. Às vezes, a fenda se estreitava, de modo que eram obrigados a virar de lado para continuar, e Jamie tinha de arrastar o fuzil de assalto atrás dele. Porém, aos poucos, abriram caminho pela colina até que puderam ver a luz do dia à frente.

Chiru se deteve na saída e deslizou para um dos lados, saindo de seu ângulo de visão. Jamie conseguiu se espremer depois de Sarah pela abertura.

– Puta merda!

Ele se viu balançando sobre um daqueles precipícios sem fim que só o Himalaia pode produzir. Com o coração palpitando, encolheu-se, mas o vazio vertiginoso lá embaixo o atraía como um ímã, alterando seu centro de gravidade e arrastando-o em direção ao esquecimento. Toda a Índia parecia se esparramar à sua frente, o verde vibrante do sopé enfim dando lugar ao ocre desbotado das planícies distantes. A única coisa entre Jamie e as rochas a trezentos metros abaixo era o ar, e o ar nunca pareceu tão insubstancial. Ele se virou para voltar, mas Chiru, que se empoleirava confortavelmente em uma saliência com uns trinta centímetros de largura a um dos lados da entrada, agarrou seu braço. Eles se encararam, e Jamie estava prestes a se enfurecer com o jovem por conduzi-los àquela armadilha, mas o olhar no rosto do tibetano congelou as palavras em sua boca. O apelo desesperado não precisava de tradução. Não havia outra saída. Jamie olhou de novo as profundezas abaixo. Atrás dele, Sarah agitava-se, inquieta.

Chiru apontou para uma segunda saliência, mais larga, que devia estar cerca de trinta metros abaixo deles, e sinalizou a Jamie para seguir o que seu dedo apontava pelo penhasco. Ele teve de olhar duas vezes, mas, lá estava, nem mesmo sólido o suficiente para ser chamado de insubstancial. Um caminho. Uma formação acidentada de pedras altas acessíveis apenas a cabritos-monteses, mas, ainda assim, um caminho. Se pudessem chegar lá, o tibetano parecia dizer, poderia conduzi-los em segurança por ali. Mas como chegar lá?

Chiru leu a expressão no rosto dele e assentiu. Deslizou por trás de Jamie pela superfície íngreme e esgueirou-se mais uns dois metros pela extremidade até onde uma fina fissura dividia a face do penhasco – um curso empoeirado de pedras quebradas pelo gelo e fragmentos rochosos arredondados que levava diretamente à segunda saliência. À primeira vista, parecia vertical. Olhando mais de perto, devia haver cinco ou seis degraus nele. Mas era íngreme o suficiente para torná-lo parte do penhasco.

Chiru apontou para baixo, sorriu e imediatamente saltou pela fissura.

– Não! – Jamie tentou agarrar seu braço, mas era tarde demais.

A princípio, parecia que Chiru havia despencado daquela altura impressionante, mas, por algum milagre, seus pés encontraram apoio suficiente para sustentá-lo. Deslizou com rapidez pelo rio de pedras em uma nuvem de poeira grossa, o corpo quase perpendicular à face do penhasco. A sola dos tênis de marca surfavam o seixo e controlavam sua velocidade, e um inato senso de equilíbrio o mantinha em posição vertical. Jamie o observou, aguardando pelo inevitável momento em que o tibetano tropeçasse e a descida controlada se transformasse primeiro em um tombo violento antes de arremessá-lo no abismo. Entretanto, tal momento nunca aconteceu. Chiru tinha vivido e respirado naquelas montanhas os dezessete anos de sua vida. Os caminhos do penhasco e as encostas de seixos eram sua estrada, e ele se garantia ali tanto quanto qualquer funcionário público perambulando pela Whitehall. Deslizou até se deter quando alcançou a extremidade e olhou para trás, para Jamie, acenando para que o seguisse.

Por um momento, Jamie sentiu-se totalmente desamparado. Percebeu que Chiru não os havia deixado lá de modo deliberado; o tibetano era um homem das montanhas, criado no ambiente mais inóspito do planeta, e ensinado desde seu nascimento a ser absolutamente independente.

A demonstração fora planejada para lhes transmitir confiança bastante para que o seguissem. Mas Jamie olhou para aquele estreito rio de pedras e sentiu um completo e paralisante terror. Teria ele a coragem de dar o passo final, ainda que não tivesse a responsabilidade adicional de cuidar de Sarah? Agora, com ela...? Não, era impossível. A única coisa que podiam fazer era voltar. Já havia tomado a decisão quando ouviu o barulho de tiros de metralhadora ecoando pela passagem. Os chineses estariam ali em instantes.

Não tinha tempo para considerar as consequências. Sarah estava recostada na parede lateral da fenda, quase inconsciente e com os olhos fechados. Jamie puxou-a para a extremidade, ao lado dele, e a conduziu com cautela para o declive de seixos. Quando chegaram lá, deslizou para o chão a fim de se sentar com as pernas na extremidade, pendendo no vazio, e de alguma forma depositou-a em seu colo. Colocou o fuzil do lado direito e envolveu o peito dela com o braço esquerdo. Sarah resmungou em voz baixa e tentou virar a cabeça na direção dele, que, apavorado, esbravejou para que ficasse imóvel. A rajada de tiros se intensificava.

– Confie em mim – ele sussurrou em seu ouvido. Jamie fechou os olhos e, com uma prece final ao Deus que apenas consultava nas emergências mais desesperadoras, obrigou-se a escorregar extremidade abaixo.

Aquele primeiro segundo em que a gravidade assumiu o controle foi provavelmente o mais aterrorizante da vida dele. Parecia fato que o peso combinado de ambos os corpos os atiraria no vazio e os lançaria às rochas oitocentos metros abaixo. Em vez disso, porém, percebeu que os seixos escoravam suas costas e pés, que buscaram automaticamente por apoio entre as pedras. Deslizava de pé, forçando a cabeça para trás, e podia sentir as pedras cortantes rasgando-lhe o couro cabeludo. O peso de Sarah empurrava seu corpo para os seixos, aumentando a agonia e os desacelerando ainda mais. Foi reconfortante não ter de repetir a corrida precipitada de Chiru, mas Jamie sabia que, se desacelerassem demais, seria igualmente fatal. Se parassem, não conseguiriam mais continuar. Impulsionou a descida com o braço para manter o ritmo. O estranho é que, depois da adrenalina inicial, não se sentiu mais em perigo, até que as mãos de Chiru ergueram-no, e ele teve de abrir os olhos.

Sarah sentou-se grogue entre as pedras soltas a seus pés.

– Foi divertido. Podemos fazer de novo? – pediu ela.

Ele resistiu à tentação de jogá-la extremidade abaixo e trocou um sorriso nervoso com Chiru.

Ainda sorriam um para o outro quando o baque sólido de uma explosão sacudiu a terra sob seus pés. Jamie olhou para cima e viu poeira e fumaça sendo cuspidas da passagem através das colinas de onde tinham saído.

# XLVIII

Tenzin passou pelo corpo do soldado chinês morto e seu olhar aguçado percebeu a fissura na qual Chiru não reparara. Tossiu com força quando outra pontada de dor alfinetou-lhe o peito, levando sangue à boca. Cada minuto aumentava sua exaustão e entorpecia seus sentidos. Percebeu que seus ferimentos e os efeitos da explosão combinados minavam sua energia e diminuíam sua capacidade mental. Em algum lugar dentro dele, o sangue se empoçava. Quando a quantidade de sangue que escapava com a hemorragia interna superasse o que corria em suas veias, ficaria inconsciente. Estudou a rachadura na parede cinzenta e verificou os primeiros metros do estreito canal de pedra. Poderia detê-los de dentro, mas apenas por alguns minutos, no máximo, provavelmente menos. Havia um jeito melhor.

Começou a subir a encosta íngreme externa, mãos e pés encontrando infalivelmente as pequenas reentrâncias e rachaduras que outro homem poderia não perceber. Seu sangue manchava as rochas, e eles iriam vê-lo, mas nada podia fazer quanto a isso. Talvez até servisse a seus propósitos.

Quando chegou ao ponto em que a superfície inclinava-se em direção à fenda na rocha, arrastou-se para onde a enorme pilha de pedras e cascalho debruçava-se acima da fissura como um dólmen gigante. Com cuidado, dispôs o conteúdo dos bolsos entre as pedras na base da pirâmide, antes de se estabelecer no lado mais protegido, de onde tinha uma visão do interior da fenda. Enfiou a coronha do fuzil de assalto embaixo do ombro direito e esperou.

Enquanto os minutos passavam, sua mente voltou aos dias na Inglaterra, lembrando-se do interior bucólico e do clima ameno, e dos garotos riquinhos e mal-encarados que fizeram de sua vida lá um inferno. Aprendera a amar a Inglaterra na Trinity, onde estivera cercado por homens de saber com paixão por ensinar, mas nunca foi capaz de chamar aquele país de lar. Não, seu lar era ali, naquela imponente cidadela de pedra que tratava os incautos com imparcialidade brutal. Em nenhum outro lugar da Terra poderia um homem sentir-se mais perto dos antepassados, ou de si mesmo. O Himalaia sugava cada suspiro de seu povo, mas sua beleza selvagem o cativava e enfeitiçava, de modo que nem sua aspereza nem o desejo jamais o afastavam dele. Mesmo quando seus filhos tinham sido forçados a partir, a visão dos altos picos permanecera com eles, corações e almas para sempre entre as montanhas, mesmo que o corpo nunca mais retornasse.

Foi apenas por sorte que Tenzin ouviu o som, o retinir de um cano de fuzil na rocha, e acordou de algo mais permanente que o sono. Levantou a cabeça. O ruído não viera dos dois homens que se moviam furtivamente através da fenda abaixo dele. Tinha companhia, mas quem quer que fosse não poderia vê-lo por causa do monte de rocha que os separava.

A mira do fuzil passeou sobre os dois soldados. Na verdade, seria uma execução, mas ele não sentia vergonha. Aquilo não fazia dele menos budista e menos monge. Haviam assassinado tantos de seu povo que ele olhava aquilo como um mero equilíbrio da balança. O dedo acariciou o gatilho, e a pequena rajada retalhou os dois chineses, pois as balas, ricocheteando nas paredes estreitas, causaram múltiplos ferimentos. Seus ouvidos ainda tiniam com o disparo da arma, mas identificou um grunhido suave quando um homem ou mais caiu de bruços no outro lado das rochas. Uma saraivada no modo automático cortou o ar de ambos os lados do monte de pedras, mas ele estava seguro o suficiente por ora. Acabariam encontrando uma maneira de alcançá-lo, mas levaria tempo, e tempo era tudo que desejava. Trocou o pente de balas por um novo e esperou a próxima tentativa para forçar a fenda.

O tenente dos quatro soldados que tinham seguido o rastro de sangue deixado por Tenzin foi forçado a admirar a escolha de posição do inimigo. Vinha exterminando pragas como aquela, além de fanáticos religiosos nas províncias autônomas da China, há mais de uma década, mas nunca tinha encontrado um adversário tão formidável como o líder dos Fantasmas dos Quatro Rios. Bem, agora não passavam mesmo de fantasmas, menos aquele, que sem dúvida devia ser o comandante dos insurgentes, um homem aclamado como uma lenda entre os camponeses que habitavam aquele ermo. Mas cometera um erro. Tentava ganhar tempo para os ocidentais, que eram o objetivo principal da tropa especial, mas, quando o tempo acabasse, como inevitavelmente aconteceria, não haveria escapatória. Estavam num beco sem saída. A não ser que pudessem voar.

Um de seus homens puxou uma granada de fragmentação do cinto, mas o tenente lhe fez sinal para guardá-la de novo. Era justamente o que o rebelde astucioso pretendia. Tinha atraído a tropa de forma deliberada para um lugar onde uma granada faria o trabalho por ele. Além disso, a inclinação pedregosa do monte era quase impossível de ser vencida veloz ou furtivamente – dois elementos que, aliados à sua crueldade, haviam dado aos comandos sua temível reputação. Ainda assim, o tenente sabia que teria de tomar uma decisão. Cada um de seus homens era um especialista de elite que levara anos de treinamento para ser formado. Já havia perdido muitos. Estava preparado para sacrificar outros mais. Mas só se isso lhe desse a vitória final. Fez sinal para que mais dois avançassem pela fenda e sinalizou para os soldados ao redor a fim de se prepararem para atacar o monte.

Tenzin enfraquecia com rapidez. Os chineses haviam voltado à fenda, mas ele estava muito lento para atirar. O tempo se esgotava. A movimentação para além do marco indicava que os inimigos manobravam para atacar. Se havia um momento para arrependimento, era aquele. De acordo com o ensinamento segundo o qual vivera o tibetano, suas ações nesta vida haveriam de lhe negar uma posição elevada na próxima, mas ele não teria feito nada diferente. Nenhum homem devia ficar à parte e assistir sem fazer nada ao seu país morrer e ao povo sofrer. O Kundun ensinava que se devia preparar para a morte fazendo apenas o bem e mantendo o coração e a mente puros. Entretanto, e se alguém só pudesse alcançar a pureza do coração e da mente por atos que poderiam ser classificados como maus? Seria maldade matar homens que eram malfeitores e mesmo agora estavam atrás dele para exterminá-lo?

Inspirou profundamente para se acalmar e pegou sua última granada, colocando-a no pequeno ninho que tinha feito nas rochas junto com as outras.

Uma saraivada vinda da passagem abaixo despedaçou as rochas à sua esquerda. Ignorou a ameaça e se mudou para o outro lado do monte, a tempo de cumprimentar com uma rajada de tiros os quatro soldados que escalavam as pedras em sua direção. Um homem foi atirado para trás com um grito de dor, mas Tenzin havia se exposto para as armas dos demais, e sentiu os coices das balas acertando-lhe o ombro, o peito e a barriga. Não sentiu dor, apenas um leve desvanecimento quanto ao que viria a seguir. Mesmo assim, ainda havia mais uma tarefa. De algum lugar, tirou forças para se virar, e seus dedos se fecharam sobre o pino da última granada, puxando-o até o fim.

O comandante chinês se aproximou com cautela do corpo de bruços sobre as rochas e o rolou com a bota. Estranho que um homem pudesse se aproximar da morte com uma expressão tão serena no rosto. Seu último pensamento antes de o mundo explodir foi o de que era isso que tornava aquelas pessoas tão perigosas.

# XLIX

Jamie observou a crescente fumaça sair da estreita passagem na encosta e entendeu exatamente o que aquilo significava. Nunca tivera dúvidas quanto ao destino de Tenzin a partir do momento em que ele os despachara com Chiru. Ainda assim, sentia-se oprimido por uma terrível sensação de perda. Mas não havia tempo para lamentações. O tibetano podia ter conseguido atrasar seus perseguidores, mas eles ainda estavam presos como moscas num paredão de quase duzentos e cinquenta metros de um íngreme penhasco. Tinha de encontrar uma maneira de descer Sarah. Gesticulou para Chiru, tentando esclarecer que precisavam trabalhar juntos, e ficou aliviado quando o rapaz tibetano pareceu compreender.

Chiru estivera agachado com tranquilidade à beirada da saliência com seu fuzil cruzado sobre os joelhos. Agora, o tibetano levantara-se e acenava para que Jamie colocasse Sarah em pé. Seu rosto exibia um sorriso calmo e sereno que lhe prometia que, não importavam quais perigos enfrentassem, de alguma maneira os entregaria sãos e salvos. Jamie sorriu em resposta, a tranquilidade de Chiru parecendo contagiá-lo. Em câmera lenta, viu o momento em que os olhos do rapaz mudaram de expressão. Ouviu o choque surdo da bala atingindo a carne. Sua mente gritava em estado de negação quando Chiru foi catapultado para trás, por sobre a extremidade, em direção ao vazio. Sem pensar, rastejou até a beirada e viu o corpo do rapaz despencar com violência numa queda que parecia continuar indefinidamente. O pânico paralisou-o no lugar antes que algum instinto profundamente arraigado de autopreservação disparasse um alarme em sua cabeça. Rolou para o lado e encolheu-se justo quando o atirador efetuou seu segundo disparo, e a bala ricocheteou na rocha onde ele estivera apenas uma fração de segundo antes. Suas mãos correram para o fuzil, e ele usou o próprio corpo para cobrir o de Sarah, enquanto esquadrinhava com um olhar frenético a escarpa acima. Nada. Levou alguns segundos antes que percebesse que o formato do penhasco ocultava do atirador a parte interna da saliência. Por ora, estavam seguros, mas Jamie sabia que aquilo não duraria. Mais cedo ou mais tarde, o atirador encontraria um ponto de vantagem que lhe proporcionaria o ângulo para um tiro certeiro. Quando isso acontecesse, estariam perdidos.

Com cuidado, arrastou-se para o fim da saliência onde o "caminho" de Chiru descia em diagonal a face do penhasco. Identificou alguns possíveis pontos de apoio para as mãos e os pés nos primeiros seis ou nove metros, mas, mesmo que estivesse sozinho, logo ficaria sem opções. Então, ou ficaria sem forças ou morreria por ficar exposto. Em qualquer caso, não poderia deixar Sarah. O resultado final seria o mesmo, mas era melhor ficarem juntos. Talvez os chineses enviassem alguém para resgatá-los. Meneou a cabeça diante da própria ingenuidade. Aqueles soldados estavam numa missão de busca e eliminação. Não descansariam até que todos que haviam estado com Tenzin estivessem mortos. O rosto do tibetano atravessou sua mente, e ele encontrou forças naquelas feições solenes e na voz suave e hipnótica. *Somente vocês podem garantir que a Pedra do Sol jamais caia nas mãos daqueles cuja ganância, ambição ou loucura destruiria a todos nós.* Bem, pelo jeito o mundo teria de se cuidar sozinho. Ainda tinha o fuzil, e conferiu se não havia sido danificado na descida. Se... Não. Isso não. Ainda não. Colocou o braço em torno do corpo de Sarah e ela se aconchegou em seu ombro em busca de calor. Uma nuvem de exaustão lhe enevoou o cérebro, e Jamie fechou os olhos, inalando o perfume do corpo dela. Havia modos piores de morrer.

Sua mente divagante conjurou uma cena de *Apocalypse Now*. A cena de abertura, na qual o capitão Willard está bêbado, deitado em seu quarto de hotel em Saigon, e o som das pás do ventilador de teto funde-se com o hipnótico "slapt, slapt, slapt" das pás do rotor de um helicóptero, trazendo-o de volta a uma realidade da qual ele não desejava mais fazer parte.

Foi só quando Jamie abriu os olhos que percebeu que o som era real e cada vez mais alto a cada segundo que passava. Agarrou o fuzil de assalto e se desvencilhou de Sara, mas, enquanto ele reagia, um gigantesco monstro mecânico elevou-se diante dele com um ruído ensurdecedor, e ele foi engolfado pelo hálito quente, o vento produzido pelas lâminas do helicóptero ameaçando bani-lo da saliência. Através de um escudo de acrílico, homens com capacetes de voo estudavam-no por trás de viseiras espelhadas, como se ele fosse um inseto preso em uma armadilha. Encontrou-se frente a frente com as bocas de saída de quatro foguetes de aparência letal e um par de metralhadoras operadas remotamente, com seus pequenos olhos negros direcionados sem piedade para ele. Baixou a arma e fez o melhor que pôde para proteger o corpo de Sarah, sabendo a inutilidade daquele gesto. Seu último pensamento foi o de que alguém tinha tido muito trabalho só para matá-los.

– Se dependesse de mim, iria jogá-lo na prisão e deixá-lo lá.

Os modos do major do Exército Indiano eram educados, porém, frios. No entanto, Jamie não podia culpá-lo. Quando o Mil-35 da força aérea iniciou seu voo de treinamento partindo de Joshimath, a última coisa que os pilotos procuravam era um confronto com as forças especiais de elite chinesas, que levava todo o jeito de degenerar em um incidente internacional.

– Não apenas colocaram a si próprios em risco, como também os nossos aviadores, e, se formos acreditar em você, os pobres e iludidos camponeses tibetanos que os traziam para a Índia. Sua parceira, a senhorita Grant, teve sorte de sobreviver ao mal das alturas. Entretanto, fico feliz em dizer que ela tem uma constituição notável e será liberada do hospital ainda hoje. – Ele pegou uma folha de papel em cima da mesa de metal. – Nossos promotores formularam uma lista de acusações muito graves contra você, senhor Saintclair, mas, por razões que considero um tanto desconcertantes, meus superiores ordenaram-me que lhe ofereça uma solução alternativa. Esta é uma declaração de suas atividades no distrito de Chamoli, que vou exigir que assine. Você vai notar que não há nenhuma menção a tropas especiais chinesas, paraquedistas ou tiroteios. Não há explosões nem corpos. James Saintclair e a senhorita Sarah Grant imprudentemente decidiram deixar sua caminhada guiada ao Vale das Flores e se desviaram para território tibetano, onde encontraram dificuldades e tiveram de ser resgatados pelas autoridades indianas, a quem são extremamente gratos. – Tirou uma caneta esferográfica do bolso da camisa verde-oliva e a ofereceu a Jamie.

– O que acontece se eu assinar?

– Você e a senhorita Grant serão transportados para Déli e colocados no primeiro voo para Londres.

– E se eu não assinar?

– Espero que goste de *ghee*, uma espécie de manteiga muito usada em nossa culinária, senhor Saintclair.

# L

Chegaram ao aeroporto de Heathrow ainda com os trajes que tinham usado para escalar o Himalaia. Os dois párias com roupas sujas e amarrotadas, mantidos em isolamento na parte de trás do voo da Air India, atraíam os olhares curiosos dos companheiros de viagem – com certeza, todos imaginavam que deviam ser traficantes de drogas presos em flagrante –, entretanto, no estado de exaustão em que se encontravam, e com o sacrifício de Tenzin ainda fresco na memória, mal notaram aquilo.

Sarah insistiu que parassem em seu apartamento para pegar roupa limpa antes de continuarem até Kensington e, depois de tomarem banho, pareceu-lhes que o mais sensato era cair na cama, onde dormiram durante a maior parte da tarde. Foi só quando se levantaram e se vestiram que ela percebeu a luz vermelha piscando em seu telefone, indicando uma nova mensagem de voz.

Jamie foi para a cozinha, enquanto ela ouvia o recado. Quando se juntou a ele, a notícia que trazia não era nada boa.

– Vanderbilt nos dispensou. Eles dizem que violamos as condições do contrato. Não tenho certeza de como isso funciona, mas suspeito que não deveríamos ter nos envolvido em uma troca de tiros. Sugeriram também que o museu não vai deixar a pintura sair de novo da Polônia. Vão me pagar pela matéria, mas podemos esquecer sobre a compra de um iate.

– Isso a incomoda?

– Ser pobre de novo?

– Sim.

– Não parece importar.

– Não, não importa.

– Então, o que acontece agora? Não podemos apenas resolver parar no meio do caminho.

Jamie sorriu e beijou uma mecha de seu cabelo. Aquela era a Sarah que conhecia falando.

– Combinei de conversar com um velho amigo, que sabe tudo sobre essas coisas de que Tenzin nos falou. Fissão e fusão nuclear. O Santo Graal e tudo o mais. Acho também que precisamos saber mais sobre a operação secreta norte-americana para contrabandear cientistas nazistas da Alemanha no final da guerra. Não terminamos ainda.

Mike Oliver conhecia Jamie o suficiente para não esperar dele pontualidade. Tomava sua cerveja pacientemente a um canto do bar quando a familiar figura esguia do amigo surgiu. O que o surpreendeu foi a companhia que trazia. Ali estava algo muito mais exótico do que as inglesinhas frágeis e muitas vezes bastante enfadonhas que em geral duravam um par de meses ao lado de Jamie, antes que a apatia mútua os afastasse. Sarah vestia calças de couro apertadas e uma jaqueta curta sob medida que enfatizava sua figura delgada. Com sua tez dourada e maçãs do rosto salientes, poderia faturar como estrela de um daqueles comerciais de grifes italianas, mas algo lhe dizia que aquela garota era muito mais que um mero cabide de roupas. Passou a mão pelos cabelos ralos e, não pela primeira vez, desejou tê-los em maior quantidade.

– O que quer tomar? Mike Oliver, esta é Sarah. Mike é um cientista maluco.

Apertaram-se as mãos enquanto Jamie foi para o bar.

– Você conhece Jamie há muito tempo? – ele perguntou.

Sarah o encarou, e Mike se perguntou se ela estaria lendo além do que a inocente indagação pretendia.

– Há cerca de um mês, mas parece um ano. Cada dia com Jamie é uma grande aventura.

As sobrancelhas que mais pareciam lagartas se elevaram com surpresa.

– Então você deve estar fazendo muito bem a ele. Faz apenas uns oito meses desde a última vez em que o encontrei, e Jamie agora parece cinco anos mais jovem. Como conseguiu fazê-lo tirar aquele paletó de *tweed*? Na verdade, esqueça que eu disse isso. O que estou querendo dizer é que você melhorou o gosto dele para roupas e, bem... tornou-o mais moderno.

– Ora, obrigada, Mike – disse ela, caprichando no sotaque arrastado e examinando a jaqueta de aviador de couro, que era descolada, mas bem surrada, de uma maneira que o fez corar. – Como todos os homens, tudo o que ele precisava era de um pequeno empurrão na direção certa. Mas, a propósito, você não se parece com a imagem que eu tinha de um cientista maluco. Eu o imaginei com um pouco mais de cabelo e um jaleco branco. Qual é sua especialidade?

Ele sorriu, aceitando a zombaria suave no mesmo espírito com que fora feita.

– Mantenho minha loucura bem escondida, menina. Ela só aparece na lua cheia. Falando sério, sou um humilde astrofísico *freelancer*, e é um fato bem conhecido que todos os astrofísicos são malucos de carteirinha.

– Não o deixe enganar você. – Jamie apareceu sorrindo com duas canecas de cerveja e um copo de vinho branco. – Não há nada humilde sobre o professor Michael Oliver, o acadêmico pós-graduado com mestrado científico. O homem é um gênio. Maluco de carteirinha, sim, mas humilde, nunca.

Mike aceitou a caneca de cerveja.

– Então, o que posso fazer por você? Você disse que queria me "alugar" um pouquinho. Sarah me contou que vocês têm vivido algumas aventuras, e eu mesmo tenho algumas perguntas a fazer sobre esse tal esconderijo gigante que encontraram na Alemanha, mas faça as honras, por favor.

Jamie olhou para Sarah e mordeu o lábio. Não estava brincando quanto a Mike ser um gênio. O cientista era um dos homens mais inteligentes do planeta, com um número de pós-graduações maior do que a quantidade de matérias que Jamie cursara no segundo grau. O que devia revelar e o que devia ocultar?

– Refletíamos sobre objetos celestes, como às vezes as pessoas fazem à noite. – Jamie ignorou a careta de descrença do outro homem. – Sei que isso está mais para ficção científica, mas quais são as chances de se encontrar *algo* desconhecido em um meteorito?

Mike lhe sorriu, contrafeito.

– Está tirando sarro de mim, não é?

Jamie negou com a cabeça.

O cientista suspirou.

– Algo me diz que não estamos a um milhão de quilômetros de distância do buraco no Harz. O que você quer dizer com *algo* desconhecido? Estamos falando de bactérias ou *algo* mais substancial?

– Algo mais substancial.

– Um *material*, certo?

– Certo – Jamie e Sarah disseram ao mesmo tempo.

Mike recostou-se na cadeira, e a voz assumiu o tom formal que, segundo Sarah presumiu, ele devia manter em palestras.

– A ficção científica tem uma tendência curiosa para se tornar fato científico. Olhe para Júlio Verne e H. G. Wells. Você pode acompanhar uma conexão direta entre o que Wells escreveu até o desenvolvimento do foguete V2 e os americanos colocando Neil Armstrong na Lua. O que sabemos agora definitivamente não é mais o que saberemos em dez anos. Alguma coisa foi encontrada? Não. Existe uma possibilidade de ser? Isso é outra coisa, muito diferente. Talvez estejamos procurando no lugar errado ou de maneira errada. Talvez ainda não tenhamos as ferramentas para entender o que pode estar lá. Mas *estamos* procurando, e as possibilidades são interessantes o suficiente para ter os ianques e os russos enviando equipes para estudar locais de impacto em todo o mundo. Os chineses também, mais recentemente; essa é uma das razões por que estão investindo com tanto ímpeto na África.

– E sobre as implicações práticas? – Jamie perguntou.

Mike lhe lançou um olhar astuto.

– Então, é disso que se trata. Os boatos se espalharam com rapidez sobre aquele lugar que encontraram na Saxônia. É evidente que as aplicações práticas dependem exatamente do que for descoberto. Mas, seja lá o que for, vai abrir áreas totalmente novas de estudo científico. Talvez até mesmo novos ramos da ciência. Ciência gera pesquisa, que gera desenvolvimento, que gera tecnologia, que gera indústria, que gera lucro. – As possibilidades estavam implícitas em seu tom de voz, que crescia em potência enquanto falava. – Atualmente, as atenções estão voltadas para a fusão nuclear. É um sonho no momento, mas, pense nela como uma forma de aproveitar a energia do sol. Uma fonte permanente de energia. Produção suficiente, a partir de uma piscina cheia de água do mar, para abastecer todo o planeta por um ano. É claro que, da mesma forma que a energia nuclear, também teria aplicações bélicas. Havia histórias durante a guerra de algum tipo de avanço alemão, mas que acabou por ser tão real quanto as superarmas do senhor Hitler. A menos que...?

Jamie encolheu os ombros e manteve a voz baixa. Pessoas os encaravam.

– Para mim, parecia um ferro-velho cheio de sucatas, Mike. Estávamos mais interessados na pintura. – Era óbvio que Mike não acreditava nele.

– Então, por que de repente você se tornou tão interessado no meu ramo de ciência, Jamie? Não que ele não seja de fato fascinante, mas... por quê? E não me venha com essa baboseira de que estava "refletindo". Você sabe de alguma coisa. Bem, se me disser o que é, talvez eu possa ajudá-lo.

Jamie abriu a boca; por que não contar a Mike sobre a esfera? Mas o olhar de advertência nos olhos de Sarah forçou uma mudança de direção.

– Acredite, Mike – ele falou com pesar –, se soubéssemos de algo concreto, eu lhe contaria, mas tudo isso é inteiramente teórico.

– Então, por que tenho essa sensação de que estou sendo feito de bobo? Se não nos conhecêssemos há tanto tempo, eu daria o fora daqui, e você e sua nova namorada poderiam ir pro inferno. Mas, já que somos amigos, vou beber outra cerveja.

Sarah pegou os copos, e Jamie continuou, como se nada tivesse sido dito pelo amigo.

– Digamos apenas que esse sonho seja uma possibilidade: quem sairia ganhando com isso?

Mike meneou a cabeça.

– Pelo amor de Deus, Jamie, o que aconteceu ao velho, chato, tímido e nada agressivo senhor Jamie Saintclair? Acho que eu gostava mais dele.

Sarah reapareceu com as bebidas.

– Você não sabe? Ele caiu debaixo de um trem do metrô, Mike. Esta é a nova versão, melhorada. – Sua risada foi tão contagiante que Mike não pôde deixar de rir junto.

– Quer saber? Que se dane! Quem sairia ganhando? Quem chegar primeiro. Os ianques, os russos, que já nos têm nas mãos por causa das grandes reservas de gás, ou, que Deus nos ajude, os chineses. Estão muito à frente na pesquisa, mas ainda não fizeram o avanço decisivo. Os governos. Além de corporações. Uma das grandes empresas industriais globais daria literalmente qualquer coisa por isso. – Seu semblante ficou sério. – Na verdade, matariam por isso. Qualquer um deles. Talvez esteja certo, e seu tio Mike aqui não precise saber. E há, é claro, o potencial negativo da coisa. Você já ouviu falar do Grande Colisor de Hádrons?

Jamie deu de ombros.

– Vagamente.

– Santo Deus, onde você estava? CERN, a organização europeia de pesquisa nuclear! Um investimento de quatro *bilhões* de dólares. Um túnel escavado de mais de vinte e sete quilômetros através da França e da Suíça para enterrar o maior acelerador de partículas já criado, de modo que possam imitar as condições do dia em que o universo nasceu. O Big Bang. E, como se esse *bang* já não fosse grande o bastante, também estão na esperança de encontrar a partícula de Deus e lançar luz sobre o que conhecemos como matéria escura. Juntando tudo isso, poderiam abrir a porta para o que estamos falando. Fusão nuclear sustentável.

Jamie franziu a testa.

– Então, se já estão fazendo isso, por que tanto barulho sobre a questão?

– Porque ninguém sabe se vai funcionar e também porque há um probleminha.

– Probleminha?

– O de a matéria maciça e reduzida a uma fração de seu tamanho sair do controle e criar um buraco negro que poderia engolir o planeta.

– E você realmente acha que essa é uma possibilidade? – Sarah quis saber.

Mike sorriu diante da ingenuidade da garota.

– A ideia central da experiência científica é alargar as fronteiras de nosso conhecimento. Para isso, os cientistas têm de meter o nariz em alguns cantos sombrios e às vezes perigosos. Marie Curie, que morreu de exposição maciça a radiações, que o diga. Quão provável uma catástrofe global tem de ser para um cientista recuar de um grande experimento? Alguns caras, entre eles o presidente da Royal Society de Londres para o Progresso do Conhecimento da Natureza, analisaram o Colisor e calcularam que, com base nas evidências astronômicas e suposições sobre a física de algumas partículas hipotéticas chamadas *strangelets*, algo que realmente não entendemos, as chances de a Terra virar um planeta morto eram de cinquenta milhões para uma. Boas chances, hein? A mesma probabilidade de eu ganhar na loteria. Só que toda semana alguém por aí ganha na loteria. Os cientistas são tão falíveis quanto qualquer um, Sarah. O Grande Colisor de Hádrons brinca com os blocos de construção do universo, e a verdade é que ninguém tem a menor ideia do verdadeiro risco. Que diabos! Com certeza eles devem cruzar os dedos toda vez que apertam o botão *iniciar*.

# LI

Chegaram ao andar de Jamie justo quando uma mulher idosa desaparecia pela porta em frente à dele, deixando a atmosfera carregada com o cheiro de purificador de ar recém-pulverizado.

– Olá, senhora Laurence – Jamie cumprimentou a vizinha.

Ela se virou para encará-lo.

– Não sei como você tem a cara de pau de agir como se nada tivesse acontecido depois de todo aquele barulhão da outra noite.

– Do que ela estava falando? – disse Sarah, depois que a porta da senhora se fechou.

Jamie deu de ombros.

– Sei lá... Achava que era um vizinho exemplar, sempre nos demos muito bem. – Quando colocou a chave na fechadura, sentiu um odor desagradável. Ele gemeu. – Os peixes. Aquele imbecil do Simon se esqueceu de alimentá-los.

No momento em que abriu a porta, o odor o atingiu como algo sólido, revolvendo-lhe o estômago de imediato e enchendo-lhe a boca com bile. Alguém tinha fechado as cortinas de veludo grossas, e levou tempo para os olhos se adaptarem à escuridão. Quando o fizeram, foram atraídos por um objeto volumoso no centro da sala, e que não deveria estar lá. Seu cérebro parecia se fragmentar em mil pedaços, mas, de alguma forma, conseguiu tatear até o interruptor de luz, e Sarah abafou um grito quando o horror do que esperava por eles se revelou.

– Ó meu Deus! – As pernas de Jamie ameaçaram ceder, e ele se agachou, cobrindo a boca com a mão. O som de seu coração trovejando quase suplantava o zum-zum de centenas de moscas que levantaram voo do objeto estranho ao ambiente e agora passeavam pela sala.

Sangue por toda parte. Sangue velho, que manchara as paredes e o carpete com um tom castanho-escuro. Mas que devia ter sido derramado apenas no final.

Obrigou-se a estudar a cena como se a figura central não fosse seu amigo. Haviam amarrado Simon – sim, Simon estava presente em algum lugar naquela caricatura de ser humano, inchado, esverdeado e rígido – a uma cadeira da cozinha. Estava nu da cintura para cima e os pés descalços. Devia ser uma das próprias meias enfiada na boca. Os gases internos haviam inflado o corpo, pois a pele escurecida já ameaçava romper-se, e vis fluidos negros fluíam de seu nariz, orelhas e do orifício onde os olhos deveriam estar. Apesar da decomposição, era possível descobrir o que tinham feito com ele. O leve cheiro de carne torrada, apenas ligeiramente detectável sob o mau cheiro insuportável da morte, devia ter sido causado pelo maçarico ou ferro de solda que tinham usado em seus mamilos e peito. Pelo menos quatro dedos dos pés, e outros tantos da mão, haviam sido arrancados, o que significava, presumivelmente, que estavam por ali em algum lugar entre a confusão de papéis e utensílios domésticos espalhados pelo carpete. Depois de terem conseguido o que tinham ido buscar, haviam lhe cortado a garganta com uma violência tão obscena e terrível que seu sangue vibrante se espalhara por toda a sala, o que deve ter chegado para a vítima, entretanto, como um abençoado alívio.

– Estavam procurando por nós. – A voz de Sarah falhou.

Jamie assentiu com a cabeça, sem certeza de que conseguiria falar. Desviou os olhos do horror que tinha sido ver seu amigo e examinou o resto da sala. Todas as gavetas haviam sido arrancadas, e seu conteúdo, virado no chão. As almofadas do sofá tinham sido cortadas em pedaços, e seu enchimento, espalhado. Até o próprio móvel havia sido destruído, deixado com as molas aparentes no tecido. Ele olhou para o escritório e viu um quadro semelhante. Além disso, seu computador havia sido desmontado, e ele sabia que o disco rígido não estaria mais ali.

– Sou o culpado por isso. Subestimei o quanto a Pedra do Sol significa para Frederick e seus capangas. Quando desaparecemos de Braunlage, este foi o primeiro lugar em que procuraram por nós.

– Não. Você nunca poderia ter previsto isso. Ninguém poderia. Essas pessoas são psicopatas; vão matar qualquer um que ficar no caminho delas. O que devemos fazer agora? Simplesmente desistir?

Jamie forçou-se a olhar para Simon. Frederick e a Sociedade Vril jamais desistiriam enquanto ele e Sarah ainda estivessem vivos. A única maneira de algum dia se livrarem deles era encontrar a Pedra do Sol.

– Não.

Três dias se passaram antes que a polícia estivesse satisfeita com os depoimentos. Parecia claro para o inspetor encarregado da investigação que o assassinato de Simon estava ligado de alguma forma com a descoberta do Rafael na Alemanha. Jamie tinha passado dois desses dias convencendo-o de que não negociava obras de arte roubadas depositadas em um armazém secreto que o homem morto havia sido torturado para identificar.

Quando foram autorizados a sair, Jamie decidiu fixar residência na casa do avô, com a justificativa de que seria muito mais fácil detectar quaisquer observadores no bucólico norte de Welwyn do que no centro de Londres. Acabou por ser uma boa decisão, porque uma carta entregue em mãos o aguardava, convidando-o a visitar o advogado da família, o que provavelmente significava alguma novidade sobre a venda da casa. Enquanto caminhava pelo centro da cidade, Sarah continuava a sua pesquisa.

– A história toda por trás da Operação Paperclip é incrível – ela gritou quando ouviu a porta da frente se abrir, uma hora mais tarde. A ausência de resposta a intrigou e, quando foi investigar, não demorou a perceber que algo estava muito errado. O rosto de Jamie estampava o olhar assombrado de um homem que se afasta de um acidente fatal causado por ele mesmo.

– O que aconteceu, Jamie? É sobre a casa?

Ela viu que ele segurava dois envelopes; um maior e branco, mas o papel era tão antigo que já estava amarelado, e outro pardo, estreito e longo, que poderia ser de impostos. Sem dizer uma palavra, Jamie passou por ela e foi para a sala, onde se deixou cair numa cadeira diante da mesa. Colocou o maior dos dois envelopes diante de si e o segundo de lado.

Sarah sentou-se diante dele. Ela percebeu que o envelope amarelado tinha palavras escritas à mão, numa caligrafia antiga e caprichada, que ela adivinhou instintivamente não ser a letra do advogado. Com um pouco de esforço, leu as palavras de cabeça para baixo. *Aos cuidados de Mestre James Sinclair*. O uso de Sinclair provava que tinha sido escrito e depositado antes de a mãe de Jamie mudar seu sobrenome para a versão mais sofisticada. O envelope, apesar de não tão volumoso, estava cheio, visivelmente contendo mais que uma única folha. Ela sabia que não devia esticar a mão para pegá-lo. Em vez disso, esperou, enquanto o silêncio se prolongou a tal ponto que se tornou insuportável.

– Meu avô instruiu o advogado para me entregar isto só depois que estivesse morto. – A voz de Jamie saiu rascante, como se toda a umidade houvesse sido sugada de sua garganta pelo objeto seco e envelhecido em frente a ele.

– O que é isso?

Os olhos verdes de Jamie se encheram com uma mistura inflamável de tristeza e dor, raiva e perda, que Sarah quase não aguentou olhar.

– As últimas páginas do diário.

Os dedos da garota se moveram de modo involuntário para o envelope, mas Jamie pôs a mão espalmada em cima dele.

Ele viu que tinha ferido os sentimentos de Sarah, mas sua mão não se moveu.

– Preciso pensar sobre isso, Sarah. Li as primeiras páginas, mas não pude... Quero ver através dos olhos dele como isso aconteceu. Precisamos voltar para a Alemanha.

Ela esticou o corpo e sobrepôs a mão dele com a sua. A pele estava fria.

– Então, é isso que vamos fazer – assegurou-lhe ela. – Apenas me diga aonde quer ir e reservarei os voos. Você quer ouvir sobre a Operação Paperclip?

Jamie sacudiu a cabeça.

– A Operação Paperclip pode esperar. Primeiro, você tem que saber o que eu sei. – Ele abriu o envelope e tirou dali quatro folhas de papel preenchidas, idênticas às do diário azul.

Jamie começou a ler num tom monocórdio, e a primeira coisa que Sarah percebeu foi que Matthew Sinclair não estava mais no sopé dos Alpes da Baviera, mas registrando suas memórias do período de quatro anos antes, no verão de 1941. Começava como uma história de amor.

*Nós nos conhecemos no velho salão paroquial ao lado da catedral, que cheirava a suor vencido, cerveja choca e cigarro "estoura pulmão". Era um momento de ódio, mas você o afastou com sua risada. Minha alma estava enegrecida e podre, mas você a curou com sua bondade. Meu coração se transformara em gelo, mas você o derreteu com o calor do seu amor. Quando imagino os seus olhos, eles têm as cores oscilantes de um mar tropical em um dia de verão ensolarado; ora azuis, ora verdes; cintilantes na superfície, mas, em suas profundezas, reside a fumaça e o fogo que faz de você, você.*

*Sua mãe não me aprovava, e o exército a desaprovava, mas você era inteligente o bastante para derrotar a ambos. Não posso sentir o cheiro terroso e bolorento de palha velha, ou sentir o beijo do sol em minha pele nua, sem pensar em você. Você veio para mim, banhada no perfume de sabugueiro e grama recém-cortada, sua pele macia como veludo e quente como o fogo, e, juntos, encontramos um novo local, longe da guerra, longe da dor e longe do medo.*

*Tinha esquecido como era viver. Você me deu a vida.*

*Quando a guerra nos encontrou de novo, a sua coragem me humilhou. Quem teria acreditado que um dia nos tornaríamos alvo em nossa velha e inofensiva cidade? Mas Hitler é um devorador em série de tudo que é bom, com seus Junkers e Heinkels, suas bombas incendiárias e seus torpedos aéreos.*

*No segundo melhor dia da minha vida, você me fez o mais orgulhoso dos homens, de pé diante do sacerdote, mesmo que o chão tremesse sob nossos pés no grande abrigo sob a estação ferroviária. Lembro-me de como rimos quando ele disse "Você, Margaret...", porque você sempre será Peggy para mim. Quando saímos para aquele inferno, os edifícios destruídos eram nossa guarda de honra e as cinzas caindo, nossos confetes. Você sorria através das lágrimas e passou a noite de núpcias remendando corpos dilacerados e colocando talas em ossos quebrados, enquanto eu cavava, retirando os vivos e os mortos dos escombros que haviam sido sua casa. Coventry, 14 de novembro de 1941. E, ainda assim, estávamos felizes. Porque a semente já havia sido plantada.*

*Elas chegaram, como flocos de neve no final de março, mais cedo do que o esperado, mas muito bem-vindas. Elizabeth e Anne. Anne e Elizabeth. Eu as segurei nos braços e senti a vida que eu tinha criado se contorcer e borbulhar entre eles. Olhei nos olhos delas e vi os seus. Perfeitas. Poderia haver dois novos seres humanos mais perfeitos do que elas? Quantas horas passei com elas, com você? Eu as conto todos os dias, mas, de alguma forma, nunca consigo chegar à contagem correta. Cheguei a vê-las sorrir? Sonho que sim, mas não sei ao certo.*

*Tento não me lembrar daquele dia, Peggy, mas o diabo se empoleira no meu ombro e sussurra os detalhes no meu ouvido. Sei que estava no acampamento quando ouvi as sirenes. Corri, só Deus sabe como corri, até que a respiração se tornasse uma faca em minha garganta e minhas pernas desabassem sob mim. O que há em tijolos e cimento para fazê-los queimar assim? Chamas, saltando no telhado como uma pira funerária gigante. Chamas, vomitando de todas as janelas, e era como se eu olhasse direto na boca do inferno. Chamas por todos os lados. Um mar de chamas. Não, um oceano de chamas. Sabia que você teria sido levada para o abrigo, então, por que corri para o hospital? Mas Elizabeth estava doente, e Elizabeth não podia ir para o abrigo. Então, você ficou. Vocês todas ficaram. Chorei por vocês enquanto olhava o hospital ardendo, o tempo todo orando para que vocês tivessem escapado. E todo o tempo sabendo – sabendo – que não tinham. Então, você estava lá. Na porta. Um brilho no calor. Uma silhueta escura contra o ouro e o vermelho. Claro que você as levaria para fora, corajosa Peggy. Você sentiu o cheiro da fumaça e as levou pelas alas, descendo as escadas em chamas e atravessando o salão em chamas, e saindo para o mundo em chamas. Eu chamei o seu nome, mas o fogo o devorou. Assim como devorou você. E Anne. E Elizabeth. Você estava em chamas e andou na minha direção, um pilar de fogo com um halo de ouro em torno da sua linda cabeça. Foram seus pés que derreteram primeiro? Ou foi o asfalto? Será que você as segurava enquanto eu corria em direção àquela parede de ar em chamas? Você gritou meu nome enquanto me seguravam para eu não ir ao seu encontro? Não me lembro, Peggy. Tudo o que lembro é de estar deitado no chão quente com meu cabelo pegando fogo, vendo você derreter, afundando lentamente para baixo, até que você e meus bebês fundiram-se com a terra ardente.*

*Então, enlouqueci.*

A voz sem emoção de Jamie calou-se, e o único som na sala era de Sarah soluçando.

– Você percebe o que isso significa? – ele perguntou com aspereza. – Meu avô teve outra esposa. Outra família. Se os alemães não tivessem matado aquela mulher e suas filhas, Jamie Saintclair não existiria. Elas morreram para que eu pudesse viver. Como acha que me sinto com isso?

A reação de Sarah o surpreendeu. Ela levantou a cabeça e seus olhos faiscaram.

– Elas tinham nomes – retrucou. – Peggy, Elizabeth e Anne. Não tente enganar a si mesmo ao ignorar o nome delas, achando que assim não existirão como pessoas reais, da mesma maneira que os alemães fazem ao não mencionar o nome dos judeus. Poupe-me da porra de sua autopiedade, Jamie. Matthew deixou as páginas para que você entendesse. Não manche a memória dele e a delas, usando-as como desculpa para sentir pena de si mesmo. Se quiser sentar aqui e se lamuriar, tudo bem por mim, mas eu vou fazer as malas.

Ele a deixou chegar à porta.

– Voaremos para Munique, mas faremos as coisas do meu jeito.

Sarah virou-se e lhe lançou um olhar duro.

– Tudo bem – ela concordou. – Vamos fazer as coisas do seu jeito. Mas lembre-se, Jamie Saintclair, de que gosto de você como é agora. O cara que estava preparado para encarar o exército chinês e a força aérea indiana para salvar a pobre e indefesa Sarah Grant. Não do jeito que era antes de alguém jogá-lo debaixo do trem do metrô. Não tenho paciência para choramingas.

Ele concordou com a cabeça e, quando ergueu o rosto, o Jamie que ela gostava estava de volta.

– Pelo menos sabemos pelo que lutamos. Talvez você devesse me dizer agora o que descobriu sobre a Operação Paperclip...

Sarah meneou a cabeça em negativa.

– Preciso reservar nosso voo para amanhã, e suspeito de que teremos de acordar cedo. Explico no avião. – Dirigiram-se para as escadas, e ela olhou de volta para a mesa. – Você esqueceu o outro envelope. Do que se trata, afinal?

Ele pegou o envelope e o guardou no bolso no interior do casaco.

– Só um detalhe que minha mãe deixou para eu resolver.

## LII

– Nós o perdemos.

Bob Sumner não podia acreditar no que ouvia.

– Como assim, o perderam?

– Você nos disse para mantê-lo em rédea frouxa, de modo que foi o que fizemos. A secretária disse que ele deveria estar de volta ao escritório esta manhã, mas lhe telefonou ontem à noite pedindo que tirasse umas duas semanas de folga, depois de desmarcar seus compromissos.

– E a garota?

– Achamos que está com ele.

Sumner permitiu-se alguns momentos de silêncio ameaçador, enquanto o outro se contorcia de nervosismo do outro lado da linha.

– Ponha todo o pessoal nisso. Duas semanas... significa que eles vão viajar. O que significa aeroportos. Quero saber para onde estão indo, qual o número do assento e o que compraram para ler. Tudo. Você tem até o meio-dia. – Ele não disse *ou então...*, nem precisava. Desligou o telefone e imediatamente pegou-o outra vez. Não apreciava nem um pouco a chamada que teria de fazer agora.

– Operação Paperclip. – Sarah começou a ler em voz alta as suas anotações e se remexeu para conseguir uma posição mais confortável no apertado assento da classe econômica do voo Gatwick-Munique. – Como a guerra estava terminando, os bons e velhos Estados Unidos perceberam tardiamente que, como o Exército Vermelho invadia a maior parte da Alemanha, os russos também teriam acesso aos segredos militares dos nazistas, incluindo o seu programa nuclear. Esse foi o momento em que o que se tornaria a Guerra Fria parecia estar já muito quente e, portanto, de repente pareceu importante que quaisquer cientistas e técnicos nas mãos dos Aliados fossem enviados para a América, onde seu conhecimento poderia ser depurado. O presidente Roosevelt tinha descartado especificamente a ideia de oferecer a esses sujeitos quaisquer garantias, mas Harry Truman reverteu a decisão, com a condição de que não estivessem envolvidos em crimes de guerra.

– Truman estava na lista dos presidentes mais ingênuos?

– Sim, estava, ou talvez soubesse que as pessoas que soltava na Operação Paperclip não tinham tempo nem moral para fazer tais distinções. No final, a OSS contrabandeou mais de setecentos cientistas e suas respectivas famílias. De acordo com os documentos, as fichas eram imaculadas, mas agora sabemos a verdade. Werner von Braun foi o mais conhecido. Ele projetou o foguete V2 e passou a desempenhar papel fundamental no programa espacial da Nasa, embora estivesse, a princípio, rotulado como um risco de segurança para os Estados Unidos. Ele era um anjo em comparação com alguns dos outros. Kurt Blome testou vacinas contra a peste em centenas de prisioneiros de campos de concentração. Conseguiu um emprego com o Corpo de Guerra Química do Exército dos Estados Unidos. Arthur Rudolph foi diretor da fábrica Mittlewerk no campo de concentração Dora-Nordhausen, no Harz, onde vinte mil trabalhadores morreram por enforcamento, espancamento e fome. Tornou-se cidadão norte-americano e projetou o foguete Saturno 5 para os pousos na Lua. Uma dupla de caras chamados Hermann Becker-Reysing e Siegfried Ruff realizaram experimentos médicos em prisioneiros em Dachau, chegando a colocá-los em uma câmara de altitude e diminuindo a pressão até morrerem. Foram pagos pela Força Aérea dos Estados Unidos para escreverem relatórios acerca das próprias descobertas. E por aí vai. Klaus Barbie, pelo amor de Deus. Você não acha que o fato de ele ser conhecido como Carniceiro de Lyon poderia ter lhes dado uma pista?

– Então, Walter Brohm fez parte da Operação Paperclip?

Sara negou com a cabeça.

– Não oficialmente. A Operação Paperclip foi gerada por operações independentes anteriores que envolviam a Executiva de Operações Especiais (Special Operations Executive, SOE). Parece que Brohm e os outros eram parte desse experimento. O que me incomoda é que eles simplesmente desaparecem do registro. Claro que vários desses caras sumiram na Argentina e no Brasil depois que chegaram aos Estados Unidos, mas sabemos que eles chegaram lá. Talvez Brohm tenha entregado seu grande segredo, e lhe deram um bilhete só de ida para Buenos Aires, mas, se ele fez isso, o que aconteceu então?

Sarah virou-se, esperando uma resposta, ou, na ausência dela, pelo menos uma teoria, mas Jamie estava com a cabeça para trás, os olhos fechados, e roncava com suavidade.

– Filho da mãe – ela murmurou, e se virou para olhar para as nuvens, sem notar o chinês com terno elegante que os vinha estudando do assento do corredor, três fileiras atrás.

O aeroporto Franz Josef de Munique é um grande celeiro modernista, vinte e quatro quilômetros ao norte da capital da Baviera. Apenas o idioma pronunciado com veemência e rispidez por seguranças de cara fechada o diferencia de uma centena de outros locais de desembarque sem charme em uma centena de outras cidades. Depois de passarem pelo controle de passaportes, Jamie alugou um Volkswagen no balcão da Europcar no aeroporto. Antes de partirem, decidiram tomar um café e comer alguma coisa rápida em um dos vários restaurantes de rede aglomerados no centro comercial de teto de vidro que ligava os dois terminais principais.

Sarah terminou sua bebida com rapidez.

– Preciso retocar a maquiagem e fazer uma ligação.

Ele sorriu.

– Não vou a lugar nenhum sem você.

– Nem pense em fazer isso.

Jamie bebericava seu café quando o oriental que estava no avião com eles sentou-se à mesa sem ser convidado.

Ele se levantou, mas um segundo homem colocou a mão em seu ombro, e ele sentiu um terceiro deslizando mãos profissionais sob seus braços e peito, antes que fosse empurrado para trás na cadeira. Olhou em volta, mas ninguém parecia ter notado o que acontecia.

– Por favor, desculpe meus companheiros, senhor Saintclair. – O homem falava um inglês correto de curso de idiomas, e seu tom transpirava cortesia, mas o máximo de tranquilidade que Jamie se permitiu foi se colocar no que Matthew teria descrito como modo de combate. O instinto lhe dizia que aquele terno listrado sob medida representava um perigo maior do que qualquer arma. – Vejo que suas aventuras no Himalaia não o fizeram desistir de viagens ao exterior... Mas, por favor, deixemos isso para trás. Meu nome é Lim, e sou um representante bastante humilde da República Popular da China. – Lim tinha olhos escuros e expressivos, e um sorriso alegre, que parecia ter sido pintado no rosto largo. Sem mover os lábios, ele passou uma mensagem para um dos dois homens que o acompanhavam, e o guarda-costas disparou na direção em que Sarah havia desaparecido. Ele continuou: – Teria evitado isso, se pudesse. Já houve falta de comunicação em demasia. Você ficaria surpreso se eu dissesse que dois dos meus colegas excederam sua autoridade, em Londres, ocasionando o seu infeliz... acidente? Não? É claro que isso não nos torna amigos, mas talvez o fato de eu estar disposto a lhe dar essa informação nos ajude a confiar um no outro.

– Depois de minhas experiências no Tibete, não confiaria em você mesmo que pudesse me livrar dos seus guarda-costas, Lim. Talvez fosse melhor ir logo ao que interessa, se é que há algo que interessa.

O sorriso de Lim tornou-se sensivelmente maior.

– Claro. Você demonstrou ser muito engenhoso e persistente. Meus superiores achavam que você era um obstáculo para nós, mas eu os convenci do contrário. Acredito que vai encontrar o que está procurando. Tal objeto por direito pertence ao meu governo.

– Acho que o dalai-lama não concorda com isso.

– Mas o dalai-lama já não tem nenhuma relevância, senhor Saintclair, e o que vocês chamam de Tibete é, e sempre foi, parte da China. O que tem relevância é que o meu país é atualmente o lar de um bilhão e trezentos milhões de pessoas, e que, apesar de todos os nossos esforços, esse número vai subir para um bilhão e meio nos próximos trinta anos. Em poucos anos, o país irá ultrapassar os Estados Unidos como o maior consumidor de energia no mundo. Meu povo tem fome de energia, senhor Saintclair, e essa fome só vai aumentar. Gastamos quantias inimagináveis com fontes alternativas de energia, mas, a longo prazo, só há uma solução: fusão nuclear. Estamos muitos anos à frente de nossos rivais, e é até possível que já tenhamos superado o progresso feito por seu Walter Brohm.

Jamie congelou.

– Ele não é *meu* Walter Brohm.

– Ah, é sim, senhor Saintclair. Por que mais você o teria perseguido pelo mundo afora? Mas, voltando ao que interessa, estamos perto de ter a tecnologia, mas precisamos do retorno da Pedra do Sol para garantir o sucesso do projeto. Como eu disse, acredito que você vai encontrá-la. E quando o fizer, meu país está disposto a pagar uma grande recompensa para tê-la de volta.

– Não precisamos de sua generosidade, Lim.

– Não? Então, a questão irá para os tribunais alemães. – Ele deu de ombros. – Posso lhe assegurar que temos um caso extremamente forte, e os tribunais vão decidir a nosso favor. Mas, mesmo nesse caso, acredito que para nós seria uma questão de honra recompensá-lo por seus esforços. Como pode ver, senhor Saintclair, queremos prosseguir de maneira civilizada. – Ele colocou um cartão sobre a mesa. – Rogo-lhe que ligue para este número quando encontrar a Pedra do Sol. Se não fizer isso, temo que colocará a vida de vocês dois em risco. Quer ser responsável por colocar a senhorita Grant em perigo?

Jamie lutou contra a vontade de agarrar Lim pela garganta e arrancar aquele sorriso do rosto dele.

– É uma ameaça?

– Você me entendeu mal, senhor Saintclair. – Lim meneou a cabeça, triste pela maldade presente no mundo. – A esta altura, já deve estar ciente de que não somos os únicos interessados na Pedra do Sol. Outros podem estar menos dispostos a negociar. Se houver ameaça, é daqueles que não têm a mesma preocupação com o seu bem-estar que a minha humilde pessoa. – Ele se levantou da mesa. – Quando a sua companheira voltar, talvez seja mais sensato não mencionar nossa conversa. Ela parece já ter muito com que se preocupar. – Jamie olhou para o grande envelope que o chinês deixara sobre a mesa. – Encare isto como um adiantamento. Por favor, abra-o.

Jamie abriu a aba. O envelope continha duas fotografias 8 x 10 em preto e branco.

– Poderia tê-las feito em cores, entretanto, achei que preto e branco se adequasse melhor à nossa particular situação – Lim explicou com alegria.

– Tenho certeza de que o autor Le Carré ficaria impressionado.

– Não entendo. – Jamie olhou para a foto de cima, que mostrava três homens conversando em uma estrada rural. Um deles era uma figura esguia, trajando um sobretudo grande demais para ele.

– Oh, acho que entende muito bem, senhor Saintclair. Repare nas datas. – Lim ergueu a primeira fotografia para que Jamie pudesse ver a segunda. Ela mostrava dois dos mesmos homens sentados em um carro, do lado de fora de uma casa que Jamie reconheceu instantaneamente. Seu coração vacilou quando se deu conta de que o mais próximo dos dois era o homem que encontrara na sala do avô.

– Como eu disse, um adiantamento. Para receber a segunda parcela, tudo que tem a fazer é ligar para o número que eu lhe dei, no momento oportuno.

Sarah reapareceu alguns momentos depois que os chineses tinham ido embora.

– Você parece pensativo...

Jamie se esforçou para sorrir, sem muito sucesso.

– Estou com uma ideia na cabeça.

O trajeto os levou do aeroporto para o norte da cidade. Jamie tentou manter sua atenção na estrada, mas, enquanto dirigia, era difícil afastar a voz ponderada de Lim de sua mente. A afirmação de que não havia ameaça era menos significativa do que a própria presença de Lim, o que, era evidente, tratava-se de uma ameaça por si só. Ocorreu-lhe que poderiam ter sido os chineses, em vez de Frederick e da Sociedade Vril, os responsáveis pelo assassinato de Simon, mas logo descartou a ideia. Suspeitava de que, embora Lim fosse perfeitamente capaz do assassinato, teria sido muito mais sutil em sua execução. O que importava era que cada palavra que o homem proferira tinha sido um toque suave no leme para guiá-lo em determinada direção. Sentira-se como um cavalo à rédea leve, apenas esperando o aguilhão do chicote. E, em seguida, o chicote surgira, na forma das fotografias. As fotos que apareceram para mostrar o velho Stan com os homens que muito provavelmente o haviam assassinado, e os mesmos dois homens do lado de fora da casa onde seu avô tinha morrido. As implicações disso quase o cegaram de raiva, e suas mãos apertaram o volante. Forçou-se a manter a calma. Por acaso, não era disso que sempre suspeitara? O sumiço da bengala do avô... Duas mortes ligadas pelo passado em tão rápida sucessão? Uma tristeza desconhecida se abateu sobre ele. Poderia levar as fotos para a polícia, na Grã-Bretanha, mas elas por si sós não provavam nada. No máximo, eram evidência circunstancial. Abriu a boca com a intenção de contar a Sarah o que tinha acontecido, mas algo o deteve. *Ela parece já ter muito com que se preocupar.* Como tudo mais que fora dito, a frase enigmática continha uma advertência e uma mensagem. Só não decifrara ainda seu significado.

Sarah devia ter captado o estado de espírito de Jamie, pois estava estranhamente quieta. O sol rompera as nuvens, e eles tinham uma visão de toda a cidade até as montanhas. Nenhum dos dois comentou quando passaram pela placa da pequena cidade de Dachau. Parecia que nada na Alemanha estava livre da sombra da guerra. Sarah manteve os olhos fixos no panorama deslumbrante ao sul.

– Belo lugar. Mas me dá arrepios – disse ela.

Jamie dirigiu até chegar à estrada que circundava a cidade e, depois de alguns quilômetros, pegou a saída para Augsburgo, rumando para o noroeste.

– Ainda não entendo por que não estamos indo direto para a fronteira com a Suíça – disse Sarah. – Você sabe mais ou menos onde eles cruzaram? Pouparia tempo.

– Porque eu quero refazer a rota de Matthew, ver o que ele viu – Jamie insistiu. – Pelo menos tanto quanto for possível após sessenta anos. Talvez essas páginas finais do diário contenham a chave para a Pedra do Sol; talvez não, mas a melhor maneira de compreendê-las é refazer a viagem de meu avô e Brohm. Quero me aproximar de Matthew o máximo que puder.

Contornaram Augsburgo, seguindo para o norte, e a estrada de várias pistas levou-os com rapidez através de uma densa área florestal, que o mapa assinalava como reserva natural local.

– Ei, acabamos de atravessar o Danúbio – Sarah anunciou. – Pensava que o Danúbio ficasse na Hungria ou na Romênia...

– Acho que ele tem de começar em algum lugar. Precisamos virar para a direção sul em algum ponto por aqui.

Sarah consultou o mapa.

– Acho que temos de esperar até passar por Ulm. O que lhe dá tanta certeza de que Matthew fez esse caminho?

– Não tenho certeza. Mas Bad Saulgau é o nosso ponto de referência mais próximo, e temos de chegar lá de algum modo. Acho que a maioria destas estradas nem existia durante a guerra.

Ela olhou o mapa de novo.

– Para chegar a Bad Saulgau, pegue a B30 depois de Ulm e vire à esquerda após cerca de uma hora, em Schweinhausen. – Fez uma pausa. – Olhe, Jamie, sinto muito. Tenho sido uma cretina desde que voltamos do Tibete. Acho que talvez seja uma reação retardada a todos aqueles pobres homens sendo mortos. Tenzin ainda estaria vivo se não tivesse nos encontrado. Simon também.

– A morte de Simon foi totalmente gratuita – Jamie disse com amargura. – Pelo menos Tenzin morreu por algo em que acreditava. Pensava que a guerra que travava importava e que valia morrer pela causa. Quando descobriu no que estávamos metidos, decidiu que valia a pena morrer por isso também.

– Você acha que vale a pena morrer por isso?

A pergunta pegou-o de surpresa.

– Não sei. Para mim, a questão tem mais a ver com o meu avô do que com a Pedra do Sol. Você entende? Todo esse negócio sobre o fim do mundo é apenas uma abstração. Matthew Sinclair é real. Se, ao descobrir quem *ele* foi, eu encontrar uma maneira de rastrear a Pedra do Sol, então, vou fazer tudo ao meu alcance para cumprir minha promessa a Tenzin; mas, se não puder, só espero poder sair dessa vivo e sem cicatrizes. Somos apenas duas pessoas comuns envolvidas em eventos grandes demais para nós, Sarah. Não podemos ser responsáveis por todos no planeta. Talvez eu queime um ramo de zimbro e erga um brinde à memória de Tenzin uma vez por ano, mas vou continuar com a minha vida.

– E se Tenzin estivesse errado e Walter Brohm estivesse certo?

No começo, Jamie não teve certeza se ouvira corretamente.

– Como disse? – Voltou-se para ela, mas os olhos de Sarah não deixaram a estrada à frente.

– Tenzin acreditava que a Pedra do Sol tem o potencial de destruir o mundo, mas essa crença era baseada em um mito antigo, transmitido através de uma centena de gerações, por uma cultura que achava que a melhor maneira de se defender contra a Pedra era cortar a garganta de sete pessoas inocentes e espargir sangue sobre ela. Por essa lógica, ainda deveríamos estar queimando bruxas toda vez que o leite azeda.

– Mike disse a mesma coisa, e não acho que ele acredite em sacrifícios humanos. – Jamie tentou manter a voz calma, mas estava confuso com o rumo que a conversa havia tomado.

– Sei disso, mas ele também disse que as chances eram de cinquenta milhões para um. Falamos de algo que poderia resolver os problemas de energia do mundo para sempre. Nunca mais a queima de recursos insubstituíveis do planeta. Nunca mais o aquecimento global. Nunca mais a fome. Não valeria a pena dar uma chance à Pedra do Sol? E nós poderíamos encontrá-la, Jamie. Nós. Não corporações sem rosto, não governos corruptos ou bandos de loucos como Frederick e seus *capangas*.

Ele meneou a cabeça, lembrando-se da certeza do senhor Lim.

– Você está falando sobre o legado de Walter Brohm, Sarah. Uma descoberta que está contaminada por sangue e ganância. Você já leu o diário. Realmente acredita que o mundo se beneficiaria com algo em que um homem como aquele esteve metido? Sim, podemos encontrá-la, mas por quanto tempo poderemos controlá-la? Essa foi a advertência de Tenzin. Não podemos confiar em ninguém. No momento em que colocarmos nossas mãos nela, vamos nos tornar alvo dos piores bandidos e terroristas internacionais, de ditadores loucos e fanáticos religiosos. Seria apenas uma questão de tempo antes que estivéssemos implorando a alguém para tirar a coisa de nossas mãos. Seu governo ou o meu? Em qual deles você confiaria? Não. Se de fato a encontrarmos, temos de destruí-la ou colocá-la em um lugar em que jamais seja encontrada.

Ela sorriu com tristeza.

– Isso pode ser mais difícil do que você faz parecer.

– Devemos a Tenzin fazer o máximo que pudermos.

## LIII

– Eles voaram para Munique esta manhã e alugaram um carro. A localização atual é desconhecida, mas parecem seguir a rota adotada no diário, por isso sabemos onde Saintclair vai parar e estaremos esperando por eles lá.

O homem com rabo de cavalo ouviu a explicação de Sumner com irritação crescente.

– Não é bom o suficiente. Seu relatório afirma que Saintclair fez uma visita ao advogado da mãe?

– Isso mesmo. Mas, apesar de várias tentativas por parte de nossas fontes, o advogado se recusou a revelar por que nosso homem foi até lá.

– No entanto, poucas horas depois dessa visita, Saintclair manifesta um interesse repentino e renovado no diário. Isso significa que tem novas informações, ou lhe foi dado algo que o fez reavaliar a informação que já tem. De alguma maneira, o diário continua sendo a chave para a Pedra do Sol. Saintclair é a chave para o diário. Quero que o encontrem.

Ele desligou o telefone e pressionou uma tecla do interfone na mesa.

– Preparem o avião. Voaremos para a Europa logo pela manhã.

Jamie saiu da rodovia para uma estrada muito mais estreita que os conduziu por um emaranhado de campos abundantemente cultivados. Pequenas comunidades agrícolas surgiam de vez em quando pelas janelas, e em dez minutos estavam nos arredores de Bad Saulgau, que acabou se revelando uma cidade muito maior do que o diário de Matthew sugeria. Era evidente que havia prosperado e crescido nos anos subsequentes à guerra. Tomaram o caminho para o centro e estacionaram.

– Para onde vamos daqui? – Sarah perguntou.

– Gostaria de ver o local onde eles foram emboscados e Matthew ganhou sua Cruz Militar.

Sarah não pareceu apreciar a sugestão.

– Não sei como poderemos encontrá-lo. Não fazemos ideia do caminho que tomaram a partir daqui. Como você vai descobrir?

– Vou descobrir. – Jamie apanhou o mapa das mãos dela e analisou a região a sudoeste. – Esta é a rota mais direta para Blumberg, o local seguinte mencionado no diário. – Correu o dedo ao longo da linha de uma estrada que rumava para sudoeste, na direção da cidade de Ostrach. – Há uns lugares que, na época, só deviam ter umas poucas casas dispersas. O que nós realmente precisamos é de um mapa dos anos 1940.

– Temos um. – Sarah sorriu e retirou o mapa de fuga de seda da mochila, junto com o diário. Ela abriu o diário na página que registrava a emboscada. – *Eu podia ver os picos nevados da Suíça reluzindo à distância. Eles nos atacaram logo depois do amanhecer, entre Saulgau e alguma aldeia minúscula que nem fazia jus a um nome* – ela leu em voz alta, comparando o mapa de seda com o mapa moderno. – Olhe, você está certo, existem alguns lugares que correspondem à descrição daquela época.

Jamie dirigia devagar após terem deixado os arredores da cidade, analisando o terreno à sua volta. Chovia de novo, e onde os Alpes deveriam estar não havia coisa alguma senão uma escuridão cinzenta.

– Se estamos procurando uma floresta, viemos ao lugar certo – disse Sarah, prestativa, enquanto passavam por mais outro largo trecho de floresta.

Jamie ignorou o sarcasmo.

– Essas árvores são coníferas, com folhas perenes. Matthew disse que o bosque onde foram emboscados era de faias. Nessa época do ano, as folhas terão um verde-esmeralda brilhante.

– Quer dizer, assim? – perguntou ela alguns instantes depois.

Ele parou o carro e estudou o grupo de árvores que Sarah havia indicado. Não parecia muito provável. As árvores eram desenvolvidas o bastante para estarem em crescimento há mais de sessenta anos, com troncos bem grossos e grandes copas, mas não parecia haver o suficiente delas para ser chamado de bosque. Por trás do grupo de faias, outra plantação de coníferas estendia-se à distância. Alguns quilômetros estrada acima, havia algumas construções isoladas que poderiam se encaixar na descrição de *aldeia minúscula que nem fazia jus a um nome*.

Jamie analisou as construções por entre os campos de trigo açoitados pelo vento.

– Acho que a única maneira de descobrir é perguntando.

A primeira porta em que bateram foi aberta por uma jovem que respondeu com polidez às perguntas, mas foi incapaz de ajudá-los. Ela os orientou à casa mais distante da estrada.

– Falem com o velho Werner. Ele estava aqui naquela época.

– *Guten tag*. – A figura atarracada trabalhava num ritmo constante com uma enxada no centro de uma horta impecavelmente bem cuidada. O homem ergueu os olhos e respondeu com um aceno de cabeça ao cumprimento de Jamie. Tinha olhos claros imperscrutáveis, um nariz bulboso e um rosto rosado, desgastado pelo tempo, arrematado por um farto bigode grisalho. Enquanto Jamie e Sarah aguardavam ao lado da casa, o velho caminhou até eles, usando a enxada como muleta para compensar um coxear pronunciado.

– Posso ajudá-los? – ele perguntou.

Jamie explicou por que estavam na região, e o rosto de Werner nublou-se.

– Ingleses, não?

Jamie assentiu. Não via razão para explicar as origens de Sarah.

O velho deu uma risada amarga.

– Como é mesmo que os ingleses dizem? "Não fale sobre a guerra"? Bom conselho. Aconteceu há muito tempo, é melhor esquecer, em particular por aqui. Não se deixe enganar pela bela paisagem. Coisas ruins aconteceram, assim como em todos os lugares. Coisas ruins. – Ele inclinou-se sobre a enxada e suspirou profundamente, fitando o chão.

Sarah abriu a boca para protestar, mas Jamie sacudiu a cabeça. Não havia motivo algum para trazer à tona memórias indesejadas. Ele agradeceu ao alemão pelo seu tempo e virou-se para ir embora.

Estavam a meio caminho do carro quando Werner os surpreendeu.

– *Ach*, espere – ele chamou. – Foi há muito tempo, mas talvez um velho mantenha as coisas trancadas por tempo demais. Quem sabe seja a hora de enfrentá-las. Venham, vou fazer um café.

Enquanto se sentavam na cozinha apertada, Werner serviu o café sem lhes perguntar como gostavam: forte, puro e com uma dose generosa de aguardente. Curvou-se sobre a própria caneca e fixou os olhos na mesa, o rosto estampando a expressão compungida de um homem que entrou no confessionário. Por fim, disse:

– Sim, aconteceu como você disse. Lá fora. É claro que a maior parte das árvores antigas não existe mais, foram substituídas pela plantação que vocês viram. Não sobraram muitas pessoas para lembrar, mas eu estava aqui. – Ergueu os olhos sob as espessas sobrancelhas grisalhas. – Você diz que seu avô era um dos homens no segundo jipe?

Jamie assentiu.

– Então, provavelmente seu avô matou meu irmão.

A sala pareceu congelar, e Jamie sentiu a mão de Sarah se fechar sobre a sua por baixo da mesa.

– Sinto muito.

Werner deu de ombros.

– Foi há muito tempo. Erich era sete anos mais velho do que eu, leal e corajoso. Morreu lutando pelo que acreditava, mas matou um monte de amigos meus e me deu isto – bateu a perna e eles ouviram o som de plástico oco abafado pelas grossas calças de *tweed*. – Já ouviram falar da Werwolf?

– Meu avô menciona em seu diário. Era uma espécie de organização guerrilheira nazista.

O velho meneou a cabeça.

– Uma piada. Membros combalidos da SS, como Erich, liderando garotos mal saídos das fraldas contra homens com metralhadoras e tanques. Ele estava convalescendo aqui, depois de ter sido ferido na cabeça no *Ostfront*, quando o chefe administrativo, o *gauleiter* local, ordenou-lhe que organizasse uma célula Werwolf e perseguisse o inimigo. Eu tinha 14 anos e estava assustado. Eu era apenas um menino. Hitler estava morto. As pessoas diziam que a guerra havia terminado, mas Erich não queria acreditar. Eu só queria que ela acabasse e ficar em casa com minha mãe. Está surpreso? Pensou que todos nós éramos fanáticos da Juventude Hitlerista?

Jamie sorriu educadamente.

– Estávamos em nove. Eu, Erich, meu amigo Pauli e alguns outros da escola. Armamos o acampamento na floresta do outro lado da estrada. Era como ser um escoteiro, só que tínhamos uma metralhadora, alguns velhos fuzis Mauser e um par de *Panzerfausts*. Para falar a verdade, acho que a guerra deixou Erich louco. Ele disse que deveríamos combater os Amis. Alguns dos meninos começaram a chorar. Eu lhe disse: "Não, nós vamos para casa". Ele era meu irmão, pensei que fosse me ouvir, mas ele gritou dizendo que eu era um traidor e me golpeou na boca com a pistola. Quando eu disse que não iria lutar, ele atirou na minha perna. – Ele virou-se para Sarah. – Não tenha pena de mim. Eu tive sorte. Aos olhos de Erich, eu era culpado por motim, e ele tinha todo o direito de me fuzilar ou de me enforcar na árvore mais próxima. Foi o que aconteceu a muitos. Naturalmente, os outros meninos estavam assustados demais para fazer qualquer coisa. Eles me trouxeram até esta casa, a casa da minha mãe, e me deixaram aqui.

Werner sorveu ruidosamente o seu café e lambeu os lábios.

– Mamãe fez o que pôde com a minha perna, mas, quando gangrenou... – Ele meneou a cabeça ao se lembrar. – Mas isso aconteceu depois. Três dias após Erich me ferir, ouvi o tiroteio e a explosão, logo ali. Quis sair, mas não podia me mover, e acho que de qualquer forma mamãe teria me impedido. Mas pude ver da janela o jipe pegando fogo e os clarões dos tiros na floresta. Quando os disparos cessaram, eu estava dividido. Deveria estar exultante pela vitória dos meus amigos? Eu era um covarde que havia me afastado deles? E o que os Amis fariam quando descobrissem o que acontecera? Erich se vangloriava sobre um lugar na França onde a SS tinha ensinado uma lição, e eu o ouvi falando enquanto dormia sobre coisas que aconteceram na Rússia, que fazem meu sangue gelar até hoje. Será que os Amis queimariam nossa fazenda e enforcariam todos nós? Então, o tiroteio recomeçou, e eu sabia que as armas que efetuavam a maior parte dos disparos não eram alemãs. Durou apenas um momento. Depois, silêncio. Tudo o que eu podia ouvir era mamãe soluçando. Acho que àquela altura ela já sabia que Erich estava morto. Alguns minutos depois, ouvimos quatro ou cinco tiros isolados. Bem lentos, bem calculados. Cada qual um sinal de pontuação. Sabia que executavam os feridos. Antes de irem embora, os Amis enterraram seus mortos e deixaram nossos garotos para os corvos.

– Eles executaram crianças feridas? – Sarah quis saber, incrédula. – Mas a guerra tinha acabado. Eles sabiam disso.

– Oh, sim, moça, eles executaram o pequeno Pauli e o restante. Eu vi os corpos quando foram trazidos aqui para serem enterrados. Você diz que a guerra tinha acabado, mas a guerra não termina só porque alguém diz que ela terminou. Acaba quando as pessoas param de atirar umas nas outras. A guerra de Erich só terminaria quando estivesse morto. Pena que ele levou tantos bons garotos com ele.

A cabeça de Jamie estava dormente. Havia lido o relato de Matthew sobre a emboscada como uma investida heroica contra um inimigo determinado e com maiores chances. As referências a garotos e crianças eram bastante claras, mas, de alguma forma, ao ler o diário, sua mente havia absorvido apenas um lado da história. Para Matthew, o ataque inimigo tinha sido praticado por fanáticos frios, ainda que jovens. Haviam atacado da floresta, como covardes, e ele pagara na mesma moeda. Somente agora, quando o velho Werner vasculhara uma gaveta e mostrara uma foto, em tons de sépia, de uma sorridente equipe de futebol de colégio, ele pôde compreender como eram jovens. Matthew teria olhado nos olhos de uma criança ferida e puxado o gatilho? Se tivesse, isso teria mudado tudo o que havia aprendido.

– Estou à direita, o rapagão com cabelos louros. Estrela como centro-avante. Pauli é o garoto de cabelos escuros na fileira da frente. Ele era um bom amigo, o Pauli. Um bom amigo.

– O que aconteceu depois? Houve algum tipo de investigação?

O alemão riu – *hahaha* –, como se Jamie houvesse contado uma piada hilariante.

– Você acha que alguém se importava com alguns garotos caipiras da Baviera que foram muito idiotas para se render quando tiveram a oportunidade? Naquela época, os crimes de guerra eram apenas os crimes de guerra alemães. As únicas vítimas eram os judeus. Poucos meses depois, apareceu uma unidade de registro de sepulturas e, enfim, enterraram os Amis mortos no cemitério militar de Dürnbach, junto com os aviadores aliados abatidos, prisioneiros fugitivos que não conseguiram voltar para casa e os pobres coitados que a SS sentenciou à morte quando fecharam os campos de prisioneiros de guerra. Erich e meus amigos estão em Saulgau.

Terminaram o café e permaneceram em silêncio por algum tempo. Jamie levantou-se para partirem. Não havia mais nada a fazer ali.

Werner ergueu a vista, mas os olhos lacrimejantes ainda estavam em algum lugar no passado.

– Antes de transportarem os corpos para Saulgau, eles foram guardados no celeiro. Eu entrei lá furtivamente para ver Pauli pela última vez. Foi um erro. Sabe, ele havia ficado sob a terra por três meses, e não era mais o Pauli de que me lembrava. Meu conselho a você, meu jovem amigo, é que volte agora. Não há vantagem alguma em desenterrar o passado. Se continuar, tudo o que o aguarda é sofrimento.

# LIV

Chegaram a Blumberg no início da noite, porém, qualquer chance de continuar na rota de Matthew em direção à fronteira com a Suíça a apenas oito quilômetros de distância foi desaparecendo rapidamente junto com a luz do dia. Sarah comprou um mapa local no centro de informações turísticas quando a equipe já estava fechando as portas, e Jamie fez reservas para eles em uma pousada no centro da cidade. Quando se encontraram do lado de fora dela, Jamie apontou para as colinas que formavam a fronteira sul do vale.

– Deve ter sido para lá que Matthew levou os alemães.

Sarah estudou o mapa que tinha comprado e sacudiu a cabeça negativamente.

– Não penso assim. Acho que talvez sejam aqueles montes altos à distância. Veja... – ela mostrou-lhe o mapa.

– Há duas aldeias ao sul, entre Blumberg e a fronteira suíça. Epfenhofen e Futzen. Além delas, fica o começo da cordilheira em miniatura que ele mencionou.

– A Hoher Randen?

– Isso mesmo. Pelo jeito, ambas são possíveis. – Ela o analisou com seriedade. – Jamie, por que você não lê as páginas finais do diário de Matthew e acaba logo com isso?

– Você acha que não me sinto tentado a fazê-lo? Sou como um viciado com um estoque de drogas. Meus dedos ficam se contorcendo para pegar o diário. Mas não vou ceder, porque tenho certeza de que é assim que Matthew queria que fosse. De certa maneira, esse é seu último desejo, seu verdadeiro testamento. Quando formos lá amanhã, ele vai estar com a gente. Tenho a sensação de que, se quebrar suas regras, nunca encontraremos as respostas.

– E se você estiver errado?

– Se estiver errado, voltamos para casa. Talvez a gente até se esqueça de que a Pedra do Sol algum dia existiu...

– Não creio que isso seja possível.

– Não, eu também não. Desde o Tibete, sinto como se isso fosse parte de mim. Acho que vou ter de voltar e começar tudo de novo. O Sol Negro de Walter Brohm levou-nos ao Harz e ao centro de pesquisa. No dia em que saiu de lá, ele levou suas pesquisas, ou pelo menos um resumo delas, com ele. Lembra-se do que Matthew disse sobre o dia em que o conheceu?

– Disse que dois deles eram os piores homens que já tinha conhecido. Será que isso significa que ele já havia formado uma espécie de vínculo instintivo com Brohm?

– É possível que sim, mas essa não é a questão. Um deles tinha uma pasta sobre os joelhos. Tem de ser Brohm. Ele deve ter feito um acordo com os norte-americanos. Brohm era um jogador. Tinha sempre um ás na manga. Quando deixou o bunker no Harz e livrou-se de todas as provas, com certeza já tinha escondido as joias da coroa em um lugar seguro. Os papéis na pasta eram apenas isca. Suficientemente interessantes para seduzir quem os visse, mas com os principais elementos ausentes. A Pedra do Sol era o passaporte de Brohm para uma nova vida nos Estados Unidos, e ele só entregaria o local, e sua pesquisa principal, quando estivesse na neutra Suíça.

– Mas, assim que chegou à Suíça, ele desapareceu, junto com os outros...

Na luz mortiça do cair da noite, ela viu os olhos de Jamie se fixarem na esmaecida silhueta azulada das montanhas distantes.

– Isso mesmo. E amanhã eu acho que vamos estar um passo mais perto de descobrir por quê.

Na manhã seguinte, partiram para Epfenhofen, uma pequena comunidade de fazendas e casas que se distinguia por um surpreendente anel ferroviário que rodeava o lugar como um laço. Sob o viaduto, os dois estudaram a encosta coberta de árvores que subia quase verticalmente a partir de onde estavam. À direita, um caminho estreito conduzia às árvores.

– Poderia ser isso – Jamie sugeriu.

– Deixe-me ver o diário. – Ele o entregou para Sarah, e ela virou as páginas até chegar à passagem que procurava. – Matthew diz aqui que, depois que Stan saiu do jipe no início do caminho, ele dirigiu mais uns três quilômetros antes de ordenar aos alemães que descessem do carro. Não vejo como alguém poderia dirigir por essa trilha.

Eles vasculharam a base da escarpa, mas logo ficou claro que ela tinha razão. O único caminho ao sul da aldeia passível de ser percorrido de carro era a estrada principal. Epfenhofen era um beco sem saída.

– Deve ser a próxima, então – disse Jamie, demonstrando mais confiança do que de fato sentia.

A aldeia de Futzen ficava a pouco mais de um quilômetro e meio a oeste e, enquanto olhava a paisagem ao redor, Jamie sentiu o coração bater mais rápido.

– Isso parece mais promissor – falou Sarah, ecoando seus pensamentos.

Da estrada, viram que a terra cultivada inclinava-se levemente para cima a partir da aldeia, rumo às colinas e à Suíça, e, mesmo à distância, dava para divisar trilhas que interligavam os campos.

A paisagem fez Jamie se lembrar de algo do passado, e tentou localizar a obra de onde vinha a memória. Uma imagem surgiu em sua cabeça do nada.

– *Fugindo do Inferno*!

– O quê? – Sarah olhou para Jamie como se ele fosse louco.

Ele riu e apontou para a vista.

– Achei que isto me lembrasse de uma pintura, mas é um filme. Costumavam passá-lo na TV todos os Natais, antes de termos uma centena de canais por satélite. – Ainda assim, ela parecia confusa. – Vai me dizer que não conhece? Steve McQueen em uma moto tentando saltar por cima do arame farpado entre a Alemanha e a Suíça... O cenário era assim. Campos, estradas de terra e os Alpes ao longe.

Ela deu de ombros.

– Talvez não seja o meu tipo de filme. Ele conseguiu?

Jamie olhou para ela com curiosidade.

– Não, mas é um bom filme.

– Tem um final feliz?

Ele meneou a cabeça.

– Na verdade, não. A Gestapo fuzilou cinquenta prisioneiros de guerra desarmados.

Quando chegou à vila, Jamie dirigiu por um labirinto de ruazinhas em direção ao sul, de onde dava para ver, através dos campos, as colinas cobertas de árvores além deles. A mesma estrada de ferro que estrangulava Epfenhofen formava a fronteira sul da vila, e, parados dentro do carro, viram um antigo trem a vapor passar por eles bufando, puxando uma fileira de vagões verdes e apitando com entusiasmo. Eles se entreolharam.

– Tem certeza de que acordamos no século certo? – perguntou ela.

– Começo a duvidar disso.

Jamie estudou a trilha diretamente à frente. Delimitada por árvores de um lado e uma valeta pantanosa do outro, cortava os campos em linha reta e subia por entre as árvores.

É aqui.

Sarah lançou um olhar para ele.

– Você não pode ter certeza.

Jamie se esticou e pegou no banco de trás o envelope manchado.

– É aqui. – Ligou o carro, atravessou sacolejando a estrada de ferro e pegou a trilha de cascalho, rumando para o sul, em direção ao destino de Matthew Sinclair.

*– Você está triste, Leutnant Matt?*

*Como de costume, Walter Brohm sentava-se afastado de Klosse e Strasser, e suas palavras atravessaram os meus pensamentos. Tristeza era uma palavra muito inadequada para a mistura de emoções que eu sentia naquele momento. Ali, entre as árvores, com a brisa balançando suavemente as folhas de carvalho e com o calor do sol no meu rosto, era fácil acreditar que aquilo tudo de fato havia acabado. Deveria estar feliz ou, pelo menos, aliviado. Tinha travado uma boa guerra, uma guerra da qual um dia outros homens me diriam que deveria me orgulhar; a melhor das guerras, porque era uma guerra que eu tinha vivido. Não sobrevivido, entende? Vivido. O Matthew Sinclair que desembarcou em 1939 em Cherbourg, de faces rosadas e olhos brilhantes, com os fantasmas ambulantes do Royal Berkshire Regiment, há muito já não existia. Parte dele morrera com o sargento Anderson na retirada de Dyle e na profusão de sangue, corpos e ferro dilacerados que se seguiu. O que sobrara tinha entrado por vontade própria no inferno do hospital de Coventry e acrescentado sua carne às chamas que consumiram sua família. A verdade é que uma concha vazia permanecera, uma concha vazia, sem alma e com um único propósito. O SAS pegara essa concha e criara um novo Matthew Sinclair, um Matthew Sinclair que poderia resistir e sobreviver e que podia matar de muitas maneiras, sem consciência nem remorso, duro como o aço da faca de combate com dois gumes, que tirava vidas com nada mais que um suspiro. Mas, agora, a armadura do novo Matthew Sinclair encontrava-se desgastada pela proximidade da paz, de um jeito que nunca ficara pela proximidade da própria morte. Sentia-se desvanecendo, a barreira que criara para protegê-lo da loucura e do horror estava sendo minada, deixando-o mais próximo do fim a cada segundo.*

*Fiz que não com a cabeça e peguei o diário sobre a grama ao meu lado, esperando que Brohm me deixasse em paz com meus fantasmas. Mas ele percebeu que o fecho de latão que mantinha o livro fechado havia quebrado. Ele sorriu e caminhou até mim, remexendo no bolso superior de sua túnica militar cáqui, no qual não podia deixar de dar tapinhas cada vez que falava da pintura importante que possuía.*

*– Tome, Leutnant Matt, você deve proteger seu trabalho. – Ele me entregou um pedaço de cordão de prata, longo o bastante para amarrar o livro. – É melhor você ficar com isso. Uma lembrança. Parte do uniforme do Brigadeführer Walter Brohm. Um dia você vai olhar para trás com orgulho e dizer: "Eu conheci Walter Brohm". Quando chegar à América, não vou esquecer o que você fez por mim. Em breve o mundo será um lugar diferente, um lugar melhor, onde nós dois poderemos ser amigos de verdade. O meu trabalho vai mudar a vida de todos. Compreenda que não posso lhe dar os detalhes – ele sorriu –, mas você deve acreditar em mim quando digo isso. Por enquanto, apenas Astra pode encontrar a resposta. É claro, devemos lidar primeiro com os Ivans. Onde Hitler falhou, a América terá sucesso, porque a América sabe que, se não for bem-sucedida, será destruída, assim como a Alemanha foi. – Seus olhos se estreitaram, e ele olhou para trás para se certificar de que Klosse e Strasser não podiam ouvir. Sabia o que ele ia me dizer, então. – Uma bomba – ele sussurrou. – Vou lhes dar uma bomba maior do que qualquer bomba já inventada. Uma bomba com a energia do sol.*

## LV

Estacionaram em uma clareira semicircular, ao lado da trilha principal, e Jamie sentiu a eletricidade no ar assim que saiu do carro e viu-se no túnel verde formado pela junção das enormes copas de antigos carvalhos e tílias. As marcas de pneus de uma *mountain bike* e as inconfundíveis depressões causadas por ferraduras mostravam que a trilha não era atravessada apenas por pessoas a pé, e ele supôs que era bem mais utilizada agora do que era quando seu avô passara por ali. Porque, se havia uma coisa que ele tinha certeza, é que Matthew Sinclair estivera ali.

– Mas como você sabe? – Sarah insistiu.

– Eu não *sei*. Mas posso senti-lo ao meu redor. Ele estava completamente exausto quando chegou aqui. Só queria que tudo acabasse. Quando saiu do jipe com aqueles três homens, estavam a uns três quilômetros da fronteira da Suíça e da segurança.

– Então, o que houve? – A voz de Sarah soou quase desesperada.

– Vamos descobrir.

O ar estava fresco quando começaram a subir a trilha, mas foram forçados a retirar os agasalhos à medida que o calor do sol começava a atravessar com dificuldade as copas, e a mata ficou mais densa onde a trilha se estreitava. Jamie analisou o terreno em volta deles, buscando as poucas pistas que o avô havia deixado no diário.

Atrás deles, dez minutos após terem deixado o carro, um Mercedes com tração nas quatro rodas e vidros fumê parou devagar, quase em silêncio, na clareira do estacionamento.

– Seja rápido, mas preciso – o motorista rosnou para o passageiro.

O segundo homem apanhou uma mochila no banco de trás e caminhou com rapidez em direção ao pequeno Volkswagen. Levou menos de vinte segundos para arrombar a porta usando uma chave eletrônica. Depois de uma rápida inspeção que não revelou nada de interessante, tirou da mochila um minúsculo objeto circular de metal magnetizado com formato de cabeça de rebite e o fixou sob o banco do motorista numa posição que, sabia, apenas um mecânico ou um limpador de carros poderia encontrá-lo.

Uma vez fixada a combinação de microfone e rastreador, abriu o capô do carro e também o compartimento do motor. Desta vez, o pacote que retirou da mochila era maior, um bloco retangular bem embalado, que ele pulverizou com cimento de secagem rápida em uma das faces e prendeu ao chassi no arco da roda do lado do condutor. Não ficou perfeito como gostaria, já que ficara sabendo da marca do carro apenas naquela manhã e não tivera tempo de fazer o tipo de cálculos precisos que em geral faria, relativos à densidade do metal e ao potencial de explosão, mas consolou-se com o fato de que usava tanto explosivo que sobraria muito pouco do carro. Quando teve certeza de que o bloco estava preso com firmeza e que o receptor funcionava direito, fez um gesto de aprovação com a cabeça, fechou o capô e trancou o carro.

– Armado? – perguntou o motorista.

O homem confirmou com a cabeça.

– É só dar a ordem.

O motorista sorriu.

– Calma. Não podemos cometer nenhum erro desta vez.

À medida que Jamie e Sarah avançavam, a trilha tornava-se mais íngreme e não tão bem definida – apenas um sinuoso rastro de terra marrom entre as árvores, permeado de raízes retorcidas e com ocasionais degraus naturais de rocha desgastada. Sarah parou com as mãos nos quadris e respirou fundo.

– Dá para entender por que três criminosos de guerra nazistas de meia--idade e fora de forma devem ter achado isso difícil. Quase sinto pena deles.

– Não sinta. Eram desprezíveis, e provavelmente foram parar em Santa Barbara, pegando uma corzinha e bebericando *mojitos* enquanto admiravam as amantes siliconadas se esbaldando na piscina. Queria eu ser assim tão infeliz.

– O quê? – Ela estufou o peito de forma provocativa. – Quer dizer que não tenho bastante recheio para você, Saintclair? Escute aqui, mocinho: se ousar pensar em uma amante loira e peituda, vou substituir as azeitonas do meu martíni pelos seus *cojones*.

– Nesse caso – ele fez uma reverência –, deixe-me tranquilizá-la: isso nunca me passou pela cabeça. Vamos em frente.

– Por que a pressa? Temos tempo de sobra.

– Não tenho tanta certeza. O relógio está correndo, e sabemos que não somos as únicas pessoas à procura da Pedra do Sol. Só porque não podemos vê-los não significa que não estejam em algum lugar por aí. – Ele analisou as árvores apinhadas que ladeavam a trilha. – Quando Matthew Sinclair veio por esse caminho, pelo menos ele tinha uma arma e sabia como usá-la.

Continuaram a subida no calor sufocante do meio-dia, embora só houvessem tido uma visão clara do sol uma única vez, quando chegaram a uma ampla clareira na floresta que havia sido semeada com algum tipo de grão, e este começava a amadurecer. Pararam para comer e por uma brecha entre as árvores tinham a visão das colinas a norte e a oeste e, entre elas, do emaranhado de campos cultivados.

– Ouça – Sarah sibilou.

Jamie ficou tenso e desejou, não pela primeira vez, possuir algum tipo de arma. Até uma faca de cozinha seria melhor do que nada.

– O que foi?

Ela ficou imóvel por alguns segundos, até que um ruído distante, semelhante ao de uma metralhadora, quebrou o silêncio.

– Um pica-pau.

Ele sentiu vontade de estrangulá-la. Em vez disso, beijou-a.

Estavam lado a lado na grama, observando a cúpula perfeita de um pálido azul-bebê. A mão de Sarah buscou a dele, e seus dedos a seguraram firme.

– Sério, Jamie, você já se perguntou o que vai acontecer depois? – Havia um melancólico lamento em sua voz, que fincou uma estalactite de gelo no coração dele.

– Depois?

– Quando tudo isso terminar. Quando você souber da história de Matthew. Quando encontrarmos a Pedra do Sol. Ou não. Quando não tivermos mais que ir atrás do pote de ouro no fim do arco-íris.

Ele deu de ombros desajeitadamente, já que estava deitado de costas.

– Se for para pensar nisso, imagino nós juntos, nos divertindo – disse ele, ciente de que faltava convicção em suas palavras. – Ainda há muitas coisas que temos de fazer e ver. Juntos.

Sarah apertou a mão dele.

– Claro que sim, Jamie, mas às vezes você não fica preocupado que até lá seremos pessoas diferentes?

– Você fica?

Ela rolou de modo a poder olhar para o rosto dele.

– Olhe, no primeiro dia em que nos conhecemos, você tinha acabado de ser jogado debaixo de um trem, o que passa bem longe de circunstâncias normais. Desde então, tem sido uma montanha-russa de emoções, enigmas da Segunda Guerra Mundial, buscas malucas, nazistas possessos, obras-primas perdidas e judeus há muito falecidos, e essa descoberta misteriosa que pode até não existir, a não ser na nossa cabeça. Droga, no último mês temos vivido de adrenalina, café e sexo. Não me entenda mal, não perderia isso por nada, mas enquanto estamos caçando arco-íris somos pessoas completamente diferentes das que davam duro em Londres para garantir o pão de cada dia. Eu conheço o verdadeiro Jamie Saintclair? Ainda não estou certa. E você com certeza não conhece a verdadeira Sarah Grant.

Jamie se levantou e sacudiu a poeira do corpo, tentando ocultar dela seu desapontamento. Com certeza, havia coisas que ele não sabia sobre Sarah Grant e outras de que suspeitava, mas não queria saber naquele exato momento, embora estivesse preparado para descobri-las quando chegasse a hora certa.

– Talvez seja verdade, talvez não. A única coisa de que tenho certeza é que gostaria de ter a chance de descobrir.

Ele partiu em direção à subida, esperando que Sarah o seguisse, mas, quando olhou em volta alguns minutos depois, ela não estava lá. Retornou à trilha no exato momento em que ela surgia por entre as árvores, de cabeça baixa e imersa em pensamentos. Ela ergueu o rosto, e Jamie pôde ver que estivera chorando.

– Ei. As coisas não estão tão ruins. Vamos dar um jeito. Vou levá-la para um jantar chique no West End quando voltarmos para casa e conversaremos. A menos que prefira aproveitar a noite em casa.

Ela sorriu por entre as lágrimas e assentiu.

– Olhe, é que... só estou confusa, Jamie. Tudo aconteceu tão rápido e ainda tem tanta coisa acontecendo. Não sei o que está e o que não está rolando. Só me dê um tempo, está bem?

Ele se inclinou e beijou-a na testa.

– Claro. Vamos, não deve estar muito longe agora.

Chegaram à clareira com o arroio depois de mais dez minutos de subida. Sarah reconheceu-a primeiro. Ela parou de repente, surpresa.

– Um arroio que atravessa uma clareira ao lado de uma ravina íngreme; justamente o que Matthew descreveu. Tive de procurar no dicionário a palavra "arroio".

– É aqui. – Jamie tentou disfarçar a tensão na voz. Foi até a beirada do despenhadeiro que dividia a floresta. Aquele era o momento pelo qual esperara desde que abrira pela primeira vez o diário. Sua imaginação havia pintado uma paisagem escura e gótica de pedras pontiagudas e florestas sinistras, perigosas, mas aquilo ali não era nem um pouco parecido. Ao redor, os raios do sol transformavam a folhagem de verão em milhares de esmeraldas cintilantes, e o canto dos pássaros ecoava pelas árvores. Ainda assim, não tinha dúvidas.

– É aqui.

Ele revirou a mochila, e as mãos tremiam quando retirou o envelope amarelado que continha os últimos registros do diário.

# LVI

*8 de maio de 1945, 13h, três quilômetros ao sul de Blumberg.*
*Viajamos por quatrocentos quilômetros ao longo dos últimos sete dias e durante todo esse tempo eu me senti como se um vulcão estivesse se formando dentro de mim. Klosse e Strasser podem parecer um par de incompatíveis cozinheiros do exército britânico em seus uniformes de combate mal ajustados, mas o miasma maligno que os cerca é tão corrosivo quanto o gás mostarda. Literalmente fedem a morte, ou talvez seja mais verdadeiro dizer que o fedor da morte nunca deixou minhas narinas. Nos seis anos de guerra, fiz muitas coisas que me enojam, mas nunca me senti mais sujo do que ao ajudar estes homens a escapar da justiça que os espera na Alemanha. Agora já sei que Klosse era o Nosferatu dos campos. Vi os campos. O horror de Belsen nunca vai me deixar; os vivos reduzidos a esqueletos ambulantes, os mortos descartados como refugo, o cheiro de carne em decomposição e o gosto de corpos queimados em meus lábios, o olhar vidrado de crianças condenadas implorando em rostos de velhos. Pessoas debilitadas, esfomeadas, mortas a tiros, enforcadas ou dilaceradas por cães. Destruídas fisicamente pela desumanidade do tratamento dado a elas e, mentalmente, pela miséria de sua existência e a remoção de qualquer esperança. A violência casual é sintomática da guerra. A aniquilação sistemática de uma raça está além da compreensão. Entretanto, se eu acreditar em Brohm, os crimes de*

*Klosse foram além até mesmo disso. Ele pairava invisível na fumaça dos fornos e escolhia suas vítimas entre os mortos-vivos lá embaixo: homens, mulheres e crianças, todos indivíduos selecionados especificamente para atender aos seus propósitos; medidos, pesados, injetados ou drogados, analisados e inspecionados em sua agonia, cada convulsão registrada, até o final, e, por fim, eviscerados, dissecados ou desmanchados pelo conhecimento que os corpos abusados proporcionavam, seus órgãos e partes preservados em vidros e armazenados para comparação com aqueles que tinham ido antes e aqueles que ainda estavam por vir. Não seres humanos. Nem mesmo animais. Coisas. Experimentos. E tudo isso justificado em nome do progresso. Não há remorso em Klosse. Está claro em seu presunçoso rosto prussiano como ele contempla a sua nova vida. Acho que nunca odiei tanto alguém.*

*Em comparação, Strasser é um bebê de colo no panteão do genocídio, um mero torturado, extrator de dentes e unhas, e dilacerador de órgãos genitais. Um burocrata obtuso levado pela ambição e pela lisonja a trocar a caneta por uma aguilhada e um ferro de solda. Strasser já está condenado. Escapar para a América não vai salvá-lo, porque ele não pode fugir de si mesmo. Pela mesma razão, ele nunca vai conhecer o perdão ou a absolvição. As coisas que ele viu e fez o estão devorando por dentro, e a única fuga é o esquecimento. Não consigo sentir piedade alguma por ele. Seus crimes, ainda que uma gota no oceano desta guerra terrível, certamente não podem simplesmente ser esquecidos.*

*No entanto, foi apenas quando Walter Brohm me contou sobre sua bomba "maior do que qualquer bomba já inventada" que, enfim, tomei minha decisão.*

*Ele está sentado diante de mim, debaixo de uma árvore na margem do córrego, observando-me escrever, sorrindo aquele seu sorrisinho astuto, bem alimentado e satisfeito, certo da própria grandeza, sua genialidade apenas adormecida para logo florescer sob os raios benevolentes do sol californiano. Desconheço se Walter Brohm cometeu algum crime, além do crime de complacência. Ele é um tagarela quase simpático, que, exceto pela tendência à arrogância, seria um companheiro de jantar perfeitamente aceitável. Em um mundo cheio de inimigos, Brohm quer ser amigo de todos.*

*Por que Walter Brohm é mais perigoso do que uma centena de Klosses? Porque sua curiosidade não conhece limites. Porque nenhum preço é muito alto se provar que ele está certo. Porque nenhum risco é muito grande se aprimorar seu gênio.*

*Guardei cuidadosamente o diário em minha mochila e despertei-os do descanso. Klosse e o Boi estavam relutantes em se mover, mas expliquei que nosso contato nos esperava do outro lado da fronteira a menos de uma hora de distância.*

*Klosse riu.*

*– Gut – disse ele para mim. – Pelo menos os Amis vão nos tratar com o respeito que nos é devido. Tenho a intenção de denunciá-lo pelo seu tratamento a prisioneiros. Você será repreendido.*

*Strasser afinal se levantou, resmungando baixinho e coçando seu traseiro gordo.*

*Walter sorriu para mim.*

*– Você vai me visitar na América, Leutnant Matt? Disseram que vamos ter boas casas e carros grandes. Talvez até mesmo uma piscina. Quem haveria de imaginar uma coisa dessas? Isso mostra como o meu trabalho é precioso para eles. – Ele pegou minha mão e a apertou. – Eu lhe agradeço por nos trazer até aqui. Não ligue para Klosse. A opinião dele nada conta contra a de Walter Brohm.*

*Afastei-me e disse que não pararíamos de novo. Se quisessem urinar, aquele era o momento de fazê-lo.*

*Eles ficaram parados lado a lado, como fazem os homens em tais circunstâncias, alinhados ao longo da ravina como eu havia previsto que seria.*

*Eu tinha o Browning preparado, destravado, e me aproximei com rapidez deles. Atirei primeiro no Boi, na parte de trás do crânio, e seu corpo foi projetado para a frente, sobre as rochas lá embaixo. Klosse virou-se, pronto para me atacar, mas um homem com o pênis na mão é particularmente vulnerável, e tive tempo de apontar a arma direto para o coração dele. Ele morreu me xingando, como suponho que era de esperar. Walter Brohm calmamente terminou o que fazia e se virou para mim...*

A voz de Jamie enfraqueceu. Havia lido o parágrafo final de modo automático, sem se dar conta do significado das palavras, e a realidade chocante ocorreu-lhe apenas lentamente. Aquela era uma confissão de assassinato a sangue-frio. Reviu a cena em sua mente, mas o cérebro se recusou a estabelecer a conexão entre o homem que puxou o gatilho e a imagem que tinha do Matthew real, sempre com um sorriso no rosto bondoso e olhos que brilhavam com humor gentil.

# LVII

– Leia o resto, Jamie. Matthew queria que você visse isso. Você não entenderá a razão se não permanecer com ele até o fim.
 – Eu...
 – Leia. O que houve com Walter Brohm? O que houve com a Pedra do Sol?

*A princípio, Brohm não acreditava que iria morrer com os outros. Ele era Walter Brohm. Culpado apenas de genialidade. Klosse e Strasser eram criminosos de guerra. Ele era um cientista. Foi só quando continuei a apontar o cano da arma para o seu peito e ele viu a determinação implacável em meu rosto que o sorriso desapareceu. Começou a implorar por sua vida.*
 *Ofereceu-me o conteúdo de sua pasta, que, segundo ele, valia o resgate de um rei. Quando a chutei para o lado, ele levou a mão ao bolso de cima da túnica militar. Quase atirei nele naquele momento, e ele sabia disso, porque sua mão começou a tremer. Retirou um mapa de fuga de seda com algum tipo de símbolo nazista no verso. Aquilo me levaria, ele disse, ao Rafael e a todo o resto. Explicou-me como decifrá-lo, mas eu não queria nada de Walter Brohm. Sabia que qualquer coisa que ele me oferecesse estaria envenenada pelo contato com ele. Eu o desprezava. Ele achava que era melhor do que os dois homens que eu havia acabado de matar, mas era o pior deles.*

*Com sua arrogância e vaidade, estava preparado para desencadear o Armagedom neste mundo em nome da ciência. Coventry, mil vezes pior, em uma única explosão de luz branca. Quantas Peggies e Elizabeths e Annes deveriam morrer para provar que Walter Brohm estava certo? Pior ainda, estava preparado para provocar o Fim dos Tempos, e para quê?*

*Ele tentou justificar seu trabalho. Era a maravilha do mundo e somente ele, Walter Brohm, tinha as habilidades e a genialidade para fazê-la acontecer. "Energia ilimitada, Leutnant Matt, pense nisso." Aquecimento em todas as casas. Energia para a indústria. E isso era apenas o começo. Pessoas comuns andariam em bondes, automóveis e trens projetados para usar sua tecnologia. As viagens aéreas seriam tão acessíveis e rápidas que qualquer homem poderia ir a qualquer lugar do mundo, e sim, levar sua família também.*

*Ele tentou me contar sobre a Pedra do Sol, mas eu não quis ouvir. Quase cuspi em sua cara:*

*– E quanto à bomba, a bomba com a potência do sol? – perguntei. – E quanto a Peggy, Elizabeth e Anne?*

*Ele parecia confuso, não sabia nada sobre nenhuma Peggy ou Elizabeth, eu estava tentando enganá-lo. A essa altura, ele chorava, e quase fraquejei, mas sabia que tinha de me manter firme para o bem da humanidade.*

*Ele caiu de joelhos e pediu-me para ouvir sua confissão, como se aquele único gesto lhe concedesse a absolvição por todos os pecados que me obrigou a ouvir. As mortes de monges tibetanos e trabalhadores escravos russos. Judeus executados por terem dedos inábeis ou chacinados por terem a audácia de saber demais. Ainda assim, seu maior pecado ele não confessou. O pecado de um inabalável senso de superioridade.*

*Quando terminou, dei-lhe um tiro na cabeça, levei seu corpo para a ravina e o atirei de lá. Então, desci e fiz o que pude para cobrir os três de maneira decente.*

Abalado, Jamie caminhou até a extremidade da ravina e olhou para baixo. Mas, após sessenta anos, não havia nada para ver, exceto um amontoado de pedras cobertas por musgo, seis metros abaixo, e um corregozinho de nada correndo entre elas.

– Ele matou todos eles. Estavam desarmados. Ele os executou. Foi assassinato, Sarah, assassinato a sangue-frio. Eles o teriam enforcado se tivessem descoberto.

– Mas não descobriram – disse ela, decidida. – E não estou certa de que teriam... enforcado seu avô, quero dizer. Os três homens que ele matou eram monstros. Cada um deles foi responsável por centenas de mortes. Até milhares. Você ouviu o que Matthew disse sobre a confissão de Walter Brohm? *Judeus chacinados por terem a audácia de saber demais.* Bem, nós encontramos evidências desse massacre, não? Só isso já seria suficiente para Walter Brohm pegar a forca em Nuremberg. E Klosse, com seus repugnantes experimentos médicos em crianças? Strasser, o carrasco. Você sabe quantos judeus foram mortos em Kiev em setembro de 1941? Trinta e três mil inocentes: homens, mulheres e crianças. Qual é, Jamie? Essas pessoas eram escória. Se alguém merecia morrer, eram eles. Matthew Sinclair fez um favor ao mundo quando disparou aqueles três tiros, e você sabe disso.

– Quem eles eram não muda o fato de que meu avô assassinou três homens a sangue-frio. Ele os trouxe até aqui, deixou-os comer uma última refeição e os matou. Ele e minha mãe me educaram para acreditar na justiça, Sarah, mas meu avô colocou-se no papel de juiz, júri e executor.

Ela soltou um suspiro profundo e prolongado.

– Caramba, Jamie, lá vem você de novo choramingando. Isto não é sobre Jamie Saintclair. É sobre Matthew, a guerra e a Pedra do Sol. Você leu no diário sobre a família dele. Seu avô viu a esposa e as filhas serem queimadas vivas pelas bombas incendiárias alemãs. Isso é suficiente para enlouquecer qualquer homem. No entanto, ele reagiu. Suportou o resto da guerra e participou de algumas das batalhas mais difíceis. Estava cansado e enojado, e o que aconteceu em Coventry ferrou de vez com sua cabeça. Quando conheceu um homem que prometia construir uma bomba que causaria mil Coventrys em uma única noite, o que diabos ele poderia fazer? O que diabos você teria feito? Não me diga que ficaria vendo Walter Brohm, Klosse e Strasser irem embora ao pôr do sol rumo à confortável aposentadoria nos Estados Unidos, e depois aguardar pela notícia de que a América jogou a bomba mais poderosa do mundo em Moscou, porque não vou acreditar em você. Nas mesmas circunstâncias, nós dois teríamos feito exatamente a mesma coisa, e quer saber? Estaríamos certos. Pode ter sido ilegal, mas, sob todos os ângulos que se analise, foi justiça. Lembra-se do bunker? Parece que você se esqueceu do que prometeu, mas isso não importa mais, porque Matthew Sinclair, seu avô, fez o trabalho por você. É mais simples assim.

Jamie afastou-se da ravina. Lembrou-se do ódio que sentira por Walter Brohm nas profundezas do bunker, e o voto silencioso que havia feito à garota com dedos de pianista. Justiça fora feita. Pronto, tudo acabado.

– E quanto à Pedra do Sol?

Ele notou o momento de indecisão antes de a voz dela endurecer.

– Esqueça a Pedra do Sol. Queime o diário. Se não podemos encontrar a Pedra do Sol com as informações que temos, quais são as chances de alguém encontrá-la sem o livro? Passe pra cá o diário. Agora. – Ela tirou a mochila das costas, abriu o zíper de um dos compartimentos e tirou dali uma caixa de fósforos. – Vai logo.

Jamie olhou para a mão dela estendida, a palma levantada, e lembrou-se da mão no bunker. Estava tentado. Profundamente tentado. Seria tão fácil entregá-lo a ela e assistir as chamas consumi-lo; depois, ir para casa e esquecer tudo. Ninguém jamais saberia sobre a Pedra do Sol. Ninguém jamais saberia sobre Matthew Sinclair e o assassinato de três nazistas que recebera ordem de proteger.

– Não é tão simples assim.

Ela abanou a cabeça, e agora seus olhos estavam repletos de uma mescla de raiva e pena.

– Você está errado, Jamie, é simples assim. Dê-me aqui o livro.

– Devemos isso a Tenzin, não podemos desistir. Esqueceu-se de que ele se sacrificou para nos salvar? Só porque aconteceu a uns dez mil quilômetros de distância, não foi menos real.

– Tenzin era um homem condenado e você sabe disso. Ele não está aqui agora, mas, talvez, se estivesse, estaria lhe dando o mesmo conselho. Vamos nos livrar disso agora, Jamie. Por nós. Vamos voltar para Londres, continuar com nossa vida e esquecer que ouvimos falar sobre a Pedra do Sol.

Ele percebeu a maneira como ela dissera "nossa vida" e não "nossas vidas", e um pequeno raio de esperança iluminou seu coração. Ela estava dizendo que seria sua, e isso fez com que parecesse mais sensato entregar-lhe o diário. Havia apenas um problema.

– Se desistisse agora, eu não seria o homem que você conheceu na estação de metrô, ou o homem que ia enfrentar um helicóptero de combate por você. Seria apenas o cara fracassado que eu era antes de encontrá-la. Matthew iria querer que fôssemos até o final disso.

Ele caminhou de novo até a extremidade do despenhadeiro e analisou a altura da queda.

– Preciso descer até lá.

Sarah se aproximou dele.

– Está louco? Vai quebrar o pescoço.

Ele riu.

– Está falando com alguém que escalou o Himalaia. Isso é moleza.

Ela sacudiu a cabeça em discordância.

– Tudo o que você vai encontrar lá embaixo será um monte de ossos velhos, mofados e roídos por ratos.

Ele a ignorou e deitou-se de barriga, deslizando para trás, até a metade inferior de seu corpo ficar sobre a beirada e seus pés buscarem por um ponto de apoio. Antes de começar a descer, ele a encarou.

– E se Walter Brohm não tinha um, mas dois mapas? E se o mapa do Harz que agitou para o meu avô era uma isca, enquanto o mapa que aponta o caminho para a localização final da Pedra do Sol estava escondido em outro lugar? Ainda poderia estar lá embaixo, no bolso dele. Não posso deixar de verificar.

Fazendo um pouco de terra solta rolar, lá foi ele, descendo com rapidez, quase deslizando pela encosta íngreme de terra. Agarrou a raiz de uma árvore para desacelerar, mas tudo o que conseguiu foi perder o equilíbrio e acabar rolando os últimos poucos metros, tendo aterrissado em um indigno montinho de barro seco entre as rochas, ao lado da água borbulhante do córrego.

– Nota dois para o estilo, mas pontuação máxima para a interpretação cômica. – A voz de Sarah chegou até ele lá de cima. – Está vendo alguma coisa?

Ele olhou em volta. Matthew havia dito que cobrira os corpos de uma maneira decente. Significava que deveria haver algum tipo de túmulo.

– Nada.

– O que quer dizer?

– Não há nada aqui embaixo. Nada enterrado. Nada que indique um túmulo. As pedras estão espalhadas. Espere. – Algo um pouco mais além, a jusante, chamou sua atenção e ele foi até lá. Apanhou um galho caído e cavoucou uma coisa esfarrapada que se projetava de um trecho de areia entre duas grandes rochas. O que seria aquilo? Seu coração acelerou e ele escavou mais fundo. Pano? Não, algo mais consistente do que pano. Couro.

– Pelo amor de Deus, Jamie!

– Acho que encontrei a pasta de Walter Brohm.

Escalar de volta demorou mais do que descer, mas, por fim, ele conseguiu fazê-lo, coberto de terra, o suor escorrendo pelo rosto e, sob o braço esquerdo, os restos de algo disforme e manchado pelo tempo. Sarah pegou a coisa com repugnância, tirando dela resquícios de areia e de insetos aquáticos.

– Tem certeza de que isto é a pasta de Walter Brohm? Parece lixo para mim.

– Você também ficaria parecendo lixo se tivesse ficado enterrada na lama por sessenta anos. Se olhar com mais atenção, poderá ver a insígnia da SS estampada no couro. Estou surpreso de que tenha sobrado alguma coisa. Deve ter sido feita sob encomenda para Brohm, com algum tipo de couro especialmente reforçado, talvez crocodilo ou búfalo. Olhe, os fechos de latão ainda estão intactos.

Jamie tirou a pasta das mãos de Sarah e analisou as fechaduras carcomidas e esverdeadas.

– Deixe-me ver – ela exigiu. – O que o faz pensar que ainda tem alguma coisa aí? Matthew com certeza a teria verificado antes de jogá-la fora. – Ela revirou a mochila, sacando de lá um senhor canivete suíço, e abriu a lâmina maior.

– Não tenho tanta certeza. Você ouviu o que ele disse sobre Brohm. Não queria ter coisa alguma a ver com a pesquisa dele ou com a Pedra do Sol.

Sarah forçou a ponta do canivete no latão.

– Ele pegou o mapa do Sol Negro – ela observou.

– Sim, mas só porque Brohm disse que ele o levaria ao Rafael, que deveria ter algum valor para ele. – Quando disse tais palavras, sentiu como se alguém sussurrasse em seu ouvido, mas não conseguiu captar a mensagem. Olhou para as árvores, pensando ter sido a brisa, mas não estava ventando.

– Você está bem?

Ele piscou.

– Acho que sim. Pensei que... Enfim, não acho que Matthew quisesse sujar as mãos com o que havia na pasta. O que quer que estivesse aí dentro – os papéis da pesquisa de Brohm, talvez até mesmo alguma pista da localização da Pedra do Sol –, ainda está aí e pode ter se conservado. Coisas mais estranhas já aconteceram. Olhe só o caso dos Manuscritos do Mar Morto ou das Tabuinhas de Vindolanda.

– Consegui. – Ela havia desistido dos fechos e concentrado os esforços em cortar o couro grosso do lado de trás da pasta. – Você estava certo, foi feita para durar. Acho que você deve fazer isso. – Ela lhe devolveu a pasta, e ele arrancou o couro, permitindo-lhes espiar o interior.

– Merda.

Tudo o que restava do conteúdo era uma massa encharcada de lodo marrom.

– Então, o que você acha que aconteceu com os corpos, se é que havia algum corpo aqui? – Sarah perguntou, enquanto arrumavam as coisas para ir embora, o irritante desapontamento ainda criando uma barreira entre eles.

– Bem, os corpos estavam aqui. – Jamie olhou ao redor da clareira distraidamente. – Acho que a pasta prova isso. Você viu as marcas da SS no couro, e estava exatamente onde teria caído se meu avô a tivesse jogado fora. De certa maneira, faz sentido. Esta deve ser uma trilha de caminhada popular, e é provável que o seja há décadas. Matthew não deve ter sido capaz de enterrá-los de modo apropriado, apenas os cobriu com pedras e alguns galhos. Os corpos podem ter sido expostos por animais ou na primeira enchente mais forte. Com dezenas de pessoas por semana passando pela trilha, era apenas uma questão de tempo até serem descobertos. Três esqueletos vestindo uniformes britânicos em farrapos, mas sem nenhuma espécie de identificação. Lembra que o velho Werner nos contou sobre o cemitério onde foram enterrados os prisioneiros de guerra aliados que fugiram e não conseguiram chegar à fronteira da Suíça? Aposto que é onde Walter Brohm, Gunther Klosse e Paul Strasser foram parar. Três soldados britânicos "conhecidos somente por Deus". Não sei se Matthew estaria rindo ou chorando com essa.

– E agora?

Ele hesitou, porque não sabia exatamente como explicar. A sensação havia sido muito forte. Pareceu-lhe que alguém estivera fisicamente em pé a seu lado.

– Você me perguntou antes se eu estava bem. Foi porque, de repente, tive a sensação de que estávamos muito próximos de algo importante, mas que estava deixando passar. Foi como se alguém gritasse para mim no vácuo. Podia ver lábios se mexendo, mas não ouvia o que diziam. Entende?

– Sim, mas ainda acho que devemos aproveitar a oportunidade para ir embora, descer logo esta colina e deixar para trás todos os mortos. O velho Werner estava certo quando disse que desenterrar o passado só nos traria sofrimento.

Jamie discordou com um meneio de cabeça.

– Não posso, Sarah. Vou levá-la ao aeroporto, e você pode voltar para casa, mas eu tenho de continuar procurando. Talvez eu nunca encontre, mas tenho de tentar. Se desistisse agora, decepcionaria muitas pessoas. Você mais do que ninguém.

Ela sorriu, mas quando respondeu havia um nó em sua garganta.

– Não seja bobo. Se é preciso fazer isso, faremos juntos. Santo Deus, o que eu fui fazer com a gente, Jamie?

Pareceu-lhe uma pergunta estranha, e ele decidiu não responder, porque não havia resposta. Em vez disso, perguntou:

– O que estava dizendo antes de eu ficar todo fresco de repente?

Sarah riu, e isso a afastou da melancolia que parecia permear aquele lugar.

– A única coisa que você nunca vai ser é fresco, senhor Saintclair. Você estava falando sobre o Rafael, como Brohm havia dito a seu avô que o mapa o levaria ao Rafael.

– Sim. – Sarah quase podia sentir a empolgação de Jamie enquanto ele procurava o diário. – Mas não foi exatamente isso o que ele disse. No diário, Matthew é sempre muito cuidadoso em ser preciso, mesmo estando sob pressão. Tome, leia exatamente como ele registrou.

Ela pegou o livro e o abriu onde Jamie havia colocado a última página.

– *Retirou um mapa de fuga de seda com algum tipo de símbolo nazista no verso. Aquilo me levaria, ele disse, ao Rafael e a todo o resto.* Está bom, ou quer que eu continue?

Ele franziu a testa, o rosto vincado pela concentração, enquanto soletrava as palavras que lhe pareciam ter sido sussurradas antes. O que era? O que havia deixado passar? A primeira frase não poderia ter nenhuma mensagem oculta, era apenas uma descrição geral do mapa. Então, deveria estar na segunda. *Aquilo me levaria, ele disse, ao Rafael e a todo o resto.* Dez palavras, descontando o que estava entre vírgulas, que eram palavras do avô, e não de Brohm. Dez palavrinhas. Santo Deus, poderia realmente ser assim tão simples?

– *A todo o resto.*

– O quê?

– Brohm disse a Matthew que o mapa de fuga de seda o levaria ao Rafael *e a todo o resto*. Ficamos tão cegos pelo Rafael que não percebemos. Estava bem ali, debaixo do nosso nariz.

## LVIII

Sarah olhou para Jamie.

– Se a Pedra do Sol estivesse no bunker esse tempo todo, as autoridades já não a teriam encontrado a essa altura? Eles vão tratar o que sobrou do complexo como uma escavação arqueológica, catalogando tudo e removendo qualquer coisa, por mínimo valor que tenha.

– Não necessariamente. Lembra do que eu disse sobre os mapas?

– De Brohm oferecer o mapa do Harz a Matthew como isca?

– Isso mesmo. Bem, eu estava errado. Não havia outro mapa de seda. Mas Brohm estava implorando pela vida. Sabia que ia morrer, então, teria oferecido qualquer coisa para se salvar, até mesmo a Pedra do Sol.

– Mas você disse que a Pedra do Sol não estava lá...

– Não, mas, e se *houver* outro mapa? Só que não um mapa de seda. A coisa real. Original...

– Como o Sol Negro em Wewelsburg...

Eles voltaram ao lugar onde haviam deixado o carro. Jamie usou a chave eletrônica para abrir o porta-malas e colocaram as mochilas dentro. Ele estendeu a mão para a maçaneta da porta.

– Espere!

Ele congelou, os dedos a centímetros do plástico preto.

– Você não pode entrar no carro.

– Por que não?

– Porque seus jeans estão cobertos de lama. – Ela apontou para a parte de trás das calças dele, que deslizara pelo barranco. – Vai deixar o banco do carro imundo. Tome. – Ofereceu-lhe a jaqueta. – Sente-se sobre isso até voltarmos para o hotel.

Jamie cravou os olhos nela.

– Você quase me matou de susto.

– Ótimo. Acho que você tem mesmo muitos motivos para ter medo. Nós dois temos. Quanto mais nos aproximarmos da Pedra do Sol, mais perigoso isso vai ficar.

No dia seguinte, ele forçou os limites do Volkswagen na *Autobahn*. Depois de rodarem cerca de cento e sessenta quilômetros, o medidor de temperatura começou a subir ameaçadoramente, e Jamie julgou ter sentido uma vibração no motor que não estava lá antes.

Sarah notou a desaceleração do carro.

– O que há de errado?

– Acho que temos um problema. Estou ouvindo um ruído estranho no carro. – Ele apontou para o indicador de temperatura, que ainda não tinha voltado ao normal desde que relaxara o pé do acelerador.

– Será que não tem a ver com a maneira como você dirige?

Ele mordeu os lábios e manteve os olhos na estrada.

– Acha que consegue consertar?

– Posso abrir o capô e dar uma olhada, fuçar aqui e ali, mas não significa que eu tenha ideia do que estou fazendo. E quanto a você?

Sarah agitou os dedos de unhas bem cuidadas diante dos olhos dele.

– Isto parece mão de mecânico?

– Acha que seria capaz de pressionar alguns botões e ligar para a Europcar?

Jamie sentiu os olhos de Sarah fixos nele.

– Eu queria...

– O quê? – ele perguntou.

– Nada.

Duas horas mais tarde – depois de uma curta parada na cidade –, aproximaram-se da delegacia de polícia na periferia oeste de Braunlage. Jamie sabia que não adiantava ir direto ao bunker. Devia ter sido interditado para afastar caçadores de tesouros e curiosos mórbidos que sempre são atraídos para esses lugares. Ele entrou no edifício, enquanto Sarah telefonava para a locadora de veículos e pedia que enviassem um mecânico.

– Posso falar com a *Kommissar* Muller?

O funcionário no balcão lhe lançou o olhar que os policiais reservam aos simples mortais que ousam perturbá-los enquanto fazem algo muito importante para serem interrompidos, como beber café ou ler as páginas de esportes do jornal.

– Você é o cara que encontrou o bunker, certo?

– Certo.

– Você deu sorte. Ela está terminando o turno. – Pegou o telefone e murmurou algumas palavras. – Ela vai recebê-lo agora.

– *Herr* Saintclair, que surpresa. – Lotte Muller cumprimentou-o com um aperto de mão, mas parecia mais ansiosa e preocupada do que na ocasião em que haviam se conhecido. – A senhorita Grant está com você?

Ele explicou sobre o carro, e ela sacudiu a cabeça gravemente.

– Sei, carro alugado é um problema. Mas o que posso fazer por você? Voltou à nossa linda cidade para uma visita de lazer?

Pelo caminho, Jamie havia considerado qual seria sua abordagem. De maneira alguma contaria a alguém sobre o que acreditava estar escondido no bunker. Também percebera ser improvável que, mesmo sendo eles as pessoas que o haviam descoberto, tivessem permissão para entrar lá de novo por um mero capricho. Isso lhe deixava uma única opção: mentir.

– Infelizmente não. Estivemos viajando. Agora estamos a caminho do aeroporto de Paderborn e resolvemos que gostaríamos de manifestar nosso respeito às pessoas que morreram no bunker.

– Respeito?

– Prestar uma homenagem. É uma tradição britânica. Apenas algumas flores e a oportunidade de dizer poucas palavras. Tenho certeza de que você vai entender que não fomos capazes de fazer isso na época, como mereciam.

– Você sabe que os corpos foram removidos? Não há nada para ver.

O semblante de Jamie endureceu.

– Posso garantir que vimos mais do que o suficiente em nossa última visita, *Kommissar*.

Ela assentiu distraidamente.

– Claro, me perdoe. Então, gostaria de entrar no bunker outra vez?

– Se for possível. Seria só por uns instantes.

Lotte Muller hesitou. Tinha ordens para manter o abrigo em segurança, e era uma grande fã de obedecer ordens. Mas Jamie Saintclair e Sarah Grant haviam encontrado o bunker e o Rafael, e, apesar da carga de trabalho extra que resultara disso, era-lhes grata pelas oportunidades que tinham se aberto para ela. Tomou sua decisão.

– Muito bem. – Ela sorriu, demonstrando certo cansaço. – Meu turno termina em poucos minutos. Levo vocês lá. Não – ela levantou a mão quando Jamie abriu a boca para protestar –, eu insisto. Seu carro fica aqui. Temos um estacionamento, e tenho certeza de que o mecânico vai chegar logo, logo. Eles são extremamente eficientes.

Dez minutos depois, ela se reuniu a Jamie e Sarah no estacionamento. Sarah carregava um grande buquê de flores coloridas, e Lotte acenou com a cabeça, em sinal de aprovação.

– São lindas – comentou. – Temos flores muito semelhantes na praça da cidade. Estão chegando ao auge, a tempo para o verão.

Quando entraram no BMW preto, Sarah tentou disfarçar o fato de que o buquê não tinha embalagem de floricultura, e alguns dos caules ainda estavam com as raízes.

Lotte Muller pegou a rota sul ao sair da cidade. Ela notou a perplexidade de Jamie.

– Este não é o caminho mais direto, mas vai nos poupar de outra caminhada pela floresta – ela explicou. – Descobrimos a entrada principal para o bunker nas colinas a oeste do rio. Era uma pedreira e um subcampo do *Konzentrationslager* Dora-Nordhausen, mas foi fechado perto do fim da guerra e nunca mais reaberto. Os atuais proprietários do lugar, uma empresa registrada nas Ilhas Cayman, têm tido muito trabalho para manter as pessoas longe. Dadas as circunstâncias, a empresa é, naturalmente, parte de nossa investigação, mas até agora tivemos pouco sucesso em descobrir quem está por trás disso.

Depois de atravessarem o rio, viraram para o norte e, um pouco mais tarde, deixaram a estrada principal e pegaram uma trilha na floresta.

– Claro que o bunker ainda é uma cena de crime, mas completamos as investigações iniciais na área onde os corpos foram descobertos. O mais estranho é que todos já estavam mortos há tempos.

– Não entendi. – Sarah, no banco traseiro, inclinou-se para a frente.

– Vocês repararam que muitos dos corpos estavam em excelente estado de preservação? Parece que as condições dentro do bunker propiciaram uma mumificação parcial. As investigações forenses iniciais mostraram que várias das vítimas tinham tatuagens semelhantes no interior do antebraço esquerdo. Entendem as implicações disto?

Jamie balançou a cabeça em negação, mas Sarah respondeu que sim.

A chefe de polícia explicou:

– Seja lá o que ache dos nazistas, senhor Saintclair, eles eram extremamente meticulosos. Cada prisioneiro de campo de concentração recebia um número de identificação pessoal. No início, os números eram costurados no uniforme de prisão, mas, devido à natureza dos campos, a roupa devia ser reutilizada: de novo e de novo e de novo. Então, em vez de ser escrito sobre a roupa, o número passou a ser escrito sobre o prisioneiro. Muito mais econômico e eficiente, não é? Quando o prisioneiro era eliminado, seu número era eliminado com ele. Felizmente, alguns registros dos campos foram preservados e fomos capazes de identificar as vítimas cujas tatuagens ainda são legíveis.

– Quem eram eles?

– Até onde sabemos, todos eram cientistas ou técnicos. – Ela apontou para um arquivo no compartimento sob a janela do passageiro. – Pegue, por favor. O mais conhecido era um homem chamado Abraham Steinberg, um físico de Berlim que, antes da guerra, colaborou estreitamente com alguns dos cientistas que acabaram envolvidos com o projeto Uranverein. Muitos de seus colegas judeus encontraram maneiras de escapar da Alemanha, mas o pobre *Herr* Steinberg escolheu ficar com sua família.

Jamie abriu o arquivo e viu-se olhando para o rosto de um homem severo e barbudo, de pé atrás de uma bancada repleta de equipamentos científicos. Mudou para a próxima folha e seu coração apertou.

– Outra das vítimas... a mais jovem que identificamos... sobrinha dele, Hannah Schulmann, técnica de laboratório, assistente do tio. – Lotte deu um sorriso triste. – Tinha dezenove anos.

Na fotografia em preto e branco, Hannah Schulmann tinha uma beleza etérea e cinematográfica que, em outros tempos, teria lhe valido um lugar nas telas. Um halo de suavidade e sensibilidade a rodeava. Seus olhos escuros brilhavam com humor, e o sorriso mostrava dentes brancos perfeitos que mais pareciam pequenas pérolas. Os olhos dela o hipnotizavam, e Jamie engasgou de emoção, fazendo com que as mulheres se voltassem para ele ao mesmo tempo. Tanta vida. Tanto potencial. Que desperdício. Uma escuridão se abateu sobre ele, e Jamie sentiu tamanho ódio de Walter Brohm e de todos da mesma laia que desejou naquele instante ter sido seu dedo no gatilho, e não o de Matthew.

– Todos os mortos têm uma coisa em comum – Lotte Muller prosseguiu com suavidade. – Estavam entre os trezentos prisioneiros que foram transportados de Mauthausen e chegaram a Auschwitz-Birkenau no dia 24 de fevereiro de 1943. Na chegada, foram levados direto do trem para as câmaras de gás. Não é estranho que durante dois anos a instalação pareça ter sido operada por fantasmas?

# LIX

A van com o logotipo da Europcar entrou no estacionamento da delegacia de polícia e parou ao lado do Volkswagen. Enquanto o mecânico pegava sua caixa de ferramentas, um policial saiu da delegacia para registrá-lo.

– Este é o carro em que tenho de dar uma olhada?

– É, sim. Mas não deixaram as chaves.

O mecânico riu.

– Turistas. Sem problemas. Tenho um molho de reserva.

– Bem, se precisar entrar em contato com eles, fale comigo. Estão com a chefe.

– Obrigado. – Para um policial, até que era um sujeito legal, ele pensou. Esperou o homem voltar para o prédio antes de abrir o capô.

Chegaram a uma trilha esburacada onde a vegetação à margem da estrada parecia ter sido cortada recentemente, e, alguns minutos depois, o carro se aproximou de um portão de ferro. O portão estava bastante enferrujado, mas o arame farpado que o encimava e se estendia para as árvores a cada lado da estrada não poderia ter mais do que alguns anos. Dois policiais com ar entediado apagaram com pressa o cigarro quando viram o carro se aproximando. Os homens fizeram continência para Lotte Muller, mas, mesmo assim, ela teve de apresentar a carteira de identidade antes de o portão ser aberto. O carro rodou por uma ampla concavidade empoeirada sob uma imensa fenda na encosta da colina. Na base da fenda, uma sombra escura indicava onde um túnel havia sido escavado na rocha.

– Duvido que este lugar seria descoberto algum dia – disse a chefe de polícia, enquanto mostrava o caminho em direção à passagem. – É claro que algumas pessoas acreditam que teria sido melhor se não tivesse sido. Elas querem esquecer que coisas assim aconteceram.

Sarah agarrou as flores com ambas as mãos. Olhou para a impenetrável floresta além do arame farpado e tentou imaginar como teria sido para os trezentos homens e mulheres que haviam tido o último vislumbre da luz do sol ali. Estremeceu e hesitou antes da entrada, mas, em algum lugar atrás deles, um gerador foi ligado abruptamente, e uma fileira de lâmpadas penduradas ao longo do teto iluminaram o túnel com uma luz fraca e artificial. Entraram atrás de Lotte.

Cinquenta metros adiante, chegaram a uma porta de aço maciço reforçada que possuía uma entrada menor. Lotte revirou a bolsa a tiracolo e retirou de lá um molho de chaves.

– O chaveiro levou dois dias para conseguir abrir. Meu superior não tinha a mesma paciência; queria arrebentar as portas com explosivos. Felizmente, foi convencido a esperar.

A chave girou com facilidade na fechadura, e a porta se abriu para revelar o que parecia um pequeno hangar de aviões. Nos fundos, um par de bunkers de concreto com fendas horizontais e estreitas, cada uma com uma metralhadora com cinto de munição, possibilitava a cobertura de toda a área. Entre eles, uma série de degraus de metal levava a um nível inferior.

– Não gostavam muito de visitantes.

– Não, não mesmo, senhor Saintclair. Por aqui, por favor. – Ela os conduziu escada abaixo até um corredor que levava a um túnel semelhante àqueles pelos quais tinham passado quando estavam sendo perseguidos.

– Será que poderíamos passar algum tempo sozinhos onde os corpos foram encontrados? – Jamie perguntou.

Sua anfitriã franziu a testa.

– Não sei se isso seria permitido. Este é um lugar que guarda muitos perigos, senhor Saintclair. Nem começamos a trabalhar na liberação do salão de produção principal.

– Sei disso, *Kommissar*, mas é muito importante para nós. Nós dois, a senhora Grant e eu, descobrimos este bunker, e o que vimos dentro daquela sala permanecerá conosco para sempre. Merecemos ao menos a oportunidade de lidar com isso.

Sarah aproximou-se dele e, juntos, encararam Lotte Muller. Depois de alguns instantes, a expressão da mulher se suavizou, e ela soltou um suspiro.

– Claro, vocês devem fazer isso mesmo. Eu entendo. Vi o que vocês viram, e também me assombrou. Eu... Este túnel vai dar no que chamamos de sala de produção. O trajeto é todo iluminado. Vocês o reconhecerão pela porta, que está muito danificada... Tenho certeza de que se lembram dela... O aposento em que encontraram os corpos é o terceiro à esquerda. Por favor, tenham cuidado. Seria lamentável se algo acontecesse a vocês. – Ela fez um aceno com a cabeça e se afastou. – Vou esperá-los aqui. Digamos, por dez minutos?

Jamie agradeceu e entrou no túnel, caminhando na frente.

– Aí, garotão, isso é que é lábia! – Sarah sussurrou. – Conseguiu fazer o dragão comer na sua mão. Acho que, a partir de agora, sou eu que vou ter de aprender com você.

– É sua má influência – retrucou Jamie com alegria. – Você consegue se lembrar do caminho para o escritório onde encontramos o Rafael?

– Não. Não exatamente.

– Acho que tenho uma vaga ideia. Mas temos de nos apressar. – Ele começou a correr, e ela manteve o ritmo ao seu lado. Chegaram à porta danificada da sala de produção. – Você leva as flores para onde achamos os corpos. Eu vou para o escritório. A gente se encontra aqui. – Jamie viu que Sarah estava prestes a protestar. – Faz sentido. Lotte Muller espera ver alguma evidência de que estivemos lá.

– Não era isso o que eu ia dizer, seu bobo. Só porque esta seção está iluminada como uma árvore de Natal não significa que todas as outras também estejam. Você tem uma lanterna?

– Hãã... não.

Ela vasculhou o casaco e encontrou uma caneta-lanterna.

– Isto pode ajudar.

Ele sorriu.

– Suponho que sim.

Ela beijou-o nos lábios.

– Agora, dê o fora daqui!

Jamie avançou passagem adentro. Corria com rapidez, sem hesitar nas sinuosidades do caminho, porque havia mentido. Sabia exatamente para onde ia. Mas estava feliz por ter a lanterna.

O bunker deveria estar cheio de fantasmas; porém, apesar de ter visto os horrores que haviam sido cometidos ali, os corredores não apresentavam ameaça alguma. Os mortos já não clamavam por vingança, porque Matthew Sinclair os havia vingado sessenta e três anos antes, quando metera uma bala no crânio de Walter Brohm.

Quando chegou à escada, subiu os degraus de dois em dois, e o metal enferrujado rangeu sob os seus pés. Lá em cima ficava o escritório onde haviam encontrado o Rafael. A porta estava aberta, e ele entrou. Apontou a lanterna para as paredes, destacando o retângulo sem pó onde a pintura estivera pendurada, atrás da mesa de mogno de Walter Brohm. Era estranho que aquilo não importasse mais.

Então, voltou a atenção para o restante do escritório. Estava exatamente como se lembrava, desde a ocasião em que o olhara de relance antes que o Rafael o enfeitiçasse. Espaçoso, mas funcional. Uma parede repleta de armários vazios que teriam abrigado a pesquisa de Brohm e todas as trivialidades do comando do bunker, com suas centenas de obstáculos humanos irritantes e insignificantes. Jamie suspeitava de que Walter Brohm tinha odiado aquilo ali. Brohm, o gênio, teria preferido ficar em seu laboratório, lidando com problemas que pudesse entender. Mas Brohm era um homem culto que sempre gostara do bom e do melhor, com seus grandes mestres, vinhos franceses finos... e todos os outros luxos que o império nazista poderia proporcionar.

*Apenas Astra pode encontrar a resposta.*

Tinha ficado intrigado com a estranha frase de Brohm desde o momento em que a lera. Astra era a palavra em latim para estrelas, e ele havia presumido que era uma referência ao potencial da Pedra do Sol. No entanto, no contexto da conversa, a palavra parecia fora de lugar. Em seguida, ocorrera-lhe que Walter Brohm e Matthew Sinclair conversavam em voz baixa para esconder de Klosse e Strasser o que diziam. E se Matthew houvesse escutado errado?

E se, em vez de "*Apenas Astra pode encontrar a resposta*", fosse "*Apenas Astra pode* ocultar *a resposta*", por exemplo?

O tapete oriental feito das inconfundíveis fibras negras estava no centro da sala, pisoteado e desfigurado por pegadas empoeiradas, mais ou menos onde Brohm o havia deixado. Assim como Jamie, quem quer que entrasse naquele escritório teria olhos apenas para o espaço onde estava a pintura ou a mesa.

Respirando fundo, chutou para o lado aquele monte de mofo para revelar o piso de mármore. De repente, tudo se esclareceu.

– Seu desgraçado. Seu desgraçado astuto de uma figa.

Olhava para o mosaico de um terceiro Sol Negro, de estilo idêntico ao dos dois primeiros, com um padrão distinto no centro, que representava uma determinada combinação de rios e estradas. O que havia de diferente era a inscrição abaixo do círculo. A inscrição que enfim revelava o que ele procurava.

*Die kreuzung wo die frau betet.*

O cruzamento onde as mulheres rezam.

Estranho que a decisão final fosse tão simples. Pegou o celular e discou o número do cartão que tinha na mão. Por um momento, achou que o sinal no bunker estaria muito fraco. Porém, o toque soou apenas duas vezes antes de a ligação ser atendida.

– Posso falar com o senhor Lim, por favor?

# LX

Lotte Muller estacionou do lado de fora da delegacia, e Jamie retirou do porta-malas do BMW o que parecia ser a carcaça em decomposição de um animal morto há muito tempo.

– Acho que você deve ficar com isso – ele sugeriu.

– Isto é uma delegacia de polícia, senhor Saintclair, não um depósito de reciclagem. – Ela franziu o nariz comprido em aversão ao odor de podridão. – Embora eu ache que essa coisa não preste nem para reciclagem.

Jamie sorriu.

– Espero que não. Acho que pode ser um tapete oriental muito valioso. O homem que pendurou um Rafael na parede não teria um tapete velho qualquer no chão. Pelo menos, peça a um perito que dê uma olhada nisso.

Relutante, a chefe de polícia estendeu as mãos para apanhar o amontoado de tecido mofado. Mas Jamie já estava a caminho da delegacia de polícia carregando o fardo sozinho.

– Não é necessário que você também suje as mãos com isso.

Lotte Muller seguiu-o até lá dentro, e Sarah permaneceu ao lado do carro.

– Coloque-o ali. – Ela apontou para um canto, perto de uma lata de lixo, que era onde teria preferido que ele o depositasse.

Jamie largou o tapete no local indicado, erguendo uma nuvem de poeira.

– Preciso lhe pedir um favor.

Ela o encarou, a paciência começando a se esgotar.
– O *Herren* é por ali, à esquerda.
– Não é esse tipo de favor.

Dirigiram para o sul até pegarem a *Autobahn* próxima a Nordhausen, e Jamie virou a leste, seguindo as placas para Halle e Leipzig. A atmosfera no carro era como uma barreira física entre eles. Jamie deliberadamente mantinha os olhos na estrada, mas podia sentir a raiva crepitando em Sarah como o fogo em uma lareira. Não podia continuar assim. Havia coisas que precisavam ser ditas e talvez não houvesse outra chance para dizê-las. Saiu da autoestrada no primeiro desvio e dirigiu até um estacionamento com vista para uma série de lagos artificiais. Deixou o carro e esperou que ela o seguisse. Fitaram o lago, evitando olhar um para o outro. Quando Sarah enfim falou, suas palavras foram uma mistura explosiva de dor e fúria reprimida.

– Que diabos está acontecendo, Jamie? Quando você pretende me dizer o que encontrou naquele bunker?
– Ainda não tenho certeza.
– Então, para onde estamos indo, caramba?
– Para o sul.
– Tenho dois olhos. Posso ver por mim mesma.
– Preciso que confie em mim.
– Você o quê?
– Preciso que confie em mim... e preciso saber exatamente o que está acontecendo.

Ela se virou para encará-lo, e agora a raiva havia sido substituída por alguma outra coisa, que ele não conseguiu decifrar o que era.
– Quem pensa que é, Jamie Saintclair? Que droga, não confiei em você todo santo dia desde que nos conhecemos? Pensei que fôssemos parceiros. Pensei que fôssemos mais que isso.
– E somos.
– Parceiros não escondem coisas um do outro. Pessoas que se amam não escondem coisas uma da outra.

Lá estava. A primeira vez que ambos se atreviam a falar de amor, mesmo que sua presença houvesse se tornado tão poderosa que às vezes ameaçasse sufocá-los. Ele precisou de toda sua determinação para não se render.

– Não, não escondem, Sarah, e é por isso que preciso que você me conte a verdade. Chega de joguinhos. Se vou salvar nossa vida, tenho de saber de tudo.

Jamie sabia que havia vencido quando a primeira lágrima rolou pela pele de pêssego de Sarah.

– Primeiro, eu tinha de segui-lo. Então, queriam que eu me aproximasse de você. Quando você caiu sob aquele trem, pensei que havia acabado antes mesmo de ter começado, mas o incidente me proporcionou a oportunidade de que eu precisava.

– Quem são *eles*?

Ela hesitou, relutante em dar o próximo e inevitável passo.

– A Inteligência israelense. Meu controlador. Não sei como, mas de alguma maneira eles descobriram sobre a Pedra do Sol e a ligação com Walter Brohm. Minha família é judia, e passei um ano em Tel Aviv fazendo meu mestrado. Estavam à procura de pessoas com formação como a minha. Foi quando fui recrutada.

Ele sabia, ou pelo menos suspeitava. Todas aquelas pequenas habilidades criminais úteis. A maneira como manejava uma arma com tanta destreza. Ele se lembrou do encontro no *pub* de Kensington. O amigo de Simon, sempre disposto a ajudar.

– David é seu controlador?

Ela fungou.

– Esse é um dos nomes que ele usa.

– Então, foi tudo parte do trabalho, aproximar-se de mim e todo o resto? Você me fez de otário, e eu me apaixonei por esses seus olhos grandes e castanhos. O velho e tolo Jamie Saintclair rolando no chão para ganhar umas cosquinhas na barriga sempre que a Sarah Grant sorria. Santo Deus, você deve ter rido bastante.

– Não. – Ela sacudiu a cabeça tão enfaticamente que as lágrimas espirraram no rosto de Jamie. – Não em relação ao resto. Isso foi escolha minha. Você tem de acreditar em mim, Jamie. O que houve entre nós foi importante. Não estrague tudo por pensar que tinha alguma coisa a ver com *eles*. Tentei fazer isso parar. Tentei fazê-lo desistir, mas você foi tão teimoso!

Ele queria se aproximar dela, mas ainda não era a hora.

– E então?

– Tínhamos uma equipe por perto o tempo todo. Eles deviam dar proteção e, assim que tivéssemos localizado a Pedra do Sol, eu devia chamá-los.

A risada dele foi curta e amarga.

– Proteção? Seus gênios do Mossad não fizeram um trabalho muito bom. Caramba, onde é que estavam enquanto nos esquivávamos das balas no Harz?

– Meu celular quebrou, lembra? Eu deveria entrar em contato com eles... – Ela engoliu em seco e respirou fundo. – Então, agora você sabe... de tudo.

A pergunta não formulada ficou suspensa entre eles. Jamie a respondeu tomando-a nos braços e beijando-lhe os olhos, provando o sal acre de suas lágrimas.

– Ouça – ele falou com gentileza –, há um monte de coisas sobre as quais precisamos conversar, mas agora não é o momento. Deveria acabar com sua raça de espiã aqui e agora, mas não vou, porque estou um pouquinho apaixonado por quem quer que seja a verdadeira Sarah Grant.

– Ainda podemos ir embora, dar as costas a tudo isso. Vou lhes dizer que não quero mais trabalhar para eles, e podemos voar de volta para Londres e verificar se podemos dar certo como duas pessoas comuns.

– Não. Já fomos longe demais. Devemos isso a Matthew e a Tenzin, e a Simon e Magda, a todas as pessoas que morreram. Temos de ir até o fim disso. – Ele olhou para as águas ondulantes do lago. – Devo presumir que David, ou seja lá como ele se chama hoje, está por perto?

Ela assentiu.

– Há um dispositivo de rastreamento por satélite no meu celular novo.

– Ótimo. Quando chegarmos mais perto de onde estamos indo, vamos avisá-lo exatamente onde nos encontrar.

Sarah ficou parada enquanto Jamie entrava no carro.

– Quer dizer que mesmo depois disso tudo você ainda não vai me dizer o que encontrou lá?

– Confie em mim.

Três quilômetros atrás deles, o motorista e o passageiro do Mercedes cinza tinham ouvido o último diálogo.

– Briga de namorados?

– Aposto três para um como ele conta para ela na próxima hora.

– E depois que contar?

O outro homem não disse nada. Ambos sabiam a resposta.

Passados mais trinta minutos, o motorista analisou o dispositivo localizador na tela à frente.

– Parece que estão parando para abastecer... Não é uma má ideia. Preciso dar uma mijada.

O passageiro franziu a testa. Não gostou da ideia, mas não tinha muita escolha; não queria chegar antes de sua presa.

– Vamos parar lá também, mas ficaremos no carro até que eles se movimentem de novo. Aí então você pode sair pra mijar.

Passaram por Leipzig e começaram a ver as primeiras placas para Praga.

– O que você vai fazer se encontrá-la? – A voz de Sarah estava cansada e desprovida de emoção, como se a pergunta tivesse extraído todas as suas forças.

Jamie sacudiu a cabeça.

– Não sei. Achei que pudéssemos destruí-la, mas, quanto mais próximos ficamos, menor é a probabilidade de que isso aconteça. Talvez alugar um barco em algum lugar e jogá-la no oceano. Ou atirá-la num vulcão.

– Pelo amor de Deus, Jamie, não é a droga do *Senhor dos Anéis* – disse ela. – É a vida real. Isto é perigoso. Por favor, por mim, dê meia-volta agora.

Jamie não se voltou para olhá-la. Não queria ver suas lágrimas. Em vez disso, desviou o olhar para fora da janela, a fim de checar se o helicóptero que voava paralelo à estrada pelos últimos dezesseis quilômetros ainda estava com eles. A placa seguinte indicava que estavam a oito quilômetros de Dresden.

– Eu lhe disse. É tarde demais.

Cinco minutos depois, ele pegou uma via de acesso para a cidade. Sarah o encarou, e ele assentiu.

– Walter Brohm escondeu a Pedra do Sol no lugar mais seguro da Alemanha, que por acaso é também o lugar onde ele nasceu. Quando ele fechou o bunker, no início de 1945, Dresden era a única cidade grande da Alemanha nazista que nunca havia sido devidamente bombardeada pelos aliados. Chamavam-na de a Florença do Elba. Era um centro de enorme importância cultural, com algumas das construções mais belas da Europa, um lugar de grandes palácios e teatros, óperas e museus. E o mais importante é que lá não havia nenhuma indústria pesada, nem linhas de produção de tanques ou fábricas de rolamentos. E não estava em nenhuma das principais rotas de abastecimento da Wehrmacht. O tipo de coisa que atrai oficiais de seleção de alvos. Dresden era um remanso militar.

Sarah olhou para a cidade que se esparramava abaixo deles.

– Onde foi, Jamie? Onde ele escondeu?

– Encontrei o último Sol Negro no piso do escritório de Brohm no bunker. Ninguém o havia notado com toda a loucura em torno do Rafael. A rede de estradas e rios casa com o que eu sei sobre a cidade. Mas, mesmo que não soubesse como decifrar o Sol Negro, a inscrição embaixo dele teria me dito. *Die kreuzung wo die frau betet.*

Ela parecia confusa:

– O cruzamento onde as mulheres rezam?

– O cruzamento onde as mulheres rezam. Quando descobri que Walter Brohm havia nascido em Dresden, pesquisei um pouco sobre a cidade. Lembra-se do registro no diário onde Brohm falava sobre o centro da terra? Aquele que eu deixei passar, que nos apontava em direção a Wewelsburg? Na linha seguinte, meu avô disse que todo mundo tem um centro da terra diferente, e o de Brohm seria sempre o lar espiritual de sua mãe. Era Dresden, mas não apenas Dresden. O prédio mais famoso da cidade não é um palácio ou um museu. É uma igreja. A Frauenkirche. A igreja no cruzamento onde o pai dele era pastor e a mãe rezava. Ele conhecia cada pedra e cada esconderijo em potencial. Deve ter lhe parecido perfeito. Walter Brohm escondeu a Pedra do Sol e todos os seus papéis de pesquisa na cripta da Frauenkirche.

Sarah inclinou-se contra o painel e colocou a cabeça entre as mãos.

– Por que não me contou isso antes?

O motorista do Mercedes virou-se para o parceiro.

– Entendeu o que eles disseram?

– Sim, entendi. Já era.

– Você sabe o que fazer. Vou ligar para o velho.

O passageiro não hesitou. Vinte anos nas forças especiais e um mês que havia parecido uma eternidade num buraco imundo chamado Fallujah há muito tinham corroído sua crença na santidade da vida humana. Apanhou seu celular no painel, selecionou a discagem rápida e pressionou o número 1. Seu rosto estampava uma intensa concentração enquanto ouvia o telefone discar o número.

A bomba era um dispositivo bastante simples, menor e menos potente do que aquele que preparara no Palácio Menshikov, mas grande o suficiente para dar conta do serviço com folga. Havia copiado a assinatura – as características de *design* específicas utilizadas por um conhecido fabricante de bombas – de uma bomba descoberta durante uma batida em um esconderijo da Al-Qaeda em Hamburgo, três anos antes. Um quilograma de explosivo plástico C-4 de alta energia detonado por um telefone celular que era de um lote de Nokias 2300 comprado pelo terrorista morto em 2004. Normalmente, orgulhava-se de ser capaz de fabricar uma bomba precisa o suficiente para eliminar um alvo individual dentro de um carro. Mas usar a assinatura do fabricante de bombas de Hamburgo também significava utilizar seus métodos. Um quilo de alto-explosivo destruiria o carro e tudo que estivesse num raio de aproximadamente trinta metros. Como profissional, o exagero o ofendia, mas ele também reconhecia a necessidade da garantia.

Diversos fatores influíam em como o milissegundo seguinte afetaria os ocupantes do carro-alvo. Havia combinado a carga explosiva modelada e a qualidade de construção do compartimento do motor para direcionar oitenta por cento da força explosiva para o assento do passageiro. Eles começariam a morrer quando fossem atingidos por uma onda de choque que se expandiria dentro do espaço fechado, a uma velocidade de dois mil e setecentos metros por segundo, ocasionando uma mudança de pressão catastrófica que lhes romperia pulmões, tímpanos e intestinos, e resultaria no que os especialistas em trauma chamam de "ruptura de corpo inteiro", ou seja, múltiplas amputações.

O sistema nervoso não é construído para suportar o tipo de estresse criado pela proximidade de um evento como esse, e sai imediatamente fora de circuito. O que é uma grande sorte para as vítimas que são envolvidas pelo *flash* de três mil graus centígrados que se segue imediatamente à onda inicial e inflige queimaduras de primeiro grau sobre qualquer carne exposta, torra cabelo e roupas e causa ainda mais danos internos com o ar superaquecido que invade os pulmões já danificados. Na terceira onda da explosão, precisamente um terço de um milissegundo após a detonação, os materiais combinados que separavam os ocupantes do compartimento do motor naquele instante consistiriam de pó químico de diversos plásticos vaporizados, metal fundido e muitos milhares de lascas de aço que causariam ferimentos perfurantes devastadores, do abdômen ao crânio. A essa altura, as duas vítimas já estariam clinicamente mortas, a função cerebral desvanecendo-se, e a memória do meio milésimo de segundo anterior apenas um mero vislumbre. Em uma peculiaridade da física que o fabricante da bomba não poderia ter calculado, as forças combinadas da explosão catapultariam o que restaria do motorista através do buraco onde antes era o teto do carro, ao mesmo tempo que o tanque de gasolina explodiria, formando uma bola de fogo. O corpo do passageiro – ou pelo menos o tronco carbonizado dos joelhos para cima – permaneceria em seu assento, sendo consumido pelas chamas, enquanto a carcaça estraçalhada do automóvel alemão rolaria até parar junto à barreira central da *Autobahn*. A investigação resultante e a operação de limpeza fechariam a rodovia pelas próximas vinte e quatro horas.

– O que foi isso? – Sarah reagiu ao estrondo abafado da explosão e olhou em volta, a tempo de ver uma bola de fogo se expandindo a poucos quilômetros lá atrás na *Autobahn*. – Deve ter sido um acidente. E parece que foi muito grave, a explosão de um caminhão-tanque ou algo assim.

Jamie pensou em parar, mas, depois, meneou a cabeça.

– Não há nada que possamos fazer a respeito.

Ela afundou em seu assento com o queixo no peito.

– Não, não há.

Eles jamais saberiam que David passara a maior parte da noite anterior debatendo com seus superiores se mexer com a bomba que o mecânico a serviço do Mossad encontrara comprometeria a operação. Ou que ele acabara perdendo a discussão e, no final, tinha ordenado a troca no último posto de gasolina por sua própria conta e risco.

Jamie rodou em direção ao centro da cidade e, antes de chegar à larga faixa do rio Elba, embicou por uma rua que os levou por uma zona de fábricas em ruínas e trilhos de trem. No meio do caminho, ele parou. Por alguns momentos, ficaram em silêncio enquanto contemplavam a silhueta recortada dos prédios do centro histórico de Dresden na linha do horizonte.

– Cometi um erro. Deveria ter confiado em você.

– É óbvio que deveria.

– Se isso não der certo, você me perdoa?

Sarah virou-se com rapidez e beijou-o nos lábios. À luz suave do sol poente, Jamie achou-a mais bonita do que nunca.

– Não há nada a perdoar.

– Tem certeza?

– Claro! Vamos acabar logo com isso.

Ele acenou com a cabeça.

– Vamos.

Pôs o carro em movimento e seguiu em frente. Para encontrar a Pedra do Sol de Walter Brohm e fazer a descoberta que mudaria o mundo.

# LXI

O centro histórico de Dresden era uma curiosa mistura do velho, do novo e do improvável. Palácios renascentistas esparramados e casas de ópera no tradicional *design* de múltiplas camadas evocavam os dias de glória da cultura germânica lado a lado com *shoppings* modernos lotados, hotéis e complexos de cinema que eram as sempre presentes propagandas do capitalismo de consumo em qualquer cidade que se prezasse no século XXI. No entanto, o edifício que chamou a atenção de Jamie, enquanto dirigia pelo centro à procura de um lugar para estacionar, foi um enorme pavilhão desportivo stalinista coberto com mosaicos multicoloridos dos heróis da era soviética de Dresden; um lembrete de que a cidade havia vivido quarenta e cinco anos em plena Alemanha Oriental comunista. Por toda a área ao redor, às margens do rio Elba, guindastes gigantes tornavam nanicos os edifícios que ajudavam a construir, e o metralhar constante de britadeiras quebrava o silêncio do comecinho da noite. Apesar de todo o trabalho de construção, Jamie observou um número inacreditável de espaços tomados pelo mato e por estruturas arruinadas que estariam mais à vontade no Fórum Romano, em Roma. Se Sarah também reparara nisso, não fez nenhum comentário. Na verdade, desde que haviam entrado na cidade propriamente dita, ela não havia dado um pio sequer.

Chegaram ao Altmarkt, o Antigo Mercado, que, no mais autêntico estilo Dresden, parecia estar rodeado principalmente por edifícios modernos.

Do outro lado da rua, Jamie localizou uma placa que indicava um estacionamento subterrâneo. Ele parou o carro em frente a uma loja que vendia porcelana fina. Por um momento, sentiu-se como um esquiador olímpico esperando no topo da rampa e, quando colocou a mão no ombro de Sarah, pôde sentir a tensão em seu corpo.

– Vou deixá-la aqui, assim você pode fazer a ligação para o seu chefe. Basta ser natural e lhe dizer exatamente o que falei a você. Não vou demorar mais que cinco minutos. – Ela se virou e olhou-o longamente, sondando-o. Ele se perguntou o que ela estaria vendo. Jamie esperava que não fosse a verdade. Um momento de decisão e, enfim, a expressão naqueles olhos cor de avelã suavizou-se. Ela se inclinou e roçou os lábios contra os dele.

– Vou ficar aqui esperando.

Como o primeiro nível do estacionamento subterrâneo estava lotado, Jamie teve de descer pela rampa estreita e sinuosa rumo ao nível inferior. Ali, os carros estavam todos estacionados nas vagas mais próximas aos elevadores, e ele se dirigiu a um lugar vago do outro lado daquela caverna de teto baixo. Enquanto estava sentado no carro com o motor ligado, sentiu o peso de tudo o que havia colocado em movimento ameaçando esmagá-lo agora. O que lhe dava o direito de brincar com a vida de outras pessoas? E se tudo desse errado? Então sua mente se encheu com a imagem do rosto do velho Matthew, enquanto ele ouvia as palavras de Tenzin, e percebeu que nunca tivera outra escolha.

Os trinta minutos seguintes estavam ensaiados em sua cabeça como os atos de uma peça. Tudo o que precisava era coragem para encenar sua parte. Abriu a porta do carro justo quando um guincho de borracha sintética contra o empoeirado piso de concreto anunciava que um segundo veículo entrava no prédio. O estacionamento cheirava a óleo de motor e gasolina, mas não foi o cheiro que fez o estômago de Jamie embrulhar. Enquanto caminhava em direção ao elevador, estava consciente de outra presença andando no mesmo ritmo que ele no piso superior, visível apenas através de uma abertura estreita perto do teto. Parou por um segundo. No andar de cima, três passos suaves e, depois, o silêncio. O elevador estava a dez passos de distância, e Jamie sentiu um pânico crescente enquanto se aproximava das portas de metal. E agora? Respire e pense. Não há pressa. Pense! Com dedos nervosos, desatou os nós dos sapatos e os tirou, ficando de meias, e depois apertou o botão de subida. Uma seta mostrou que o elevador subia do nível inferior. Rezou em silêncio para que estivesse ocupado por alguém que tinha acabado de estacionar seu carro. Uma família, por exemplo, com uma dupla de pirralhos que ririam do idiota parado ali de meias, segurando os sapatos na mão. O "ting" que o elevador fez ao chegar o assustou, mesmo que já esperasse por ele. As portas se abriram, e ele sentiu uma dor física quando olhou para dentro do compartimento vazio. Hesitou. Estaria sendo paranoico? Sarah esperava por ele. Não importava. Um pouco de paranoia fazia bem para a pressão arterial. Entrou e apertou o botão para o nível da rua, deixando em seguida o elevador com rapidez e correndo sorrateiramente em direção à extremidade, onde uma rampa conduzia à saída. Alcançou a rampa e a subiu em disparada. Quando chegou ao topo, pôde ver as barreiras e as máquinas de bilhetes. O piso superior estava vazio e, ao longe, à direita, as portas do elevador acabavam de fechar. Uma lufada de ar fresco o fez sorrir da própria suspeita tola.

Ainda sorria quando um braço apertou seu pescoço como uma braçadeira de aço.

Choque e medo retardaram suas reações, mas sabia que os primeiros segundos de uma situação como aquela eram cruciais. Conseguiu dar uma cotovelada nas costelas do homem atrás dele com força suficiente para fazê-lo grunhir, enquanto a perna direita enroscava na do outro, numa tentativa de desequilibrá-lo. Ao mesmo tempo, ergueu as duas mãos por sobre o ombro esquerdo para agarrar o colarinho do adversário invisível e jogou seu peso para a frente, dobrando o joelho esquerdo e tentando um movimento de quadril, que usaria o peso do oponente contra ele próprio. Talvez tivesse mais sucesso contra um bloco de concreto. Em desespero, deu uma cabeçada para trás, pois qualquer coisa valia a pena para afrouxar a pressão que o sufocava, mas só conseguiu um golpe sem mira, que fez o adversário rir. Os calcanhares cobertos apenas pelas meias raspavam no concreto enquanto era arrastado, impotente, para um canto escuro fora do estacionamento principal.

– Você faltou ao nosso compromisso duas vezes. Não haverá uma terceira.

A voz soava familiar, mas, antes que pudesse localizá-la, Jamie levou uma rasteira e mãos enormes o golpearam contra o chão, de modo que a parte de trás do crânio bateu no concreto do piso. Enquanto a cabeça ainda girava, um trapo imundo qualquer foi enfiado em sua boca. Estava posicionado de cabeça para a garagem, com os pés a um canto. Um enorme peso oprimiu-lhe o peito, prendendo seus braços ao lado do corpo, e ele se viu olhando para um rosto sorridente que era pequeno demais para a cabeça. Buscou por um nome, e seu coração congelou quando o encontrou. Gustav.

– Tirei isso de um talibã que tentava cortar minhas bolas fora de Farkar, em Konduz – disse o alemão agachado, puxando uma longa faca curva de dentro da jaqueta com zíper. – Adivinha quem ainda tem as bolas?

Aproximou a faca do rosto de Jamie para que ele pudesse ver cada tom de azul na lâmina cintilante e arrastou o fio pela face do inglês. Muito lentamente. Primeiro, o lado esquerdo, depois, o direito; a lâmina raspou sem esforço a barba de dois dias.

– Não teve tempo de se barbear? Nem precisa mais agora, hein? Frederick acha que você está planejando leiloar a Pedra do Sol, mas isso não vai acontecer, está bem? – Ele estapeou a bochecha de Jamie para dar ênfase. Agora, o brilho perverso da ponta da faca pairava direto sobre o globo ocular direito de Jamie. – Isso não vai acontecer, porque você vai dizer ao Gustav aqui exatamente onde ela está, ou vai acabar como o seu amigo. A pedra pertence a nós, os guardiões da verdade, os sucessores dos antigos. Apenas nós temos o conhecimento para usá-la para o fim a que se destina. – As palavras saíram empoladas e mecânicas, como se tivessem sido aprendidas pela repetição constante em uma sala de aula. Jamie sacudiu a cabeça para tentar se livrar da mordaça, mas o alemão interpretou o movimento como rebeldia ou provocação. – Não? Isso é bom, porque agora vamos nos divertir um pouco, você e eu. – Gustav analisou-o impassível, como um açougueiro que contempla um corte de carne. – Os olhos, os ouvidos ou o nariz? A língua, não. Você vai precisar da língua mais tarde. – Estendeu a mão livre para acariciar a lateral da cabeça de Jamie. – As orelhas, então.

Em desespero, Jamie usou toda a sua força em uma tentativa de deslocar o alemão, mas foi o mesmo que tentar remover uma montanha.

– Shhh – Gustav falou gentilmente. – Quanto mais resistir, pior vai ser para você.

Dedos ásperos fecharam-se sobre o lóbulo da orelha direita de Jamie e a esticaram. Ele tentou gritar por trás da mordaça que enchia sua boca, mas sabia que ninguém ouviria. Pensou estar perdendo a razão quando um ponto vermelho apareceu como uma pinta cancerosa no canto esquerdo do lábio de Gustav. O ponto se deslocou, e os olhos de Jamie o seguiram. O alemão deve ter lido algo no rosto do cativo, porque hesitou antes de fazer o corte. Outro ponto brilhante apareceu sobre o seu peito esquerdo, e um terceiro quase exatamente no centro de sua testa. Gustav franziu a testa, e os olhos pousaram sobre o ponto no peito. Levou um segundo para reconhecer o que era.

– Não!

A faca subiu alto, antes que a lâmina, segura com as duas mãos, prescrevesse um arco mortal sobre a garganta exposta de Jamie. Três estalos agudos cortaram o silêncio.

Sarah viu Jamie emergir do elevador do estacionamento e foi ao seu encontro. O rosto do inglês estava pálido, quase lívido, e, no começo, ele parecia olhar através dela. Quando ela segurou o seu braço, Jamie piscou e forçou um sorriso.

– Ei, você está tremendo – disse ela.

– Tive um desentendimento com o atendente do estacionamento. Vou ficar bem em um minuto.

Caminharam na direção do rio. Havia muito movimento agora; escritórios e bancos se esvaziavam, e as ruas se enchiam de compradores. No cruzamento de duas delas, encontraram uma indicação turística que lhes apontou a Frauenkirche. Quando atravessaram a rua, lá estava ela, do outro lado de um pequeno parque no centro da praça.

Sarah soltou um suspiro involuntário quando viu a construção octogonal em pedra cor de mel que dominava tudo ao redor, sua enorme cúpula encimada por uma torre sineira de seis metros. Enquanto caminhavam pela praça, Jamie hesitou, dividido entre o que sabia que era certo e o que sabia ser o melhor. Se virasse as costas e fosse embora, poderiam prosseguir com a vida que tinham antes, como se aquilo nunca tivesse acontecido. Mas será que poderiam mesmo? Frederick e seus capangas nunca os deixariam em paz, pensando que poderiam levá-los à Pedra do Sol. Toda vez que abrissem a porta, poderiam dar de cara com algum moedor de carne humano, como Gustav. Não. Tinha de ser assim. De qualquer maneira, havia coisas que ele tinha de saber e coisas que Sarah tinha de entender.

Ela sentiu os passos de Jamie vacilarem e pensou que ele houvesse diminuído o ritmo para obter uma visão melhor da igreja.

– Eu me pergunto: o que o seu avô teria pensado disso?

Jamie apertou a mão dela, já livre de dúvidas, e conduziu-a para o silêncio sagrado do interior da igreja, onde o teto barroco dourado elevava-se sobre eles da mesma forma que costumava fazer há trezentos anos, suportado por colunas de mármore de colorido exuberante e camadas de galerias, suas janelas permitindo a entrada de uma luz quase etérea que fazia a igreja inteira brilhar. Lá em cima, no alto da cúpula, podiam ver o rosto dos visitantes, que contemplavam tudo através do vidro da rampa que os conduzia em uma longa espiral até a plataforma de observação. Várias dezenas de turistas perambulavam pelos corredores, maravilhados com o que viam ao redor. Sarah seguiu Jamie até um lugar no primeiro banco, em frente ao assombroso altar-mor dourado, e esperou, enquanto ele baixava a cabeça como se estivesse em oração.

Estavam sentados só há alguns minutos, quando um homem de rabo de cavalo e jaqueta jeans, que parecia ter acabado de sair de um grupo pop dos anos 1970, juntou-se a eles. Demorou um pouco, mas o reconheceram. Howard Vanderbilt nunca aparecera voluntariamente na TV, mas, apesar de seus melhores esforços, algumas fotografias dele haviam sobrevivido. As imagens que usavam ou eram da época em que o rabo de cavalo de fato estava na moda, ou eram fotos pouco nítidas de uma figura no iate de cem milhões de dólares que o transportava pelas Bahamas todo verão. Jamie tentou dizer a si mesmo que já esperava por aquilo, mas ainda assim foi um choque estar sentado a uns trinta centímetros de um dos homens mais ricos do mundo – em particular quando o tal homem segurava uma reluzente pistola nove milímetros que parecia estar apontada para seu coração.

– Senhor Saintclair, estou feliz em conhecê-lo, afinal.

– Gostaria de poder dizer o mesmo, senhor.

O fato de Howard Vanderbilt estar carregando uma arma dizia a Jamie tudo o que precisava saber sobre o estado de espírito do industrial bilionário. Assim como Walter Brohm, Vanderbilt fora levado para além da lógica e da razão pela Pedra do Sol. Por qual outro motivo um homem que poderia comprar e vender países inteiros estaria zanzando por aí com uma pistola, quando tinha meia dúzia de assassinos bastante competentes sentados a quatro metros dele? O posicionamento dos capangas significava que haviam sido compelidos a se postar de frente para Sarah, que parecia não ter notado a pistola e emitia sinais semelhantes aos de um vulcão prestes a entrar em erupção. Suas mãos agarravam a bolsa a tiracolo sobre as pernas, e Jamie esperava que ela as mantivesse lá.

Uma comoção nos fundos da igreja indicava um novo fluxo de visitantes, e Jamie virou a cabeça para ver uma figura de terno escuro, que reconheceu ser Frederick, abrindo caminho por entre os guarda-costas de Vanderbilt. Estava acompanhado por quatro carecas trajando jaquetas de couro e jeans que esquadrinhavam com os olhos o interior da Frauenkirche e, era evidente, não gostavam do que viam. Ainda tentavam entender o misterioso desaparecimento de Gustav, o que os deixava nervosos, mas – Jamie torcia – não tão nervosos assim. Teve certeza disso quando bastou uma palavra de Frederick para fazê-los lhe obedecer. Jamie notou suas narinas abrindo e fechando quando o alemão, antes impassível, reconheceu o homem sentado ao lado dele. Interessante, mas teriam de esperar mais um pouco para ver a que ponto chegava esse "interessante".

O alemão sentou-se na segunda fileira de bancos, à direita e distante de Jamie, mas a uma curta distância do ombro esquerdo de Howard Vanderbilt. Um assessor se aproximou do magnata, e ele enrijeceu visivelmente ao ouvir qualquer que tenha sido a informação que lhe fora dada. Vanderbilt lançou um olhar em direção ao homem que estava sentado atrás dele, e os olhos claros de Frederick endureceram, confirmando a informação de vigilância que o senhor Lim havia fornecido em troca da localização da Pedra do Sol. Claro, a troca tinha sido um pouco tendenciosa, e o senhor Lim não contava ser parte de uma delegação, mas Jamie esperava que ele fosse um homem que apreciasse ironias.

Por alguns segundos, os dois grupos de guarda-costas correram para suas posições nos espaços abertos ao redor dos bancos, como se fizessem parte de um balé cuidadosamente coreografado. Vanderbilt franziu a testa, sua paciência prestes a se esgotar.

– Como pode ver, Frederick, tenho a situação sob controle – disse ele por cima do ombro. – Sua presença não é necessária. Podemos falar sobre isso depois, mas, por enquanto, acho que você e seus amigos devem partir.

A única resposta foi uma risada curta e, com um sinal imperceptível, um dos guarda-costas de Vanderbilt moveu-se para a direita de Frederick, onde poderia vigiar a mão armada do alemão.

Howard Vanderbilt suspirou e, quando falou, Jamie detectou certa falta de convicção em sua voz – o cansaço de um homem que tinha ficado sem tempo, ou ideias, ou ambos. Obviamente, aquilo não estava de acordo com os planos do industrial.

– Você me causou problemas, senhor Saintclair. Gastei muito tempo e dinheiro procurando o que nos trouxe a este lugar. Isso termina aqui. Fui claro?

– Bastante, senhor Vanderbilt. – Ele pensou ter ouvido a palavra "covarde", mas Sarah devia estar apenas suspirando. – Entretanto, eu pensava que no seu mundo tudo era uma questão de negociação.

Vanderbilt inclinou-se para Sarah.

– Posso comprar, ou tirar à força, filho, você decide. Diga o seu preço. Nada de jogos.

Jamie sacudiu a cabeça e olhou em volta.

– Acha mesmo que você e seus capangas eram as únicas pessoas que estavam me seguindo? Grampeando o meu telefone? É provável que haja um satélite da Agência de Segurança Nacional lá em cima neste exato momento ouvindo cada palavra que dizemos. Que eu saiba, o alegre cavalheiro oriental ali no fundo com seus dois amigos é um representante do governo chinês. Todo mundo quer a Pedra do Sol, Howard, e, francamente, você é a última pessoa no mundo para quem eu a entregaria. Tudo o que você quer fazer é explorá-la, custe o que custar. Exatamente como Brohm.

O rosto de Vanderbilt enrijeceu.

– A escolha é sua, filho. – Ele mudou a direção do cano da pistola de Jamie para Sarah. – Diga-me onde estão a pedra e os documentos de Brohm, ou mato a garota.

Jamie o encarou. Nem mesmo Howard Vanderbilt poderia se safar de assassinato em uma igreja repleta de testemunhas, mas, de repente, a igreja não estava tão cheia. Jovens de ternos escuros começaram a escolter os turistas para fora. A maioria saiu, embora Jamie pudesse ouvir o senhor Lim recusando educadamente a oferta de ajuda para sair, e o inconfundível som de uma pistola sendo engatilhada parecia indicar que os membros pró-Frederick da Sociedade Vril estavam preparados para defender seu território. Jamie esperava que ele não tivesse interpretado mal a quantidade de gente que havia se instalado ali. A última coisa de que precisavam era uma troca de tiros na Frauenkirche.

Vanderbilt respirou fundo.

– Eu...

Não era comum que um homem como Howard Vanderbilt pudesse ficar sem palavras, mas o cano da pequena pistola que pressionava a carne sob a orelha direita de Sarah Grant tinha êxito em obter o que presidentes e primeiros-ministros rotineiramente falhavam em conseguir.

– A Pedra do Sol pertence ao Estado de Israel – ela disse alto o suficiente para todos na igreja ouvirem.

– Talvez eu devesse ter mencionado isso, Howard – Jamie esclareceu com paciência. – A senhora Grant e o belo cavalheiro que tem uma vantagem sobre nós da passarela lá em cima estão aqui para representar as pessoas que foram sacrificadas para ajudar Walter Brohm a descobrir o potencial da Pedra do Sol.

Chegara a hora. Jamie se levantou e dirigiu-se a todos na igreja.

– Senhores. – Ele ergueu a voz, e ela ressoou por todo o amplo espaço que havia sido concebido precisamente para esse fim. Permitiu-se sorrir para Sarah. – E senhorita. Este é um lugar de oração, não vamos transformá-lo em uma zona de guerra. Como podem ver, temos vários interessados no legado do falecido *Brigadeführer* Walter Brohm. O senhor Vanderbilt aqui acredita que tem o direito divino de explorá-lo, e a arma em sua mão sugere que ele deve estar preparado para fazer um sacrifício maior do que qualquer um de vocês para obtê-lo. O cavalheiro sinistro atrás dele, representando a facção paramilitar da Sociedade Vril, pode ter uma vantagem jurídica ao sugerir que o que Walter Brohm chamava de Pedra do Sol foi um presente do então governo tibetano e que o investimento que trouxe o grande avanço na sua exploração foi feito por seus compatriotas. Suponho que o governo alemão poderia fazer afirmação semelhante, embora duvide de que apreciassem caso isso viesse a público. O senhor Lim – o chinês fez uma reverência –, da República Popular da China, poderia argumentar que seu país possui uma reivindicação mais legítima do que qualquer um de vocês, já que a Pedra do Sol foi descoberta pela primeira vez em solo que seu povo reivindica, embora acredite que os partidários de um Tibete livre contestariam essa reivindicação. E, por fim, a senhorita Sarah Grant, representante do Estado de Israel, que pode fornecer provas, cuja autenticidade eu ficaria feliz em corroborar, do sacrifício humano que seu povo foi obrigado a fazer por Walter Brohm na busca por sua obsessão.

Depois de uma breve pausa, ele prosseguiu:

– Mas, como eu disse, este é um lugar de oração. Não um tribunal de justiça. Vocês estão aqui porque querem saber a história da Pedra do Sol, em especial como ela vai terminar. Meu avô, assim como o pai de Walter Brohm, era um pastor; então, por favor, perdoem-me se eu lhes pregar um pequeno sermão sobre ganância. Quando Walter Brohm voltou para a Alemanha e abriu a caixa que encontrou no Tibete, suspeitava de que tinha nas mãos algo extremamente significativo: uma substância até então desconhecida pelo homem. Como cientista, era seu dever descobrir as propriedades desse material e, num momento de grande reviravolta para seu país, sua importância e potencial valor. No entanto, a mesma reviravolta que o estimulou provou ser seu maior obstáculo, porque, com a guerra a caminho, ninguém estava interessado em possibilidades – um sonho que prometia alguma panaceia distante –, mas apenas em certezas.

– Porém, Walter Brohm – continuou Jamie –, apesar de todos os seus defeitos, era um homem com várias qualidades admiráveis, sendo que as maiores eram a persistência e a autoconfiança. De alguma maneira, ele encontrou tempo e recursos para pôr em prática seus experimentos. Desconhecemos como se deu esse processo, mas parece que, em algum momento antes do início de 1941, ele chegou à conclusão de que a Pedra do Sol consistia no que hoje chamamos de matéria escura. Por sua vez, isso levou à possibilidade, até mesmo à probabilidade, de criar fusão nuclear controlada.

Uma agitação se deu entre os homens da igreja à menção do objetivo que trouxera cada um deles até ali.

– Agora, ele podia ir direto a Hitler para pedir apoio, mas seu amado *Führer* o decepcionou. Por quê? Porque Hitler temia o poder que a Pedra do Sol era capaz de liberar. Mas havia um homem que não tinha tanto pudor. Walter Brohm vendeu sua alma ao diabo, e o nome do diabo era Heinrich Himmler.

Ele esperou por alguma reação, mas ninguém se manifestou.

– Brohm precisava operar em total sigilo. Isso significava que o trabalho de construir o bunker nas montanhas do Harz tinha de ser descartável. Centenas, talvez milhares de prisioneiros russos, trabalhadores escravos poloneses e, claro, judeus foram levados com rapidez para as câmaras de gás no momento em que o bunker estava pronto. Mas as mortes não pararam por aí. Cientistas e técnicos. Até guardas da SS. Quando chegou a hora de pôr um fim no bunker... quando ele estava prestes a fazer mais um progresso... Walter Brohm sacrificou a todos para salvar a si mesmo e seu precioso segredo. E, assim como Brohm nunca questionou a ética ou o perigo, ou a moralidade do que estava fazendo, ele conhecia seu valor até o último dólar. A Alemanha poderia queimar, seus soldados poderiam ser mortos às centenas de milhares, jovens alemães poderiam se atirar na frente dos tanques, mas Walter Brohm e seu trabalho tinham de sobreviver. Quando a guerra terminou, ele usou a Pedra do Sol para incitar pessoas com menos moral ainda do que ele, e elas caíram: anzol, linha e chumbada. Em um mês, ele teria sido recebido na América e obtido mais recursos do que jamais poderia ter sonhado para completar seu projeto. Não fosse por um homem... Um homem que reconheceu o perigo real que a Pedra do Sol e Walter Brohm representavam. Esse homem era meu avô. Ele meteu uma bala na cabeça de Brohm, e esperava que, ao morrer, a Pedra do Sol morresse com ele. Mas, é evidente, isso não aconteceu, e é por isso que estamos aqui.

– Chega de aula de história, Saintclair. Viemos pela pedra. Onde ela está?

Jamie meneou a cabeça em negativa.

– Você matou o meu avô, senhor Vanderbilt, e um herói de guerra polonês chamado Stanislaus Kozlowski, que era amigo dele. Sabe-se lá quantos mais foram sacrificados no altar de sua ganância. Você estava preparado até mesmo para trair sua própria espécie. – Vanderbilt retraiu-se como se alguém houvesse lhe esbofeteado o rosto. – Oh, sim, senhor Vanderbilt. Você não é o único capaz de grampear um telefone. Desconfio de que você e seu amigo Frederick terão muito o que conversar quando isso terminar. Entretanto, quanto mais eu descobria sobre Matthew Sinclair, mais convicto eu me tornava de que ele teria morrido para manter a Pedra do Sol longe de homens como você.

– O velho foi um acidente, e o polaco estava no caminho. – A voz de Vanderbilt era quase uma súplica. – Não entende que isso é mais importante do que a vida ou a morte? A Pedra do Sol pode garantir o futuro do planeta e a sobrevivência da nossa civilização.

Jamie o ignorou e percorreu a catedral com o olhar, cruzando com o do senhor Lim e depois com o de Frederick, antes de focar a atenção em Sarah Grant.

– Vim para a Frauenkirche preparado para sacrificar tudo a fim de garantir que o legado de Walter Brohm permaneça incompleto. Para fazer isso, teria sido capaz de explodir este lugar e todos que estivessem nele. – Todos inspecionaram a construção ao redor, perguntando-se se não haviam sido atraídos para uma armadilha; todos, exceto Sarah, que tinha esquecido Howard Vanderbilt e cujos olhos nunca abandonaram Jamie. – Mas, felizmente, não preciso fazer isso.

– O que quer dizer?

Jamie olhou para o industrial, imaginando o que se passava na cabeça dele.

– Quando abandonou o bunker em fevereiro de 1945, Walter Brohm acreditava que havia escolhido o lugar mais seguro da Alemanha para esconder a Pedra do Sol. A pequena e velha Dresden, famosa apenas por sua porcelana e cultura. Intocada nos seis anos de guerra, era quase certo que continuaria assim. Ele conhecia cada pedra desta enorme igreja, porque seu pai havia sido pastor aqui. Em especial, ele conhecia como ninguém as pedras das catacumbas aqui embaixo. Que lugar melhor para guardar a Pedra do Sol e suas pesquisas, até que fossem necessárias? Brohm deve ter calculado que seria uma loucura desperdiçar recursos com um bombardeio em Dresden no estágio final da guerra. – A igreja estava em silêncio. Ele poderia sussurrar, e ainda assim o ouviriam. – Mas Brohm se esqueceu de que loucura e guerra andam de mãos dadas. Existe algum indício de que a decisão foi tomada porque as forças da Wehrmacht estavam inclinadas a se reagrupar aqui após se retirarem da então Tchecoslováquia. A razão mais provável é que alguém no Comando de Bombardeiros procurasse outro item para marcar na sua longa lista de alvos.

Ele ouviu o grunhido de um riso amargo. Não era surpresa que Frederick já havia descoberto o que estava por vir. Frederick era alemão, e os alemães sabiam tudo sobre a história de Dresden.

— Walter Brohm acreditava que Dresden era o lugar ideal para manter a Pedra do Sol em segurança. Ele estava certo... até determinado momento. Esse momento chegou na noite de 13 de fevereiro de 1945, provavelmente cerca de uma semana depois de a pedra ser trazida até aqui, quando uma formação de setecentos e vinte e três bombardeiros Lancaster provou que ele estava errado. O alvo do ataque era para ser um estádio esportivo a cerca de trezentos metros daqui, na Aldstadt, mas os mosquitos Pathfinder jogaram seus sinalizadores de alvo sobre a fábrica de cigarros cerca de um quilômetro e meio a leste. Se cada avião jogasse suas bombas sobre o alvo, tudo estaria bem, mas há um fenômeno na guerra chamado *creepback*, no qual cada equipe subsequente tende a soltar suas bombas um pouco antes do que a anterior. Tal fenômeno resultou em um padrão de ponta de flecha de dois quilômetros de comprimento e quase três quilômetros em seu ponto mais largo. Nas vinte e quatro horas seguintes, essa ponta de flecha seria o lugar mais perigoso do mundo. O primeiro ataque da RAF seria seguido por um segundo, algumas horas mais tarde, e um ataque diurno por bombardeiros B-17 da USAAF. Vinte e sete toneladas de explosivos e bombas incendiárias choveram dos aviões que voavam a oito mil pés, e as chamas de Dresden podiam ser vistas por aviões a oitocentos quilômetros de distância. No meio da ponta de flecha estava o centro histórico; no meio do centro histórico, a Frauenkirche. Pelo menos vinte e cinco mil pessoas foram mortas, esmagadas sob os edifícios que desabavam ou incineradas nas tempestades de fogo que se seguiram. – Ele fez uma pausa. – Não sobrou nada além de escombros.

Lim parecia orar. Os olhos vingativos de Frederick não abandonavam a nuca de Vanderbilt. Sarah e o industrial percorriam a igreja com o olhar.

— Oh, sim, isto também – Jamie assegurou-lhes. – A Frauenkirche pode parecer uma obra-prima do Renascimento do século XVIII, mas foi construída, ou reconstruída, como réplica exata da original, só depois que os comunistas foram expulsos, sendo enfim concluída em 2005. Tudo o que resta da antiga Frauenkirche são aquelas pedrinhas pretas que vocês veem decorando a fachada. A igreja que estava aqui em 1945 foi feita em pedaços por pelo menos uma bomba arrasa-quarteirão de quase duas toneladas. A RAF, com sua jocosidade pueril, chamava tais bombas de Cookies, e elas foram projetadas para se enterrar fundo na terra antes de explodir. Estavam entre as armas mais destrutivas dessa guerra singularmente arrasadora.

A bomba reduziu tudo, incluindo as catacumbas da Frauenkirche, a poeira e tijolos. O que quer que estivesse lá acabou com os milhões de toneladas de escombros dos restos de Dresden.

O rosto de Vanderbilt estava cinza.

– O que aconteceu com ela? – ele sussurrou. – O que aconteceu com a Pedra do Sol?

Jamie pegou a mão de Sarah Grant, que ela não ofereceu resistência, e caminhou com firmeza para a porta. Ninguém tentou detê-los. Pela entrada da igreja, podia ver as luzes piscantes de meia dúzia de carros de polícia estacionados. Não invejava nem um pouco Lotte Muller e o trabalho que teria para acertar aquela confusão diplomática, mas as fotos e as transcrições telefônicas de Lim poderiam ajudar.

– Está lá fora, Howard – ele continuou. – Os escombros da velha cidade foram usados para construir as fundações da nova Dresden, e para pavimentar as estradas por algumas centenas de quilômetros ao redor. Cerca de meio milhão de pessoas vivem em cima da Pedra do Sol.

Saíram para o sol de finzinho de tarde.

– Ela é toda sua.

# Agradecimentos

Um agradecimento especial aos meus amigos Shirley e Allan Kenny, por descortinarem para mim a bela cidade de Dresden e corrigirem meu alemão, e à colega escritora Gabriele Campbell, por me mostrar o Harz através de seus olhos. O magistral livro *The Order of The Death's Head*, de Heinz Hohne, forneceu-me os pequenos detalhes de que precisei sobre o mundo da SS, e o diário de Matthew Sinclair provavelmente deve mais a *With the Jocks*, de Peter White – uma das melhores memórias da Segunda Guerra Mundial escritas por um combatente –, do que a qualquer outra história que eu tenha lido. Por fim, ao meu editor Simon e sua fantástica equipe da Transworld, e a Stan, meu agente na Jenny Brown, em Edimburgo.

**PRÓXIMOS LANÇAMENTOS**

JANGADA

Para receber informações sobre os lançamentos da Editora Jangada, basta cadastrar-se no site: www.editorajangada.com.br

Para enviar seus comentários sobre este livro, visite o site www.editorajangada.com.br ou mande um e-mail para atendimento@editorajangada.com.br

Impressão e acabamento:
Orgrafic
Gráfica e Editora
tel.: 25226368